月亮之上

薛晓康小说选

薛晓康◎著

云南人民出版社

图书在版编目（CIP）数据

月亮之上：薛晓康小说选/薛晓康著.－－昆明：
云南人民出版社,2024.4
ISBN 978-7-222-22746-0

I.①月... Ⅱ.①薛... Ⅲ.①短篇小说-小说集-中
国-当代Ⅳ.①I247.7

中国国家版本馆CIP数据核字(2024)第080937号

责任编辑：梁明青
装帧设计：成都现当代文化传播有限公司
责任校对：任建红
责任印制：窦雪松

月亮之上——薛晓康小说选
YUELIANG ZHI SHANG——XUE XIAOKANG XIAOSHUO XUAN
薛晓康　著

出　版　云南人民出版社
发　行　云南人民出版社
社　址　昆明市环城西路609号
邮　编　650034
网　址　www.ynpph.com.cn
E-mail　ynrms@sina.com
开　本　880mm×1230mm　1/32
印　张　13.75
字　数　357千
版　次　2024年4月第1版第1次印刷
印　刷　成都市天金浩印务有限公司
书　号　ISBN 978-7-222-22746-0
定　价　78.00元

云南人民出版社微信公众号

如需购买图书、反馈意见，请与我社联系
总编室：0871-64109126　发行部：0871-64108507　审校部：0871-64164626　印制部：0871-64191534

序： 与最芬芳馥郁的灵魂倾心相见

曹慧民

我坦言，我曾历尽沧桑。

心头飘过九个字儿，我眼底浮泪。

这话完全出自我个人的臆想。薛晓康骑马挎枪走天涯，三十功名尘与土，八千里路云和月，对于信仰和人生的彻悟程度，恰等同所受痛苦与历练的深度。他何曾这般浅白。

薛晓康的沧桑岁月，并非他个人的，而是浓缩三代高原军人精神的一部心灵秘史。在"天路"有形的地理疆域之外，他拥有属于自己的精神版图，一片"略大于宇宙"的心灵空间。因而，他的小说自带"藏光"。行走于世界屋脊，他的生命以及笔墨都获得了神性的那部分。

这是上苍的赐予，这样的生活经验和积累，可以是一辈子的财富——熬过万丈孤独，咀嚼千般苦涩，有时发现咬着牙走了很长的路。在英雄云涌的时代，炽热的情怀"会悬下百架千架瀑琴，让风弹奏"，薛晓康宕开一笔，为苍茫高远的"天路"赋形，让我们攀缘而上，得以和世上最好的人，最美的事物和最芬芳馥郁的灵魂倾心相见，不负生命一场。

如果你的确了不起，我就和你交换灵魂。阅读军旅作家薛晓康，与那些平凡，却因为心灵而伟大的人倾心相见，可以发现歌德《浮士德》说的"了不起的灵魂"。

真正撼动人心的作品，一定储存着作家本人的灵魂密码。"那么，一打开书，你便会从那隐晦曲折的字里行间，从那些难以觉察的细微迹象和暗示中，看到一个与众不同的人。"

　　"如果生活中没有某些无限的、深刻的、真实的东西，我就不会留恋生活。"父辈的影子叠印在他身上，源自精神的母体和最初的胎教，薛晓康始终沉浸于一种"神思"写作，即依赖心灵与悟性，而非时下流行的知觉写作。在人性里发现神性和魔性，方可与文学发生亲密关系。因而，他的小说有神性的表达，亦表达神性。

　　在他的笔下，天路是意象丰沛的动词，既是地理地貌的指代，也是一个哲学喻义。它蠕动、逶迤，通向一个未知的"高处"。他聚焦于军人的精神世界，热忱表现生命的庄严与神圣，以崇高的理想主义、生动的想象力、心灵的感知为书写特色，皴染人性中的明亮和宽容，演绎出一段段惊心动魄的故事。

　　《莲花般的路》的死生契阔，《高呀高万丈》的悲喜交织，命运每一次的碾压，都化作行走高原变得坚韧的踏脚石，似乎走上"天路"，人的命运就展开了爱恨与美善、意志与信仰的相互绞缠，一连串偶然中的戏剧性，翻卷成现实磨难和内心骇浪。

　　富于激情的薛晓康，以写报告文学著称，在小说创作中复苏了诗心，一支沁色丰富的笔，深情状写边关军人小志，《天路》《神马》《羊精》《月亮之上》《昆木加咏叹》《圣洁羽毛》，隽永奇魄，诙谐跳脱，如"捕捉住露珠而映射出宇宙"，审美空间包孕多重蕴含，文本意义不断增值；《羊精》细织密纺，丝丝入扣，荒诞色彩与梦幻气质蒸腾的"氤氲效果"，复活了一个军人瑰丽的民间传说。

　　沉实而深情的中篇，钩沉了半生军旅的动情记忆和灵感源泉，人生大戏，悲欢离合，底色无不澎湃"清澈的爱，只为中国"的动人旋律，闪耀着卑微之下的不凡勇毅与人性光辉，读来令人震撼且深深着迷。在云霄之上，冰河之下，在雪的深处，风的紧处，是什么丈量着命运的顽强，又是什么检验着信仰的热度？

　　"难道你从没遇到过这样的时刻，一线突如其来的神圣之光猛地落下，把所有这些泡影、时兴和浮华通通击碎……"现在，那一束光，已然照过来！

序：与最芬芳馥郁的灵魂倾心相见

曾有作家说，故事活在讲述中，假如没有被人类的声音大声朗读过，没有被一双睁得大大的眼睛在毯子下面借着手电筒的光追寻过，那它在我们这个世界就不算真正地活过。

薛晓康的小说，是被读者热切的目光追寻的。几年前，西安政院的教授发来手机拍摄的照片：课桌的抽匣里，一张《解放军报》，被精巧地折叠成便于"偷看"的 A4 纸开本，呈现的正是长征副刊刊登的《神马》。教授会心一笑，自己也悄悄大快朵颐起来。

收在集里的众多短篇，曾刊发于《解放军报》，引来军内外广大读者追剧、打卡。作为编者，这可能也是薛晓康嘱我为之作序的缘由吧。

西部在隆升，而天路盘旋绵延。此刻，随那猎猎飞扬的旗，你掩卷于哪则传奇里？凝神、谛听、欣喜、思索，在薛晓康神奇小说弥漫的清澄空气中，深呼吸，濯清涤荡，毕竟"如同布匹，精神也需要洗涤。"

至此，除了对一个高原老兵心灵史的由衷礼赞，我又该拿出多少虔敬才能与之匹配呢？

是为序。

短篇小说

中篇小说

短篇小说

天　路

那夜是有月亮的。

月夜赶路，图个清静。驾驶员小杨，是个极爱听故事的人。

半道，车灯故障了。小杨说：没事，月光下行车，练过。

薛作者说：你将走进我的故事里。

小杨滋滋地乐，把车开得风快。

不好，薛作者嘴里呀呀地，车飞起来。下车看，一堆垫路用的砂土，再往下就不能看了，深洞哟。小杨抖出哭腔，骂：月亮把嘛都弄成一样的颜色。

薛作者是借了月光才呀出那一声，还抓了一把方向盘。后来晓得，小杨是对的，因为这方土地本来就是一样的颜色。太阳上了，就一野的黄；月亮上了，就一野的灰。人把路看得时间太久了，看得太认真了，就把什么都当成路了。

小杨告诉薛作者，前面不远有养路工人的住家，于是弃车前往。

一条大狗扑来，汪汪的。

门吱地开了，女人的声音：谁呐？

进屋，暖和。女人一脸喜出望外，问长问短。赶路啦，故障啦，月亮啦，颜色啦……小杨的故事把女人听得扭了脸，呜呜的。

薛作者憨劝：是车故障啦，人没有故障。

女人终于不呜呜了，就讲她自个儿的故事。

早先她是有男人的，两个，跟小杨一样，都是开车的。第一个是汽车团的志愿兵，新婚不到半年，去执行任务，把什么都当成了路，在青藏公路上故障啦。第二个是自治区汽车运输公司的师傅，人不错，只是模样老了点。师傅自我举贤找她，拣一大堆很好听很好听的话：心地善良啦，郎才女貌啦，解放思想啦，幸福万年长啦……

她就信了。怎么可以不信呢？声调啦，表情啦，动作啦，跟第一个是一样样的。

新婚之夜，师傅摸摸索索老半天，不会，她就笑。

完事，师傅突然觉着对不住了，就哭，她哄着。师傅羞愧了，就实话实说：四年前就会的，女人跟别的男人走了。不怪谁，两地分居，把男人盼得太久了。

她苦苦地想，苦命，就把师傅的两岁女娃领来了，要苦大家一块儿苦。

真的苦了。师傅去拣货，遇上大塌方，在川藏公路上故障啦。她去寻尸首，寻不到，急了，就要把自己也变成尸首。一个养路工人拦住了她，说：大妹子，想开点，男人死不绝，还能再找呀……

她没有再找男人，找了个工作，当上养路工。说是守着路，心里踏实。谁要是再故障了，她就去收尸，就去送葬，一辈子了……

女人的故事把小杨听得靠了门，呜呜的。

大黄狗冲着小杨吠，一个小女娃从里屋跑出来，揽了狗头，细声细气地说：打死你！

薛作者憨问：不想再找男人啦？真个不想啦？一个人拖个娃，也苦哩。

女人怔怔地说：要找也还找开车的，看着顺眼。

小杨不憨，撒丫子就跑。一会儿，从车上拿了一本《解放军画报》给女娃。

太阳上了，一野的黄，把山、把水、把路、把屋、把车、把人、把狗，全都黄了进去。

女娃一指头戳了画报上的树，问：叔叔，我们这儿咋没这个？

小杨说：那叫树。唉，树，慢慢就有了。等你长大……

女娃说：我都会拉刮路板了。

薛作者叹口气，对女人说：你该买个电视机。

女人哑哑地笑，说：看嘛电视哟，咱这地方收不到电视，太高。高万丈啦！

小杨一勾头，把薛作者勾走了。

……

薛作者返回那天，堵车了，是女人养护的那段路。一大溜车摆在那里，人围成一堆，尽是些开车的，都在抹泪。

女人在人堆当间，抱了女娃，无泪。

女娃揽几棵画报上的树，绿了一胸。故障啦。

一个师傅摇了摇女人，哽哽地说：路女呀，想哭就哭出来吧。啊？咱这号人绝不了种，养养身子，还能生娃呀……

路女拢拢女娃的头发，软软地说：咱不生娃，咱要种树。

说罢，抱着女娃和画报上的树，走了，大黄狗也跟了走，走得软软的。

高万丈的公路上，跪倒一片黄，哇哇的……

打这起，小杨不讲故事也不听故事了，一路无话。

再有话的时候，已是另一种活法了。小杨断了当文学男青年的念想，当了志愿兵。给薛作者写了信，写得很文学，只一句话：我帮路女种树去了。

一晃，5年。薛作者又去那里寻故事，老远便喊：路女，把狗拴好没？

门吱地开了。是男人的声音：狗没啦，狗没啦。

迎出门的是小杨，脚前一条小狗，手里还端了个婴娃。

小杨拍拍婴娃，嘿嘿的，说：孩他妈上工去了。

薛作者憨叫：她，她比你大十岁耶。

小杨悠悠地踮步，说：只兴男人比女人大？

有汤在婴娃屁股上流淌，被小杨从容地抹掉。

薛作者问：你们种的树在哪儿？

　　小杨苦了脸，说：百来棵树苗，都死掉了，狗也死掉了。他妈把那女娃和狗都埋在树苗底下，还是没能活一棵。

　　那是种树？是种人，种狗。

　　婴娃咧了嘴，咯咯的。

　　远远传来刮路板的声音。近了，就听路女叹：不碍事的。把树想得太久了，想得太认真了，就把嘛都当成树了……

　　原载《解放军报》2014 年 7 月 16 日

神　马

眼下的娃们，赶我们那阵鬼头，猴精一般。

我才讲了一句"神马是一匹白色的马"，女儿就把脑瓜摇成拨浪鼓：不听不听就不听，我们班的同学都知道，那是唐僧的白龙马。

乖乖，只有唐僧才有白龙马？这样说吧，你有爸爸，就不兴别的小朋友也有爸爸啦？真是的。

神马是匹白色的马，名叫白龙马。早先它不是神马，是军马。跟当兵的一样，军马也有档案，姓名啦，籍贯啦，年龄啦，爸爸啦，妈妈啦，爷爷啦，奶奶啦，成绩啦，错误啦，牙齿啦，痔疮啦……无一不归档在案。马死好多年，仍能查到它的根根底底。

夏天的夜晚，一支骑兵小分队在边防上巡逻，趔趄的。突然，白龙马支了耳朵，狗似的嗅嗅，拐头就跑。马背上的薛排长一急眼，拽了缰绳，白龙马被勒成歪脖子马，还跑。兵们马们只好集体跟了跑，跑着跑着，就把情况跑出来了。一伙国际倒爷在国境线上玩儿游戏。贼贼的。晃眼间，入地了。

白龙马优雅地过去，举了蹄子踩。只八蹄，八个倒爷不国际了。唔唔的。一检查，玩儿的游戏居然还是电子的，满满 4 麻袋。

薛排长高兴了，一记冷拳，白龙马的脖子正过来。口头表扬一次啦。白龙马就牢骚了，只四蹄，四个麻袋不电子了。

薛排长气极，骂：看把你个杂种能的，那个是手表，随便踩的？蹄表哇。简直。

骂毕，搁块手表在地上，令白龙马踩。你敢？不敢了。你能耐呀？不能耐了。你踩。兵们见状，就劝薛排长：它不愿意踩就拉倒吧。再说你那块表也不是电子的，还是国产的，马也晓得爱国呢。

这样，白龙马和薛排长的档案里便添了一页纸——团嘉奖一次。

倒爷们当然不乐意，瞅个机会，黑手了。

河边，白龙马让薛排长给它擦澡。枪声骤起，薛排长彩色了，白龙马也彩色了。彩色的马跪下来，彩色的人伏上去，开跑。飞快。

只一蹄，团卫生队的大门就稀烂，两团彩色同时瘫在地上。医生过来，翻翻这个，再理理那个。数数，奇了，红色的小洞竟是一样的多——四个。

这样，白龙马的档案里又添了一页纸——三等功一次。

白龙马早就有长进了。不再发牢骚了。还殷勤地衔一口袋好吃的，撂在薛排长的床头上，不成敬意啦，调养身子啦。乐死薛排长。

解开口袋看，满眼锦绣——豌豆呀，黄豆呀，黑豆呀，小麦呀，苞米面呀，搅拌匀净，精饲料哩。

一日，上面有令传到，派几匹尖子马，参加牧区一年一度的赛马会，白龙马有幸当选。临走，首长叮嘱：助兴第一，比赛第二。军民关系喔。

白龙马一行衔命前往。

到那儿一看，简直。没等裁判吹哨，各路赛马就开跑了，是尖子和不是尖子的，全都蜂拥上场。纵横驰骋，东奔西突。一圈又一圈，很久很久不下场。场外观众引颈翘望，群情鼎沸，忘情地发出所有声音：呼喊声、喝彩声、嗯哨声、奚落声……把人搅得天旋地转。

一打听，鲜了。大会主持人早已宣布，本届赛会开放搞活了，不计时间不计圈数不计名次……内容和形式不拘一格才有韵味儿。

啧啧，了得。如此赛法还不累坏了马？薛排长做主：向后——转。

首长来了：不像话，擅离会场，胆大包宇宙。谁下的命令？责任要一追到底喔。

合计：攻守同盟。谁露了马脚，不客气，挨白龙马一蹄。白挨。

薛排长脸不红了，心不跳了，就汇报：军马性子烈，个头大，进了赛场就踢就咬。藏马不敌，纷纷避让。本排长当机立断，令军马闪之，赛马会始得进行，牧人有口皆碑。不提。

首长闻言，额头青筋拱皮，眼看军帽就要摔在桌上，猛想起此举好像被谁用过，就喝：混扯，主席台上把啥还看不清楚？丢人现眼。还、还，喝——

这样，薛排长的档案里又添了一页纸——行政警告一次。

白龙马牢骚了，咴咴的。没有礼貌。

调令下来，薛排长要去别的单位报到，有情绪，甩了军帽，悄悄的，无人知晓。

军帽是甩在断崖上的，追忆往事，历历在目：

白龙马欺生，薛排长近前不得。猫似的迂回过去，好，蓦地抓鬃上马。白龙马不依，盘旋，腾跃，干脆，去断崖上游戏，吓死你。薛排长摸了浑圆的马腚，端端的一拳。白龙马举了前蹄，身体立得很直，一百八十度大转身，慢镜头的，伫立崖头，嘻嘻两声，服服的。

都是过去的事了，想它做甚？

是上路的时辰了，那情景，揪心。马跟人流一样的泪——四行。

隔日不见，白龙马当刮目相看。不吃不喝，修炼成真正的神马，隐身无影。

不日，寻见了。短见。

在断崖处往下瞅，白龙马衔顶军帽，横陈涧底。兵们出溜下去，就地掩埋了白龙马。

这样，白龙马的档案里又添了一页纸，是最后的一页纸——不明死亡一次。

是日，首长收到一封信，上写：如不取消薛排长的处分，死不瞑目。落款是白龙马。并有一醒目的蹄印踏于纸上。

保卫部门经技术鉴定确认：蹄印是白龙马的无疑。预计，此案

的神秘色彩将增加破案难度。建议起坟，对白龙马进行生理解
剖……

兵们从断崖上出溜下去。敢情，坟早已不见，只一条冰瀑，旁
有小片绿丛掩映。

消息传来，一夜之间，薛排长的头发白了许多，就想把这个故
事写下来。……

女儿扑上来，搂了我，说：爸，唐僧的白龙马是假神马，你讲
的白龙马是真神马。不能动，我在给你拔白头发。

有泪滴在我的脖颈上，就感叹：而今眼目下的娃们，咋就这么
明白事儿，猴……神马一般。

原载《解放军报》2014 年 8 月 20 日

羊　精

　　那个草原一览无余，云山云水，云草云羊，充满仙气。

　　军区农场有个放牧点在那里，平日无人光顾。逢年过节了，上面就派人派车去残忍些羊子回来，至于牧羊人是谁，没有几个人过问。嚼羊子嚼得满嘴流油了，也不问。

　　有个保卫干事去问过一回。据说是牧羊人把一个去残忍羊子的人揍了。很惨。揍掉一颗门牙。嚼羊子的情绪很受影响。大致原因是牧羊人说有只羊子还没活够，残忍羊子的人非说活够了，结果他的门牙就死了一颗，那只羊子继续活着。是八一建军节的事了。

　　薛作者也去问过一回。之前，先去了农场场部，见了老场长。知道了牧羊人的名字，叫疙瘩。八三年的兵。老场长很为难地跟薛作者解释，来得不是时候，逢上不年不节，所以没有羊子嚼。要嚼，也只能到草原去嚼。尽管薛作者的牙齿质量不好，有洞。且两颗门牙始终不肯团结在一块儿，但不影响嚼羊子，就去了草原。坐北京吉普去的。

　　草原看似平坦，却并不。坑洼极多。还有无数暗道，均由大如兔的土拨鼠营建。车一上去，轮子就痛苦成方的，车里的人就幸福成圆的。到了一个孤零零的帐篷跟前，驾驶员把薛作者卸下来，说好改日来接，屁屁地颠儿了。

　　帐篷已经褪色发白。怪严峻。里面摆张行军床，帆布的。床头有几本旧杂志，卷了边，油亮。一把铁锹立着，支张渔网，腥臭。地当间是铁炉子。旁边有一废弹药箱，存几多黑色弹丸。是羊粪。薛作者在心里骂那驾驶员：怪不得，不嚼羊子就急了走。狗日的滑。

　　疙瘩回来了。携着白云。这一堆，那一堆，一团一团，一朵一朵，疙疙瘩瘩地叫。咩咩的。

薛作者听老场长讲过，疙瘩脾气犟，没啥大毛病，就是爱给人敬礼。在农场，逮谁给谁敬个礼。回了家，给他奶奶也敬礼。奶奶脸上福得不行，说：那年有个八路军进家来，就是这么给奶奶敬的礼。如今哇，俺孙儿也会了。好，狠狠打，把小日本撵得远远的……

哎，知道的，就说疙瘩懂礼貌；不知道的，就说那是在犯病。

疙瘩苦闷死。找到老场长，说啥也要去放羊。

放牧点换人的时间还早啊……现在不行。

疙瘩急了眼，敬着礼，说：如果不同意，这手就不会往下放了。

老场长心一软，拉下疙瘩的手，摇了头，说：去吧去吧，这孩子，去那儿就只能天天跟羊子敬礼啦……

一去，不回头。换不下来了。也没人敢去换了。人都怕疙瘩给敬礼。

其实疙瘩已经不爱给人敬礼了。

不年不节来了人，还是作者。疙瘩高兴死。没有敬礼就说有只羊子活够了。

拿绳子扎了羊子的腿，拿旧布缠了羊子的嘴。停当。嘱薛作者守着。拎张渔网，骑上马，甩甩地走了。

无边无际的草原上，就多了一种声音。是从食道管里揪出来的反串女高腔：

艳——阳——天——

……

地上，活够了的羊子一搐，一搐，充血的眼睛把天怵得不艳阳了。

薛作者心跳跳地，从帐篷里寻了刀，摸了羊颈：嗦——嘎。

绯红。

红云红山红水红草红马红羊红人红鼠。

草原风光无限好。

疙瘩回来了，栽下马，舞了一串鱼，天杀般：作孽喔——，靠你娘喔——靠你爹，靠你奶喔——靠你爷。扑上去，捧了红羊头。痛苦死。

这只羊不是活够了吗？薛作者就不懂了。

疙瘩一屁股蹲了地，说：靠你娘宰羊不能动刀。憋死，闷死，都中。那法羊子不痛。靠你娘动刀要遭血光之灾。羊精不依。靠你娘俺听俺奶讲……

靠你娘薛作者就听疙瘩讲：

……大扫荡。老百姓跑。八路军也跑。打掩护。老百姓跑了，八路军没跑了。鬼子进村，鸡也跑，狗也跑……任啥都在跑。羊子一个没跑了。羊头扔得满哪都是。夜里，有只没头的羊子活了，站起来跑。鬼子呀呀地抱头跑。羊子就撵，一家伙撵了三里多地才倒下。老百姓知道了，都去找。结果找到一个小八路，小八路一脸红，脑门正中有个洞。活着。还给俺奶敬了礼。俺奶就把小八路接回家。很长时间了，小八路的伤口不见好，身子发臭了。中医来看，说，都死好些天了。俺奶不信，说，咋会？还能说话呢。中医说，咦——，那是羊精附身。村里人就抬了小八路走。到村口，小八路说，就埋这。挖好坑，小八路刚一跳进去，一只羊子窜出来，腾云跑了。小八路不会说话了，脑门上的洞一家伙涌出好多蛆……鬼子又来了，刚到村口，羊精从天上跑下来，嘴里骂：狗日们的敢动刀杀羊？靠你娘，靠你娘……骂一句，拾掇一个，再骂一句，再拾掇一个，不大功夫，把鬼子都拾掇干净了……俺奶死了，俺收到信，就要求来这儿了。俺奶说过，天上有朵白云，那是羊精的化身，谁动刀杀羊，谁就被它带走……

薛作者嚼羊子的情绪受到很大影响。看天。有云。不白。黑。恐怖死。

草原夜色不美好。

风起。雪花儿那个飘飘……好气派的九月雪。

帐篷里，许多小羊羔把薛作者埋了。疙瘩升燃铁炉子，操把铁勺，一点，一点，添羊粪。满世界的咩咩声。

不好，靠你娘的风。外面活够了的羊子开始跑。疙瘩扔了铁勺也要跑。薛作者当然是要跟着跑。疙瘩虎着脸：靠你娘门牙活够了？就跑。

靠你娘门牙跟许多小羊羔活在一起。就等。

天亮。风歇。雪住。

老场长率许多要嚼羊子和不嚼羊子的人，趟着雪赶来。

就找。

见了羊影，不见了人影。

不是血光之灾，是雪光之灾。

冰湖里，壮烈死。

疙瘩身披银色冰甲，头发保持迎风飞扬姿态，身体前倾，左臂微张，右手举至脑门，迎向许多同样身披冰甲的羊子……

老场长过去，拉疙瘩的右手。实在拉不下来了，就说：这孩子，这孩子，咋就真的给羊子敬礼了呀——

"哇"的一声，人都被高昂头颅的羊子给埋住了。

天上有朵白云，久久不肯离去。薛作者看见那朵白云哭了。白云的脸上挂满泪珠……

原载《解放军报》2014 年 9 月 3 日

圣洁羽毛

军区话剧团的老王原先是个很出色的话剧演员，由于他身材魁梧，形象端庄，嗓音洪亮，因此他在话剧中总是扮演首长一类的角色，且表演得像模像样，很受兵们的热捧。他后来进步成一名话剧编剧，简称王编，就想编一台关于西藏测绘兵的话剧，作为他的处女作来开创他的编剧生涯。

那日，王编拿着他的剧本初稿找到薛作者，一脸真诚地说，他已采访了一些测绘兵，写了好几稿，还算满意，只是结尾不够精彩动人，请薛作者帮忙出出主意。

薛作者欣然答应："我将免费奉献我的智慧，为你的剧本结尾增光添彩。"

王编十分感激："有你的帮助，我相信这台话剧定会被选中进京巡演，并引起轰动。那是一定的。"

于是，薛作者陪王编信心满满地去西藏军区测绘队作深入采访。

测绘队的兵们极热情，听说薛作者和王编都是北方人，便集体包饺子来招待。

有个叫普布的藏族兵，被兵们称作"高原雄鹰"，他坐在一边观看，挺幽默，说他不是不会包饺子，而是不能包，因为他的"羽毛"掉了几根。

那是一次测量一座山峰高度，需要有人把仪器扛上去，普布自告奋勇，扛着仪器，唱着歌去了。唱的是毛主席语录歌："下定决心，不怕牺牲，排除万难，去争取胜利……"

兵们在另一座山峰上面观测，发觉普布的仪器不稳定。原来是普布戴着鸭绒手套，操作仪器不方便。普布急了，摘下手套来"排除万难"。兵们从望远镜里看到了，焦急万分，痛心地集体高喊"要戴手套"。普布没理会，裸着两只手全神贯注地操作仪器。

目标测量完毕后，站在大冰川上的普布放声吼叫："哦嗬——胜利啦……哦嗬嗬——胜利啦……"

听着这与往日不同的声音，兵们心里往下一沉：我们的高原雄鹰有可能是掉了些"羽毛"。肯定是掉了……

手术台上，普布的"羽毛"——一只手和另一只手上的四根指头被齐刷刷截掉，重新长出来的指望是一点儿也没有了。兵们难过地围住他，好言宽慰。他却举了那只还有一根手指头的手摇晃着，哈哈地乐："看，我现在是测绘队名副其实的'一把手'了。"

王编听了普布的故事，激动了，迅速取出照相机，定要给普布拍张照。普布很听话地站着，不动。王编说，身体不动是对的，但脸上可以动。接着又是启发又是示范地"导演"一番，仍是不满意。王编的原意是要他笑，是那种自豪的笑，胜利的笑。但普布辜负了王编，是出于无奈——脸已冻坏，脸皮硬如龟壳，哭和笑均一样表情，不哭不笑仍一样表情。

王编更激动了，向兵们宣布，他的话剧剧本完全是根据测绘兵的真人真事编写的。乘包饺子的功夫，他向兵们朗读剧本的结尾部分。大概情节是这样的——

郑老兵在一次执行测绘任务中失踪了，这时，他媳妇正好来部队探亲。兵们统一口径，编一大堆好言来安慰那媳妇，说她男人因雪封山，一时回不来。可是，渐渐日子长了，那媳妇就犯疑了，也猜出来了。就要走。兵们劝她再等一等，说她男人就要回来了。她死活不听。突然，远处传来马蹄声，兵们跑到高处一看，兴奋死，又蹦又跳地大喊她男人的名字。那媳妇却平静地笑笑，说，"你们的情我领了，我知道他不会回来了。"说完，头也不回地跑掉了。兵们狂呼乱叫郑老兵快点骑马去追。结果追上了，两人在雪地里又是亲吻拥抱，又是捶胸打背，又是翻滚哭笑……

兵们听了，都停下包饺子的手，说不是那回事。王编就很"专业"地跟兵们解释："这叫悲喜剧效果，这种结尾容易被上面通过。"兵们听了，觉得挺别扭，就说，再有多少能被上面通过的结尾，让人看了也觉得假。其实，真正的结尾是这样的——

郑老兵在执行任务中牺牲了，兵们把他掩埋在山脚下，还栽了一棵高原红柳。部队通知他媳妇来队处理遗物，可他媳妇不相信，也不来队，只一封接一封地给部队领导写信。每封信里都有一句同样的话："我的郑哥没有死，他不会死，我每天都梦见他还在西藏的山上爬……"

王编听了直摇头，手里的筷子掉在地上。普布起身往里屋走，王编急忙捡起筷子叫："不用换筷子，用纸擦擦就行了，都是当兵的，没那么多讲究。"

普布从里屋出来，没有拿筷子，拿的是一个笔记本，还很讲究地用袖口擦了擦，递给薛作者："这是我们测绘队老队长转业时送给我的，不知道对你们的话剧结尾有没点用处。"

薛作者就看，看得很认真——

△ 他很年轻，长得很高，很敦实，个性很强，嘴唇很厚，陕西口音很浓，通常把"我"念成"鹅"。大学毕业后自愿申请到西藏当测绘兵。一次，他在山上得了肺水肿，被送往医院抢救。出院后又赶到山上。那天，他连续工作十四个小时，深夜两点了，又去帐篷外为战友站岗两个小时。第二天，战友们怕惊醒他，都轻轻走路，轻轻说话，轻轻拿东西，一切都是轻轻地。十点多钟，炊事员做了碗面条端去，怕凉了，就轻轻叫他。他不应。炊事员轻轻拉开他的被子……于是，战友们轻轻地流泪，雪花轻轻地撒在他的坟头……他叫杜永宏。

△ 他很年轻，长得很俊，很能吃苦，嘴唇很薄，四川口音很浓，通常把"十"念成"四"。那天，过一条冰雪河，河上的那座独木桥已经腐朽不堪，大家争着去探桥，结果他争到了……河水中，他

匆忙向战友们挥了两下手，过完了他十九岁的生日……他叫李应华。

Δ 他很年轻……那天，眼看一场雪崩就要发生，队长命令迅速后撤。他坚持最后一个撤，执行检查工作现场任务。他说如果牺牲了，请在他身上盖一面测旗。雪崩来了，他成一堆肉泥，拣都拣不起来了。一面测旗盖在了他那一只还算完整的脚上……他叫胡承德。

Δ 他很年轻……那天，他硬说自己不饿，把最后一点干粮让给了别人。他死的时候，衣兜里装了几根干野菜，嘴里含了一个野桃子的核……他叫马员泽。

Δ 他很年轻……那天，他被突然窜出的一群饿狼抢走了。找到他时，已经血肉全无，只一具骨架……他叫何之仲。

Δ 他很年轻……那天，一阵风暴袭来，把他卷进了万丈深渊……他叫汤继明。

Δ 他很年轻……那天……他叫刘振刚。

Δ 他很年轻……他叫童天长。

……

薛作者看不下去了，这二十二个"爬山兵"的故事绝不是一台话剧能讲完的。王编用肘顶顶薛作者："想出好的结尾了吗?"

薛作者无语。

兵们不哭不笑地全都盯着薛作者，表情端庄无比。薛作者不知如何回答，看着兵们一个个是那样的年轻，真的很年轻，太年轻……看着看着，眼泪就那么流下来……

薛作者知道，王编直到转业，直到退休也没有写出那台话剧的结尾。前些日子给王编打过电话，回话说："这台话剧永远不会有结尾了，结尾处全都是你们的泪蛋蛋……"

原载《解放军报》2014 年 10 月 22 日

昆木加咏叹

晨雾正在消散，航班延误，薛作者坐在军航候机室的长椅上，一位看着挺顺眼的姑娘走来，坐在薛作者旁边。薛作者就美美地想起友人的诗句："野草都爱坐在你的周围//听你吟唱//大雁都爱飞向你//向你倾吐心事"。果然，姑娘有心事要向薛作者倾吐。

"薛老师，您好。"

嗯，很懂礼貌。但薛作者并不认识她："你知道我?"

姑娘盈盈一笑："不知道。我刚才听有个兵叫你薛老师。"

薛作者假假地谦虚："我不是老师，只是写点小文章的作者。老师这个称呼很神圣的，不能随便叫的。"

姑娘容光焕发："我就是一个乡村小学的老师，但我没觉得自己有多么神圣。"

"至少比我这个当作者的神圣。"

"作者?"

"对，像我现在这样坐着，这就是作者，如果坐在家里，就是作家。"

姑娘咯咯地笑，告诉薛作者，她叫彭霞，第一次去西藏，是去跟一个叫周昆的排长结婚的。

"噢，原来你是个准新娘。"

"算是吧。不过，我也算是个第三者。"

薛作者大惊，怔忡不宁地想，这年头的姑娘真是开放搞活婚姻了。

不是这样的。彭霞就讲她的恋爱故事。她和周昆从小认识，是一个村里长大的。后来周昆考上军校，毕业后分到昆木加哨所当了排长，报纸上还登了周昆背牛粪的照片。他的女朋友觉得给她丢脸了，"七十二行哪有背牛粪那一行？"于是给周昆写了"吹灯"信。彭霞"乘虚而入"，跟周昆确认了恋爱关系。

薛作者就感慨："不容易啊，我去过昆木加好几次，那里海拔四千九百米，年降雪在三百天左右，最低气温达零下四十摄氏度，三百公里长的国境线基本属于无人区，冬天生火要靠牛羊粪，吃水要靠背冰化成水，你能到那样艰苦的地方去完婚，简直难得的好姑娘。"

好姑娘脸红了，为难地说她不知怎样去哨所。薛作者豪放了："不要紧，过几天我去那里采访时把你捎上，我有采访车。"

一言为定。好姑娘一把握住薛作者的手。

几天后，薛作者到军区招待所把彭霞接上，一起上路。驾驶员小钟神采超飞扬，像是他在迎新娘，一路上话语偏多，给彭霞讲他的昆木加奇遇："昆木加哨所附近有座兔子山，山上的兔子成精了，去年开春我去打兔子，打到一只母兔，母兔肚里的崽全被子弹打出来了，母兔却逃掉了……"

"你太残忍了，会遭报应的。"彭霞的声调恶狠狠。

小钟很淡定："那当然。我回到昆木加哨所解便，由于厕所的坑深，外面风大，大便都被风卷到我屁股上，倒霉透了……"

薛作者断吼一声："注意点。"

小钟装傻没听懂，头一甩："放心吧，每个拐弯处我都很注意，保证安全。"

　　远山有积雪，彭霞望着晦暗的天，心神不安。薛作者告诉她，去昆木加的唯一通道是马泉河的里孜渡口，那里有个军队非编单位渡河班，夏天靠船摆渡，冬天就从冰面走。前几年，有个排长爱人去探亲，头晚下了雪，排长爱人等不及，不听劝，坚信"路是人走出来的"，硬是踩着积雪从河面走。排长闻讯从河对面来接应，看见他爱人身后那条爬行雪印，心痛不已，他爱人却泪眼汪汪地笑说："没把路踩出来，倒把俺男人给踩出来了，真好。"

　　彭霞着急了："我可不想这么把周昆给踩出来。"

　　薛作者就安慰："不会的。出发前给军分区打过电话，这段时间昆木加没下雪，河面的冰层开始融化了。"

　　不料，冰层融化更糟糕，人不能行，船无法渡。河对岸，周昆排长带了几个兵在那儿干着急，彭霞更着急。薛作者隔岸指挥大家往上游走，看有无结冰厚实的地段。没有。又往下游走。不行。彭霞发脾气了，从提包里掏出水果和点心往对岸扔。兵们集体高喊不能扔，这太浪费了。彭霞跌坐在地上哭："我真想把自己也扔过去呀……"

　　商量一阵，再等几天吧，先去军分区招待所住下。

　　彭霞去街上买东西，回来又抹泪："啥都没买成，钱包被偷了。"

　　小钟气得乱骂一通，叫薛作者写篇散文骂小偷。薛作者就叹："小偷一般不看散文。"彭霞闻言破涕为笑。好兆头。

　　几天后，马泉河可以勉强摆渡了，薛作者一行乘船过去。当晚，彭霞和周昆的婚礼上，兵们很兴奋，出些奇奇怪怪的小节目"刁难"新人。不提。周昆提议，请薛作者讲几句。薛作者说彭霞是老师，应该请老师讲几句。小钟嘻嘻地说："请新娘讲讲啥时候能怀上个小排长。"兵们鼓掌。彭霞的脸上红霞飞，就讲："请大家放心，我保证会怀上一个可爱的小排长。不过，我听到一件事，有人打到一只怀了崽的母兔，兔仔全被打出来了，母兔却逃掉了。我想告诉大家，如果我怀的小排长被敌人打掉了，我绝不会逃掉，我会跟敌人拼命，会像你们这些边防军人一样，勇敢地面对敌人。我不会逃，不会逃，不会……"

彭霞的声音越来越小，兵们全都瞪大了眼睛站起来。薛作者说："同志们，新娘的话，大家听懂了吗？"

片刻，不知是谁喊了一声："听懂啦！"就听屋里响起此起彼伏的"听懂啦！"

这声音传得很远。周围山顶的积雪在滚落，马泉河面的残冰在消融，各种声响与"听懂啦"汇在一起，俨然一曲美而又美的昆木加咏叹。

原载《解放军报》2015 年 3 月 11 日

莲花般的路

　　那年的一天，嘎隆山的冰雪铠甲被一个来自官方的声音击穿——墨脱公路实现了季节性通车。这个声音让付丽君泪眼盈盈，她邀薛作者一起去嘎隆山，讲她十八岁时的那些事情。

　　那时候的她天真活泼，满脑理想，时常叮咚地洒着一路的笑音。一天，她的父亲对她说："墨脱筑路指挥部在招民工，我已经给你报了名。墨脱至今还是全国唯一不通公路的县，你参加到这个筑路队里，是给国家建设增添了新鲜血液。女儿呀，你要记住，一定要修通了墨脱公路才能回家来见我……"

　　父亲的要求过于严厉，墨脱公路何时才能修通，无人可以准确或者大概说出，因为墨脱公路自二十世纪七十年代开始修筑，几度偃旗息鼓又几次重打锣鼓另开张，是共和国筑路史上耗时最长的一条路。但付丽君是个很听父亲的话的女儿，她去了筑路队。

　　在工地上，她明显感觉自己的饭量大增，每顿要吃一斤米饭才够。由于运输供应困难，队里规定，每人每顿定量四两，而且主菜以压缩干菜为主。没过多久，她就感到实在太饿，饿得心发慌。人一旦急了，就会生智，所谓急中生智。殊不知人一旦饿了，也会生智。她饥饿的目光瞄向了附近一个地方。在那里，有一个工兵连，她时不时地要去向工兵讨要几个罐头和白糖，工兵们都喜欢她，因此她每次都能得逞，每次都要赞扬工兵是"新时代最可爱的人"。

　　一个星期天，付丽君在河边采野花，突然有一块石头从工兵连施工的山坡上滚下来，落到河里，巨大的水花溅湿了付丽君的衣服，紧接着从山坡上传来一个工兵的道歉声。她气急地喊叫："你不能小心点啊？我看你就是故意的。"说完之后，她跑去向工兵连长告状，说那个工兵不是"新时代最可爱的人"。连长好言安慰，说他会严肃处理那个工兵。

付丽君并不知道，待她离开后，连长亲自去筑路队道了歉。当晚，筑路队领导召集民工开会，问："今天有谁去过工兵连？工兵连的连长刚才专门过来表扬她。有谁去过？"

"有我。"付丽君马上举手站起来，她天真地笑着，等待领导的表扬。

领导的嘴角潜藏着一股怒气，慢条斯理地说："知道吗？你这是在破坏军民关系。回去写一份检讨给我。"

付丽君的头无力地垂下来，呆立在那儿，本能地答应："是。"

那个夜晚成了她被大家取笑的节日，她由此对工兵连长一肚子气，第二天便去工兵连讨说法。快走近时，突然听到一阵震耳的轰隆声。一时间，山石伴着泥沙翻滚而下，随后便是一片惊恐的喊叫声。她意识到，这里发生了大塌方。救人要紧，她加快脚步赶过去，只见一个小工兵闭着眼睛靠在一棵树下。她细看，大吃一惊，这正是昨天在山坡上向她道歉的那个工兵。她紧张地推了推小工兵："你没事吧？"

小工兵身子一斜，软软地倒下去，无声无息地倒下去……

面对已经没有呼吸的小工兵，她真想给他说一大堆道歉的话："对不起，都是我不好，都怪我……你是新时代最可爱的人……"可是，即使她把道歉的话说成一首感人的颂歌，这个小工兵也再听不见了……

连长领着兵们赶来，悲痛地把小工兵往山下抬。连长递给付丽君一个军用挎包，里面装了两个罐头："这是他准备当面向你道歉时给你的，你先拿上，等下次……"她顿时泪如泉涌："我不要，不要……什么都不要，快救他，我要给他献血，快呀，我要献血……"

付丽君跟着兵们到了当地驻军医院，验了血，医生说她的血液指标不合格，不能献血。她不懂，很难过地自责："这都怪我这些天没有吃饱肚子，饿的，所以血液质量不好。"

连长告诉她："这个小工兵叫杨力平，是我们工兵团老团长的儿子，跟你一样，今年才十八岁。"

安葬小工兵的那天，老团长来了。付丽君听见部队领导问老团长有什么要求？陷于极大悲痛的老团长以商量的口气说："能不能追认我儿子为共青团员？"领导难以抑制心中的感动，当即答应了老团长的这个并不过分的唯一要求。

老团长很感谢，他抬起手臂向领导行军礼，然后向他儿子的墓地行军礼。在场的所有人都看到，老团长的神情是那样庄严，他的身体一动不动，久久地，久久地行着他此生行得时间最长，行得心情最沉重的军礼。他那纹丝不动的右手举着太阳，举着月亮，举着星星，举着这个世上可以祝福儿子的一切吉祥物……就那么举着，把一个慈父对儿子的全部感情都凝聚在这个军礼上，以此给安息在这里的儿子说一些说也说不完的话。临走时，老团长又深情地向远山行了一个军礼，似乎是对墨脱的山山岭岭说："我的儿子就交给你们啦，拜托啦……"

付丽君还告诉薛作者，她在那两年以后的一天成为那个工兵连长的新娘，再后来的两个月的一天，工兵连长在施工中不幸牺牲了。

听了她的故事，薛作者的眼睛湿湿的，不知怎样安慰她，没想到她反倒安慰薛作者："别太难过了，墨脱被称为莲花盛开的地方，我丈夫睡在这条莲花路旁，应该是很安详的。"

薛作者泪眼濛濛地站在嘎隆山上，望着向墨脱境内延伸的公路，感觉满眼都是盛开的血染莲花，悲怆之极。

原载《解放军报》2015 年 4 月 8 日

手疾眼快

那座坟的旁边有棵树，树上的树枝有些像刘老兵的手，这让薛作者的怀念之情更加浓重。

薛作者第一次认识刘老兵就对他印象深刻，这不在于他的形象和言谈等等，而是因为他的一个绝招——徒手捉苍蝇。谈话间，刘老兵突然伸手在薛作者的眼前一挥，把薛作者吓一跳，就想，这个兵完全不懂礼貌。只见刘老兵握住的拳头往地上猛地一摔，一只苍蝇当即昏死在地。

刘老兵的媳妇小姚脸一红，忙解释说："他从小喜欢用手抓苍蝇，习惯了。谈恋爱那阵就老用这招给俺表演，俺爹俺娘都夸他能干呢。"

刘老兵乐了，说："结婚以后俺才知道，俺媳妇其实也会这招，有时比俺还厉害，只不过当时没好意思给俺表演。俺这叫班门弄斧了。"

旁边有个兵调侃："那你媳妇用这招打人也肯定厉害吧？"

刘老兵嘿地一笑，点头承认，还解开领口向薛作者展示他脖子上的一条新鲜爪迹，说是昨晚为一桩小事跟小姚拌嘴，结果小姚急了，即兴发挥了一下小两口共有的绝招。

小姚脸绯红："啥都跟人说，不嫌臊得慌。这是在采访呢，别让人都给写出去。"

薛作者想写的并不是刘老兵的这个绝招，而是他几次救人的事情。

一次实弹训练投掷手榴弹，有个新兵由于紧张，拉了弦的手榴弹落在旁边，刘老兵大叫一声"卧倒"，捡起哧哧冒烟的手榴弹掷向远处。记者采访他，问他当时想的是什么，又是怎样做到的。他使劲挠了几下头："俺当时啥也没顾上想，就是凭俺手疾眼快，这比俺用手抓苍蝇还简单。"

记者很不满意，领导也一顿批评："给我在这儿丢人现眼，手抓苍蝇还能登大雅之堂？你干嘛不上电视台的超人节目？救战友是光荣的事，好好说嘛。"

刘老兵很郁闷，很长时间都不再向人展示徒手抓苍蝇的绝招了。

薛作者问刘老兵回家探亲期间救群众、抓小偷的那些事，刘老兵不好意思地说："就不提了吧，那都不算什么事儿，说出来俺又要挨批评，还是跟俺用手抓苍蝇有关系，手疾眼快呗。你爱咋写咋写，俺没意见。"

小姚一指头使劲摁一下刘老兵的脑门，对薛作者说："他就有这么笨，又傻又笨，你别见怪。其实，他救人已经好几次了，只是不跟别人讲。唉，这个世上要没了苍蝇，看他咋办。哪天他真要去领立功奖章和证书，俺但愿领奖台上别有只苍蝇在那儿飞。"

一屋子的兵哈哈地乐。薛作者便说："你很了不起，如果给你拍张徒手捉苍蝇的照片，可以进入国际摄影展。"

可是，那年春季的一天，刘老兵在拉萨河边为救一名落水的藏族小孩牺牲了。虽然他的绝招没能帮上他自己的忙，但藏族小孩还是得救了。那是因为冰雪融化的河水太凉太刺骨，他的腿在河水里抽筋了。当他把藏族小孩推上岸时，他最骄傲的那双手在冰河水面上简短地挥舞了几下，像是在跟人世作最后的道别，又像是在急切地招呼他的战友们，还招呼他的爱妻小姚……这个不到而立之年的高原战士，就这么用他平日爱做的那个姿势，求证了无私的英勇牺牲。

夏季的一天，薛作者去拉萨西郊的墓地凭吊刘老兵。墓地附近有一条拉萨河的支流。此时正值西藏地区一年一度的沐浴节，阳光明媚，有一群藏族小孩在河水里嬉戏玩耍。薛作者站在岸边看了很久很久。

清澈的河面上隐隐约约有好多双手在迅疾地挥舞，却不见一只苍蝇从这儿飞过。

薛作者听见，孩子们的嬉闹声中夹着另一个很熟悉的声音：你爱咋写咋写，俺没意见……

原载《解放军报》2016 年 4 月 6 日

杜鹃花开

一只雄壮的山羊被边防七连的军车撞死了，这让七连的连长无比震怒，声称要严肃处理驾驶员小张。

小张很委屈，解释说："那只山羊从路边山坡猛冲过来，像是对我进行自杀式袭击……"

连长一听，更加上火："完全胡扯！我从小在家放过山羊，哪只山羊都想活，全世界的山羊都不会有自杀的想法。你违反了群众纪律还狡辩，信不信，我现在就关你禁闭……"

正在七连采访的薛作者让连长息怒，决定去勒布村的益西单增家一探究竟。连长叫小张和卫生员小邓跟薛作者一起去，还特意交代，一定要赔钱，赔钱的数额要跟益西单增好好商量。

薛作者知道，西藏勒布是门巴族的主要居住地，边防七连在这里驻防已经整整六十年了。这里的杜鹃花红了一季又一季，官兵换了一茬再一茬，爱民助民的好传统却像村前娘江曲河长长的流水一成不变。兵们在这里修桥、铺路、盖房、垦荒、收割、背水、背柴、治病救人、打扫卫生……连队把根深深植入群众之中，群众都说七连是棵大树，他们是"背靠大树好乘凉"。像这样被军区授予的"爱民助民先进连队"，怎么会违反群众纪律呢？

此时正是四月，山道两旁的浓绿中盛开着鲜红的杜鹃花，可谓"红肥绿瘦"，偶有几只小熊猫悠闲地移动。进了村，猛地看见益西单增家的门口有株高大的杜鹃树，杜鹃花开得如火如血。益西单增惊喜地迎过来，笑脸竟也像杜鹃花似的如火如血。

薛作者发现，益西单增对小邓尤其热情。后得知原因，这里的门巴群众对连队历任卫生员的信任近乎"迷信"程度。病无大小，都要找连队卫生员。年初的一个深夜，益西单增的儿媳妇生孩子，婴儿的脐带还是小邓给剪的呢。小邓难为情地告诉薛作者："这是我今生第一次给女人接生，没办法，别人都要给我跪下了，我只好硬着头皮上，简直逼鸭子自杀式上架。如果那女人是难产，出了啥差错，那我就不是一般性的违反群众纪律了，后怕哟。"

薛作者恍然明白连长为啥要叫小邓一起来，不免暗暗赞许连长有心计。

小张诚恳向益西单增赔礼道歉，并问需要赔多少钱？

益西单增不高兴了："赔钱？那我问问你，盖这房子的工钱算不算？"

工钱？薛作者没听懂。

小张告诉薛作者，去年益西单增要在那株高大的杜鹃树旁盖房子，人手不够，向连队求助，连长派了一个排的兵，从采石、伐料到施工，两个星期就庆贺"乔迁之喜"了，并且分文不取。益西单增过意不去，送到连部一只山羊，结果被连长好言婉拒了。

小张对益西单增说："我撞死山羊和帮你盖房子是两码事，赔你钱是我们连长的命令，也是我们的纪律。"

益西单增笑声洪亮："你就不懂了吧？上次被你们退回来的那只羊，就是这只死掉的羊。这是一只有情有义的羊，它不愿意被退回来，自己发脾气去撞你的车，怪不了哪个。哈哈哈……"

小张坚决不笑："那不行，你看，我们上级机关都派人来了，监督我们执行群众纪律呢。"

"监督？"益西单增白了薛作者一眼，不笑了，身体猛地扭向一边。

薛作者清清嗓子，尽量和言善语："益西大叔，不不，益西兄弟，这钱是一定要赔的，别为难这两个兵，不然他们回去也不好向连长交代。您看，赔多少，给个数。"

沉默片刻，背对薛作者的益西单增举起竖着三根手指的手。

"三十？"小张问。

益西单增的手指微微颤抖。

"三百？"小邓问。

益西单增的头部轻轻颤抖。

"三千？"薛作者问。

益西单增的身体剧烈发抖。

"到底是多少？"小张、小邓、薛作者集体问。

益西单增慢慢转过身，仍然举着竖起的三根手指头，脸上挂满成串的泪珠，一手拉住薛作者："本部拉（首长），七连对我们门巴人的恩情，三天三夜也说不完啊。要问他们在这儿做了多少好事，不妨去数数这里的南山、北山、太宗山、嘎啦山上的杜鹃花有多少。这值多少钱？本部拉，兄弟呀，恩情值多少钱？千金难买呀本部拉……能结识七连的兵，是我益西单增三生有幸，三生有幸呀本部拉……"

薛作者的双手紧紧捂住益西单增竖起的三根手指头，脸上也挂满成串的泪珠，感觉门前的杜鹃树上的繁花是那样美丽而庄严。

原载《解放军报》2016 年 4 月 20 日

方方的遐想

　　站在昆木加哨所旁的山丘上瞰视马泉河，能见到一群群聒噪着的黄鸭不断腾起，有的飞上天空，有的扑进河水，有的则在岸边专心守护尚未长出羽翅的幼鸭。一时间，目所能及的空间活泛一片。

　　看着看着，薛作者就生出想法，于是向炊事班的张班长建议："你们的生活条件太艰苦，吃不到新鲜猪肉，更不用说活鸡活鸭，尽是吃罐头，那没多大营养，不如抓几只黄鸭改善一下生活。"

　　张班长愣愣地看薛作者，眼睛瞪得贼大："那咋行，不准抓黄鸭是我们哨所的一个纪律，连新兵都知道。方方，你说是不是？"

　　张班长说的方方也在炊事班，是今年入伍的新兵，刚满十八岁。方方叹口气说："是啊，不能伤害它们，这都是些大自然的产物。"

　　薛作者惊讶地赞许："方方，真没看出来，你绝对可以当诗人。"

　　方方脸红了，说："诗人不敢当。但我写过诗。"

　　张班长证明："他写过诗，前一阵还在拉萨晚报上发表过一篇，挺抒情的。"

　　薛作者对方方更是刮目相看了，鼓励他继续写，以后还可以帮他修改，帮他送去报纸杂志发表。比如，你这么喜爱栖于哨所旁的黄鸭，完全可以抒发一下对黄鸭的情感，大自然的宠物都有自己独特的语言，可爱的举动，奇特的生存方式，能给诗人许多的灵感……方方，你要多写啊。

　　方方的脸又红了，居然谦虚得相当不靠谱："其实我对黄鸭也说不上有多大感情，黄鸭给我的灵感就是想吃它。不仅我吃，还想让哨所的每个人都吃。从我看到黄鸭生的蛋的那一刻，我就想把蛋拿到厨房煮了吃，真的，好想吃。从小到大，我还没吃过黄鸭蛋呢。

嘿嘿。"

这样想法的人如何能当诗人？薛作者对方方失望了。

张班长实话实说："谁不想吃黄鸭蛋？我也想吃。不准抓黄鸭是哨所多年来的一个规定，大家执行得好着呢。这里是无人区，荒凉得很，到了冬季更是白茫茫的一片。鸟影子都没有，只有夏季才能看这些黄鸭和一些鸟，稀罕呀，看到它们就像看到了家乡亲人似的，谁还忍心吃它们？要抓它们还不容易？走，我带你去看看。"

薛作者跟着张班长和方方往马泉河边走，只见河水一律扶着河床平静地流淌，水波粼粼闪耀，正在河面上追逐嬉闹的黄鸭突然紧张起来，"嘎嘎"地惊叫着飞向岸边的沙滩——就在那里，一群又一群幼鸭不安地四下徘徊，它们显然能听懂父母发出的危险警报，却不知该往哪儿逃生。

哈哈，抓住了……

哈哈，又抓住了……

……

薛作者捧着一只幼鸭激动无比："这、这也太容易了嘛。"

张班长说："要抓大的也容易，晚上把幼鸭关在一个笼子里，外面支张网，大的都会钻进去。"

方方叫薛作者赶紧把手里的幼鸭放了，说是抓久了会把幼鸭抓伤的，影响幼鸭的正常发育。

薛作者放了幼鸭，夸方方很懂养殖。张班长把脖子一拧："他一个新兵蛋子懂啥养殖，这都是我教他的。"

"你养过鸭?"薛作者问张班长。

"在家不仅养过鸭，还养过鸡，猪呀羊呀都养过。"张班长很骄傲。

"你也养过?"薛作者问方方。

"我家是县城的，我想过养鸡，但居委会不准养，要罚款的。"方方很失落。

薛作者便安慰："那我想办法给上面说说，允许你们哨所养点鸡鸭什么的。"

张班长大笑："别逗了。你是'老西藏'了，这儿缺氧还不知道？家禽在这儿是养不活的。"

薛作者很认真地说："可以试试。"

张班长又笑："咋试呀？除非我们厨房里的那些鸡蛋能孵出小鸡。就算能孵出小鸡，总要有只孵蛋的鸡婆吧？"

薛作者也笑："人可以当鸡婆嘛，不就是体温达到四十摄氏度以上，这没多大诀窍，听说有人试过，还成功过。当然，只是听说，哈哈哈……"

张班长跟着笑。方方不笑，神态异样，呆呆地看着河面，自言自语地说："可以试试。"

翌日，张班长急急跑来告诉薛作者，方方生病了。

方方的床前，卫生员刚给方方测完体温，拿体温计给薛作者看："三十八度五，是高烧，要马上打针输液退烧。"

方方躺在床上，身体始终保持侧身蜷缩姿势，听到卫生员说的话，立刻皱紧了眉头："不准给我打针输液，我也不吃药。"

"为啥？"张班长问。

方方像赌气似地说："你们别管，我过几天自然会好。反正……反正我现在的体温还不够高。"

"还不够高？都三十八度五了，你想被烧死？"

张班长发急了。

方方闭了眼睛说："烧不死。要烧到四十度以上才行。"

"什么什么？你小子不想活了？有啥想不通的？快，我背你到卫生室去，给我起来。"张班长猛地掀开方方的被子，"呀——"

这声"呀"把薛作者和卫生员全"呀"傻了——方方的腹部下方竟然放着六个鸡蛋。张班长大吼："你这是在干啥？"

方方有气无力地说："我想试试。"

"试啥?"卫生员问。

张班长不由分说背起方方往卫生室走,边走边摇头:"我从没见过这么傻的兵,从没见过……"

"他到底想试啥?"卫生员追着问。

"别听他瞎说,他是被烧迷糊了。"张班长喘着粗气说。

薛作者坐在方方的床上,摸了摸带着方方体温的鸡蛋,对自己好一阵责怪。

离开哨所的那天,薛作者看见方方独自坐在山丘上,发呆地看着马泉河。薛作者的眼睛便湿了,情不自禁地跟着方方一起遐想出一群活蹦乱跳的小鸡。那是方方用自己的身体孵出的小鸡,那是薛作者在心中滚沸了好些年的一个小故事……

原载《解放军报》2016 年 6 月 23 日

啊， 美丽泪珠

在薛作者的印象中，坐落在青藏高原山沟深处的这个弹药仓库，似乎是专门制造一种幽静的地方。当然，偶尔也会有热闹的场景出现，而每一次"偶尔"都成为兵们军旅生涯的一段鲜亮篇章。

赶得早不如赶得巧，"偶尔"出现在眼前，几十面彩旗在微风中摇曳热烈的情绪，但这并不因为薛作者的到来，而是这一天正是退伍老兵告别军营的日子。

兵们欢声笑语集体会餐以后回到各自宿舍，一个个心情复杂地兴奋交谈，有的互赠照片，有的互赠笔记本，还有的互赠香烟之类，以作战友情谊的长久纪念……薛作者不禁回想起多次送别战友的情景，忍不住上前跟那些退伍兵攀谈，尽量用过滤的言语安抚他们有些依舍难受的心，并且很卖力气地帮他们把行李往汽车上搬。

不料，薛作者的体力已不如从前，再加上高原反应，只觉手脚一软，一大件眼看就要被推到车厢里的行李翻滚到薛作者的"龙虾体"上，瘫坐在地上的薛作者便扶住行李说："看来它挺有个性，很懂感情，它是真舍不得离开军营呀。"这话顿时引来兵们的集体哄笑，薛作者有些狼狈地跟着笑。就听仓库的段主任在一旁发感叹："唉，每回送退伍兵的场面都是大家在一起抹眼泪，搞得我心里怪难受，像这样高高兴兴的场面简直太难得了，看来还是大作家有高招呀，今后我也应该在这样的场合来几招搞笑的动静才行。"

薛作者惭愧地解释："这不算啥高招，只是无意间出了点小洋相，搞笑的动静是那些小品演员的专长。"

段主任把手坚定地一挥："不，带兵干部学点小品演员的招数也没啥不好，关键时候也许有用，团结紧张严肃活泼，活泼嘛，没啥不好嘛。同志们，"段主任提高嗓门，"我想临时下达一个命令，哦，不算命令，是建议，今天，我们大家在送别战友的时候，都不要掉眼泪，男儿有泪不轻弹是吧，要笑，喜气洋洋地笑，欢天喜地地笑，把最美丽的笑容留给战友，留给军营，留给高原，好不好?"

"好——"

兵们的声音碰撞着四周的山，而四周的山则以永恒的姿势将兵们的声音回荡成气势磅礴的战歌。

薛作者猛然看见，仓库一侧的山脊上有一串人影，细看，有十多个藏民匆匆行走在山道上。段主任介绍说："山背面住着十多户藏族人家，那里交通不便，战士们经常去搞助民劳动，搞扶贫，这传统坚持好几年了。藏民跟我们金珠玛米的感情很深，每年都要来送退伍老兵。如果事先不通知他们，他们还要跟你闹意见，耍脾气，罚你喝酒呢。简直纯朴。"

道别的时候到了，兵们在仓库大门外的坝子里列队，藏民在依次给每个退伍兵献哈达，递青稞酒。营区里的喇叭在播放歌曲《送战友》。这个简短而富有民族特色的送行仪式结束后，意犹未尽的藏民又跳起了"锅庄"渲染气氛，热情地将退伍兵一个一个的"旋"上了汽车。

汽车启动了。就听段主任高声大喊："都听好了，大家一起挥手一起笑，把我们最美丽的笑容露出来啊，笑啊……对对，就这样，笑起来啊，笑啊……"

薛作者听出来了，段主任的声音有些哽咽，简直哽咽，哽咽无声了。再看，段主任的脸上已挂满了泪珠。

汽车渐渐远去，段主任朝前方一边挥手一边紧跑几步，猛然停住，端端站立，许久不回头，就是不回头。薛作者心里明白，段主任是不想让兵们看见他的眼泪。

薛作者回身看，挥着手的兵们和藏民全都面露笑容，但脸上竟然也挂满了泪珠。他们的挥手很生动，他们的笑容很真诚，他们的泪珠很美丽。的确，那泪珠是如此的美丽，是无法形容的那般美丽，从泪珠里反射出来的光芒跟帽徽闪耀的光芒同样鲜艳。一串串泪珠把金色阳光稔成了碎碎的金黄。刹那间，泪珠在薛作者凝固的笑脸上刷刷滚落……

原载《解放军报》2016年12月7日

军礼的意境

  杨利是个交警，人称杨警官，他负责的交通路线长约三百米，薛作者的住家就在那条路段上，因此能经常看见杨利，但从没跟他说过话。不料，薛作者无意中从他身上发现了一个不朽的创作题材——军礼的意境。

  一日，薛作者看见有个满头大汗的西方老外急匆匆跑到正在指挥交通的杨利跟前，连比带画地问路。杨利从容应对，用流利的英语跟老外对话，然后拿笔和纸给老外画了一张路线图，还给老外敬了一个标准的军礼。老外激动了，一把将杨利肉肉的大手拉到自己嘴上，重重地亲吻了几下，杨利的脸顿时通红，不好意思地使劲擦了擦手背，那手背便成了一首中外人民友谊诗歌的点缀，引得几个路人向他伸出了大拇指。

  "站住！"杨利一手指向一个骑电瓶车的人，冲上前去拦住，向那人敬了一个军礼，"小伙子，你逆向行驶，违章了，请下车。"

  "违啥章？我咋不知道？"小伙子仍然骑在车上。

  "没关系，我给你讲讲你以后就知道了。"杨利抓着车把手。

  "松开手！"小伙子瞪眼了。

  杨利又敬一个军礼："你这态度不好，罚款二十。"

  "狗屁罚款，我一个打工的，没钱！"小伙子用力掰杨利的手，"松手！"

  杨利没松手，又敬一个军礼，"请下车。"

  "不松手是不是？信不信我把你手打断！"小伙子一手伸进裤兜，像是要拿什么家什。

  杨利又敬一个军礼："你可以把我手打断，但我绝不允许你把行人的手撞断。请下车。"

小伙子鼻子一哼:"你不过就是穿了身警服,等你哪天脱了警服,看我不打死你。"

杨利又敬一个军礼:"把我打死不要紧,但我绝不允许违章驾车的人把行人撞死。请下车。"

小伙子把脸扭向一边,坚决不下车。

杨利不说话,只是端端地向小伙子敬礼。敬了一个又一个,每个军礼都相当标准,还挺有节奏。

"小伙子,你就下车吧,这位警官都给你敬了十五个礼了,我们几个都数着呢,你也懂点礼貌讲点道德吧。"有个行人看不下去了。

"不就是想要点小钱嘛,拿去!"小伙子从衣兜里掏出二十元钱扔给杨利,"发财去吧!"

"请下车!"杨利从地上捡起钱,边说边拿出罚款单,"我给你讲讲交通规则。"

突然,电瓶车疯窜出去,差点把杨利带倒,恶恶的声音从远处传来:"你给我等着,不得好死——"

"骑慢点儿!"杨利一个劲摇头。

薛作者凭直觉,杨利应该是当过兵的人。果然,经过攀谈,方知他原先是个警卫战士,服役三年,退伍以后当了一名交警。

几年后的一个傍晚,薛作者碰到刚下班的杨利,见他正把脱下的警服往摩托车的后备厢里放,于是上前跟他开了个小玩笑:"杨警官,千万别脱警服,当心有人打死你。"

杨利一愣,笑了:"不会的,那个小伙子已经跟我成生死朋友了。"

"生死朋友?"薛作者不懂。

原来,大地震的时候,杨利参加了救援队,竟然应了"不打不相识"那句话,他从废墟里救出的第一个人正是那个小伙子。小伙子感动得不行,说不得好死的人应该是他。杨利安慰说:"兄弟,有我在,我不会让你死的。"从那时起,小伙子一直跟着杨利参加救援。

在一所学校，从废墟里找到几具学生遗体，杨利难过之极，泪流满面地向学生遗体敬军礼，一个劲在心里念："对不起，对不起，叔叔来晚了……"

杨利告诉薛作者："我敬那个军礼的时间很长，很长很长，是我这辈子敬的时间最长的军礼。"说着，他的眼泪就流下来了。

薛作者问："你很喜欢军礼？"

杨利擦了眼泪说："不仅是喜欢，是我对军礼的一份感情。当兵三年，军营给我最厚重的礼物就是军礼。军礼是士兵的忠诚，是军人的版权，是勇士高攀的火炬，是军旅岁月的珍藏，是装点春色的绿叶，也是诗歌的舞蹈，吉祥的祝福，总之，是一种大美的意境。"

"老天爷，你会写诗？"薛作者很惊讶。

"当然，"杨利并不谦虚，"我写的诗还获过奖呢。"

看着杨利骑着摩托车融入车流的背影，薛作者在路灯和车灯交叉闪烁的街道上，像一个大美的忠实随从，向杨利的背影敬了一个很有意境的军礼。

原载《解放军报》2017年2月8日

以耳代目

"孩子们，孩子们，赶紧坐好，演出马上开始啦！"

欢笑声从不远处传来，几个小孩从薛作者身边向欢笑声响的地方急急跑去。

抬眼望去，这个小山村的大大小小几十个孩子全都聚在一个打谷场上，地面覆着一层薄雪，有的树枝上还挂着耀眼的冰凌，这个寒冷的冬天收留了山民们的笑容和愁容，吸引着薛作者加快脚步向那里走去。

打谷场上，孩子们围坐成圆圈，喜喜地看场子中间的那个中年男子表演节目。有个小女孩递来一个小木凳，很有礼貌地请薛作者坐。

"只有他一个人表演？"薛作者问。

"从来都是赵叔叔一个人表演。"小女孩仰脸说，"你是第一次来这儿吧？"

"第一次。"薛作者点头坐下。

"那你算是赶上了，可好看了。"小女孩的表情一派欣喜。

第一个节目是模仿鸡，这大概由于今年是鸡年吧。被孩子们称作"赵叔叔"的人一边表演精湛的口技一边手舞足蹈，果然表演得惟妙惟肖：公鸡报晓打鸣、公鸡激情采蛋、母鸡下蛋后骄傲高歌、母鸡引领小鸡群，还有鸡群哄抢食物的和弦、公鸡与公鸡之间的愤怒争斗——尤其这争斗场面，"赵叔叔"居然表演了一系列滑稽动作，引得孩子们大笑不止。接着，他又模仿黑熊、模仿母猪、模仿兔子、模仿鸭子、模仿猩猩……孩子们笑得眼泪蒙住了视线。这欢乐场景使寒冷的天气都变得暖洋洋的了。

薛作者注意到，紧挨打谷场的一幢小农舍门前坐着一位大娘，她双手紧捂一个暖手壶，像捂着一季温暖的春天，很安静地在那儿看，却始终没有笑过一下。薛作者起身走向她："大娘，您不喜欢他表演的节目？"

"嗯？谁说我不喜欢？"大娘看了薛作者一眼，指指旁边的一张木椅，"你坐吧。"

"那您为什么一直不笑呢？"薛作者在大娘身边坐下。

"哦，我心里一直在笑着呢。"大娘的神情平静，理理头上戴的军用棉帽，不紧不慢地说，"你知道吗？那是我的儿子。"

"啊？您……您儿子很优秀，真的很优秀。"薛作者为大娘感到骄傲，拦住大娘递过来的暖手壶，"不用，谢谢啦。您的儿子完全可以上春晚，太优秀。"

"当然优秀。我儿子在西藏当兵的时候，还是优秀士兵呢。"大娘理理羽绒服的领口，俨然是在整理军容。

"哎呀，"薛作者惊喜地说道，"那我跟您儿子是战友，我也是西藏部队的。"

大娘扭过身，皱着眉头，眯着眼，像端详她儿子似的看着薛作者，看了好一阵，然后把她的一只皱巴巴的手送到薛作者的手掌里。她的手在微微颤抖，薛作者不明白她为何这般激动。只听她叹口气，告诉薛作者，她儿子原先是个电话兵，有一年春节，哨所的电话线出了故障，她儿子去执行查线任务，线路通了，她儿子却在那个风雪弥漫的夜晚迷路了。战友们分路去寻找，到第三天清早才找到她儿子。人还活着，但眼睛却失明了。

"失明了？"薛作者的心头一紧。

"就是眼睛瞎了，"大娘继续说："我儿算是幸运的了，为了找我儿，还牺牲了一个战士，是被雪窝给埋住了，到了夏天雪化了才找到那个战士。哎，不说了，你还是听听吧，听我儿表演的最后一个节目是什么，每回他都要表演这个节目。"

"……当我永别了战友的时候，好像那雪崩飞滚万丈，啊——亲爱的战友，我再不能看到你雄伟的身影和可爱的脸庞，啊——亲爱的战友，你也再不能听我弹琴，听我歌唱……"

深情的歌声在打谷场的上空响着，孩子们全都自动起立，肃然聆听，没有一个人笑。薛作者发现，泪珠正从"赵叔叔"的脸颊往下淌。歌声停止，就听大娘高声喊："我儿，快过来，你的西藏战友来啦！"

"赵叔叔"一边应着一边往这边来，薛作者起身想迎上去，被大娘拉住："不用，我儿能行，这路他走惯了，路面都是我亲手填平的，可平可平。放心吧，有娘在，我儿跌不倒。"

薛作者眼一热，庄重地向走到跟前的"赵叔叔"敬了一个军礼。没想到，"赵叔叔"竟然脚跟一并，给薛作者还了一个军礼。

"老战友，你、你的眼睛还能看得见？"薛作者万分惊讶。

"不，我儿的耳朵能看得见。"大娘自信地说。

孩子们全都围了上来，向"赵叔叔"敬少先队的队礼。一双双冻得通红的小手，装点出满目的花朵。

"赵叔叔"昂首挺胸，向孩子们敬了一个军礼。顿时，孩子们的欢笑声汇成一股幸福的温泉，就见地面的薄雪开始融化，升起吉祥的白色烟雾。

薛作者看见，大娘笑了，笑得无比灿烂。

只见"赵叔叔"俯下身，用手掌轻轻拂去他母亲眼角上的一朵泪花……

哦，以耳代目，明亮又明亮。

原载《解放军报》2017 年 2 月 17 日

昨天的故事

"很久很久以前……"

已经退休好几年的老黄在跟他的那个叫亮亮的孙子讲故事，可是他刚讲了这么一句，亮亮便立刻表达了不满："爷爷，你怎么一讲故事就是很久很久以前？我都听烦了。"

老黄尴尬地看着薛作者："你瞧，现在这些孩子，尽喜欢听新鲜时髦的故事，恐怕这就是所谓的'代沟'吧。"

薛作者安慰老黄："他才刚到上小学的年纪，哪能听懂你讲的那些故事？有'代沟'没关系，咱们可以在这'代沟'之上架一条心灵的彩虹桥，尽量去接近孩子，亲近孩子……"

"啥？心灵的彩虹桥？"老黄不屑地笑笑，"那都是你们作家理想化的幻想，恐怕咱们刚走上桥就自个儿掉下去了，孩子们连咱们的人影儿都见不着。"

薛作者说："别那么悲观嘛，走在心灵的彩虹桥上，那感觉绝对有意思，你应该试试。"

"什么是心灵的彩虹桥？"亮亮闪着明亮的眸子问。

薛作者摸摸亮亮的头，说："心灵的彩虹桥就架在我们的这里面，你从这座桥上走过，会看到许许多多优秀的人，会听到许许多多动人的故事。"

亮亮兴奋地大叫："那我喜欢！"

"好了好了，别闹了，"老黄呷口茶，"现在我重新跟你讲啊，在很……不算很久以前，在八十年前，红军长征的时候……"

"我早知道红军长征！"亮亮抱起皮球准备往外跑。

老黄一把拉住亮亮："你早知道红军长征？"

"当然知道，老师给我们讲过。"亮亮神气地拍了两下皮球，"红军还爬了雪山，过了草地。"

"那我问你，红军长征的路程是多少里？"老黄像老顽童似的说，"你要能回答出来，爷爷陪你去玩皮球。"

"说话算话？"

"当然。"

"红军长征的路程是十万八千里！"

"十万八千里？"

"难道不是吗？"亮亮一脸骄傲。

老黄木然地看看亮亮，又看看我。亮亮可能觉得有点问题了，挠挠后脑勺，突然想起来了，说："哦，那是《西游记》里面的孙悟空，一个跟斗可以翻十万八千里，红军长征……长征的路程……嘿嘿……"亮亮抱着皮球飞跑出门。

老黄摊着两只手朝薛作者摇头苦笑："心灵的彩虹桥就这么没影儿了。"

几天后，薛作者应邀去阿坝州黑水县参加"纪念红军长征胜利八十周年"活动，刚到黑水县的烈士陵园门前就碰见了老黄和他的孙子亮亮。爷孙俩正忙着把汽车后备厢里的鲜花抱出来，薛作者赶紧上前帮着把鲜花抱进烈士陵园。

陵园正中是一座高耸的纪念碑，碑上的那尊雕像是一个红军战士，他一手高擎一支土枪，像是在招呼后续的战友跟他一起继续血战。"红军在这儿打过仗？"亮亮一边问一边向两旁献花的人群张望。

"红军在这儿大大小小的战斗有八十多次呢，牺牲了不少人。但牺牲最多的是爬雪山、过草地的时候，有将近一万名红军倒在这里，许多人连名字都没有留下。"老黄凝重的语气仿佛把亮亮带到了故事中，"爬雪山的时候，空气稀薄，呼吸困难，不能讲话。山上的天气变化无穷，一会儿风雨，一会儿暴雪，雪崩发出雷鸣般的声响，鸡蛋大的冰雹把人打得鼻青脸肿。红军战士缺少御寒的棉衣，衣服破破烂烂，一个个面黄肌瘦，由于白雪反光的刺激，所有人的两眼红肿，眼球突出……"

亮亮下意识地揉揉眼睛。

"过草地的时候更艰难，带的那点儿炒面吃完了，就挖野菜、摸泥鳅，野菜和泥鳅没有了就煮皮带、煮枪背带吃，有的战士还找马粪和骡粪，拿到水里淘了以后煮来吃，就是这样的东西，共产党员还要等其他人吃了自己才吃。草地的红泥水把战士的双脚泡得发亮发肿，鞋也烂了，只好撕破衣服来裹脚……"

亮亮情不自禁地蹲下来系紧了鞋带。

"有一天晚上，有个机枪班的九个人背靠背睡觉取暖，到了第二天早上，三个人站起来了，六个人都坐着牺牲了。"

"哎呀，那怎么办呢？"亮亮着急地问。

"怎么办？班长和另外两个战士掩埋了战友的遗体，又继续上路了，他们要北上抗日，他们要打日本鬼子呗。亮亮，你知道吗，那个机枪班长不是别人，他是你的曾祖父呀。"老黄的声音有些发颤。

"我的曾祖父？"

"对，你的曾祖父，你爷爷我的父亲。八十年前，你的曾祖父和他的战友们在这里三过草地呀。"

"那……爷爷，你讲的是八十年前的故事？"

"不，是昨天的故事。"薛作者忍不住插嘴说。

"噢，昨天的故事。"亮亮若有所思地抱了几束鲜花往墓地走去。

老黄和薛作者站在那里，注视着亮亮在那一座座红军无名墓跟前献花，心中涌起一种深深地感动。老黄抚摸着烈士纪念碑的基座，湿着眼说："感谢这里的政府和藏族同胞还记着红军，是他们架起的这座心灵的彩虹桥。感谢啊，真的感谢啊……"

为了这感谢，薛作者在昨天写下了这个昨天的故事。

原载《解放军报》2017年3月3日

最后的端端站立

工兵团高排长施工的刚健身影映入初升的太阳，薛作者赶上前去，跟他一起融成剪影。

亲热交谈间，被兵们称作硬汉的他拿出一封信，说："其实我也没做啥子了不起的事，不像他们说的什么硬汉，你也不用采访我。这封信是我未婚妻写的，我俩准备这个月在拉萨举行婚礼，挺想她的，别笑话我啊。你要觉得有用，就不用抄下来了，那太麻烦，送给你吧。"

"那咋行，这是情书呀，属于你的个人隐私。"薛作者看了看信，觉得有点意思，"这样吧，我借用一下，过几天还给你。"

没过几天，薛作者去还信，却听到不幸消息，高排长在施工中为救战友，被山上滚落的巨石砸中右腿，昏迷不醒，被送进野战医院，又转送到军区总医院，薛作者急急赶去。

医生已对高排长做了全面检查，慎重商议后做出不可置疑的医治方案——截肢。并且要快，要争取时间。医生们无不为他感到惋惜，这意味着他的工兵生涯就此结束。

高排长苏醒了，医生婉转地向他作了解释，只听他惨叫一声，几近崩溃。薛作者一时不知如何安慰，只一个劲说："你要坚强，要坚强……"

就在医护人员准备送高排长去手术室的时候，高排长突然紧抓床框狂暴高喊："不许动我！不许动我！……"

医护人员劝不住，薛作者也劝不住，只好给工兵团的领导打电话。团长和政委很快赶来了，跟高排长好言细语地说了些很有道理的话。但高排长一句也听不进，紧抓床框不断摇头。团长急了，威严宣布："你是军人，服从命令是军人的天职，你虽然躺在医院里了，但还是我们团的人，听我的命令！不废话了，马上把他给我送进手术室，我签字，出啥问题由我负责，就是他家里人要来打死我，我也认了！"

高排长的眼泪一下涌出来，嘴里念道："家里人，我家里人……等等，求团长了，再等一等，我保证服从命令，我保证……让我想一想，再等一等……"

"还等什么等？服从命令不讲条件！"团长焦急地在病房里踱步。

"报告团长，我是有个条件。"高排长忍着痛说。

"啥条件？快说！"团长动怒了。

高排长又在流泪了。

"别流泪，你是咱团出了名的硬汉，硬汉负伤就流泪，咱团的官兵都没面子了啊。你有啥条件慢慢说，只要我能办到的。"团长的心软了。

"我未婚妻的那封信呢？"高排长问薛作者。

薛作者拿出信，信中的那段话令团长和政委的心为之震颤："……你在施工时千万要小心，要注意安全，不要受伤，在我俩的婚礼上，我要看到你好端端地站在我面前，全身没有一点伤，这是我对你唯一的要求，请你一定要做到……"

政委叹着气说："我们对不住你的未婚妻，真的对不住，我们向她道歉。"

"是啊，我们真诚道歉。但眼下最要紧的是做手术，你有啥要求就赶紧说吧。"团长柔和的声音听来很陌生。

"我的未婚妻可能今天会赶到拉萨，在她到来之前，不能锯我的腿，我不能以残缺之身来见她，我想让她看到我此生最后一次好端端地站立。团长、政委，你们帮我给医生求求情吧……"高排长的眼神里透着最后的希望。

但主治医生连连摆手："绝对不行，要抢时间，否则会危及生命的啊。"

高排长无奈地说："好吧，既然命运已经这样安排了。但请允许以我需要的方式去爱我的未婚妻，完成我对她的承诺。请扶我起来，我要最后好端端地站立一次，你们用手机拍个照，留给她。"

团长和政委上前扶起高排长，用身体支撑着高排长做站立状。高排长满脸是冷汗，团长和政委以及医护人员满眼是热泪。薛作者用手机拍下了这个感人场景。

几个小时后，高排长还没出手术室，他的未婚妻从机场赶来了。薛作者拿出手机给她看，安慰说："没关系，以后会给他安假肢。"

她拿过手机仔细端详，像是自言自语地轻声说："他是这个世界上最守承诺的人，今后我会好好照顾他，我就是他的那个假肢，我会做到的，会做到的，会的……"

不觉间，薛作者想还给她的那封情书已经被握成了湿湿的纸团……

原载《解放军报》2018 年 4 月 18 日

月亮之上

马泉河天空的最后一抹晚霞被扎西老人卸下来了。是用木蒿一点一点卸下来的。之后，他又用木蒿把一轮明月一蒿一蒿地挑在半空。只见他喘着粗气，把小木船拴在岸边的木桩上，然后在一块铺了藏式卡垫的石板上盘腿坐下，往两个大土碗里倒满青稞酒，招呼薛作者："本部拉（首长），来，喝几口暖暖身子。看来我们还要再等一阵子。"

扎西老人在等的人叫张德林，是前面边防哨所渡河班的班长。这个渡河班是全军最小的班，只有一个人，还是编外的，班长由连长任命。多年来，这个边防哨所出入的道路之间一直被这条季节河隔着，除了河水封冻的冬季，兵们和过往的牧民都靠渡河班的小船来回摆渡。家住附近的扎西老人很早就成为自愿陪伴渡河班的人，这一陪，就陪了四十多年，从一个英俊青年变成了一个满脸布满核桃皮似的皱纹的老人。但他并没歇息，一如既往地经常来这儿帮忙摆渡，还当藏语翻译，谁也劝不住他。

今天这个日子很特别，是张班长去军分区接未婚妻的日子，扎西老人执意要在河边迎接，他对薛作者说："这里的兵一般都只待两年就走了，这个张班长是个专业军士，在这儿都待好几年了。休假回家找女朋友，找一个吹一个，这才总算有个姑娘愿意嫁给他了，不容易啊。"

"这可以理解，如今的女孩都喜欢看文艺演出什么的，但这儿的文化生活太单调。"薛作者解释说。

"单调？我咋不觉得？要看文艺演出那还不容易，我哪天都可以让他们看到。"扎西老人站起来，大喝一口酒，"你以为我吹牛是吧？

不信我明天就可以让你看到。用你们的话说叫诚信是吧？我这儿叫说一不二，说到做到，是这意思吧？不信我们打赌。"

"别别别，我信我信。"薛作者拍着扎西老人的肩，拉他坐下，"我没别的意思，我主要是说这儿的生活太艰苦，再说，好多姑娘也接受不了两地分居的夫妻生活。"

"这个我懂，夫妻两地分居的生活是不好，大大的不好，可是总得有人过这生活吧？"扎西老人从布袋里拿出几块风干牛肉，"你尝尝，慢慢就吃习惯了。"

"我在西藏边防跑了这么多年，这东西我早吃习惯了。"薛作者嚼风干牛肉的动静很夸张。

扎西老人笑哈哈地看着薛作者："是啊，啥都讲究个习惯。夫妻两地分居久了，也会习惯的。再说，如果没人来守卫祖国边疆，月亮也不会这么圆呀。"

薛作者抬头看了天上的明月，静静地听扎西老人讲他爷爷当年抗击英军的那段往事："……城堡上的弹药库被黄毛鬼子打着了，火光把天都映红了。弹尽粮绝的藏兵就用石块打，拔刀跟黄毛鬼子肉搏。五天之后，藏兵们都负了重伤，他们宁死不投降，一个接一个地跳下悬崖……夜晚，我那断了一条胳膊的爷爷从死人堆里爬出来，两眼无泪，跪在地上呆呆地望着月亮……他后来告诉我阿爸，连着好多天，月亮都在滴血啊……唉，如果那时候我们有今天这样不怕艰苦的战士，有今天这样强大的祖国，英国鬼子哪敢来呀，敢吗？敢来就统统消灭！"

扎西老人深情地望着月亮，眼里满是泪光。薛作者忍不住把月亮摘下来放在酒碗里，心情沉重地将酒一饮而尽。

翌日中午，张班长和他的未婚妻在对岸出现了，扎西老人撑船去把两个新人接过来，薛作者急不可耐地迎上前去采访："请问张班长，你是怎样跟这位美女好上的？"

张班长玩笑一句："这简单，当兵当三年，老母……"

"你又胡说!"姑娘娇嗔地给张班长当胸一粉拳。

扎西老人抚着胡须大笑。张班长向扎西老人致谢后,请他回去好好休息。

"休息?我还有很重要的工作没做呢。"扎西老人顽童似地向薛作者挤挤眼睛,上船去了。

整整一个下午,扎西老人都在用藏语跟过往的牧民悄声交谈,就见每个摆渡过来的人,无论是一个还是三个五个,都在河畔歇下来生火做饭。饭后,几十个男女牧民换上色彩鲜艳的藏装,生起篝火,把新郎张班长和他的新娘围在当中。在一个藏族姑娘的引领下,所有人都手牵着手,欢快地歌舞起来,并且一边歌舞一边向两个新人敬献哈达和青稞酒。月光之下浸满了欢声笑语,这热烈的场景把薛作者看得目瞪口呆。只见扎西老人上前跟新娘说了些什么话,突然兴奋不已地跑到薛作者跟前:"不单调,我们这儿的文艺生活不单调!是新娘说的,新娘这么说的!本部拉,你听见了吗?哈哈哈……"

扎西老人满脸通红,像喝醉了似的晃了晃身子,甩着一只空藏袖,哼唱着一支藏族情歌朝前走去——

> 河水啊,清清的河水,
> 你是流在我心中的一条花溪,
> 你的水味像美酒一般,
> 刚尝了几口我就怡然欲醉。

> 姑娘啊,纯洁的姑娘,
> 你是竖在我心头的一尊塑像,
> 你的话语像甘露一样,
> 刚听了几句我就心花怒放……

薛作者看见,走在高岗上的扎西老人身披月光,仿佛走在月亮之上,而那轮月亮是那样的圆润明亮,梦幻般滴淌着祥和的光。

原载《解放军报》2018年9月28日

天蓬元帅

邓伟是炊事班的战士，他诚恳地告诉薛作者，他的抱负较小，从没想过要当将军，最大愿望就是把连队的那几头猪养好。

在西藏高原养猪不易，上级领导并没有要求边防连队必须养猪，几十年来供应的猪肉罐头从没断过，一茬又一茬的兵们早就习以为常。但邓伟对养猪独有情钟，这跟他父亲有很大关系。他父亲是家乡知名度很高的养猪专业户，尽养些优良品种的猪。邓伟从小耳濡目染，养猪技艺也很了得。他从新兵连分到边防连队的第一天就向连长提出要去养猪，连长说咱这个连队从没养过猪，邓伟说正因为如此才更应该养猪。连长很犹豫："这里海拔高，人都缺氧，猪不缺氧？"

邓伟反问："缺氧的人可以活，缺氧的猪就不能活？"

连长乐了："你小子还挺有骨气的啊，那就试试吧，也算开创一下咱连的养猪史。"

养猪史的第一篇章是邓伟给家里写了信，他父亲认为这事有意义，有价值，于是精心挑选了四头小猪，并且亲自坐火车把猪运到拉萨，再坐汽车把猪运到边防连队。

兵们欢呼雀跃，自动列了整齐队形，像迎贵宾似的把猪们迎进刚砌好的猪圈。邓父尽显慷慨大方，坚决不收连队的钱，说："这不算行贿，完全赞助性质，也是咱搞的实验项目。再说，过去咱革命老区人民支援子弟兵是送大红枣，一颗枣儿一颗心嘛，我这儿算是一头小猪一颗心。"

"你这儿算是四颗心?"连长感叹。

"那当然,我全家四口人呢。"邓父很骄傲。

兵们欢呼:"老区人民万岁!"

邓父连连摆手,用刚学会的藏语回应:"扎西德勒!扎西德勒!金珠玛米亚古嘟!"

邓伟接过父亲送给他的几本关于养猪的书,将大把的感动搂在胸口,任由大把的泪水顺着腮边淌。邓父慈祥了一句:"男子汉,别流泪,学你爹一辈子不当着别人面流泪。我儿大胆地往前走,莫回——呀头!"

临别时,邓父借用别人的一句话鼓励儿子:"西藏高原是个广阔的天地,在这里是可以大有作为的。"

的确广阔,这里的长长国境线一眼望不到边,几座不毛山梁一概散发荒凉美的意境,给兵们以振作的清醒,而每块界碑都仿佛是一支战歌的题目,把兵们引入青春热血的沸腾源头。

邓伟热血沸腾的原因很简单——军分区司令员带工作组前来视察。这天,邓伟心情激动地把猪圈打扫得干干净净,甚至用毛巾把四头小猪擦洗了一遍,希望能得到司令员的口头点赞。连长体察兵情,深知邓伟的心思,在汇报工作时特意提到邓伟养的猪。

"在这儿养猪?"司令员淡淡地说了一声,摇了摇头。

连长有些着急,连忙把邓父送猪的情形渲染了一番。司令员听了还是在摇头。就听远处传来猪的阵阵叫声,那叫声不是欢欢实实的那种哼叫,而是像挨打逃窜的那种惊叫。

"走,看看去。"司令员起身招呼大家。

连长相当高兴,像个经验丰富的金牌导游把司令员一行引导到猪圈:"报告司令员,他就是邓伟,开创我们连养猪史的第一人。"

周围响起一片赞叹的啧啧声。司令员却又在摇头:"不对吧,这个连队早就有人养过猪，邓伟只能算是这个连队养猪史的第二人。"

众人愣住了。

"我咋不知道？"连长惊讶地自言自语。

"你不知道的事情还多着呢。"司令员好像很有心事地皱着眉头说，"三十年前，这个连队有个老兵也是从家乡带来几头小猪，他的想法跟现在邓伟的差不多吧。可是没多久，小猪全都病恹恹的了，战士们想了很多办法，那个老兵更是把床铺都搬到了猪圈，可惜啊，几头小猪还是死了。小邓，我问你，刚才你是不是为了让我来这儿，还费劲地撵了猪，搞了很大的动静？"

"我……是的。"邓伟红着脸笑了。

"不能这么折腾猪，看它们这会儿还在喘粗气，这是缺氧啊。"司令员弯下腰细细观察一阵，"这样吧，我把这四头小猪带到分区去养。"

"司令员，"邓伟惊诧地叫了一声，"这……我……"邓伟说不下去，眼泪跟着流出来。

"别哭！服从命令！"连长在一旁小声斥责。

"让他哭吧。"司令员过去拍拍邓伟的背，"这里毕竟海拔四千多米，小猪的生命力没有人的那么强，更没有人的那种意志品质。我敢说，如果小猪都死在这儿，你比现在还哭得更伤心。这方面我有体会，知道吗，当年在这儿养猪的那个老兵不是别人，正是我。小猪死的时候，不仅我哭，全班战士都陪着我抹泪，那场面，我终生难忘呀。"

现场鸦雀无声，所有看着司令员的目光一派肃然。

司令员安慰邓伟说："别那么紧张，我把小猪带到分区只是代养，养大了还送给你们。你读过小说《西游记》吧，里面有个猪八戒，号称天蓬元帅，战友们就送我一个绰号，叫八戒将军，没想到我现在真的当上了将军。如果你不介意，我把这个绰号送给你，祝你好运，将来也能当上将军。喜欢吗？"

"喜欢。"邓伟泪眼濛濛地笑了。

在场所有人的脸上都泛出了彩霞。

虽然邓伟后来没能当上将军，但他退伍后给自己设置的网名就叫"八戒将军"。他遗憾地告诉薛作者，至今没人对他的网名点赞一下，他只好撤了。

薛作者动了恻隐之心，便给他发了一条微信："小邓，放心吧，过几天解放军报也许会对你有所点赞。"

果然，后来解放军报以"天蓬元帅"为题，发表了邓伟的高原戍边故事，引来粉丝无数。

原载《解放军报》2019 年 2 月 1 日

高呀高万丈

金老兵被激怒了。当一个女人神经质地用双手紧紧捂住她那多少有点魅力的胸脯时，金老兵被彻底激怒了。

金老兵是汽车团的红旗车标兵之一，技术过硬，但他已被列入今年的退伍兵名单。此时，他所在的九连接到一个任务，送一车物资到一个边防执勤点。金老兵很有脾气地要求："我要在高万丈的公路上尽最后一次义务。"连长予以理解："那这样吧，现在要退伍的老兵正做着交接工作，留队的老兵差不多都派出去了，人手太紧，这次就你一个人去，不配副驾驶，怎样？"金老兵一拍胸脯："请连长放心，咱这红旗车标兵还完不成任务？简直笑话。"

金老兵是笑着出发的。他小心地把着方向盘，冰雪路上的车辙依稀可辨。上了防滑链的汽车像条醉汉摇摇晃晃，结结巴巴地哼出奇奇怪怪的曲调。他就想起那首不知被多少人唱过多少遍的歌："二呀么二郎山，高呀么高万丈……"他还想起不久前的联欢会上，军区文工团的演员忘情地掂着麦克风抒"高万丈"之情，兵们忘情地鼓掌，但他坚决不鼓掌："没咱这些高原汽车兵，修再多少高万丈的路管啥用？咱骄傲。简直骄傲。"

爬过了陡急的盘山公路，就见到了高万丈的雪域。茫茫雪海一望无际，这是他熟悉的风景——无数作家和诗人用无数极美极假的词句忘情地抒发过感情的风景。他想，这里不过是牧民夏季的优良草场，方圆几百公里地势平缓宽阔，翻车的危险不大。于是，他忘情地吁了口长气，感到浑身轻盈飘然。一个游荡天边的幽灵忘情地把雪粉高高扬起……突然，前方出现一个正在招手的女人，身边还有一个三岁的小女孩。

"哎呀呀，这冰天雪地的，你们咋会站在这儿拦车。"金老兵停下车，抱起小女孩，"快上车，看把孩子冻得。真乖。"

小女孩的两只极清澈的眼睛在棉猴里惊喜地盯着金老兵，怯生生地喊了声"爸"。甜。金老兵怪难为情。女人费力地抬起僵硬的腿往车里钻，没有忘记跟金老兵道一声"扎西德勒"。

"你还会藏语？"金老兵嘿地一笑。

"我只会这一句。"女人因为感激而对金老兵说了实话。她说她男人在樟木口岸那里打工，她和女儿要去探亲。她男人在信上说，到了拉萨，只要多向开车的师傅献上几句"扎西德勒"就能搭上便车。她照做了。一位贼眉鼠眼的师傅眉开眼笑地答应她们母女搭车。一路上，她老想着她男人——结婚那阵还木呆呆的，怎么出去打工一年就变得智慧超人？她想着想着就美滋滋地笑，那位师傅招架不住这笑就凑合着跟着笑，笑着笑着就停下车拿硬硬的胡子来扎小女孩嫩嫩的脸蛋，扎着扎着就往孩她妈的胸脯上转移。她气恼地窜到车外面笑，师傅就狼狈地钻到肠子里笑，把一辆好端端的汽车笑出了故障。她抱了小女孩站在雪地上，不知这故障啥时才能排除，就见师傅开车就跑，还留下一个冷冷的笑："这车不搭十八岁的姑娘就他妈一身毛病……"

金老兵不自在地挪挪屁股，"你没记下那辆车的车牌号？光记得是地方车？哎，好在那位师傅还有点良心，把你们丢在这儿，往前一转弯就能看见聂拉木县城，有吃有住，再往前下到沟底就是樟木口岸了，怎么就不知道往前走？"

女人表情复杂地埋了头，"我人生地不熟，看着到处都是白茫茫的，没路可走。"金老兵用鼻子哼了一声，"白茫茫的才路在脚下呢。高万丈的公路一般都这样。我们有纪律，军车不准搭地方的人，但你们母女俩这情况，被我碰见了，我不能不管，挨处分也要管。你们先下车。"

"啊？"女人很吃惊，"你的车也故障了？"

金老兵一拳砸响车喇叭，"什么呀什么呀，想哪儿去了。不错，驾驶员一般都喜欢带十八岁的姑娘去兜风，但绝不是在这种高万丈的地方。况且你也不是十八岁。前面是下坡，我要整理一下防滑链，你们先下车活动活动。"

"哦，是这样。"女人抱小女孩下车，看金老兵给轮子整理检查防滑链。金老兵的棉帽掉在雪地上，生了冻疮且流黄汤的耳朵暴露无遗。小女孩好奇地睥睨着金老兵的耳朵，即兴创造出心中的爸爸，拾起地上的棉帽递给金老兵，怯生生地叫："爸爸……哇——"

小女孩厄运已定的屁股蛋子被女人狠狠掐了一下，"不是跟你讲过，在外面不要乱叫人吗？"

金老兵把防滑链上好，起身哄小女孩，哄不住，就对女人说，"孩子可能是饿了，你就奶孩子几口吧。"

女人神经质地用双手紧紧捂住胸脯，又用力拉了一下羽绒服的拉链，"我没有奶水，告诉你，我可记下你的车牌号了。"

金老兵愤怒地抓起一把雪砸向车厢，"当我是那号人？没吃过女人胸脯上的……肉，还没见过哪？"

"对不起对不起，我不是那意思。"

"你们就在这儿待着别动。"金老兵一轰油门，汽车像只受伤的野牦牛咆哮着往白茫茫的坡路去了。女人着急地叫喊："嗨，扎西德勒、扎西德勒……"金老兵从车窗伸出头，"把你女儿看好，我是去前面探路，马上回来接你们。"

不一会儿，车在一个弯道上很费周折地掉了头，往回开。什么地方突然炸响了霹雳，巨大的雪球砸在车窗上，金老兵眼冒金星，很久很久都弄不明白，刚才还白茫茫一片，怎么转眼间就成了黑乎乎一片？渐渐地，他还是弄明白了，这是雪崩，车被雪埋了……

当金老兵重新回到白茫茫的天地中来的时候，周围手持铁锹的人们看见，金老兵旁若无人地继续保持在黑暗中的那个姿势——蜷着身子，一往情深地握着一面三角形的小锦旗，上面绣着"红旗车标兵”。

人们脱帽肃立，有人读出了路碑上的阿拉伯数字："22"。这是金老兵的年龄。没人知道。

起风了，看不见的风没有声响地吹来，雪末纷纷扬扬地撒在金老兵僵硬的身体上。一道无与伦比的光忽地闪现，把天地都照亮了——女人跪下来，敞了怀，把金老兵的双手连同那面小锦旗往她怀里藏，金老兵僵硬弯曲的手在她胸前张着，像捧了一轮出浴的太阳……

小女孩悄声无息地走过去，从女人怀里抽出小锦旗，撒丫子往远处逃。有人在喊："那儿是悬崖，别追她，别喊……"人都不敢靠近，眼巴巴地看着小女孩无所畏惧地站在悬崖边，举着锦旗朝天边摇啊摇，引得一挂沿山脊牵拉到看不见的高处的五色经幡也跟着摇啊摇，就听小女孩口齿清楚地喊："爸爸——爸爸——哇……"

人们的眼里有了晶莹的东西，手里的铁锹栽倒在雪地里，就见太阳战战兢兢地从雪海中钻出来，湿漉漉的，茫茫雪域顿时五颜六色，然后抖着五颜六色的雪水往不知高多少万丈的地方去了。没有人知道太阳去的地方到底高多少万丈，更没有人知道那高不知多少万丈的雪域收留了多少条高万丈的汉子……

原载《解放军报》2019 年 12 月 13 日

金色思念

刚刚入冬，这座营区大门外面的颜色就变成了金色。谁能想到，这里竟然会生出一种金色的思念。

这时候小张在营区大门站岗，一阵风吹来，外面街道上的那两排银杏树便呼啦啦飘下许多树叶。越飘越多，持续不断地飘。那树叶是金黄的，飘落的姿态极为优美，翻卷摇曳着飘落，如同少女轻盈的曼舞。渐渐地，金黄的落叶便铺满了街道，行人们惊喜地驻足观看，一些骑车的人也停下来，摆着各种姿势用手机拍照。小张仍然端端地站在营区大门口，目光警惕地注视每个行人的动向。

不一会儿，小张注意到一个年事已高的老人，老人蹒跚地走到门岗对面马路的街沿，在一棵银杏树跟前坐下，但他并不观赏落叶，而是痴痴地注视着小张。阳光洒在金色的落叶上，老人的身上仿佛也放射出金色的光芒。小张发现，老人的嘴里好像在喃喃什么，时不时地笑一笑，还亲热地跟小张挥挥手。就这么，老人不断地重复着这些动作，一直到小张换岗走了，他还坐在那棵银杏树下，专注地望着营区大门。

小张在返回连队时低着头，一路琢磨老人的古怪表现。连长走过来，询问小张怎么了？小张敬个礼，报告连长说没什么。连长刚要走，小张叫住连长，向连长报告说，有个从没见过的老大爷，已经在营区大门对面坐了很久，比比画画地在那儿观察哨兵，会不会有啥问题？连长吃了一惊，赶紧叫小张带他前去看看。

"老人家，"连长客气地弯腰问，"大冷的天，您老坐在这儿干什么？"

"哦，不冷，不冷，"老人家笑眯眯地擦一把欲滴的清鼻涕，

"没事儿，我来看看我孙子，只看他一眼就行。"

"您的孙子在这儿当兵？"连长喜出望外，从衣兜里掏出一小包卫生纸递给老人，"快告诉我，您的孙子叫啥？我马上叫他来看您。"

老人解开胸前的纽扣，伸手掏出一张照片，照片上的那个战士年轻英俊，而他身后的背景是茫茫白雪。连长奇怪地看着照片说："不对呀，咱们这儿是西南城市，从来不积雪呀？小张，你说是不是？"

"是，连长说的对，咱们这儿从来不积雪的。"小张嘿嘿地，"老大爷，您肯定是弄错了吧？"

"不会错。我的孙儿是前年当的兵，说是去了西藏边防线，"老人有些激动地咳了咳，"我的孙儿还说，他们那里一年有好几个月都是一种颜色，是白茫茫一片的颜色。"

"哦，是这样啊。"连长好像有点明白了，于是进一步解释，"老人家，您的孙儿是在西藏当兵，您走错地方了，您看，咱们这里可没有白茫茫一片的颜色啊。"

"有，有，这不是吗？"老人指着遍地的落叶说，"这不就是白茫茫一片的吗？你是不知道，我的孙儿可是在雪地里站岗放哨，还要巡逻，辛苦呀。我可心疼他，好心疼他，他是我从小把他带大的，这眼看着就要过年了，我想见见他，见他一面就行。老早我就下决心要到西藏来，我走了很久，走得好累好累……"

老人说着说着便老泪纵横，连长急忙蹲下身去好言安慰，突然看见老人胸前戴着的一张卡片，上面写着老人的姓名和年龄，以及他的家庭住址和家人的联系方式。连长这下终于明白了，立刻掏出手机拨打。很快，老人的女儿赶来了，说他父亲患了重病以后，神志不太清楚了，经常走失，请连长多多理解。

老人的女儿对连长和小张感谢了一番，领着老人走了。连长望着那父女俩相依相偎远去的背影，眼睛有些潮湿，默默地从地上抓了一些落叶揣进衣兜。

小张问连长揣这些落叶做什么？连长一声不吭，低着头往营区里走。

当天晚上的晚点名，连长突然对全连的兵们喊道："有爷爷还在世的同志请举手！"

"刷"的一下，几乎所有的兵们全都举起了手。

"好，请放下！"连长扫视着一张张年轻的脸庞，声音有些发颤，"同志们，今晚我要给大家一个任务，注意，是任务，每个人都要尽可能地跟你们的爷爷通个话，向你们的爷爷问声好，给你们的爷爷拜个年！用我的手机打，大家可以晚点熄灯睡觉。解散！"

队伍解散后，连长把手机交给了小张，还叮嘱了一番，然后回到自己的宿舍。

大家没有注意到，刚才当全连的兵们都举起手时，唯独连长没有举手。他无法举手。

夜深了，连长把衣兜里的银杏落叶掏出来，铺在桌面上，沉思良久，倾情地自言自语："爷爷，您的孙儿想您了，虽然我们天各一方，但孙儿对您的思念跟您对孙儿的思念一样，都是金色的，永永远远都是金色的……"

连长忍不住俯身在桌面上，就像孩子蜷伏在他爷爷怀里那样，静静聆听窗外落叶奏响的音乐。那寓言般的美妙音乐，教人领受永恒的爱的思念……

原载《解放军报》2019 年 12 月 28 日

落叶，在金风中低吟

1

如果不是资料室有个缺额，如果不是医务部有人走漏了风声，她怎么也不会做那个梦。

她在一刹那间醒了。确切地说，是笑醒的。简直太幸福啦。

她凝神屏息，重新闭上眼睛，想试着把那个梦重新做一遍——洁净亮敞的资料室里，她热情地为医生们查找资料，办理借阅手续……有人小声地称赞，"这个资料员算选对了。以前那位，别提有多别扭，光看那张跟紫茄子似的脸，就能把人吓一跟斗……"可是，当她的手触到自己的乳房时，她突然睁开眼睛，一掀被子，忽地坐了起来。双乳不知什么时候发育得富有了弹性，稍一动弹，它便抖动个不停，像是提醒她：你有些那个啦。

她探身打开床头柜，拿出一个新的粉红色乳罩。尽管房间里只有她一个人，但她仍感到裸露着乳房很害臊。于是，她钻进被窝，迅速换好乳罩，接着把换下来的乳罩往床下的脸盆里一扔……

镜子里面有张笑得很甜的脸。她身体后仰，又一个前扑，猛凑到镜子跟前，龇龇牙——门牙边上有颗锃亮的小虎牙。过去，她一照镜子就为这颗小虎牙感到沮丧，还动过拔掉它的念头。后来，她真去了口腔科。然而医生却以自身为例开导她："只要不影响吃饭就千万不要拔。你瞧，我还长了一嘴的'西班牙'（稀板牙）哩。"她看着医生的门牙，反而更感到有必要拔掉小虎牙。还是护士长的一番话打消了她的这个念头："你人漂亮就漂亮在这颗牙上，这颗小虎牙长得恰如其分。"

她忍不住摸摸那颗可爱的小虎牙，一推镜子："丑八怪。"然后羞涩地埋下头，用小虎牙咬着手指头。

一会儿，她慢慢抬起睡梦初醒后变得红艳艳的脸，把一瓶法国香水握在手里，朝两边看了看，拉起衣领，顺脖子往里洒了几滴。她觉得胸脯有些凉，但全身都变得很舒适。于是快活地缩缩脖子，咯咯地笑了起来。

她一边冲麦乳精一边想，在资料室里，不会有刺鼻的来苏味，也不可能有。这将使自己节省多少瓶法国香水。虽然这不算多了不起的事，但对于自己已经是够美好的，不可思议的了。有多少护士眼红资料室的那个空缺，为什么医务部偏偏选中了自己？这世界还有多少美妙的事情会降临到自己头上？喔，是不是还应该注意一下自己的风度，比如配副眼镜什么的？不能再像在科室里那样，只是一天天打发日子了。

……嘴里的香草饼干又酥又香，这是他送来的。护士怎么好收病人的东西呢？可是她收下了。怎么可以不收呢？何况不知他怎样竟鬼使神差地寻到了她的宿舍，并且将两包香草饼干从浸满油垢的挎包里掏出来，脸涨得血红："我……我……你是知道的，我得的不是传染病……"她来不及考虑这饼干有没有传染病菌，只想让他赶快走开。他局促不安地站在门口，深埋着头，就像做错了事的孩子，旁边有凳子也不敢坐。他小心地把饼干放在门边的小方凳上，转身走了。不过他走了几步又折回来，傻乎乎地朝她笑了笑，带上门，跑掉了。从窗口上可以看见他缓住脚步，低着头，在一排枝叶已见疏落的柳树下走得很慢很慢……

当时，她认为自己做得对。如果请他进屋来，坐在小方凳上，那会怎么样呢？不知有多少难听的话要在医院里传开去哩。可是，现在心里不由得哆嗦了一下，怜悯之情突然涌了上来。怎样才能安慰一下他呢？

"我正在吃他送来的香草饼干，没有管他得的是不是传染病。"

她这样想着，心里似乎好受了些。一时间，吃香草饼干被赋予了新的含义。

"你也吃点吧。"她走到放在墙角的绿色小盆跟前，蹲下身来，往盆里的那条孤零零的小金鱼身上撒了点饼干末。可怜的小金鱼努力摆摆尾巴，又一动不动地浮在水面上。

她昨天就怀疑小金鱼熬不到今早上。它干吗老是浮在水面上？

"也许就是这么个鱼种。"护士长含糊其词地这样向她解释。

她相信护士长有些近似相信自己的母亲。况且小金鱼是护士长前天专门从内地带来送给她的。可她仍然担心小金鱼活不了多久。无论它属于哪个鱼种，总该吃东西才对呀？她不甘心地又往盆里撒了些饼干末，并且拿手指头搅了下水。小金鱼摆动尾巴，扭着身体，晃晃悠悠地试图游到水底下，随即缓缓地浮到水面。

她仔细瞧着这个小生命——在绿色小盆的映衬下，像朵被绿叶托起的色彩鲜艳的花。"你这个可怜的鱼种。"她叹了口气，把小盆端到台灯底下，再撒了一些饼干末，最后干脆往里放了一片饼干，这才满意地擦擦嘴巴和手，上班去了。

2

科里的人都管她叫"平儿"。因为大伙儿发现，她酷像一部电视剧里的一个叫平儿的丫环。丫环就丫环，丫环也有许多可爱动人之处。她不在乎这个。后来连科里刚收进来的病人叫她平儿她也答应得非常自然。只有他一本正经地叫她的真名——刘萍。

尽管他平时不曾对她有任何出格的举动，但仅凭他叫她的真名这一点，就不能不引起护士长的警惕。

护士长瞅着这个被她宠惯了的姑娘，心里又是高兴，又是担心。因为她自己的青春年华已经逝去了。她的青春年华是在"文化大革命"中度过的，逢上了知识青年上山下乡，接受贫下中农的再教育。

才三十多岁的人，眼睛周围却刻着清晰的鱼尾纹。每道纹路都显出护士长那坎坷的生活经历。这就注定她不愿意，也不允许她偏爱的姑娘们重蹈自己那永志难忘的爱情错误。

"平儿，"护士长搂着平儿的肩，"小金鱼怎样了？"

"还好。"

"你看是吧，它就是这么个鱼种。"护士长香喷喷的嘴里亲切地吐着香喷喷的话，"噢，对了，我去检验科给你找了个大瓶子，可以用来养金鱼。你下班后来拿。我给你讲过，卫生盆是女人必备的，要养成睡觉前用一下的习惯，否则容易得妇科病。"

平儿感到心里有些发慌，她担心护士长还会说出什么使自己更难为情的话，赶紧边点头边端起药盘往外走。

"刘萍，"护士长一本正经地唤她的真名，表明事情比她想象的更严重，"你下月该满二十了吧？"

平儿不懂护士长为什么要明知故问，药盘子在手里颤抖了一下。

"你注意到他了吗？"

"注意谁？"平儿不敢看护士长的眼睛，脸刷地涨得通红。

"用不着瞒我，我是过来人，懂这个。"护士长走过去把门关好。

平儿一句话也说不出来。她觉得不赶紧放下药盘，说不定药盘马上要从手里滑下去。她后悔早上不该往脖子里洒太多的香水，甚至对自己感到恼火——干吗早上要拿他送的香草饼干把胃填得那么满，以至现在不敢坦然地向护士长解释一番。她预感到护士长已经知道了上星期天他教她骑自行车的事，但又很奇怪，护士长从内地休假回来才两天。没错，才两天。

……他不知从哪儿弄来辆刹车不灵的旧自行车，向她讲解自行车是现代生活中最方便、最安全的交通工具，而且中国是自行车王国，每个中国人都应该把骑自行车当作自己的拿手好戏……并且声称他本人就是在一个中午的时间里学会骑车的，目前技术的熟练程度已达到能原地定车十分钟……经过一番动员，平儿跟着他来到篮球场……"给我滚回去!"医院政委老远地瞪着他俩,"眼不见,心不烦!"

"这是你知道的,但我并没有违犯什么……"平儿喃喃道。

"这就够了。"护士长的声音变得严厉起来,"难道你一点都不明白?你太单纯,太没经验了。有不少姑娘都是因为轻信了那种人而悔恨终身的……"

"护士长,你这是说些啥呀……"平儿有些急了。她心里想,护士长指的经验一定是属于那方面的,难道一个边防哨所的小战士真会有那方面的经验?人有了那方面的经验真的就不单纯了?那方面的经验真能使姑娘们受骗上当?她回想起那天政委朝他俩吼一声的时候,他狼狈地推起自行车往回跑,连人带车摔倒在地上,接着跳起来拖着自行车一阵疯跑,那个样子就像一只被猎人追杀的黄羊。他是因为她才被弄成这副样,应该说是她连累了他——他本来是有在原地定车十分钟的技术的。然而他却送来香草饼干以示道歉,唉,护士长……真是想到哪儿去啦……

她颓然坐到椅子上,捂住脸哭起来。她伤伤心心地解释着,巴望护士长对他的印象有所改变:

"哦——他不是那种……哦哦——他还拿饼干来道歉……哦——"

"什么什么?拿什么道歉?"

"饼干。是香草饼干。"

"乖乖,这举动只有情场老手才做得出来。你收下了?"

"我……"平儿突然觉得自己说漏了嘴,抬起满是泪痕的脸,紧张地盯着护士长,结结巴巴地说,"收、收下了……"

"你怎么可以……饼干呢?"

"吃了。"平儿双手按住在沉重起伏的胸脯。

"嘘——"护士长竖起一根手指头敲点嘴唇,蹑手蹑脚地走到门边,听听外面有什么动静。"给其他人吃过没有?"

"没有。只给小金鱼吃过一点。哦呵——"平儿觉得脑子太乱,全身像散了架似的，干脆伏在桌上哭起来。

"别哭。你做得对，这种东西只能喂鱼。"护士长长吁一口气，轻轻抚摸平儿抽动的肩，"这说明你已经有了保护自己的能力，这是我们女人的本能。不过你要注意，那种人达不到目的是不会死心的，他要知道你把他送的饼干喂了小金鱼，就会变着法儿去你的房间赞美小金鱼如何如何，这种人我见得多了。"

"她怎么会这样想?"平儿吃了一惊。

"好了，不要哭了。女人就是由于心软才吃了许多苦头，还自认为这是高尚。我在农村插队那阵就是这样，跟你现在一样，可借那阵没有人指点我。我说这些都是为你好，你就快去资料室报到了，要注意影响，不要让别人拣了话把，说是我们科推出去的一个包袱。"

"我就是个包袱。"平儿赌气地想。

护士长接着说:

"爱情应该是真诚的。可是我们有的人却只顾自己的痛快，不管别人的痛苦。病人在这里本来是治病的，可有的病人，你不要生气，他却有精力来这里寻找刺激。刺激，你懂吗?"

"不懂。干吗要懂这个? 护士长今天是怎么啦?"平儿困惑地看着护士长，一言不发，心里感到有些恐惧。

"他自己图了痛快，出院时一拍屁股颠儿了，而你却要为他背一辈子坏名声。况且，你看他那个遢邋样，鼻子上成天挂着鼻涕，将来接吻都让人感到恶心。"

平儿听到这，忍不住"哧"的一声破涕而笑。

"笑什么，这是免不了的事。"

"看来护士长找对象那阵很注意对方的鼻子部位。"平儿寻思着，自己确实没有那方面的经验。怎么没注意到他的鼻子? 她不禁抱怨起他来，"你口袋里就不会装一张手绢? 护士长瞎说那么多，可能只有你成天流鼻涕这点让她说着了。你这个不争气的小家伙。"

平儿在回宿舍的路上，突然感到自己从此要变得像护士长那样老练而精明了。

路旁的柳树不断飘下枯黄的叶片儿，沙沙声响成一片……

3

平儿并没有把"那方面的经验"久久地挂在心头。秋风凛冽，但高原上特有的太阳光却把屋子照得暖暖的。她走到窗户跟前，把绿色小盆端到窗台上。饼干末使水变得有些浑浊。因为太阳光的照射，小金鱼显得更加鲜艳。"……变着法儿去你的房间赞美小金鱼如何如何……"她想起护士长的话，心里怦地一跳，但很快镇静下来。因为她觉得护士长的话跟他一点儿不沾边。他根本不可能是那种人，严格地说，他还是个"新兵蛋子"，怎么可以说他是情场老手。再说，这小金鱼是值得赞美一番的呀。

她想着过几天就要离开科室，今后安慰他的机会也许不会再有了。是否应该回送他一样东西？学骑自行车的事怪谁呢？谁也怪不着。要怪只能怪医院政委大惊小怪……她又想到他拖着自行车从篮球场逃掉以后脸变得煞白的情景。她还想到他来送饼干时，那想进屋来坐一坐的眼神。于是，她揣上钱，一溜小跑往医院的服务社跑去。

也买两袋香草饼干？不成。这要误会，他会难过。他是那样的敏感，那样的细心，手足无措的时候还能想到声明自己不是得的传染病。那就买张大手绢，他用得着。

平儿把那张印有一尾大鲤鱼图案的手绢装在兜里，边走边琢磨怎样巧妙地交给他。是偷偷塞到他枕头底下还是塞到他那浸满油垢的挎包里？

风已经停了。太阳疲乏地挂在天空，它与秋风拼得精疲力竭，无可奈何地盯着遍地的枯叶。平儿把枯叶踩得嚓嚓作响，她惦着窗台上的小金鱼，越走越快……呀，她差点没喊出声来——他正站在她的宿舍门口，还、还傻乎乎地朝她笑。

寂静如死的过道上除他俩之外没有一个人，但她感到有几双眼睛在朝这边窥视。说不定经验丰富的护士长正隐在哪个门洞里。她想喝令他立即回到病房去，然而嘴里哆嗦出来的却是："快、快进屋。"

"坐吧。"她一指小方凳。

他木然地坐下来，屁股刚着小方凳，又"腾"地站起来。这着实把正在关门的她吓了一跳。她一步跨过去把门开得大大的。

"干吗？"

"不干吗。就来，就来看看你。"

"看看我？"由于心跳，她感到胸脯被乳罩勒得慌。"我有什么值得看的，简直有点荒唐。"她想到这，立时觉着护士长的经验具有了现实意义。

太阳那无尽的热量上哪儿去了？她噤战了一下。又起风了，细沙打得玻璃窗嚓嚓响。

"金鱼不能放在窗台上，不然它会冻死的。"他站在原地指了指窗台。

"他马上就要开始赞美小金鱼如何如何了。"她冷冷地打量他，发现他住院以来第一次戴上了军帽，挎包塞得满满的，天晓得那里面装了多少包香草饼干。

他把挎包放在小方凳上，走过去把绿色小盆稳稳地端下来放定，"这水太浑，要换水。你看，它浮在水面上快不会动了。"

她不敢走过去，仍倚着门，随时准备撒腿就跑："放心，它就这么个鱼种，死不了。"

"别逗了。"他摇摇头。怪老练地摇头。

她高度警惕地注视着他的一举一动：关好窗户，转过身，眼睛在四下搜寻什么……寻到了——放在墙角的那个红色塑料桶。

听着他消失在走廊尽头的脚步声，她吁了一口气，蹑手蹑脚地冲过去推开窗户，脚尖用力将床下放着早上换下的乳罩的脸盆踹进去，然后迅速退回到门边。

风从过道上卷过来，但无论风多么大都不能把她从门边卷走。此时，门是她最可靠的保护神。世界上第一个发明门的人真是太伟大啦。当然，目前最要紧的莫过于打发他赶快走。她后悔极了，刚才怎么没想到应该拦住他，以至让他这么大摇大摆地拎着桶出去，简直是给左邻右舍打活广告嘛。

她焦急地侧耳听他的脚步声，甚至不得不偏着头朝外张望……来了，他拎着满满一桶水……那手上竟长满了难看的冻疮，还装出极轻松的样子，却气喘。

给小金鱼换好水，他在衣服上蹭着手，一声不响地蹲下来。那架势要守候小金鱼一个世纪也说不一定。

"赞美小金鱼吧。你这个可怜的…情场老手。"她用眼斜了斜大开着的窗户，心一横，凑了上去。

他作专心致志地观赏小金鱼状，她也就极耐心地等着他赞美小金鱼。"好看吗？"她到底耐不住。

"干吗不养两只？"他头也不抬。

"那只死了。护士长上飞机的时候，不小心把装金鱼的塑料袋掉在地上……"

"那么这只也会死。"他说得极肯定。

她的心咯噔一下，"不会的。它就这么个鱼种。不信你出院的时候再来看。"她犹豫了一下，跟着慷慨地说，"如果没有死，你可以带走它。"

"可惜我们那儿海拔五千三百公尺，人都缺氧……"

"只要你喜欢，"她打断他的话，"拿去养养试试。喜欢吗？"她露出真诚的笑。

眼前有颗极可爱的，长得恰如其分的小虎牙在闪着亮，于是他极认真地点了下头。不料一滴清涕落下来，在盆子里激起一个小小涟漪。这就使他的耳朵霎时变得惨红。

"怎么又流鼻涕。"她猛地意识到那个"又"字不大合适，忙补了一句，"你该加件毛衣才对，西藏的秋天可不比内地。"

"不冷。嘿嘿，不信你摸摸我的手。"

他希望再看到那颗极可爱的，长得恰如其分的小虎牙。

她后退一步，差点没栽倒。谁上你这个当。

他难堪地缩回长满冻疮的手，揉揉鼻子，掏出手绢——鼻涕粘连，像朵劣质大银耳的手绢。

她这才想起新买的手绢，但无论如何是不能送给他了。很难判断他会不会拿着手绢四处张扬，说是她给他的定情物；很难判断他会不会乘机抓住她递手绢的手……不能给这种人可乘之机。

可是，买手绢是为了什么？瞧他的脸色，像一张国画用的宣纸。再瞧他嘴唇上面的胡子——那一小片绒毛，已经被溢出的汗水浸得湿漉漉的（也许是清涕）……倒真让人同情。手绢也不是不可以送给他，不过得有条件。

"你以后不要来了。"她不敢正眼瞅他，"没有其他意思，病人未经医生允许……"

"你放心，我以后不会再来了。"话是说得颇具风度，鼻子却短促地抽动了一下。

她的手慢慢伸进兜里，在捏住手绢的一瞬，又迟疑了："送什么不好？偏送人家这个。真是哪壶不开拎哪壶，明知道他爱淌清涕……这才……刺激呐。"

风从窗口吹进来，几片枯叶落在窗台上，像几只冻僵了的黄蝴蝶在瑟瑟振动翅膀。

"我走了。保证不再来了。"他从兜里掏出张折叠好的纸条，"这个，送给你。"

说完就把纸条放在小方凳上。

她惶恐地倒吸一口气，结巴着："你、你快、快回去加件衣服……"

她不知道他是怎样走出门的，但想象得出他那懊丧的样子。他一定会很难过……他一定会流很多的清涕，或许还流很多的眼泪……他一定会……他又折回来啦!

他敲门。她整死不开。门外便传来一个极胆怯,极微弱的声音:"我的挎包。"

门开了。他脸上干干净净,并无清涕和眼泪之类,但她却认为有,并在心里暗自鼓气,"不要紧,随他去。护士长的经验里有这么一说,女人就是由于心软才吃了许多苦头,还自认为这是高尚。"

当脚步声消逝以后,窗户被风吹得"咣"一声关上了。她掏出手绢,想追出去。但是,她却又极力克制住自己,仍倚着门,两手使劲揉那张印有大鲤鱼图案的手绢:

追他回来干什么?

4

晚上,窗户外面的簌簌声响成一片。

"整个儿是树叶发出的声响,他不会在窗户底下转呀转的。他保证今后不再来了……哎,他再不会来了……"平儿仿佛觉着丢了一件什么东西,并且永远找不回来了。是不是应该上他一回当?当然最好是假装上当。

她惆怅地展开他留下的纸条……

落 叶

初春,刚刚抽出的叶芽是那样的嫩绿,我不曾想过它们会死;深秋,蝉联飘坠的落叶是那样的枯黄,我仍旧没想过它们这是死了。

遍地响着簌簌声。有人明白地告诉我,它们在悄悄地说着永诀的话。

我怎么也不肯相信。因为事实是这样:

待到来年春天,它们换一身衣裳,又羞涩地在春风中颤抖起来……

生命力何以这般旺盛?

生和死都只为着同样一个目的——点缀大自然。

她偷偷笑起来，"鼻涕流得老长，居然还写散文诗，而且写得还有那么点意思。"

她想起由他的清涕而在绿色小盆里引起的那个小小涟漪，差一点要笑出声来。可是，当她走近绿色小盆时，脸色骤然变了——小金鱼翻着白色的肚皮……"原来你就是这么个不争气的鱼种……"她心头涌出一股从未体会过的怜悯的感情。水里荡起小小的涟漪，一个、两个、三个……

第二天早饭后，平儿神情恍惚地去医院服务社，服务社没开门。医院门口倒有几个小摊贩早早地守候在那里，他们知道医院里这号傻姑娘为数不少。什么烟最贵？中华？买一条。这么贵？那、那买一盒。再买两块巧克力。包在印有大鲤鱼图案的手绢里……就这样吧。

……这是工作服，这是暖水瓶，这是护士值班室钥匙……平儿一边办交接手续，眼睛一边……咦——病员登记板上怎么没有了他的名字？昨天上午写着他名字的小木牌还挂在那上面，明明挂在那上面嘛。

"他昨下午出院了。"不用她问，护士长也会告诉她。

"可是他的病……"

"他得的是慢性高山不适应症。慢性的，懂吗？不是十天半月就能……"

"可是……"

"医生已经给他开了不适应高原服役的证明。"护士长温和地拉过平儿的手，"不许这么愁眉苦脸地去资料室报到……"

"可是……"

"那是医生的事，你不必自寻烦恼，慢慢就会过去的。我早先也犯过跟你一样的傻，完全没有必要。那会儿要有人跟我讲讲这方面的经验，也不至于……"

平儿一句也听不进去，也听不明白，两眼痴痴地看着挂着病员登记牌的小黑板。几个医生和护士闯进来：

"平儿，请客哟！"

"平儿，到了'上层建筑'可别忘了咱啦！"

"不要拿几颗水果硬糖就打发我们啦……"

一只手伸进平儿的口袋，"哟——唷，看不出，兜里尽装的高级货！哈哈……"

有的人嘴里已经嚼上了巧克力，会抽烟和不会抽烟的人都在抢中华烟，只有手绢扔在桌上。

"它死了。"平儿喃喃道。

"谁？谁死了？"

"小金鱼。"平儿愣愣地瞪着眼。

"平儿，你怎么了？"

"呵呀呀……你们看，平儿啥时候学得像林妹妹，多愁善感起来啦！咯咯咯……"

"不要紧，"护士长搂紧平儿的肩，"以后我再送你几条更好的小金鱼。"

"还会死的。会死的，会死的……"她一动不动，颤抖的嘴唇反复念叨，声音越来越低，突然"哇"的一声抱住护士长，像受了天大的委屈，放声大哭起来。

不管大伙儿怎么劝，她只是一个劲地哭。待大家扫兴地走开以后，她止住哭，抹一把泪水，对护士长说，"我哪儿也不去，就在这里继续工作。真的。"说完，拣起桌上的那张手绢，走了。

紧靠窗户的那棵柳树根下，深埋着用一张浸满法国香水的手绢包裹着的小金鱼。

风儿把枯黄的叶片揪下来，把自己装粉成金色。遍地响着簌簌声，漫天响着簌簌声，落叶在金风中低吟着一首古老的歌……

原载《西藏文学》1990年第6期

圣洁之吻

卓拉山口的那些模糊的车辙印，是雪域高原的一座座纪念碑，纪念着逝去的一个个高原汽车兵。那些纪念碑并不醒目，根本不会引人们注意，但对于高原汽车兵，却有着刻骨铭心的纪念意义。

薛作者在去往某边防哨所的山道上，看见一位年逾七十的老人从前面的汽车里走下来，蹲在地上细细察看，然后把军用水壶里的酒细细洒向那些车辙印。接着，他单腿跪下摇了摇头，伸出手来像慈父抚摸孩子似的抚摸冻结的路面。看来，他跟这条路有着不一般的特殊关系。

经询问，老人名叫周湖平，1961 年入伍，是原某汽车团的老兵。1964 年，国防部授予某汽车班为"钢铁运输班"荣誉称号，周湖平就是这个班的班长。他把手机打开，骄傲地让薛作者看他保存的"钢铁运输班"锦旗的图像，还告诉薛作者，他曾经多次开车跑过这个卓拉山口，现在年纪大了，这是他此生最后一次来这里。

"你是不知道啊，我亲眼见过战友牺牲的场面，好几次啊，我忘不了啊。"周湖平心情沉痛地说，"有个叫郭勤勤的老兵，当兵几年都没回过家，团里让他完成一次给边防哨所运送物资的任务，然后再批准他回家去成亲。没想到在半道上遇到暴风雪，郭勤勤的车被困住，由于寒冷和饥饿，他的胃部穿孔了，倒在了驾驶室里。我们不知道怎么跟他的家人交代，不知道怎么跟他的未婚妻讲，不知道，真的不知道……"

周湖平的声音发颤，薛作者赶紧扶他到路边的石块上坐下。他凝望着远处的峰顶，说那座峰顶看上去沉寂平常，其实它脾气古怪，变化莫测。那是 1965 年 7 月的一天，周湖平所在的连队奉命去边防运送换防的部队，当他们翻过近五千米的山顶时，突然听到一阵异常的啸叫声，大地剧烈震动，雪峰上的冰雪以排山倒海之势倾泻而下，谷底隆起一座数百米长、百米高的雪丘，瞬间掩埋了五辆车，车上的人员无一幸免。而另一个排的二十一辆车则在另一个山沟遭遇巨大泥石流，车上的大部分人都被泥浆夹着的大小山石卷走吞没了。周湖平说到这里，眼里噙满了泪。

"别激动，别激动。周班长，您老要多保重身体，咱们上车，到山下休息一会儿。"薛作者把周湖平扶上车，继续朝前行。到了山脚，周湖平执意要下车，说是想纪念一下当年支援解放军的那些藏族民工。

薛作者看见，山脚的路边上有个用石块和水泥砌的台子，大概有乒乓球桌大小。周湖平说，过去这儿是个物资中转站，有三个藏族老阿妈就常年在这儿为来往的解放军和支前民工烧水，她们一见到汽车兵，别提有多热情，嘴里"玛米玛米"（藏语：金珠玛米，意为"砸烂锁链的人"）的喊，还拿酥油茶给汽车兵喝。周湖平刚开始不习惯喝酥油茶，尤其那三个藏族妇女的举动令他无比惊讶，她们在往碗里倒酥油茶之前，会用舌头把碗舔得干干净净。后来周湖平知道了，这是她们对尊贵客人的一种礼仪。汽车兵们感动得不知咋办才好，最好的报答就是大口大口地喝酥油茶，并且以舌把碗舔干净再还给她们。如此一来，她们的脸上便如春风拂面绽满笑容。

周湖平说，那时候山上的几个哨所没有通公路，汽车上不去，所有物资全靠藏族民工往山上背。有的炮弹重七十多公斤，藏族民工硬是一个一个地把炮弹背上山。他感慨道："藏族民工不计报酬，没有向'钱'看，都是心甘情愿的，那是对咱解放军的一份感情。他们背着沉重的物资，背着汉藏一家亲的满满情谊，揣着建设新西藏的美好憧憬向前方看，凭着顽强意志向高处看，有些民工的背都磨破了，脚也流了血，但他们毫无怨言，那是一群多么优秀的雪域牦牛啊。"

薛作者抬头看见几只苍鹰在空中盘旋，苍鹰仿佛在吟诵一个动人的场景：一群男女藏族民工背着物资，不分昼夜在山道上艰难前行，太阳和月亮在他们的背上轮番起落，把人感动得周身血液淙淙作响。

最让周湖平难忘的是 1967 年的 10 月 1 日这天，"钢铁运输班"的七辆车正在往边防哨所运送物资，突然一发迫击炮弹从边境线对面打过来，周湖平跳下车叫道："敌人想趁我们国庆节挑起武装冲突，大家注意隐蔽，马上下山！"

周湖平站在路边拐弯处指挥车辆快速通行，他看见一个叫韩至礼的兵刚把车开到山下的小河边，一发迫击炮弹落在他的车旁，就见他的车忽然右转、回正、刹车。周湖平明白，韩至礼肯定负伤了，他这是为了给后面的车让开通道。周湖平赶过去，看见韩至礼的头皮被弹片削去一片，满头鲜血直流，染血的军帽落在一边，但他的左手仍然握着方向盘，右手抓着挂在驾驶室右侧的冲锋枪，这个年仅二十岁的汽车兵以这个姿势定格在了生命的最后一刻。

周湖平急忙跳上车，把韩至礼挪到一边，迅速开车朝前面的物资中转站驶去。当他把韩至礼抱下车时，三个藏族老阿妈扑过来，把韩至礼的遗体抱到路边的水泥台上。"玛米！玛米呀！……"老阿妈悲痛欲绝的哭喊声在山谷间久久回荡。周湖平拿着韩至礼染血的军帽到河边去洗，当他返回来时，被眼前感人至深的一幕惊呆了：有个老阿妈手摇转经筒站在水泥台边诵念经文，另外两个老阿妈则一边"玛米玛米"地哭喊，一边俯下身用舌头舔韩至礼头上和脸上的血迹。

老阿妈期望"玛米"能够干干净净地去往天堂，她们把当地送别亲人的最高礼仪献给了"玛米"，她们把对"玛米"的深情厚谊凝聚在嘴唇和舌头上，仔细又仔细，一遍又一遍地舔，舔呀舔……就这么把世间最慈祥的母爱、把世间最圣洁的亲吻馈赠给了她们心爱的"玛米"。

脸上挂满泪珠的周湖平对薛作者说:"我至今仍在后悔,当时没有问那三个老阿妈的名字,不知她们后来去了哪儿。今年是共和国成立七十周年,我永远难忘五十二年前的那个国庆节,今天,我真想跟那三个老阿妈一起过个国庆节,真的想啊……"

薛作者看见,有几片祥云缠绕着静默的山峰,犹如老阿妈温情的嘴唇在亲吻孕育中的孩子,就听一阵高亢的歌声从山边传来,那歌声的背景声音是老阿妈虔诚的诵经声,仿佛远古的一脉血液激情涌来,交响成一曲纵横雪域高原的赞歌:"哎——是谁帮咱们翻了身哎,啊拉嘿什,是亲人解放军,是救星共产党……"

原载《雪域老兵吧》2021 年 9 月 27 日

天路兵车行

汽车团的车队在蜿蜒连绵的山道上有序行进，他们正在执行往西藏边防送战备物资的任务。车队到了波密境内的102K，巨大泥石流的气息隐约可闻。薛作者知道，刘团长又要暴躁怒吼了。

果然，刘团长一边骂娘一边叫全体官兵赶紧下车。薛作者凑上前去，小声对刘团长说："你是一团之长，要注意形象，别大喊大叫地骂脏话，这会儿战士们一个个都心情紧张，让你这么一骂，会更加紧张。"

刘团长一愣："哦，我不是在骂战士，是骂这个该死的山神。好好，我接受大作家的批评。你看看，这泥石流早不来晚不来，我们车队一来它就来了，真他娘的操蛋！"

"嗳嗳，怎么又是脏话。你呀，如果在战争年代，恐怕也是一个能蛮干闯祸的人物，没文化。"薛作者友好地拍拍刘团长的肩。

"轰"的一声闷响，前方山体塌方了，道路靠沟的一侧瞬间滑坡，路基消失四分之一面积，全体官兵一片沉默。刘团长绷着脸扫视队列，挑选了五名共产党员："现在，我们临时组成六人小组，先探路，再通行。注意，你们五个人跟着我走，其他人原地待命！"路面已被泥泞的砂土和大大小小的石块覆盖，六个人穿着高腰雨靴艰难地朝前走。刘团长跑到前面，掏出照相机："大家就这么往前走啊，我给你们照个相，留个纪念。"

突然，从前方的一辆地方车旁跑过来一个人，惊慌失措地对刘团长说："我的车不要了，挡住了你们，就把我的车推到河里去，只求解放军把我搭过去就行!"

"别这样,你他娘的一点儿男子汉气概都没有,丢人现眼。"刘团长看了看地方车,"你车上装这么多物资,都推到河里,你不心疼我还心疼呢。不就是泥石流嘛,不就是大塌方嘛,放心吧,有我们解放军在,就有你和你的货车在。"

刘团长跟身边的几个干部商量了一下,招呼了几十个兵前来推车。兵们喊着号子用力推,货车居然没挪动。刘团长急了:"他娘的,人动车不动,这也叫推车?这叫假打!"

兵们齐刷刷地埋了头,通红的脸上透着羞愧。站在一旁的地方车师傅过意不去了,伸手照自己脸上猛扇两耳光:"首长,不怪他们,要怪只能怪我,是我这车超载太多,推不动的。这样好了,把我车上的货物搬下来,全部扔到河里去。"

刘团长把头使劲一摆:"扔到河里去?你倒说得轻巧。告诉你,这些货物不属于你个人的,是建设西藏用的,不能随便糟蹋,你以为你是谁。贪污和浪费是极大的犯罪,你他娘的懂不懂?"

地方车师傅连连点头:"是犯罪,是犯罪,可、可是……"

"别说了。"刘团长扭头朝后面高喊,"把牵引绳拿过来!我还不信了。"

牵引绳系在车头的保险杠上,有的兵像拔河比赛似的在前面拉,有的兵憋足劲在后面推。效果很好,人动车也动了,不一会就顺利通过了危险区。地方车师傅一个劲感谢,刘团长说:"别感谢了,如果以后我转业到地方当了交警,遇上像你这样超载拉货的司机,我肯定网开一面,决不罚你的款。为啥?因为你也算是为支援西藏建设做贡献的人嘛,而且敢在这么险的山道上开车,是条汉子!哈哈哈……"

泥浆裹满裤腿的兵们集体笑了。刘团长叫兵们稍作休整,各自检查车辆，随时准备通过危险区。薛作者坐在一块石头上，看着河水陷入沉思。刘团长走过来问："大作家，又来创作灵感了?"

薛作者便实话实说："不是创作灵感，是深切怀念。我曾经采访过参加修筑这段路的几位老人，他们都是十八军的老兵。他们说，那是1954年8月，川藏公路的这个波密段进入施工关键阶段。一天，就在这个102K处，战士们腰系保险绳，悬在岩壁上打炮眼，山体突然崩塌，整整一个排的人全都掉到河里了。那个排长在河里奋力挣扎，岸边的人只听见他喊了一句话，就一句话……"

"喊的什么话?"刘团长紧紧抓住薛作者的手。

"我说出来你有可能不会相信，也许现在有的年轻人听了还会把这当笑话，但那是真实的，是当年修筑这段路的指挥洪流叔叔亲口告诉我的。那个排长在滚滚激流中拼死高喊，'一定要把公路修到拉萨!'这是他留给这个世上的最后一句话。岸边的指战员们和藏族民工都听见了这句话，这里的山川河流全都听见了这句话。惨烈啊，几十个战士，连具尸体都没打捞上来……"

刘团长的眼泪一下涌出来，霍地站起来跑去集合起队伍："同志们，为了修筑这段路，我们的前辈曾经付出了太多，甚至付出了自己的生命。今天，我们这些在这段路上行进的后人，一定不能忘了他们。让我们面对河水，面对群山，向他们致敬!"

兵们庄严行军礼，远山仿佛有一群缓缓苏醒的英灵，在沉寂的沉寂之中向兵们致以巍然的回礼。

刘团长激动地说："同志们，我们要学习十八军老前辈的老西藏精神，圆满完成运输任务。面对泥石流，面对大塌方，面对一切自然灾害，大家要把这视为山神赐予我们练习胆量的礼物。对于这个礼物，我们应该收下来才对!我的亲爱的战友们，你们敢不敢收下来?回答我!"

“敢！——”

这个气壮山河的声音将兵们的豪情覆满天空，顺着日夜奔腾咆哮的冰河水传得很远很远。

刘团长和几个带队干部分别站在各个弯道处的大石头上指挥，三个小时之内，近百个人和近百辆车逐渐通过危险区。

人动车也动。每一动都揪着人的心。一种胆量，一种牺牲，一种精神，就这么被一辆辆兵车满满地超载了。

可是，险情再次发生了。山体在继续松动，石块在不断滚落，车队最后面的一辆车在兵们的奋力推拉下朝前挪动，眼看就快通过危险区了，却有一个战士不能动了。永远不能动了。只听他高喊一声“快闪开”便被一块飞石击中，当场牺牲。

他的名字叫黄煜锦，年仅十九岁。

刘团长跪下来，紧紧抱住小黄，泪如泉涌：“好兄弟，我的好兄弟，都怪我，都怪我，你咋就遇上我这么个操蛋的团长呀！对不起呀好兄弟……”

天空渐渐披上暗淡的黑衣，似乎想为这个逝去的年轻生命哀悼。而远处的那座山巅，一抹夕阳的霞光无比鲜艳，正为英雄闪耀着辉煌的藏光。

当晚，兵们在山道边露营，一个个难以入睡，望着前方迷迷茫茫的山，望着前方遥遥远远的路，在心里书写着自己给祖国和给祖国人民的述职报告。同时，在山风刺骨的寒夜里盼天明……

天明了。只见一辆辆兵车又在天路上风风火火地奔驰。路面飞舞起团团尘土，犹如大群大群生命力旺盛的天路精灵，正在高原阳光的照耀下，万分激动地紧随兵车疾走如飞。

车队返回时经过102K，刘团长指挥每辆车保持相等距离，放慢车速，打开双闪应急灯，按一声喇叭，以表达对牺牲战友的哀思。

喇叭声声，震颤人心，英雄的形象仿佛叠印在悬崖峭壁上，激励着兵们不断逾越天路的一个个险阻。刘团长下了一道命令："今后，我们团的车队每次途经这里，都要像今天这样做。决不能让牺牲战友的英灵独自待在这里，要让他们知道，我们的心永远跟他们在一起。"

回到营区后，薛作者向刘团长建议，把他在这次执行运输任务途中拍的照片整理一下，选几幅发给解放军报社编辑部，说不定还能被报社选用。刘团长照做了。

不几日，一位军报编辑来了电话："刘团，你拍的照片不错，准备选用。但是，那张六人小组探路的照片，我怎么数那上面都只有五个人，怎么还缺一个人呢？"

刘团长解释道："照片上缺的那个人是我，因为当时我正在拍照。但是，在我拍的所有照片里，真正是缺了一个人，那个人是我们团的兵，叫黄煜锦，十九岁，他被天路收留了……"

说到这儿，刘团长猛地捂住眼睛，再也说不出一句话……

原载《雪域老兵吧》2021 年 11 月 27 日

世纪遗憾

郭奶奶走了。

郭奶奶是还差三天满一百周岁时走的。

薛作者知道，郭奶奶表面上走得很安详，但她却是带着遗憾走的。她深藏伤痛的嘴唇，曾经颤抖着对薛作者倾诉她的故事——

那是 1943 年的一个夜晚，日本兵包围了一个村庄，村庄里有新四军的一个被服厂，郭奶奶便是这个被服厂的职工。风雪中的火焰燃烧着村口的房屋，战士们在拼死抵抗。

"把孩子交给老乡，快突围！"厂长对郭奶奶焦急呼喊。

可是，郭奶奶的儿子才出生一个多月，她如何舍得与儿子就此分离？厂长又是命令又是解释："你这样会连累大家的，要顾全大局呀！"

郭奶奶听从指挥，随厂长紧跑到一个姓王的农户家。厂长说："这是个单身老人，出生好，贫苦农民，把孩子交给他暂时抚养，绝对放心。"说完，交给王老汉两块银圆。

"等一下！"郭奶奶从王老汉怀里抱回儿子，她想在儿子身上留一个永久的记号，以便今后好辨认。此时村庄四周枪声紧，杀声烈，情急之下的郭奶奶做出一个残忍举动——儿子的一根小脚指头瞬间被郭奶奶一口咬掉。

"你这是在做啥呀！"厂长惊叫道，"没见过世上有你这样狠心的娘！"

泪流满面的郭奶奶深感对不住儿子，使劲将儿子嫩嫩的小脚指头吞咽到肚里，算是跟儿子做最后道别，然后随部队突围出去。

薛作者听到这儿，只感觉头皮一阵发麻，忙问："郭奶奶，那你以后找到儿子了吗?"

郭奶奶摇头,仿佛整个天空都听见了她痛苦的柔情叹息:"我的儿,娘对不住你,对不住你呀……"

实际上,自突围以后,郭奶奶无时无刻不在思念儿子。一天,被服厂接到一个任务,给旅长做一件皮衣。郭奶奶抢到了这个任务,因为这有她的目的。经过几天熬更守夜的赶制,皮衣终于做好了,郭奶奶执意要亲自把皮衣交给旅长。穿上皮衣的旅长在屋里来回踱步欣赏,不住夸奖郭奶奶的针线手艺好。郭奶奶似乎看到了希望,壮起胆子向旅长提出请求,请组织上派人寻找她的儿子。旅长爽快答应。顿时,朵朵花蕊在郭奶奶脸上幸福开放。

然而,一年过去了,两年过去了,仍然没有儿子的消息传来,郭奶奶很是焦急,心里琢磨:"旅长的工作太忙了,他肯定是把我的事给忘了。不行,必须想个法子提醒一下旅长。"于是,郭奶奶如法炮制,又给旅长做了一件皮衣送去。

旅长表情凝重,默默地一遍遍抚摸皮衣,好一阵才说:"你的事我一直记着,也派人去找过了,但那个村子被鬼子洗劫过,王老汉和你儿子已经不知去向,从牺牲战士和遇难老乡的遗体里也找过,真是对不住你啊。这事我不仅没告诉你,连你丈夫我也没告诉。你丈夫这会儿正带队在前线战斗,我想等局势缓下来以后再告诉你们。不过,你别太着急难过,我还会派人去找,你等消息吧。"

没有消息。直到1950年1月,郭奶奶和她的丈夫吕团长在四川乐山相聚时也没有消息。他们等来的,是"进军西藏,宜早不宜迟"的命令。眼看出发的日期临近,夫妻俩彻夜难眠,认真商量以后于次日去见了张军长:"首长,我们是来表决心的,进军西藏我们义无反顾,哪怕死在进军路上也心甘情愿。我们只有一个请求,请组织上派人帮忙找到我们的孩子。"

"孩子是我们的革命后代,你们就是不提请求,组织上也会派人去找。"张军长宽慰他们说,"我们已经成立了十八军留守处,这个留守处的其中一个重要任务，就是要把在战争年代交给老乡抚养的孩子给找回来。统统给我找回来，好好培养教育，将来好接我们的班，这点请你们一定放心。"

放心，张军长一贯信守诺言，当然让人放心。夫妻俩很放心地往西藏去了，怀着永不后悔的决心，噙着满眼的热泪，踏进高原，融入高原，期盼着有一天能在高原上与儿子相聚。

后来，寄养在老乡家的一些孩子的确陆陆续续地被找回来了，但郭奶奶的儿子始终下落不明。吕团长由于在西藏高原积劳成疾，不幸病逝。临终前，吕团长特意叮嘱郭奶奶："你千万不要责怪张军长，谁也不能责怪，找不到自己孩子的，不只咱一家。你我都是党的人，今后要把找孩子的心思，都放在革命工作上。你要实在太想孩子了，可以去看看西藏军人的孩子们，那可都是咱们自己的孩子啊。"

郭奶奶满九十八岁的那天，穿了一件大红色的花外套，薛作者陪她来到西藏军区成都八一校。孩子们欢呼雀跃着喊"郭奶奶好"，就见郭奶奶银色的鬓发喜融融飘摇，"瞧见没，我有这么多孩子，都是好孩子！"

薛作者看见，几滴浊泪在郭奶奶的眼里滚动，便说："郭奶奶，你看我像不像你的儿子？"

"你？"郭奶奶愣了愣神，"你也少了一根小脚趾？"

薛作者摇头。

郭奶奶沉默了一阵，叹口气说："那你不是我的儿子，我没糊涂，你这是想安慰我。不用这样，在我心里，我的儿子可多可多呢。"

一日，薛作者来到珠峰脚下的一个边防点采访，不知怎么，突然感觉郭奶奶正站在透骨的峰顶张望，细致的雪粒在风中飞扬，似乎在忙着帮郭奶奶寻找她的儿子。薛作者的心一阵生痛，很想对郭奶奶说些什么，但最终只哽咽出郭奶奶大概能听明白的一句话：

"郭奶奶，我很想我的小脚趾也少了一根，真的想……"

原载《雪域老兵吧》2021年10月5日

龙马精神

　　后来回想起来，那个冬季可谓痛彻柔骨。念青唐古拉山脉的几处山峰头戴冰雪冠冕，神色庄重而柔情，静静俯视着山脉谷底附近的一座地热发电站，那里终日升腾着股股温温的白色热气。

　　薛作者去那里采访的时候，只见兵们正在用钢筋水泥和玻璃等材料修建一个蔬菜大棚，干得热火朝天。寒风阵阵，像是要穿过人的肺腑，很缺氧的感觉，但兵们却已是满头大汗了，嘴里呼出的热气跟地热温泉升腾的蒸气融在一起，为这个高高的荒野平添了别样的风景。

　　带队的是一个军用仓库的廖主任，他介绍说："这里海拔四千四百多米，战士们常年吃不到新鲜蔬菜和水果，全靠吃罐头，严重缺乏维生素，许多战士的手指甲盖都凹陷了。经上级部门跟地方政府商量，批准我们在这儿修建个地热温室种蔬菜。这不，我们仓库的兵都来了，争取赶在开春时完工。"

　　"争取？那你们还是没多大的把握？"薛作者拿笔在采访本上记下"争取"二字。

　　"哎呀，别记别记，你们这些作家呀，尽喜欢抠字眼。我说的争取，也是一定，或者……是保证的意思。上级规定的时间任务嘛。"

　　"哦哦，廖主任，是这样，词典里对'争取'的注解是'力求获得'。我没别的意思，只是看到你们太累，气候又恶劣，有些心痛。跟你们的身体比起来，这个任务能否按时完成并不怎么重要，只要尽过力就行了。"

"你说得也有点道理。的确，后面的施工还很繁重，这里的水质不行，不能浇灌蔬菜，我们要开凿一条全长九华里、平均深度三点三米的水渠，把山上的雪水引下来。你看，爆破组的人已经上去了。这里白天气温零下十多度，到了夜间……"

廖主任正说着，只见一个藏族妇女背着桶酥油茶，拎着装了几个碗的网兜，气喘吁吁地过来了。薛作者很奇怪："这里风刀霜剑的，居然还有藏族群众来慰问你们。"

廖主任笑道："哪里呀，她叫德庆卓嘎，她丈夫是我们后勤部的职工，前年在修路施工中牺牲了，后勤部首长就安排她来我们仓库当职工。很勤劳很朴实的，还在努力跟战士学习汉语，大家都很尊重她。"

德庆卓嘎把酥油茶倒在一个小碗里，双手递给薛作者："本不拉（首长），喝，天气冷冷的，喝了暖……暖和，多多的暖和，你喝嘛。"

廖主任催薛作者赶紧喝，不然德庆卓嘎会不高兴的。

"小熊！小熊！过来！"德庆卓嘎在招呼一个小战士。

小熊是还不满十八岁的新兵，像个调皮的小动物从土坑里升起来，边擦额头的汗水边"嘿嘿"笑着跑过来。德庆卓嘎慈爱地拍打小熊沾满泥土的衣服："收工后把衣服换了，我给你洗。啧啧，衣服脏脏的，不好看的。小熊，记住啊，我给你洗。"

薛作者问小熊："你的衣服让她洗？"

廖主任解释："她经常给战士们洗衣服。你劝不住的，不让她洗，她还会不高兴。"

德庆卓嘎也解释："战士在这儿多多吃苦啦，他们千里超超……"

薛作者一愣："什么什么？千里超超？应该叫千里迢迢才对吧。

这是谁教你的？"

德庆卓嘎疑惑地看着埋了头的小熊。薛作者习惯性地掏出笔和采访本，就听廖主任气恼地一声吼："小熊，你可真是个熊兵！咋乱教卓嘎呢？好啦，这儿没你啥事，快去干活吧。"

小熊一溜烟跑开了，德庆卓嘎追过去。廖主任生气地低声说："乱教别人，还好意思喝别人的酥油茶，真是的。"

薛作者急忙解释："你别怪小熊，我并不是专门要记错别字，这仅仅是我个人的采访习惯，写东西时，只要看看采访本上记的几个字，就可以回忆起当时的采访情节。"

廖主任放心地吁口气："哦，是这样啊。小熊是个孤儿，文化程度不高。招兵时，他们村委会跟接兵干部讲了他的情况，我们就把他接收了，算特殊照顾吧。他还行，特别能吃苦。"

薛作者便问："那你还骂他熊兵？"

廖主任大笑："那是他一贯自称的，哈哈……"

晚饭后，廖主任叫小熊拿上换下的脏衣服，陪薛作者去采访德庆卓嘎。一进门，最吸引眼球的便是那座不大的神龛，正中居然并列摆放着毛主席和班禅大师的照片，两侧是两尊不同造型的小铜像，前面摆放了几盏小酥油灯和几小盘藏式点心。薛作者好奇地凑上前仔细看，德庆卓嘎有些得意："本不拉，你也喜欢我家的神龙？"

"什么什么？神龙？哦，我知道了，这又是小熊教你的吧？"薛作者很自然地伸手在挎包里掏东西。

廖主任重重地咳嗽一声。薛作者明白了，赶紧说明自己是在掏烟，不是掏笔记本。但廖主任还是狠狠瞪了小熊一眼，小熊红着脸放下脏衣服，跟着廖主任出门去了。

德庆卓嘎把脏衣服放在盆里，拎着壶边往盆里倒水边问："本不拉，你是大本不拉，文化高高的，你说，你们汉语到底叫这个是什么？不叫神龙？”

薛作者本想按词典上的注释来解释，这个"龛"字是指供奉神佛的小阁子，也称佛龛。但突然间想扇自己一记耳光，"我这是在干什么？想显摆什么？完全莫名其妙的混蛋表现。"于是琢磨了一下，说："是这样，小熊说的没错，是叫神龙，既有神又有龙，有点扎西德勒的意思，吉祥，挺好的。"

"真的呀？"

"没错。其实这个东西也是为展现一种信仰，一种精神。不过……我觉得啊，既然有龙，那还应该有马，我们叫龙马精神。"

"喔呀呀，原来是这样啊。我说嘛，大本不拉的文化就是高高的，我喜欢龙，也喜欢马！我的老家在草原，从小我就会骑马。喔呀呀……"

回到拉萨没几天，西藏日报以《这是一场特殊的战斗》为题，用整版篇幅刊登了薛作者这次采访的稿件和照片。这下惹了小麻烦，西藏文联的一位罗姓画家拿着报纸来，劈头便质问："你去采访为啥不叫上我？"

"为啥要叫你？"

"你曾经答应过的，忘啦？反正我不管，你必须马上带我去一趟，必须的！"

薛作者见罗老师一本正经的模样，忍不住笑着答应了他。临行前，薛作者特意去八廓街买了一对彩色瓷马摆件。途中，罗老师提出帮他找一个淳朴的藏族妇女当模特，因为他正在做一幅藏族牧羊女的版画，准备拿到北京去参展。薛作者爽快答应，但只提一个条件："不许纠正别人说的错别字。"

罗老师摇头："这算啥条件？没搞懂你的意思。"

薛作者点头："你搞不懂就对了，就这一个条件，必须的。"

白天采访结束后，薛作者带罗老师去德庆卓嘎的房间，并把一对彩色瓷马摆件送给她，跟她说明罗老师想画她的意思。她欣然答应，进里屋去换了一套漂亮的藏袍出来。罗老师啧啧称赞："简直像换了一个人，太美了！卓嘎，你不要拘束，不要紧张，随便走动、坐着都行，我只画几幅速写就可以。"

德庆卓嘎拿起彩色瓷马，用袖口擦了又擦，然后慎重地摆在神龛的两侧。罗老师边画边说："原来这是专门为她买的呀。"

德庆卓嘎眼睛一亮："你也喜欢我的神龙？"

罗老师手中的画笔一下僵住，愣神地盯着薛作者，但随即笑道："我知道了，知道了。放心，我牢记你说过的条件。你这个家伙。"

第二天返回拉萨的途中，罗老师从车窗望着远处苍凉而雄壮的风景，神情变得柔和而深沉，好几次都像诵经似的喃喃自语："你这个家伙，你这个家伙……"

原载《雪域老兵吧》2022 年 1 月 3 日

中篇小说

四季无夏

1

对于我来说，"老西藏"跟"父亲"是同义词。"老西藏"这个概念包含着父亲的光荣，包含着我的骄傲。正因为此，我才会一接到去西藏工作的通知，心里便立即泛出一种难以言传的欣喜和得意。

毫无疑问，作为"老西藏"的儿子，怎么能不为至今还没有一篇反映"老西藏"们的好作品而难过呢？要知道，"老西藏"们是付出了怎样了不起的代价才被誉为"老西藏"的。他们是在中华人民共和国成立以后进藏的；是在他们不少的战友进城当了官以后进藏的；是在苦战了半辈子以后进藏的。"后半辈子革命比前半辈子革命难得多"，许多革命老前辈不都深有体会地这样感叹吗？其实就是这么个道理。是个真理。这个真理坚定了我的信念：本人不写出一篇像样的，关于"老西藏"们的作品，就从此不摸笔。我已经把写"老西藏"们认作是一种天职、义务、我艺术生命的象征。

当然，目前仍在西藏的"老西藏"已经寥寥无几，但我确信，从今天坚守在西藏的后一代人身上，必定能看到"老西藏"们的影子……

收拾好行装，我去军区总医院向前几天才转病危为病重的父亲道别。守在病床跟前的母亲掏出手绢，"一定是你自己闹着要去的。去吧去吧，将来也是你爸这个下场。"

严格地讲，我母亲是不应该享受"老西藏"这个荣誉的，尽管还是有人称她"老西藏"，但不能算是正格的，只能说她是沾了这个荣誉的一点边。因为她在二十年前就离藏了。父亲可就不一样啰，他是七三年才离藏的，是在肺心病到了晚期才离藏的，是在虚弱到力不能支的情况下才离藏的。

父亲的离藏使我又一次看到了母亲的眼泪，"总算捡了条命。"也许正是这教我莫名其妙的眼泪和这句有损"老西藏"形象的话，使母亲至今不能得到我对父亲的那种充满爱的尊敬，她只能得到我的爱。爱和充满爱的尊敬是不能混为一谈的。

2

这就到了羊沙岗仓库。

四面全是光秃秃的山，连一点儿绿都见不着。从战略眼光看，这里倒是原子弹都打不来的好地方。设计这个仓库的部门也许正是这样考虑才选择了这么个地形。地形是不错，可是不远处出现的几排稀稀拉拉的灰房子可就寒酸啰。宿舍不像宿舍，库房不像库房，比城里那些公共厕所差远了，当然更不敢跟动物园里的"熊猫馆"比啰。住房条件艰苦我是早有所闻，并且有充分的思想准备，可是人呢？我要写的仓库兵呢？怎么连一个人影都不见？

在内地，我最感头痛的就是那多得出奇的人，无论哪个机关，哪个商店，哪个饭馆，乃至公园，展览馆，马路，到处都是摩肩接踵，人山人海。甚至在我们军区政治部办公大楼的过道里，尽管过道很长，可是使我十分纳闷的仍是那些不知从哪儿冒出来的人——这都是些什么人？为什么上班时间在这儿闲逛？办公事还是办私事？会老乡？走后门？拉关系？搞破坏？这是颇值得注意的。而我对来到羊沙岗仓库足有十分钟还没有见到半个人影又感到茫然。难怪送我来的驾驶员要说："羊沙岗算是个拉屎都不生蛆的地方，有啥写头。"

驾驶员烦躁地按了几声喇叭，一个干部领着一个提着半自动步枪的战士快步朝我们走来。

"门口怎么没有岗哨？"驾驶员将手套甩在座垫上。

"我……我，老远见你们车来了，就赶紧叫宋主任去了。"哨兵委屈地看着宋主任。

"哦，对对，这是我们领导的责任，今后注意。我昨天就接到宣传处的电话了。你们路上辛苦了，稍休息一下就吃饭。"宋主任边说边伸手来接我的小手提包。

"不用，不用，我自己来。"我已经被宋主任勇于承担责任的大将风度打动了，同时为驾驶员的态度感到脸红。可是驾驶员并不领宋主任的情，说声"谢谢，我还要赶回去。"便一溜烟开车走了。

哨兵骂："日狗！不就是个志愿兵嘛。"

宋主任停住脚，严厉地瞪了哨兵一眼。我赶紧说，"这个驾驶员是不像话！"不想宋主任听了这话后反而更加严厉地瞪了哨兵两眼。

"教导员在休假。副教导员在军区学习，副主任住院，你就住在副主任那儿。噢，他住院是因为得了慢性高山反应，不是什么传染病……"宋主任说着领我绕过一道铁丝网，爬上一个土坡。

一片吵吵嚷嚷的声音从一间大饭堂里传出来，那里有几个脑袋在残缺不全的玻璃窗口上闪动。宋主任紧锁眉头，额头左边那块圆形疤痕的中间打了一道皱，宽宽的下巴铁青。他摇摇头，想说什么，忍了又忍说，"现在的兵哟——"

几个战士从饭堂拐角跑过来。

"这么早就开饭了？"我想尽量给战士们留下平易近人的印象。我算服了，这儿的兵野，宋主任都对这些兵感到棘手呢。

"不，今天体检。"几个战士抢着说。

"打预防针……"

"预防针？"我担心地问。

"预防流脑。"

"听王护士说，现在流脑很厉害，拉萨都死了八九个人了。"

"还不是最近从内地来的那些人……"

教养太差，完全不懂礼貌。你们不就是从内地来的？是在这里土生土长的"老西藏"？

"咳咳！"宋主任干咳两声，"介绍一下，这位是杨萨同志，大作家，上这儿来体验生活，专门来写我们的。"

宋主任的介绍没有引起战士们多大反应，他们只对我行了个注目礼，嘴里"喔"了几声。

一个个全像是患了慢性高山缺氧，从他们身上看不出一丝"老西藏"的影子。

3

大饭堂里少说也有七八十人，乱哄哄的。一个个还挺兴奋。有的把衣扣全部解开，随时准备接受事关重大的一针，有的干脆脱掉上衣的一只袖子，露出胳膊上疙疙瘩瘩的肌肉。肌肉兴许扛麻袋包的时候管用，可是在小小的针头面前必定要吃大苦头。

一堆战士围着那个姓王的女兵。

"你放松……放松点儿。"王护士皱着一撇眉毛在寻找眼前那块三角肌的最佳进针部位。接着，她把手里的注射针头快速扎了进去，似乎可以听到皮肤破裂的声音。

"哎哎哎……"

"下一个。"

王护士不待"哎"声响完，已经麻利地拔出了针头。同时将一个棉球按在渗出血珠的皮肤上。

血珠并没有把谁给吓唬住，战士们反而围得更拢了，以致妨碍了我观察王护士。也难怪，同流行脑膜炎比起来，血珠显得无关紧要。令人费解的是，有的战士像是觉着光手臂被扎出血珠还很不过瘾，磨磨蹭蹭地不肯离开，有的战士更是连带着血点、快干巴的棉球也舍不得扔掉，在手里捏了又捏，看了又看，闻了又闻，似乎要把它放到嘴里嚼上一嚼才肯甘心。

饭堂最里角，有位战士正心安理得地躺在三张拼在一起的饭桌上面，敞着光滑的肚皮接受一位女军医的检查，而周围的人俨然是一副实习医生的样子，在认真观摩。这位被称作贾医生的，显然不如王护士年轻——阔背、桶腰、白大褂绷得很紧，纽扣没法到位。她态度蛮好。手指在战士的肚皮上熟练地移动。

"贾医生，我这儿常常痛……喔，现在不怎么痛……对对，就这儿，吃饭后肚子胀气……"

"没事，起来吧。"贾医生的手"叭"的一声拍在那被揉得热乎乎的肚皮上，"注意多吃水果和蔬菜。"

这句对有病没病的人都可以讲的话，跟王护士喊的"下一个"是一个意思。谁让这里那么缺水果和蔬菜呢。

"同志们！"

宋主任的这声喊，差点把裂痕累累的天花板震塌下来，余音尚在，他已经扳着我的肩膀转过来，扯起那副大嗓门，又是那句话——"这是杨萨同志，大作家……"

我扫视了一遍整个饭堂里大大小小的眼睛，准备迎接暴风雨般的掌声，然后向大家表示几句感谢和谦虚的辞令。然而，我只听到有人干巴巴地说了几声"欢迎"。不冷不热。在"欢迎"的前面没有加上"热烈"二字，幸好在"欢迎"的后面也没有加任何使我陷入尴尬境地的话。敞着肚皮的，捏着带血点棉球的，光着胳膊的……依然如故。

讲几句？讲什么？我的手心沁出了汗，一副茫然不知所措的模样。

万万没料到，只三、五秒钟，我便神奇般地被包围在友谊的海洋中了。友谊来得太轻而易举了！

我的"藏八"（同学们对西藏军区成都八一校的简称）老同学——那位女护士王莉莉当众喊出了我的名字，并当众向我伸出了那双带着酒精味的手！

"差点还认不出你！到此一游？"王莉莉的嘴都笑歪了。

"什么到此一游，来体验生活。"

"好嘛，噢，你等一下。"她像想起了什么，飞快地奔出饭堂。

还来不及回味，我这双跟王莉莉握过的手便被几个战士钳住。

"太好了，大概还没有谁想起要写仓库兵。"

"看来我们'麻袋兵'也要上书了。"

"'麻袋兵'怎么啦？难道只有在前线的兵才值得一写？炸碉堡，炸坦克，当然是英雄行为，要描写一个战士怎样冲锋陷阵，牺牲前会想起什么，又会讲几句什么感人的话，那当然是另当别论了！这种情节真可以绘声绘色地描写一番！可惜我们这里没有那样的战场，不然……但我们有时平均每人每天要扛几吨重的物资，高山缺氧就不说了，光这一点就有写头。"一个干部拍拍自己的肩膀，为这肩膀自豪。

"我们这儿不是也有人试着写过仓库兵吗？可是这种扛麻袋包，滚清油桶，收收发发，保保管管，逮逮耗子的事用笔一描写，就一点意思也没有了。"一个紫黑脸蛋的小战士用不标准的普通话向我暗示——不要白费劲了。

"你叫什么名字？"我笑着问。

"阿布。"

噢，是藏族战士。我肯定这里有写头。

"杨萨，你看！"喘着大气的王莉莉推过来一个人。

李昕！没错，是这小子！

他身着深绿色工作服，那上面的油垢在我眼前闪亮。

我们彼此有些尴尬地问了问好，我谨慎地握了一下他那冰凉的手，生着利爪的手——还在学校的时侯我就领教过他的利爪。这利爪给我的右边脸上留下了一道虽然不大深，但很长的，永不消逝的爪迹。当时我只为疼痛而难过，可是现在直至将来我都要为这爪迹伤心。爪迹迫使我在选择对象的时候要降低一点条件。但我还是宽宏大量的人，我抓住他不可能生出利爪的臂膀，让自己和他亲热起来。

4

"我们仓库是个综合库，被装、副食、百货、药材，什么都有。军分区、兵站、加油站……都是我们负责供应。……大致就这些。不瞒你说，我实在没什么可向你提供的素材。"宋主任说着从上衣口袋里掏出红皮笔记本。

呀——那是什么笔记本，分明是语录本！都什么年月了……

"还是你自己看吧。这里大大小小的活动你都可以参加，包括支委会。"

我的心里渐渐热乎起来。甭管是什么年月了。我只感到自己在这里受到了重视，地位一下子提高了许多。可是这里的一切并不因为我地位的提高而发生变化，窗外依然缺少绿，空气依然稀薄，四千七百米的海拔高度没有一点下降的趋势，看样子天花板上的无数根裂痕还要继续扩大、延长……

"咚"一声，有人兴冲冲地破门而入。是白天在饭堂里为肩膀而自豪的那位。

"介绍一下，这是库里的勤务排长。"

"杨发明。"杨排长脱下大衣。

"你们聊，我去库区转转。"宋主任走出门："黑蛋。"

"黑蛋"，骂谁？

"哦，那是宋主任喂的狗。他就这毛病，成天有事没事都要带上'黑蛋'去库区转三遍。责任心强着哪，六八年的兵。当了九年主任，看来也就'主任万岁'了。原因嘛，怕你们作家也不敢把这类事情写出去。写也白搭。"他递给我一只"双喜"烟。

"写是敢写，只是写出来…"当我去接烟的时候，一股什么味扑鼻而来。酥油？青稞？羊肉？牛肉？霉面团？……说不出的味儿。大概还有一股"异香"。这无疑是从那张黑红色的脸上散发出来的。也许是擦的什么霜，但是，留在他脸上的无论是多么高级的护肤品，都只能是"异香"。这样的干部也能带好兵？

哎，要让"老西藏"知道了，会有多痛心。

看看现在我眼前的这位，哪里受过"老西藏"的熏陶？他心里到底还有没有革命老前辈，这里搞没搞过我军光荣传统的教育？即便搞过也一定是走走过场，效果不明显嘛。干部本身的表率作用就很差嘛。"异香"怎么能遮住资产阶级的臭思想，连身上的自然臭也遮不住嘛。瞧，从那件新冬装的领口处不是就露出脏衬衣来了吗？衬衣是白色的？蓝色的？绿色的？黄色的？难以分辨。还有那两片紫茄色的，不妨碍接吻的厚嘴唇。是的，现在的电影、电视、小说把我逗得都想试试接吻了，若有机会的话。

"杨作家……"

"不是作家。创作员。"

"都一样。我告诉你，明天我的未婚妻要来，今晚心里有点那个……形容不出来。"杨排长的屁股朝我身边挪，亲热地将"异香"味奉送过来。

我忍了忍没有起身去开窗户。

"兄弟，你别说，我们杨家还真出了不少人物，杨家将、杨虎城……喂，你都发表了些啥作品？"

"写过几篇小东西。算不上作品。"

"你真谦虚。我读过一些获奖作品，可惜姓杨的作者太少，几乎没有。不过我知道，你们都爱用笔名，有的还有好几个笔名。"杨排长朝空中喷了一口烟，"有位叫石言的作家，那叫什么名字？肯定是笔名，他无非是要告诉读者，失言之处在所难免，敬请原谅。作家的脑袋就是好使。不过你以后应该把我们杨家的牌子亮出去……"

　　我忍不住"嗤"地笑出声来，但立刻做出一本正经的样子，因为别人这是在抬举我，"好，你讲得有道理。"

　　和一位本家姓的作家这样推心置腹地交谈，还有未婚妻明天就到，杨排长的兴奋程度可想而知。他索性把"双喜"烟连同打火机搁在我面前。本来我抽了他一支烟便已经是个失误，夸他讲得有道理就更是个失误，而这盒"双喜"烟和打火机则使我完全陷入困境——他发表长篇大论的序幕拉开啦。

　　"我讲得不一定有啥道理，但在一定程态上也代表了大伙儿的意见。比如现在的军事题材小说，战斗兵不用说了，写汽车兵的有了，写航空兵、装甲兵、通信兵、卫生兵，炮兵、水兵的都有了，就是我们仓库兵没人写。连炊事兵也被写成了小说，写女炊事兵的还获了奖！那叫什么事儿？难道我们仓库兵就没啥可写的？唉——"他大叹一口气，我被紧紧地包围在"异香"之中。"我们辛辛苦苦在这个拉屎都不生蛆的地方干，除了报纸上偶尔登个豆腐块，表扬我们防火工作搞得如何好，耗子打了多少只外，就不再会有人尿我们了，咳……"

　　他的声音确乎流露出内心的伤感，这伤感绝不是一两篇获奖小说便能抚平的。

　　"笃笃笃"，有人敲门。

　　"日狗！进来就是了，假斯文。"杨排长把烟头朝推门进来的李昕弹过去，"我猜你个日狗的就会来。"

　　"我说杨排（这里的兵都管杨排长叫杨排），还是斯文点好，后面还有一位。"李昕用拇指朝后点了点。

　　王莉莉进门就咯咯地笑，"没事。野点好。我们'老西藏'还计较那个？"

　　自称"老西藏"，不害臊。

　　她问我，"老同学，身体感觉怎么样？"

　　"没什么，我在拉萨待了好几天，基本适应了。"

"那好，你今晚好好休息，改天我们好好亲热亲热，咯咯咯……"她转过身，递给杨排一个红纸包，"本人奉宋主任之命，代表库领导送你一件结婚礼物。不过要等你那位来了才能拆开看，否则不吉利。不是给你开玩笑哟。"

"唉，宋主任也是，结个婚还兴领导破费，一会儿我就退回去……不过，既然送来了，不要白不要……"

"那当然，在这儿举行婚礼的不就只有杨排嘛，这将来是要载入库史的。"李昕挤了个鬼眼。

"对对对对，咯咯咯……"王莉莉笑弯了腰。"好。我们走了。"

我陪他俩走了几步，被挡住。

满天挂着伸手可摘的星星，为这块神奇的土地罩上了张妙不可言的网。

"还真有点像一对。"杨排在自言自语。

我盯着李昕的背影。嘴里虽然说的是"扯蛋"。心里则在说："黑蛋！"

回到屋里，杨排小心地撕开纸包："见一面，分一半，有好吃的算你一份。"

红纸里面是一层又一层的报纸，拆开第五张报纸，现出一个信封，装着办理结婚手续的证明。拆开第十张报纸再看，里面装着两盒避孕套和两瓶避孕药，还有一本计划生育宣传材料。

杨排把一瓶避孕药拿在手里掂量着：

"这这这……真他妈的日、日——我。"

5

杨排的未婚妻小田乘一辆拉冻猪肉的车来了。

小田伏在车门上不住地呕吐，两只手死死抓住冰凉的车窗框，就像抓住一块冻猪肉。

杨排心痛地帮小田脱下大衣，又想替小田理一理散乱的齐肩柔发，却被小田推了一掌。

"别……"小田羞涩地把头掉到一边，那张白得发青的脸却没有转红。

一群战士叽里呱啦地朝这边跑来：

"杨排的阿佳（藏语：爱人或姐姐）来啦！"

"杨排的'洗衣机'来啦！"

"阿巴拉古——啊——"

李昕也在唱，"甜蜜蜜，你笑得甜蜜蜜……"调子还挺够味儿。

由于惊奇，小田的嘴唇形成了一个小小圆圈。

"咳咳！"宋主任捂住嘴，用力咳了咳，头虽理着，眼珠子却不时地朝上翻，"去卸车，都去！"

战士们快快地散开，有人小声嘀咕："德性！"

"不叫德性，叫得财。"

"哈哈哈哈……"

战士们撒腿就跑，没一个人敢回头。他们知道宋主任听了这话，额头上的圆疤准会发亮。后来我才知道，宋主任原名叫宋得财，入伍后改成宋高原。看来他刚当上兵就想沾"老西藏"这个荣誉的光。

"现在的兵真要命！"安顿好小田，宋主任对我说，"你来这两天，看出点事故苗头没有？没有？你是搞创作的，应该注意到。我们有个别战士，成天围着女护士转……算了，你慢慢就能看出点道道。也许是我没有文凭，水平太低，跟不上形势……"他用语气强调了"文凭"。

"也不能光看文凭，还要看实际工作能力。现在库里就你一个领导，你还不是把工作做得挺好的吗？可以说你是很称职的军政一把手哩。"我这样给他打气。

"称什么职哟。不过话又说回来，说是说，干是干。最让人头痛的还是这些兵，不像过去那么好带啰，你说一句，他有十句等着你，总是有理。就拿李昕来说吧，他长处不少，毛病更多。当兵三年，该说是老兵了，哪有一点老兵的样子，简直是兵油子。去年，上级要求退伍战士离队时做到'三包一身绿'（指部队发的军用品：背包、挎包、行李包和军装），往年也是这样要求的，可他拿出自己做的剪报薄到处张扬，上面有条消息——《某师退伍战士着西装革履返乡》。"

"对，我看过，是《解放军报》报道的。"

"是呵，我也看过，但我们没理他，仍然按上级要求办了。事实证明我们没错。《解放军报》后来又发表了一篇文章，叫《退伍战士不一定都着西装返乡》。我没客气，拿着报纸找到李昕，可他不服，还满有理地说，这篇是登在第四版，上次那篇是登在头版。咱不懂，你是作家，你给说说，都是《解放军报》，还分哪版重要？"宋主任递过来一支"黄果树"，满怀希望地等着听我的高见。

烟都吸了五、六口了，我还是想不出应该怎样对他讲。

他见我没谱，便一眼一板地发表了这个观点，"就算头版文章最重要，但以后登的文章总是能起纠正错误的作用吧？"

报纸版面、纠正错误，好像都有各自的道理，我无言以对。其实我也不愿意穿着一身没有领章帽徽的绿军装满街走。

除非红卫兵兴的军装热那阵子。

我的态度使宋主任产生了怀疑，他更加认真地说："李昕是你的老同学，你应该帮助他。但千万不要犯自由主义，把我讲的这些全转告他。我们大家是很信任你的。"

"这点请主任放心。"我赶紧递过一支"大重九"。

宋主任松了口气，信任地向我透露：王莉莉和贾医生是堆龙兵站卫生所的，羊沙岗仓库是兵站负责的一个医疗点。她们两个月来巡诊一个星期。过去贾医生带的那个男卫生员退伍后，换了从军医学校毕业的王莉莉。前次贾医生单独来，结果她受到冷落。开饭的时候，炊事员拿勺子的手就跟报务员发报抽点似的使劲哆嗦，直到勺子里剩不下几片肉才肯往贾医生的菜盘里倒。以后贾医生到此地不敢撇下王莉莉。据查，这是李昕出的鬼点子。目前他和王莉莉的关系已发展成为羊沙岗仓库公开的秘密。

像什么话？军人嘛，哪学来的这么色眯眯的劲头？我是得好好帮助他，不能因他是我的老同学便磨不开情面，更不能因他的利爪而屈服于他。不过这小子的毛病由来已久，还是俗话说得好，"从小一看，到老一半。"

……老师布置的一次作业里有道题——用"屡次"造句，李昕造的句是：王莉莉同学的成绩屡次得五分。为此，他遭到全班同学甚至其他班同学的讥笑。问题并不在于句子本身有什么错误。而在于被公选为"校花"的正是这个王莉莉。老实说，我打心眼儿里喜欢王莉莉，尽管当时我也跟着其他同学起哄。当然，我的起哄与其他男同学相比，则显得更有意义。因为我跟王莉莉除了同学关系以外，还有同桌关系，我借过她的钢笔，抄过她的作业，还踩过她的脚，挨过她的肘，碰过她的手呢。起哄表明我是堂堂正正的男子汉，没有对她起丝毫的邪念。而那位隔着这里有七八张课桌之远的人，竟然想得出来用"屡次"来对我身旁的这位大献殷勤。

今天想起来，我得真正感到这是一件非常遗憾的事情。当初为啥不也造个类似的句子？为啥没有想到为这样漂亮的女同学受点委屈是千值万值的？为啥没有想到应该挺身而出为李昕打抱不平，以便给王莉莉留下至死不忘的好印象？

如果我用"美丽"或者"可爱"什么的造个句子……如果我用"明亮"或者"水汪汪"来形容一下那对迷人的大眼睛……如果能重新过一遍校园生活，从小学一年级开始，并且像现在这么懂事……

我开始羡慕李昕，但又带有几分醋意。

不过我不能带着这种丢人现眼的心境去帮助李昕，即便他已经和王莉莉真心相爱了，我还是要克制住自己的感情。毕竟比他多当一年兵，毕竟是大军区的创作员，毕竟……王莉莉根本不可能被他勾引去!

6

早饭后，几十辆"五十铃"、"东风"、"解放"车，还有一辆地方的马车进库区拉货。

"阿布，你好。"我叫住正在巡逻的阿布。

"你好，杨创作员。"

"一人巡逻多长时间?"

"累不累?"

"不累。"

"我陪你转转。来，抽支烟。"

"哎呀! 你怎么、怎么……"阿布一把抓过我手里的烟，"这是违反规定，要罚款的呀!"

"罚款?"我吃了一惊。

"怎么了?"宋主任大步走过来。

"他他，杨创作员带烟进库区。"

"噢，杨创作员不知道，怪我没给他交代，罚我的。"

"那咋行!"我赶紧按住宋主任掏口袋的手，回头问阿布，"罚多少?"

"有火柴吗?"

"有。"

"请拿出来。有烟无火或者有火无烟罚五元，有烟有火罚十元。"

倒霉，一首小诗的稿费也没有十元。什么土政策。

那边有人跟保管员吵架，大概又是要罚谁的款。我和宋主任赶过去。

不是罚款，是保管员不发货。

"我们不是自己要，好柴火是给首长选的。"气很粗。

"现在正纠正党风，我不相信首长会下这样的指示。首长一再指示我们，不要让打着他们名义来办事的人钻了空子。当然，我不是说你们打着首长的名义。"宋主任语重心长地说，"同志，你们这样做不是爱护首长，是在降低首长的威信。不能这样干……至于我们保管员的态度，我们会教育……"

接着，宋主任高声对我说："这些你都应该写一写，我们'老西藏'的好传统不能丢呵……走！"

宋主任精神抖擞地甩开了步子，无可置疑，他正是循着"老西藏"的脚印往前走。

我学着他的样，摘掉棉帽，参加了搬货的行列。

一个热气腾腾的场面教我瞠目。尽管今天的气温只有零上三度，但我无法相信这里是四季无夏的高原，好几位战士只穿着背心，大汗淋漓。无论麻袋包和箱子怎样沉重，都压不住笑声从他们喘着气的嘴里冲出来。贾医生和王莉莉使出吃奶的劲在合力抬一个箱子，显得力不从心。有人幸灾乐祸地喊起号子：

吭——哟！吭——哟！大家嘛看哪！哎嗨哟啰！贾医生的脚杆——要砸到哟；王护士的腰杆要扭断哟！

一个战士的屁股挨了王莉莉一巴掌，因而捂住屁股开怀大笑，露出嘴里血红的牙床。牙床引起我一身的鸡皮疙瘩。宋主任的感觉一定也很不好，他带着一丝不易觉察的冷笑看着眼珠子发直的阿布。

王莉莉也真是的，啥时候学得那么粗俗，贾医生都一把年纪了也没像这样。照战士的哪儿打不行，非要惹得战士都想着自己的屁股也吃这样一巴掌。

这兴许就是宋主任讲的事故苗头。

果然。

一个比王莉莉那一巴掌更令人不能容忍的事把我的头都震懵了——两斤虫草转眼间不翼而飞！

那位为首长选好柴火的干部气急败坏地要宋主任立即把盗窃犯

捉拿归案。他断定是在宋主任刚才教育他的时候被人钻了空子。

宋主任额骨上的皮肤绷得紧紧的，眉头打成了结，眼睛里射出一股冷冰冰的光，遍扫每一个人，连我也没能避开这道光。在这种时刻宋主任的打击又稳又准，他不喊不叫，不进行威胁，自然而然地形成了一种使人很不自在的气氛，"阿布，你在巡逻的时候发现什么情况？"

"没有。"阿布保持着立正姿势。

"我真不明白，好几个库房都在发货，干吗那么多人都要挤到十号库来？连巡逻的走到这儿都粘上了！"宋主任斜了贾医生和王莉莉一眼。

贾医生和王莉莉同时拧了一下脖子。

"药材库房发的货是谁负责搬的？"

"我。"李昕一愣。

"咚"的一声，药箱从王莉莉的肩上滑到地上。

"如果有谁竟然干出这种事，那么，战士——无论你是有怎样背景的战士，你不配！"宋主任双手叉腰，眼睛谁也不看，只望着天。

"我没有见着什么虫草！"李昕沉不住气了。这有点像不打自招。

"可是虫草没了。我知道你平时爱开开玩笑，开玩笑不是不可以，但不能过头了。你说呢？"经验丰富的宋主任轻声地进行开导，眼睛不时斜一斜李昕右边的裤兜，那里胀鼓鼓的。

鼓鼓的裤兜突显其灵：——发出"吱吱"的声音。

李昕变戏法似地掏出一个纸盒子，忿然甩在地上，立时，三只刚睁眼的小耗子绝望地在人们面前乱蹬腿。

"我……我……我赔就是了！"李昕像发怒的狮子在咆哮，冲出人群，老远还能听到他死不认错的声音："我赔就是了！……"

"本不拉（首长）……"

那辆装好货的马车的主人领着一个藏族小女孩，频频朝宋主任弯腰，手掌托着一个牛皮纸袋。

我没猜错，牛皮纸袋里是虫草。但对那人说的藏话一筹莫展。

阿布翻译："他说是孩子拿上车的，因为他领的价拨物资里面有马蹄钉，包装跟虫草的差不多。"阿布又补充一句，"这是撒谎，虫草和马蹄钉的重量都不一样。"

"好孩子！……"王莉莉一把搂住藏族小女孩，一只手掏出手帕不住地擦眼睛，可是她无论怎样擦，脸上还是不断地增添新的泪痕。

阿布呱啦呱啦地嚷，藏族小女孩惊恐万状地往王莉莉怀里钻。

"简直乱套了！"宋主任捏紧了拳头，原地转了个圈，歪着头凑近阿布的脸，"怎么能这样对孩子……"

"我……"

"我知道！"宋主任把脑袋收回来，顿了顿，压了压火，眼睛在周围的皱纹中眯了起来，"你知不知道毛主席是怎样教导我们的……"

"我……"

"难道你连我们的军队来自人民，服务于人民这个简单的道理也不知道吗？教导员在上政治课的时候你都……什么？……你应该知道！"宋主任气得头不住地点，"你在吃母亲奶的时候就应当把藏族人民的爱也吸收到血液里去！为了藏汉团结，有多少同志献出了自己宝贵的生命！而你……"

阿布一怔，擦掉喷到脸上的唾沫星，眼里射出痛苦万分的光，顶住了宋主任的光。

7

中午，小田提议打篮球。

杨排知道阿布的心情不好，特意邀他来，"没事，宋主任这会儿正向'宋马列'过渡，没心思来看我们打球。出什么事有我杨某人，你小子怎么变得这么日狗。你看人家李昕……"

说好，输了做二十个俯卧撑。李昕、王莉莉和我一边，小田、杨排和阿布一边。打半场。

小田的篮球基本功蛮好，穿着运动衣，外面套了件毛背心，尚未发育成熟的瘦长身材也像那么回事。腰嘛，形容"杨柳腰"、"水蛇腰"，或者"蜂腰"，都不过分，只是胸脯板平……局势不妙——六比零！

六个球全是小田投进的。该死的李昕，他假装失误，一个劲儿把球传给小田。

小田不客气，"好哇，看剃你们个光头。哎呀！"她猛地摔在地上，阿布也被她的腿给绊倒了。

可是阿布偏偏倒的不是地方，他压在了小田身上！两人的脸还……胸脯就更不消说啦！

"我我我……"阿布爬起来，两手机械地在胸口上交叉搓揉。

"没事，打球嘛。看你那个熊样！"杨排低头对坐在地上的小田说，"起来起来，我们的主力队员。"

小田捂住胸，难受地张着嘴，气喘。脸色铁青。

王莉莉蹲下来摸了摸小田的脉搏，"心跳过速，快去躺着。"

宋主任从天而降，拍了两下杨排的背，"这件事我会处理的。"

"处理什么？"

"你别护着，我都看见了。"宋主任挥挥手，示意杨排不要再说，皱着眉头走了。

过了一会儿，宋主任找到我："……这不是事故苗头又是什么？"

"有那么严重？"

"当然，不能就事论事，要透过现象看本质。我是来找你一起分析一下当前战士的思想情况，找出一个正面教育战士的好方法。"宋主任摊开笔记本。

分析来分析去，我认为造成战士们胡思乱想的主要原因，是这里的文娱生活太枯燥，连电视都收不到。是不是可以像内地的一些部队那样，经常开官兵同乐晚会？

"这个办法可以试一试。今晚就开。"宋主任揣上笔记本,亲自去通知各班准备节目。

战士们情绪蛮高,连驾驶班和炊事班的战士都在认真排练。到了晚上该集合进饭堂的时候,各寝室还传出排练节目的声音。唱歌的,朗诵诗的,吹笛子的,吹口琴的,敲洗脸盆的……每个人都想在今天的晚会上露两刷子,给王护士看看。

"同志们,"宋主任目光炯炯,把手里的笔记本朝空中一扬,"我们首先要感谢杨创作员,是他,给我们带来了老大哥部队的好经验……"

掌声哗然。

"不错,我们的战士都才十八九岁,我们的干部也不过三十郎当岁,正如毛主席讲的,是早晨八九点钟的太阳,哪能成天死气沉沉,要有龙腾虎跃的劲头……"他的手臂时而甩出去,时而劈下去,时而捏成拳头,时而摊开手掌,时而举起笔记本,时而将笔记本扔在饭桌上,没什么可说的,很像回事,像着了火一样,红光满面。"今天大家行动很快,排练节目很认真,这是应该表扬的。但是,我发现有几个同志的床头都贴着美女照。贴那玩意儿干吗?出洋相?在篮球场上还出洋相!"

饭堂里嗡嗡开了,战士们扭头寻找一个人。杨排的嘴蠕动了几下,大概是在骂"日狗"。

"好了,这个以后再讲。下面,请杨创作员……"

哗——

"我不会唱歌,就胡捏几句吧。"其实我已经准备了一下午。"大家都知道,我们中国的汉字,是由老祖宗——黄帝的史官仓颉造的,当时是象形字,兵字当兵器讲。在后来中国的无论哪个字典上面,兵字都是一个丘,下面是一撇一点。有人把它理解为兵该永远稍息,规规矩矩听命于长官。可我们共产党的军队认为:兵字,上面是丘、是困难、是理想,下面一撇一点是战士一前一后的两只脚,不停地向上面的丘、向山、向困难、向理想打冲锋。这就是共产党的兵！人民的兵！

而你们，正是这样的兵！

哗——

热烈的掌声使我大为感动，然而比掌声更使人感动的是我被当成了名人，宋主任要求我为仓库题词留念。盛情难却，联想起羊沙岗今天清晨的大雾，题下一副对联。

舞雾雾舞雾雾漫舞
高兵兵高兵兵皆高

不管这副对联是不是上品，它都轰动了整个饭堂。宋主任迎了上来，杨排长迎了上来，还有王莉莉。一双带来苏味的手抓住了我的手。众目之下。激动迫使我拿棉帽使劲压住胸口的正下方……严重缺氧。

"哎哎哎——往哪儿拿！"

有人一眼发现杨排拎起对联想溜。

"搞啥名堂？这不是你的私人财产，借用一下可以，不过要让你那位表演个节目。"宋主任拿笔记本在空中画了道弧线。

"杨排嫂子来一个！"

"不行不行，我那位没有出息，高山反应，现在还没起来，大家包涵，大家包涵。"杨排拱手作揖。"还是请王护士给我们表演一个，大家欢迎！"

"好——"

我注意到，王莉莉的脸比过去黑多了，下巴尖了，那对浅浅的酒窝也不见了。她埋头理理衣服下摆，一甩短发，娓娓地唱起来：

"十五的月亮，照在家乡照在边关，宁静的夜晚你也思念我也思念……"

歌声扶摇直上，萦绕在这攒动的人头上方，把战士们带到遥远的故乡，带到甜蜜的回忆和热切的期望之中。

王莉莉的脸上没有任何在镜子面前检验过的，经过讨论的红唇膏、假睫毛一类的东西，但她无疑是今晚上最美、最受欢迎的一个。不难想象，她必将在今晚给我带来一个不好意思讲的，老想做的梦。

好梦不常有，好曲不多唱。她整死整活也不肯再唱了，却提议让李昕表演一个。李昕也不推辞，不待别人鼓掌便走到前面，嘴角露出明显的快意。灯光照进他的眼里，没有任何发窘的神色，清澈之极。

"你到我身边，带着微笑，带来了我的烦恼。我的心中，早已有个她，喔，她比你先到……"

甭问歌选的怎样，嗓子好不好，调正不正，光看那姿势就、就日狗。一只手假装搂了把吉他，一只手在瞎拨弄。哈着腰，晃晃悠悠，跟肚痛似的。

"美女照"带来的后遗症？事故苗头。宋主任的目光直抵李昕的后脑勺，红彤彤的脸色变成了紫茄色。

"……啊，温柔又可爱，啊，美丽又大方……"绵绵的声音越来越嘶哑。

宋主任今晚不会有好梦。

8

"你记不记得这个月有什么好日子？"

晚会结束后，宋主任领我到办公室。

考我？

凭着我的记忆，在本月的三十一天里，倒有几个像样的日子：

正月十五元宵节，国际劳动妇女节，我国的植树节，南宋民族英雄岳飞诞生日。苏联作家高尔基诞辰纪念日，苏联作家和教育家马卡连卡诞辰纪念日。

我提供的这几个日子宋主任都不满意，"你忘了明天是什么日子？"

"明天？"

"毛主席的题词'向雷锋同志学习'发表纪念日嘛。"

明晚我们为杨排长他们举行婚礼。早点办了，杨排长好照顾小田，也免得出洋相。有的战士说，羊沙岗连天上飞的鸟都是公的。你说，发这种下流牢骚的人见了姑娘能不出事？不出事才见鬼了。我们应该利用明天这个好日子对部队进行一次教育，为杨排长他们办一个有意义的婚礼……

连举行婚礼都不忘突出政治，这一点，他颇像"老西藏"。

我真希望能亲眼看到明天宋主任主持婚礼的情形。

明天，明天是一个多么吉祥的日子……

然而，这个日子还没有到来，就气得宋主任一巴掌捂住脑门上的圆疤——杨排和小田竟然已经住在了一起！

宋主任指着那块圆疤告诉我，这是在一次制止两派群众武斗中留下的，而他的班长，则是举着毛主席语录本陷入疯狂的混战之中，说完了他在人间的最后一句话——"要文斗不要武斗！"

宋主任翻开《毛主席语录》，坐下来重新读了读上面写的那些话，没有从中发现任何错误的过时的，甚或是多余的话。他推开窗户，完全像电影里演的那样，深深地吸了一口气，又长长地吐了一口气，心中豁然大亮。

阿布还在为白天的"虫草事件"和"桃色事件"难过。尤其是"桃色事件"，跳进黄河也洗不清呀。

他急得眼冒金星……不是金星，分明是一团火苗在宋主任宿舍旁边的柴火房里闪耀。

只见有个人倒在屋里。阿布抱起那人跑出十多米才放下。他操起一把铁锹大叫："着火啦！快救火呀！……"

宋主任和我从办公室里冲出来，他那条凶猛已极，堪称群狗之冠的"黑蛋"跑在最前面。

火苗已经借着风势窜上窗户，房顶。"勤务排的立即切断火源！保管班的去拿消防器材！其余的都跟我来！"宋主任手持一把大板斧，朝一棵不算小的枯树猛砍。

"宋主任，你屋里……"

"不准进去！"

"啊！"一个战士从屋里跑出来，蹲在地上，他的脚被守在火里的"黑蛋"咬了一口。

"活该！快给我！"宋主任从两个战士手里夺过消防水龙头，朝被砍了一半的大树喷去。已经没有必要砍倒那棵大树了，它正充当燃料的角色，砍倒它反而会增加危险。

杨排对着另一棵快被砍倒的树发疯地又推又撞。他快速退了几步，重新积聚力量，叫声"闪开！"再用肩膀撞上去。树倒了，杨排昏厥过去……

火终于熄灭了。几十根手电筒照着还在冒烟的残墙碎瓦，杂乱的黑影来回晃动，整个天地仿佛在旋转个不停。

好在宋主任的宿舍是全库最老最旧的，而且离宿舍区有一小段距离，所以损失不算大。除了宋主任的财产和供来库家属用的柴火被焚殆尽之外，再就是一个战士被"黑蛋"咬伤了。

顺着手电筒的光亮，我看见了"黑蛋"，它是心甘情愿被烧死在屋里的。它身上不再有光泽，爪子埋在灰里，耷拉着可爱的脑袋……这是怎样的一个生灵啊。我真想为它献出几滴眼泪。今天早上我还巴望它能"汪汪"地朝王莉莉吠上几声，然后我上去赶跑它，以便使王莉莉脑海中产生比"屡次"更深的印象。因为在生活中也好，小说中也好，凡是被男人从危险中救出来的姑娘，总要迸发出对"救命恩人"的炽热的爱情。可是今后不会有这种机会了。

"宋主任，这是'黑蛋'从屋里叼出来的。"阿布捧上一个印度小铁箱。

宋主任用疑虑的目光打量阿布。

　　听说"黑蛋"是第一次动这个小铁箱，也是最后一次。"黑蛋"刚满三个月的时候，宋主任就把它拉在小铁箱跟前，让它嗅一嗅，然后打一打，嗅一嗅，打一打……从此，它敢上宋主任的床而不敢正眼看小铁箱。可见小铁箱是怎样拴着宋主任的心。被褥、衣物、桌椅之类虽然被大火吞噬殆尽，但小铁箱安然，每个人便都感到了一点安慰。尽管谁也不知道那里面装的是什么。

　　几十根光柱聚在小铁箱上面……也许是人民币和存折，也许是爱人的来信，也许……都不错，但最显眼的是一套崭新的《毛泽东选集》，扉页写有秀丽的隶书字——奖给：活学活用毛主席著作标兵宋高原同志。一个塑料袋，包着三张"五好战士"奖状、四本立功证书和八张其它奖状，另外就是几张什么代表大会的合影照片。

　　宋主任把小铁箱重新锁好，说："各班马上开班务会，每人都要写出自己十点半到十一点这段时间的情况，要有证明人。会后志愿兵以上干部到会议室。文书，你写个事故报告。我白天在球场边上就知道要出事故！"

　　"宋主任，您不能……都怪我……怪我！呜呜……"小田两手揪住头发，浑身打战。

　　"小田，你好好休息，不要掺和这件事，你放心，我决轻饶不了他！"

　　"不……不不！怪我！真的是我……哇——"小田倒在杨排身上，贾医生和王莉莉把她扶走了。

　　"宋主任，她她……我我我……"阿布眼里噙着泪花。

　　"真见他妈的鬼了！"杨排连连跺脚，他那只肿了的胳膊吊着绷带。

　　宋主任审视着阿布，掏出钢笔，拿在手里捻转，然后像甩体温计那样狠狠甩了几下。

　　班务会一直开到十二点，大家在讨论时候走了题——小铁箱……

　　"这就是说，只有阿布没有证明人。"听完汇报后，宋主任沉痛地说，"汉族战士也好，藏族战士也好，哪个领导不希望自己的战士成为好战士？个别同志却不明白这点。当然，责任主要在我们干部身上。有人看到我那个小铁箱还偷偷地笑，笑我傻?"他霍地站起来，"我敢说，我们的干部要都有我这样傻，就绝不至于出今晚这种事！这里大山大水，大风大雪，空气稀薄，文娱生活更谈不上，大伙儿整天玩命地把麻袋包扛进扛出，靠什么？靠的是精神！靠的是觉悟!"

在这位坚定的中年人身上，使我永远难忘的是继承革命事业的一代人的昂扬的热情。

"……要重证据，要注意民族政策……"

散会后，他特意向我交代，多找些战士聊聊，在搜集创作素材的同时找出破案线索。

想到宋主任如此信任我，就愈发有一种神圣的责任感，虽然觉得肩上突然压上了死沉的担子，但我却十二万分地愿意挑这副不是谁都有资格挑的重担。

一个真正的"福尔摩斯"将出现在羊沙岗仓库。

9

终于，一个最可疑的镜头被我捕捉到了。

宿舍区厕所墙的外面，一阵像在忏悔的"呜呜"哭声顺风飘来。我忍住小便，踮足蹬上小便池的边沿，扒着墙头往外看——这一看使我顾不得刺鼻熏眼的臊气，屏住呼吸，摘下棉帽。

不远不近的一堆大石头上，李昕和阿布对面坐着。我眯着眼睛看看这个，又看看那个，竭力想听到他们说话的内容，但是不能。我只能在他俩的面部，在他俩蠕动着的嘴唇上寻求答案。他俩在谈什么？能谈什么？什么事情值得这么鬼祟祟地躲到厕所背后去谈，而又值得为之激动呢？枉然，他们的五官是怎样活动的我一点也看不清。

几只与细菌有不解之缘的苍蝇"嗡嗡"地向我施加干扰。其中一只老想叮在我鼻上头。如果不是想到将来苍蝇有可能被培养成"间谍昆虫"的话……我目前正需要这样的苍蝇，可借科学发展的速度……什么也不需要了，我看清了一个动作：李昕一把抓起阿布的棉帽，往石头上一掷，片刻，两人又抱在了一起！

狐狸露尾巴啦！他俩所表现的这一切不是打完架又言归于好的激动，而是订好攻守同盟的礼节！

跳下小便池，撒一泡长尿，舒一口长气，"福尔摩斯"胜利在望。

出于对老同学的感情，我立即邀了王莉莉一道去争取李昕。我相信王莉莉的力量，同时也要让王莉莉清醒清醒，不能屡次上"屡次"的当了。

当然不能让王莉莉也站在小便池上张望，必须面对面地跟李昕谈。

来迟了一步，阿布溜了。李昕坐在冰凉的大石头上，用呆滞的目光盯着远处的山巅。他用这样的花招对我和王莉莉保持沉默，惹得我很想教训他一番。

斜阳把我们的影子拉得很长，肩膀几乎没有了。长长的羊沙岗河顺着公路一直延伸到远方，湍急的河水泛出银白色的浪花拂荡着，据说用不了多少日子，那一系列高山冰川的融水会给这条河带来不幸……

"在想什么？"王莉莉蹲下来小心地问。

李昕在鼻子里哼了一声，"想写篇小说。"

好家伙，写小说？有了一个写小说的同学就幻想着自己也能写出小说。蔚蓝色的幻想。

"也许我写不出来，但可以把这里发生的事情……"

"什么事情？"我顺藤摸瓜。

"事情很多，也很复杂。比如昨晚失火的事……"他警惕地看了看我，"就有写头。"

狐狸尾巴夹了回去。

我若有所思地点点头，看看王莉莉，意思很明确：听懂了吗？

"可是，也不能为写小说就去干坏事，哦，或是包庇坏人……不要打断我，听我说，我凭着一个老同学的良心，请你相信我和王莉莉的忠告。"我不管王莉莉是否同意，都把她算作站在我一边的，并把我说的话也算作她说的，"不错，写小说必须得有生活，需要结识不同的人，有时需要各种贫困、落魄、堕落和狡诈，以至同犯罪的人们交往，像医生对待病人那样解剖他们的灵魂，描述种种反常的欲念如何酿成了他们的悲剧等等，但是，你总不能随着这些人去堕落、去发疯、去纵火、去伤害人……"

我俨然是位老师在向学生进行重点辅导。没料到我所讲的这些知识的精髓和经验的结晶，学生无法接受。

"杨萨！……"

"莉莉，你让他说下去！我们都来听听，他是怎样理解我们"老西藏"的！"

怎么叫的怎么叫的？"莉莉"，真恶心！"老西藏"，更恶心！沾了几嘴唇酥油茶？舔了几舌头青稞酒？竟大言不惭地自封为"老西藏"！

"怎么地，为这块土地流过血、流过泪、流过汗的战士就称得上'老西藏'。"李昕像站在舞台上朗诵诗歌似地扬起手臂。

手臂指点的方向并没有让人看到任何光明的东西，只能想起我刚才忍受臊臭的地方。"我原以为你最终能像拥抱阿布那样拥抱我……"

"阿布？"他一愣，高高的鼻梁刷地红了，红色在向周围漫延，"别自作聪明，他怎么了？要知道了他是怎样的战士，你会感到无地自容！"

他把棉帽拿在手里捏揉。满头乌发里冒出一根白发。这根在斜阳照耀下闪着银光的白发，也许正是紧张思考的产物，随着这根可爱的白发的不断发展，一个真正的"老西藏"是有可能被造就出来的。然而这根白发周围没有它的胞弟胞妹出现，李昕顶着它，跳下大石头，跑掉了。

"李昕——"王莉莉缺乏从大石头上往下跳的勇气，不过，她有足够的勇气来指责我，"你太过分了！"

"一点也不。你想，如果不是老同学，我能这样苦口婆心地挽救他吗？我能这样一针见血地指出他的错误吗？……"

我的话终于有某些地方触动了她，她俯就地低下眼睛，我似乎感到了一股暖流——她那含愁的眼里还保留着那样多老同学的感情，以致使这一片石头底下沉寂万年的热能又翻腾起来。

我想向她表示歉意，但不能，如果一开口，鬼知道又会讲出些什么话来。由于激动，我的喉咙像被什么堵住了。

幸好被堵住了。若是由着自己的意愿将会讲出些什么话呢？讲完这些话之后又会怎样呢？什么事都可能发生。

"你是一片好心，可是……我说了，你千万别生气。"她迈过一个大石缝，"你来这里搞创作，我很佩服你，可你不是去观察那些值得写的人和事，而把心思用在挑剔别人，怀疑别人，刺伤别人……"

天哟，我会是这样的人吗？

我跳下石头，跑到一棵从石头缝挤出来的小树底下，折断一根枯树枝，树干硬邦邦地摇晃起来。不知为什么，我认为她应当有勇气从大石头上跳下来，像摇晃小树那样摇晃我，脸贴在我的背上，向我道歉，请求我原谅……她应当感到我心里有多么烦躁。

我暗自在心里要求她，但立刻感到了自己这些愚妄想法的可笑，我的心境关她什么事？

"杨萨，你听了我的话不要生气。"我感到有什么贴在了我的背上，可惜不是脸，是一只手。"我认为你应该调这儿工作一段时间。不可能？走在父辈流过血的道路上，难道你连一滴汗也舍不得流？

这里的山山水水系着我们父辈的魂，这里有多少难忘的人和难忘的事，你该多听听，多看看，不要遇着什么事就一惊一乍的。像阿布倒在小田身上，那是打球，又不是……"

我想回头，但又生怕她的手从我背上拿掉。很久很久，在三天之后，我的脊背还觉得出那只手的温暖。

10

阿布已经被深深地刺伤。屈辱之情犹如火焚，他想痛哭一场而又哭不出，眼泪像被烧干了。宋主任那冷冰冰的目光，还有……他越想越难过，无力驱散心头的委屈，神情恍惚，时而攥起拳头，时而放开，嘴里喃喃着，痛苦得频频皱眉，一头倒在床上——绝食一顿。

他操起一把小十字镐，拖着沉重而迟缓的步履走出寝室。他想象着要把这些告诉家里人以后，爷爷会怎样朝宋主任吹胡子，母亲和奶奶会怎样朝宋主任翻白眼，小妹妹会怎样扔掉宋主任给他的糖，然后叽叽呱呱地骂……反正宋主任也听不怎么懂……

他望着对面山脊上的晚霞掩嘴笑了。晚霞像爷爷和奶奶经常燃着的那堆篝火，他迎着篝火走过去……

"太不果断！昨晚失火以后就应当派人把阿布监视起来。太不果断！……"

宋主任不断地责怪自己，他命令全库人员务必在天黑之前找回阿布，自己则提着手枪在库区里巡察。

此刻，他不免要怀念"黑蛋"。"黑蛋"只消嗅嗅阿布的床铺，便能在几分钟内找到阿布，消除事故隐患。"二十年无政治事故"的锦旗还挂在会议室里，岂能被一个阿布毁于一旦。

阿布失踪就够热闹了，却又添了一对新婚夫妇闹架。

"……干吗不早说！我们杨家人啥时候干过昧良心的事？真他妈

……天大的事也要说个清楚……"杨排的叫骂声时断时续，小田哭得死去活来。

杨排在门口被贾医生和王莉莉拦住。我跟进去，看看杨排的胳膊，再看看哭累了的小田，忍不住安慰她："不要紧，骨头没伤，不会残废的。"

谁也不搭理我。小田揪着头发嘤嘤地哭。

"其实举不举行婚礼都一样，办了手续就承认……"不想我这一说，小田干脆伏在桌上放声大哭起来，泪水洒在我写的那幅对联上。哭什么？后悔了？这种女人。

"哎呀——你出去！"王莉莉断吼一声。

真狼狈。

职业的关系决定了她只能观察病人的皮肉，而不能透过面部表情，言谈举止等等来确定出纵火的嫌疑分子。

下午在厕所墙外的可疑情况，是否向宋主任汇报一下？

妒忌的月亮把最后一抹残阳撵走的时候，阿布手握断成两截的小十字镐回来了。

满嘴是血。"风景区"遭严重破坏——门牙丢了一颗。

"在那儿摔的？"王莉莉问。

"厕所墙边。"

"快，还来得及。"王莉莉拽住我就跑，"最新科学技术证明，掉了的牙在二十四小时之内可以重新复活。"

跟在我们后面的一帮战士很卖力气，打着手电筒遍搜厕所的墙里墙外。互相提醒：

"小心点阿，不要把牙齿踩脏了。"

"注意有血迹的地方……"

"是这颗吗？"

太长，不像。

王莉莉鉴定，没错。战士们皆大欢喜。

她举着那颗宝贝牙齿闯进主任办公室。

只怪阿布配合不好，痛得呀呀乱叫，王莉莉住手了好一阵，他还在嘶嘶抽冷气。手术宣告失败。

宋主任轰走看热闹的战士，刚掩上门，门又被推开，贾医生搀着小田走进来，杨排阴着脸跟在后头。

"杨发明，这就是你带的兵！无组织无纪律！"宋主任重重地敲了几下桌子

"干部的责任心哪去了，昂？你不要怪我在小田跟前不给你面子！"杨排面带愧色。

"宋主任。"小田哑着嗓子，高山缺氧，声音不畅，"是我不小心。昨晚想烤烤腊肉给同志们吃，不想眼一黑……是阿布把我弄出去的……"

宋主任看着阿布，现出一脸狐疑。

阿布双唇紧闭，摇头，点头，又摇头。

"不，这是真的！不骗你们——"小田扑向阿布，挥舞巴掌在阿布的头上、脸上、脖子上、身上乱打乱抓，"你说，你说呀！……"

大伙儿好不容易拉开小田。

"这是真的，阿布下午给我讲过……"李昕进来证明。

"好哇，杨发明呵杨发明，你教战士搞这一套，算什么？哥们义气！"宋主任急步转了个圈，"我算服了。"

阿布缓缓朝这边走来，手伸在裤兜里。不好，不是匕首就是手枪，惨案随时都会发生！我不由倒退一步。宋主任眼明手快，上前捉住他的手。

党参，几根泥土未干的党参在小田眼前抖动，"这个，补补身子。我自己挖的。你们汉族同志在这儿，就是少数民族……"

"哦哦哦——哦——我对不起你，哦……"小田涕泗滂沱。突然，她歇斯底里地发出一声奇怪的尖叫，两只手像打自己的两颊一样，猛地捂住面孔，呜咽着冲出门外。她脚底下绊了一下，摔在地

上，随之爬起来，怪笑着跑了，贾医生和王莉莉跟着跑出去。

宋主任颓然坐下，两手按住太阳穴。

起风了，一扇窗户奏出只有它自己才能听懂的音乐：卡——叭哒！卡——叭哒！……

"呼！"王莉莉撞进屋来。她上气不接下气，随手关上门，背靠在门上，眼睛瞪得相当可怕，慢慢环视着屋里的人。

"怎么了？"

"衰竭……心脏……小田呼吸没了。"王莉莉轻声说道。她背贴着门慢慢出溜下去，坐到了地上。

战士们围在小田的房门前，没人给我让路，宋主任和杨排一声不吭，拼命朝前挤。

亏了贾医生不"假"，小田苏醒过来。

阿布捧着党参站在窗户外面，颤抖的嘴唇满是血……

这不是一个好兆头。

然而，这里没有一个人愿意离去……

11

"……看看拉萨新面貌，快快走呀快快走呀，喔呀呀呀呀……"

大清早，不知是谁在播音室里犯病还是唱片坏了，广播喇叭一个劲地反复播放"逛新城"的这两句，像是在撵谁走。走就走吧，还要你"快快走"，"快快走"也不成，"喔呀呀呀呀……"的吆喝简直要把人撵飞起来不可。

"杨萨，起床了吗？"

王莉莉踩着"喔呀呀"的点儿在喊。

她进到屋里，跺跺沾着雪的大头皮鞋，脱下皮大衣扔在床上，随手掩上门。

我把门拉开一半，"坐吧，有事？"

"还挺封建，你又不是没穿裤子！"她脚尖一勾，门又掩上。

"你别见怪，我意思是要注意影响，万一宋主任……"

"怎么？怕看宋主任的脸色？那么你该永远稍息！哼，男子汉。"她拿起大衣，满脸失望。

我一指房门，"要走，门在那里。不走了？有话就讲，有——屁就放，烦人。"

她惊讶地张大了嘴。

"你别这样看着我，我不是烦你，是我自己心烦。"

"我也是……"她用大衣堵住嘴，眼里包着泪。

我知道，她和贾医生就要走了。若不是为了送小田去医院，她们是不会这么急着走的，尽管巡诊的时候已满。因为昨晚的那场雪覆盖了公路。

她郁郁地告诉我，她和贾医生一夜之间变成了瘟神。今天早上，一个战士一见她们撒腿便跑，他端着的撮箕里落下"美女照"的碎片；被"黑蛋"咬伤的那位不肯换药，他为脖颈上的一个疖子，曾经一天三次找王莉莉；阿布宁肯失去最后一颗门牙也不跟她们去医院安假牙；李昕则公然声称从今以后不要在羊沙岗再看见她……

我为她所讲的这些怪象感到惊讶万分。她是否因昨晚太疲劳而产生了幻觉？直到她哭着说"我受不了了"我才相信了这一切，于是惊愕又变成了恐惧。

"我们一起走吧，远远离开这个鬼地方，我真的受不了……"她触到我的手时没打一个哆嗦，"没时间拐弯抹角，恬不知耻问一句，喜欢我吗？就是比喜欢还喜欢。"她迟疑了一下，"就是爱，爱我吗？"

这是她的声音吗？我真正紧张起来，从喉咙里挤出一句，"你说呢？"

她点点头，"在学校你撕我作业本的时候我就猜到了……"

我拉过她来，慌乱地吻了她一下。

鼻子冰凉。

她不惊不慌，没顾掉在地上的棉帽，眼里闪烁出愉快的光芒。

我吻吻她的头发，替她拨拨头屑，再吻吻，再拨拨……头发里泌出"异香"味儿，醉人的"异香"味儿……

无须问我是哪来的憨胆，她会如何反应，这些都不应触及，我感到的只是她那突突的心跳。体内的一切都在发烫，在那心灵的深处发出幸福的恐怖。而广播喇叭里的那个"快快走呀快快走呀"的声音戛然终止。

"看来李昕没有说错。"她头一偏。

"李昕？他怎么说？"我松开手。

"他怎么说你别管，反正是那个意思。不仅他，还有阿布和几个助理员，连宋主任都对我讲过好几次……"

不，不，怎么可以呢？我记起杨排的那句话，"我们杨家人啥时候干过昧良心的事？"

我看着她那跟李昕一样尖的下巴——就凭这下巴……不对，就凭李昕千方百计为她找小动物玩——在万般无奈的情况下只得抓小耗子……也不对，就凭……我语无伦次地告诉她，请她一定原谅，我不可能像李昕那样爱她，李昕需要她，"麻袋兵"们需要她……

我拾起棉帽，掸掸灰，要替她戴上，她推开我，埋着头走出去。

门外，她接过我手里的皮大衣，稍一沉思，用力握住我的手，"就算我们调皮了一回，不要写进小说去。"

我认真地点了一下头，歉疚地在心里对自己说：必须快快走！

早饭后，李昕来送我。他拎着我的小手提包，"这里一年四季没有夏天，别看现在是三月天，可不比内地，过几天寒潮一来，更冷！你应该赶快走……"

他对我跟小田一起走感到高兴，"赶快走"的调儿跟唱歌似的。他希望我能想法把王莉莉调到内地，必要时把我父亲抬出来。

我不。你想，一个离了休的干部的面子能有多少光？何况远隔千里的面子总不可能处处闪光吧？当然，如果李昕愿意跟王莉莉一起调动……

不知为什么，在"大北京"旁边，杨排正朝背对着他的宋主任喊叫，"……我他妈不走了！我今天就要看看，女人到底给羊沙岗仓库带来了多大威胁！要处分就处分我好了，跟阿布没有关系！我他妈的这会儿真想变成个女的，照一万张照片，给大伙儿人手一份！……"我的到来使他的声音更加富有煽动性，"杨萨，你写写吧！写一写在冰天雪地里，有的人是怎样往战士们心里灌冷水！怎样往战士们头上砸冰块！……"谁也劝阻不了他。

这情景正如王莉莉说的，一夜之间这里的人全变了。

宋主任慢慢转过身，像是什么也没听见，"今天我带车，路况太糟糕。"

这句说得如此平静的话顿起特效。"我我……真他妈日狗！你别见怪……"杨排悔恨莫及。

"要见你的怪我就不叫宋高原！愣着干吗？上车！"

"不，宋主任，有你带车，我没啥说的"杨排把胳膊从绷带上取下来，费力地抬起手，给宋主任敬了个礼。庄重的神情像是在接受什么新的任务。

我突然感到有什么地方对不住李昕，想跟他握握手，发现他的利爪比过去大为逊色——指甲盖凹得很厉害。

李昕把手一背，"又不是永别，免了吧，讨个吉利。路上当心。"

我缩回手，打了个寒战。

只见几十个战士手里拿着各种罐头跑过来，在离"大北京"十几米远的地方停住脚。

王莉莉朝前冲了几步，带着哭腔骂道：

"我以为你们全都死绝了呢！"

阿布犹犹豫豫地走过来，王莉莉抓起他递过来的两听"菠萝"摔在地上，"我问你到底跟不跟我们去医院！"

阿布默默地拾起两听罐头，重新递过去。

王莉莉接过罐头，朝阿布深深地鞠了一躬，用手背擦了下眼睛，扭头就走。

战士们一拥而上，把他们平时省下的"菠萝、"苹果"、"黄桃"、"桔子"一股脑扔进"大北京"。

"阿布，过来！"宋主任的这一嗓子使在场的人吃了一惊。"你听着，我命令你上车！"

大家松了一口气。阿布侧着身子从宋主任跟前走过去，钻进"大北京"。

杨排说话算话——今天不走了。

12

车启动了。

杨排艰难地朝我们举起双臂，像举手投降。他和小田都受了很大刺激，怪谁呢？如果当初听王莉莉的劝告，不早早拆开宋主任的结婚礼物……从此以后这里再不会有人愿意自己的屁股吃王莉莉的巴掌了，也再不会出现人人争着打预防针的场面了……大错特错啦！战士们已经兴奋起来：

"王护士，贾医生，别忘了我们！"

"王小姐，下次给我带盒痔疮宁来！"

"王护士，李昕偷了你一张照片，我发誓帮你偷回来！"

"你下次不来，这小子会发疯的！"

"嘿，有人快流鼻涕啦！"

"哈哈哈哈……"

宋主任打开车门，朝后看了看，"呼"地把门重重关上，"穷毛病！"

"穷毛病"没有收敛，情绪比过节还亢奋，嬉笑声是彻底的，肆无忌惮。

"麻袋兵"在洁白的雪地上雀跃,一群绿色的生命给这海拔四千七百米的山沟注入了希望。

门卫把枪高高举起,频频摇摆,没有瞄准我们的车。

我希望看到李昕像电影演的那样,从这座山头奔向那座山头,又从那座山头奔向另座山头……直到我们的车消失在他的视野里。"再见了,羊沙岗!再见了,老同学!你爬上随便哪一座山头,王莉莉会看见的,快呀,她眼里噙着泪……"我在遥送自己的心声。

心声没有送到,远远近近的那些白雪皑皑的山头没有一个人影。

"好人,都是好人。"王莉莉悄悄捏着我的手指头,无限深情地望着远山,喃喃着,"最苦的战士,缺氧,缺水果,缺蔬菜……他们会生病,会冻伤……应该写他们……"

我也动了感情,她后面的话我竟一句也没听清。

车轮缓缓地啃着雪地,上坡,下坡,往右拐,往左拐,倒车,顺车……宋主任不断提醒驾驶员小丁要沉着,不时下车指挥一阵。

是呵,应该写他们。可是写什么?唉,当初无论如何也不该在我的领导面前夸下海口:"不写出像样的东西,决不下高原!"这简直就是军令状嘛。千百年来,有哪个文豪的杰作是因为立下军令状而写就的?

差熬人的军令状。

"吱——卡",车尾甩了一下。

"都下车,步行过'老虎嘴'。"宋主任的语气让人感到了情况的严重。

"老虎嘴"是从公路一侧的陡坡上凸起的一块巨石,它形状古怪,威严地卧在拐弯处,瞪着公路下面的河床。河床两旁覆盖着杰雪,湍急的河水惶惶地喧闹。

"大北京"在宋主任的手势引导下,一拱一拱地向"老虎嘴"爬过来。

"嗳嗳嗳……小丁,稳住!"

"大北京"突然失控——往下滑!

宋主任扑过去,身体横在车轮下面!

"小丁快跳!啊——"

一声撕肝裂肺的喊叫在群山之巅和河谷间回荡……

一切来得那么突然,不容人有片刻的准备;一切又来得那么真切,真切得没法让人相信……

"宋主任!宋——主——任——"我不知道自己是怎样滚到宋主任身边的,"宋主任!吭,快……吭吭……贾医生快来!吭……哦呵——"我搂住宋主任的脖子,把他那对快要掉出来的眼珠按回,紧紧捂住。

宋主任的嘴角抽动了一下。想说话?也许他将要说的是一句很重要的话,可是我现在什么也不要听,只是焦急地盼望贾医生快点赶来。我想呼喊贾医生,但怎么也喊不出了,一个劲地吭吭着掉眼泪。

"都是我,处分我吧,都是我……"小丁目光发滞,一动不动地站在一旁反复念叨。

阿布拽着贾医生和王莉莉跌跌跄跄地奔过来。

"都是我……"小丁还在念叨。

贾医生喘着气解开宋主任的棉衣,做了一会儿人工呼吸,又打了一针强心针,然后贴着胸部听了听,示意我拿开捂在宋主任眼睛上的手,打开一卷绷带……她站起身来,摘下棉帽,良久不说一句话。

"不!他不会死!"阿布不由分说,学着贾医生那样给宋主任做人工呼吸。

太阳已经升得老高,白雪反射出刺眼的光,冷风直往人的脖子里灌。宋主任额上的绷带渗出了血,阿布不懈地做着人工呼吸。宋主任的血跟我们的泪混在一起淌在雪地上,雪地变成了一块透明的镜子,印着我们的身影。

战士们送的罐头散落在四轮朝天的"大北京"旁边，阳光给它们涂上了一层金色。

到处是茫茫的白色。无际的天空是白的，河流是白的，数不尽的山峦也是白的……而宋主任流的血是红的，流的泪是红的。从他改名为"高原"那一天起。他就准备为这座四季无夏的高原献出自己的全部热。今天，他真的把魂永久地留在了这里，没来得及说一句话，没来得及看一眼……

"都是我……哇——"小丁仰天大哭。

"宋——主——任——"

阿布一下跪了下去，两手深深地插在雪里。

我们全部跪在了冰雪上……

我们用一个"大北京"坐垫把宋主任抬上公路，看到小田趴在"老虎嘴"下面，身后拖了一条长长的印子……

我和小丁抬着宋主任，阿布背着小田，王莉莉和贾医生抬着半麻袋罐头。

我们在这块用雪和血凝成的镜子上面，一步一步朝前走去。

原载《西藏文学》1986 年第 12 期

作为 "姑爷" 的侄子

盲目的误解往往逼着最善的人走脱正轨。

——席勒

入秋了。

电影院门前放着一排排各种式样的自行车。偶有几片枯黄的梧桐树叶飘落下来。

街灯柱下是一辆陈旧的平板三轮车，灯光撒下来，罩着一个瘦骨嶙峋的身影。

"卖——冰棍！果汁牛奶豆——沙冰棍——"

一阵阵拉长了的，变化着的，颇有韵味的叫卖声掠过电影院的停车场，在空无几人的马路上空久久回荡，显得无可奈何。

不大功夫，街灯柱下的那个身影离开三轮车——像条鳗鱼似地游过去，隐在看守自行车的老太太身边。

"来，俄（我）请你吃根冰棍，牛奶的。"

"不了不了，这天儿够凉快的了。"

"还是你美气，守着这门口就来钱。"

"来钱你咋不来守？"

吱——从一辆桑塔拉小卧车里钻出一对年轻的军人。男的抬腕看看表，对驾驶员说声"九点半来接我们。"转身沿石阶追上女军人，闪进电影院的门洞里。

驾驶员倒好车，一打方向盘，车从两个身影边上"刷"地溜过去，车轮溅起的一小坨稀泥不偏不斜，刚巧糊在那只被手拎着的牛奶冰棍上。

"咦——神气啥哩，俄那老头子革命那阵还没你这群鳖孙哩！"

话音未落，一支牛奶冰棍在空中划了道弧线，"叭"的一声落在桑塔拉小卧车的车尾上，摔得纸破冰碎。

"你老头子是老革命？"

"要不是抗日战争那阵他胆儿太小，早他娘就指挥上千把号人啦！……"

两个身影凑在一起叨叨了许久，最后只听得一声极同情的劝慰：

"别想那么多了。话又说回来，你那老头子如果当初不逃荒来这儿，说不定早就变成千年的石头万年的土了。再说，他要真当上了老革命，也遇不上你呀。"

"你说得倒也是……"

两个双手环交，紧缩脖子的身影久久地伫立在路灯下……

1

如果我没记错的话，那是一九八三年的国庆节。一个卖冰棍的女人，怯生生地按响了我家院门上的门铃。不过，她没有骑平板三轮车，而是领着她的宝贝儿子。

找错门了吧？

然而不。没错。也不可能错。这就给我家平添了一种从未有过的气氛。

那女人蜡黄的脸上没有一处让人感到亲近，两根高撑着的颧骨把松弛的皮肤顶到极限，以致使两腮绷起几叠再清晰不过的大皱褶。她规规矩矩地端坐在客厅的沙发上，朝我和我妹妹，以及保姆点头微笑——露出两颗焦黄的门牙。

"快叫你哥，叫你姐。"那女人指着我和我妹妹，不满地招呼站在她身边的宝贝，紧跟着她一阵狂咳，好容易咳出一口痰，起身出门吐在花坛下面。

那女人的宝贝死埋着头，谁也不看，谁也不叫。当然，我和我妹妹也不稀罕他叫。

这时候保姆已经上楼向我母亲禀报：

"李科长，你嫂子和侄儿来了。"

这两年，由于父亲的肺心病，母亲成天焦愁不安。她原指望我父亲离休后能像许多老头子那样，每天早晨打打太极拳，跑跑步，再参加个书法协会、钓鱼协会什么的……可是现在，她为我父亲制定的一整套计划全泡汤了，还打了离休报告。

母亲正在收拾东西，准备带我和我妹妹去医院跟父亲共度国庆节。那个女人的到来，把本来就心境不好的母亲弄得心烦意乱。而且还有一点，母亲是孤女，从小卖给了别人，压根儿没有一个亲戚。这位自称是她嫂子的女人打哪儿冒出来的？这么突然，出人意料，这个现实片刻之内降临到这个家里，教母亲惊诧了好半天。但作了多年人事工作的母亲，不允许自己脸上流露出使任何一位登门的客人扫兴而去的神情。

"什么时候到的？昨天？怎么不事先来封信？你真是山西祁县的？阿姨，倒茶。"母亲指指茶几上的瓜子和糖，把一盘橘子推到"嫂子"跟前。

保姆端茶来了，杯子里却并没有一片茶叶，这显然是故意的。"嫂子"依然龇着黄牙感激地朝我母亲笑：

"喜娥，咳咳，快叫你姑妈。咳咳咳……"

坐在对面沙发上的喜娥两手夹在两腿之间，低着头，眼睛向上翻翻，脸一红：

"姑妈。"

"大小伙子怎么起这么个名字，多大了？"母亲走过去端详从未见过面的侄儿。

"他今年十七了，咳咳咳，小时候长得像女孩子，就咳咳咳……"

像女孩子吗？我发现喜娥的脸更红了，一只手拽住崭新的蓝色卡叽布中山服的衣角，不安地扭动身子，还不时地抬起头——露出跟他母亲一模一样的焦黄的门牙傻笑，于是屋里的人都笑。妹妹朝我挤下鬼眼，撇撇嘴，理理军帽下的头发，抽身出门去了。

接着，母亲跟她"嫂子"叙旧。叙一些让母亲摸不着头脑的旧。据说那些旧都是从我"舅舅"那里听过多少遍的。母亲尽量回忆，因为她前些年曾回过老家一趟，认识了几位自称是看着她长大的老人。母亲的"嫂子"越叙越悲伤，越悲伤便越没命地咳嗽。倒也真叙得眼泪鼻涕涎水长流，竟引得我母亲也落下几滴辛酸的泪。

嘀嘀——

"妈，车来了！"妹妹不耐烦地在门外喊。

我把住门扉，示意母亲出来，妹妹拽拽我，嘴凑近我的耳朵："这人怎么这么讨厌，共和国成立三十多年了，我们哪听说这么个亲戚？跟刘姥姥进大观园似的。"

"挤一挤，你舅妈跟我们一起去。"

"挤不下。"妹妹接过母亲的手提包。

母亲狠狠瞪了妹妹一眼。

汽车刚启动，"舅妈"突然惊呼有样东西忘拿了。"舅妈"下车后，妹妹嘟哝了一声：

"财迷转向。"

坐在前排的母亲扭过头，举起一根手指头以示警告。

我偷眼看身边的喜娥，他一点不在乎，傻里傻气地上下左右打量车内的设备，随即跷起了二郎腿。锃亮的尖头皮鞋抖动着——过去的整个生活方式将从此刻起被统统抖掉。

"舅妈"拎着一塑料袋酒枣颠颠地跑上车，妹妹猛地摇下车窗，任醉人的酒枣香撒了一路。

半道上，妹妹恶狠狠地从鼻子里哼了一声：

"医生根本不允许爸爸沾酒。"

妹妹斜了我一眼，见我没吭声，泄气地撅撅身子，把脸扭向窗外。

窗外并没有赏心悦目的景物，倒是"舅妈"手里紧紧攥住的那袋红红的酒枣，这酒枣后来被妹妹独吞了。

病房里，父亲欠起身子，靠在床头上跟他"嫂子"攀谈。妹妹好容易插个空，盛气凌人地宣布：

"开饭了。"

妹妹打开大提包，往茶几上摆各种菜，喜娥伸手想帮忙，却被妹妹的一声断吼吓了一跳：

"洗手去！"

母亲暗地给我妹妹一个脸色，她只当没看见。喜娥咧着一嘴黄牙笑，走进卫生间还招呼一声，"娘，你也来。"

父亲气得一指我妹妹：

"这孩子，这么不懂事。乡下人哪有那么多讲究。过去我们解大便还没有用过手纸呢。"

"他们不是乡下人，是县城里的。"妹妹反驳了一句，胆怯地看着父亲。

"你少唠叨两句行不行？"我有些急了。

妹妹因喜娥的到来在顷刻间失去她在这个家里的受宠地位而深受委屈，"你们吃吧，反正菜也不够。"说完就含着泪跑出去了。

待我好歹把妹妹拉回来，父亲和母亲已经在一个劲地向我"舅妈"和喜娥劝菜了。其实是多此一举。匙子叮作响，"舅妈"像是饿极了，嚼花生米的速度最令人吃惊，手里的匙子像掘土机似地在盘子里运行得非常利落。喜娥的黄板牙质量也相当高，鸡骨头一类不在话下。

"哦——咳！咳咳咳……""舅妈"被什么给噎住了（可能是痰），脸憋得通红，母亲一边为她捶背，一边在她后背上不断摩挲。

眼看"舅妈"咳得蜷缩成一团，叭达叭达地吐痰且哼唧不已，喜娥却在继续大嚼，直到"舅妈"开始微微抽搐，他那又窄又扁的脑勺子才僵住不动，却像抱着一种超然的态度在加以鉴赏。我心里打了一个寒战——冷血动物！我同时感到，妹妹的气正平复下去。尽管她此刻皱紧了眉头。

心地善良的母亲喊来医生，带着"舅妈"体检去了。

妹妹一边收拾东西一边口中念念有词，仿佛在超度亡魂：

"报应啊报应……"

喜娥怅然若失地坐在沙发上。我想要换了我，立即拍屁股就走。谁料喜娥窝囊得很有谱：

"俄娘可是烦人哩！"

一会儿，母亲带来消息，"舅妈"患了胸膜炎，已经在外三科住下了。母亲随后将我拉至门外：

"你都是营级干部了，要好好教育你妹妹，都是穷人，怎么能这样待人家。"

我答应着，心里却不痛快：

"妈，真是你家里的人？"

"怎么不是。你看喜娥，跟妈真有些挂像呢！"

像什么？哪点像？不过我也只好认了。

回家的路上，喜娥叫我一声"哥"，我也就蛮像回事儿地应一声。

"还有本姐姐呢。"妹妹翻下白眼。

于是喜娥也就受宠若惊地喊声"姐"，却终于听不见答应。倒也不觉尴尬，反而潇洒起来——跷起二郎腿，随着车上收录机里的音乐哼起了流行歌曲。还用的是"气声唱法"哩。

我就想，喜娥应该高兴，因为他那一整套过腻了的是北方小县城生活（还时不时帮母亲去批发两箱冰棍）——所有这一切在一天之内就与他骤然分离，被神话中的"姑爷"永远隔在世界的另一边。

喜娥从此将被造就成一只金色的凤凰或一只凌空展翅的苍鹰也说不一定。

2

汽车团三营又名"天下第一营"。

全营两千号人，五百多辆车。而且车的品种也五花八门："五十铃"、"东风"、"解放"、"北京"、"三菱"，还有工程车和消防车。一个营拉出去，那阵势，啧啧啧……真有点排山倒海之势哩。

"你们天下第一营……"无论军区司、政、后的哪个头头脑脑到营里来，兜头一句就是这个。

当然，我作为"天下第一营"的政治教导员，已经在全营队列面前不厌其烦地强调过无数遍，希望大家共同维护"天下第一营"的荣誉。由于我善于将此"荣誉"紧紧地跟每个时期的形势，或是跟某个重要会议——诸如党委会，政工会，军人大会，年终工作总结会乃至计划生育表彰会……结合起来加以阐述，因此得一"洪马列"的雅号（不知此雅号带不带点讽刺意味）。

团里分配新兵的时候，我和素有"骠骑兵上尉"之称的刘营长必须亲自过目。身高、五官、军容风纪……有哪个新兵敢敞开风系扣露出自己买的花衬衣，那这位"花衬衣"便没有资格加入"天下第一营"的行列。

"啥毛病？"军务股长对我和刘营长的责任心反感至极。"你们这是选对象还是选电影明星？"

"怎么？想打架呵，怕你不成？"刘营长将他那古铜色的脸一板，格外吓人。

"算了算了，这还不是为了咱全团的荣誉。也可以说是为了整个军区的荣誉……"我往往在刘营长发话之后紧跟上去。一个唱黑脸，一个唱红脸。一致对外。

可是，当军务股长把喜娥领到我们营部的时候，刘营长的头却没有像往常那样居中昂着，而是偏着头，眯起一只眼：

"这位'花衬衣'怕是走错门了吧。"

"收起你那套吧。顶也没用。这是警备区余司令关照过的。"军务股长"喀嚓"一声打开一只黑色公文包,从里边取出一份档案放在桌上,"你委屈点吧,当心伺候着点就是了。"

"我会对他给予适当的伺候。我还巴望他在余司令面前给我美言几句呢。"刘营长无可奈何地冲着军务股长的背影咧咧嘴。

我没有跟上去,怎么能呢?这次就免了吧。

薄薄的档案袋上写着我母亲为喜娥新起的名字——李向前。

"向前",多么响亮的名字!这个名字映照着我母亲的那段光荣历史。她当年就是循着"向前向前向前,我们的队伍向太阳……"这支歌的雄壮旋律找到了人民解放军,继而凭着这支歌的主题思想觅到了知音——我的父亲,并且跟我父亲一起高唱着这支歌打过长江……

然而,这个名字对喜娥意味着什么?脱胎换骨?翻开历史新的一页?

什么"向前向前向前……"喜娥压根儿不喜欢这支歌。本来嘛,这支歌既不适于用"气声"唱法,又不合舞步。

刘营长从兜里掏出一盒"花溪",喜娥以想象不到的敏捷把一盒"红塔山"递到刘营长鼻子底下。

这小子哪来的好烟?啥时候学会了这套?

"站好站好。"刘营长挡住"红塔山",朝喜娥挥挥手,拿起档案袋,若有所思地轻声念道:"李向前。"

"到!"喜娥挺挺胸脯,简直要跳起来,锃亮的皮鞋跟"叭"地一响。

"妈的,你小子还有股虎气儿,敢吓本营座一跳!"

"不敢。"喜娥挺挺笔直的身子。脚跟又是"叭"地一响。

"呵,说你胖你还他妈真喘起来了。跟电影里学的?"

"不。跟我姑爷学的。"

天哪！我父亲怎么会……至少我没见到过。而他竟然当面撒谎。郑重其事地撒谎！

喜娥的意图再明确不过了，他拐弯抹角地要使刘营长明白，他的姑爷是什么人，而作为他姑爷的侄子，是不能随随便便被别人这么取笑的。即便你是"天下第一军"的军座也罢。

不知天高地厚。

"你姑爷？"刘营长拿烟的手停在空中。

眼看喜娥引刘营长上钩了，我必须果断地加以制止：

"你姑爷关你什么事？"

"我是他侄子儿。"喜娥把话音一挑，并不正眼看我。他的神态颇有点莫测高深，仿佛他眼前的我只是一个可有可无的影子。

当侄子的比当儿子的更为骄傲！

"我在问你姑爷到底是谁？敢对本营座保密！"

"哥——"喜娥嗔声嗔气地朝我喊了一声。像突然间摆脱了重负，挺直的身体一软，成S形，一嘴黄牙差点没龇到天上去。

"老洪！你，你小子……哈哈哈……你小子跟我玩什么蛋……"刘营长当胸给我一拳。"信不过我是不是？哈哈哈……"

我两只耳朵全部涨得通红。尴尬地扶住椅子，感受到一种困窘和沮丧。听到刘营长的"哈哈"声还在继续，我脸上更觉热辣辣的，仿佛在偷东西的时候被当场逮住。多少天来我悄悄去军区第一招待所向喜娥交代了那么多，仅仅几分钟就被这个……被这个"花衬衣"统统揭穿。哪怕给我留点回旋的余地呢？没有必要跟刘营长解释什么，任何解释都是软弱的，徒劳的。我只能对着喜娥暴跳：

"我是怎么跟你讲来着。我要你注意影响，不要到处张扬，要以普通人的身份……可你……整个儿农民！乡巴佬！愚蠢透顶！……"

"行了行了。别跟我做戏了，老洪，我能让他吃亏吗？"刘营长转身上下打量喜娥一阵，"这小子将来不是块连长的料也是志愿兵的料。怎么样？包在我身上了。"

许这样的诺干什么？冲谁来的？我？喜娥他姑爷？或是余司令员？你瞧喜娥那一脸的喜气，哟哟哟……还、还忘形地学着西方人那样耸耸肩。

昨天晚上我对喜娥千叮万嘱的情形至今还相当清晰，他的脑袋不住地点，一个劲地作鸡啄米状。那时候他的心灵可能还是完整的，他在哪里把它兑碎了呢？在"天下第一营"的营部里？……不，要早些，是在余司令员家里。不，还要早些，是在他姑爷家里……

"老洪，我说就把李向前安排到九连。打个电话叫孙连长来一趟。"刘营长的意思很明显，我俩都是从九连出来的。九连是我俩最可靠的"根据地"。

我羞于走到放着电话机的办公桌前，这张办公桌怎么不是一辆年久颓败的……平板三轮车？

由"骠骑兵上尉"去！

天空像块巨大的蓝色帷幕，蓝得格外耀眼。没有一丝云彩。顶头的太阳烧烤着大地，远远近近白雪皑皑的山峦刚从冬眠中醒来，微微显露出黑色的脊梁。乍看上去，它们像戴着一顶顶黑色的帽子。我凝视着自己脚下那小得可怜的影子，不禁打了个寒战。随着这个寒战，我打消了今晚跟刘营长去九连看望新战友的念头。什么新战友，"花衬衣"！

谁知道从今天起全营的干部战士会不会指着我的脊梁骨说三道四。或许还会送我一顶真正比"洪马列"更具讽刺意味的帽子。

很难预测。

3

晚饭后，余司令员来电话要我和刘营长去他家一趟。

刘营长自己开车。我拉开车门，发现喜娥稳坐在刘营长身边。不消说，这是刘营长安排的。他平时难得这样娇纵一个兵。有他头痛的时候！

远山一片血红，几抹飘带似的云呈绛红深紫向天空伸展，浓厚的一团云移过来，变成灿烂的黄金。我想起一位画家，他曾作了好几幅"西藏晚霞"油画，拿回内地竟无人相信。画界的权威们耐心地，诚恳地对他进行启发教育：

"西藏是个神秘的地方，这不错。但是，我们不能把那个地方的所有一切都人为地神秘化。我们的艺术是为人民大众服务的，它应该成为被人们所理解，所接受，所喜爱的全人类的精神财富……"

"人为地？"那位画家气得浑身哆嗦，"你们看不懂我的画才是自然地。就是自然地！这只说明了我的成功！一旦你踏上那块土地，扑进那个怀抱，沐浴在那变幻流动的霞光之中，你就会很自然地被它的神秘弄得神魂颠倒！甚至连同你这个人都会自然而然地被神秘掉！不信吗？你们自己去看看！还不信？那你们看看我，我！"他气急败坏地迅速脱掉上衣，亮出精瘦的身子骨，手指着胸脯的中央下方，"我的身体结构跟你们别无两样，但是这儿，就是这儿，跟你们已经有了天壤之别！这里面翻腾、撞击、燃烧的东西不是什么全人类的精神财富，是我个人的！你们只能接受我的躯体，却不能接受我的这儿！永远不能！你们只配接受最最最简单的东西……"他口沫四溅，恶狠狠地将拎在手里的衣服在空中连连挥舞，像是在跟上帝打一个神秘的旗语信号。

在场的人吃惊不小，他们认定这个人确实是被西藏给"神秘"掉了，并执意要送他去精神病院诊治。

倏然间，天边转成朦胧的银灰色，像是一片迷雾，向更远的空间铺展开来。我盯着喜娥随车晃动的后脑勺，揣摩那里面的东西会不会在不久的将来被西藏给"神秘"掉。不，那顶过分大的军帽下的脑袋形状本身就格外神秘。他那突出的后脑勺简直像扣了个小碗。这是自然的还是人为的？能把整个人都"神秘"掉的岂止西藏。

我越看前面的那个后脑勺心里越不自在，那里面装的东西不可能是全人类的精神财富，但我目前必须忍受随时可能从那个西葫芦似的长脑袋里冒出的所有东西。我想以教导员与战士的关系跟他相处的愿望无法实现。

"哥，"喜娥以十足的绅士风度招呼我，连头都没有转过来，我以为他有什么事，哪想他却一本正经地说，"刘营长真有两下子，车开得挺稳当。"

"废话。没两下子就别想在汽车团当干部。怎么样，小子，手痒痒了？想试巴试巴？"刘营长神气地瞥了喜娥一眼。

"俄在家开过拖拉机，还摆弄过摩托……哎呀！好！再来一下！哈哈哈……"车猛颠了一下，喜娥乐得开怀大笑。"再来一下！来呀……"

"喜……李向前！你给我老实坐好！"我气恼地朝喜娥的肩膀猛击一掌。

刘营长和喜娥同时扭过头看我一眼，那眼神仿佛挺奇怪：干吗要粗暴地干涉一场并不违法乱纪的小游戏？

车灯照见余司令员瘦小的身影。

过道上铺着草绿色的地毯，暖气管放着热气，两旁摆着一盆盆吊金钟、云竹、仙人掌、兰草。不知余司令员哪来的闲功夫把这些花收拾得这么好，让人充分感到新鲜的内地气息。

由于感情洋溢、愉快地来到首长家里，刘营长飞快地登上台阶，又是敬礼又是握手，弄得气喘吁吁。

余司令员告诉我们，他的离休命令已下，不久要回内地，但军区要他负责几项营建施工任务，只好等那些具有时代感的营房耸立在"世界屋脊"之上……真是离休不离队，人老心不老。

我请余司令员把喜娥调到其他单位，不料我的大腿被刘营长暗地掐紫了一块。

临走，余司令员塞给刘营长一条"红塔山"：

"你要给钱我就不给你了。我现在无职无权，我老首长的孩子只能拜托给你了。"

"不不，烟留着首长自己抽。首长放心，首长的事就是我的事。"刘营长从切身经验中得了教训，应该特别提防过分谦虚的首长。被打倒又官复原职的不乏其人，甚或还有高升的呢。有那么一说，"三十年河东，三十年河西"。

"拿着拿着，"喜娥的腔调就像这条烟是他送给刘营长的。"让你拿着你就拿着。"

我预感到"天下第一营"的荣誉非毁在喜娥身上不可。到时候谁负这个责？是我还是刘营长？或者余司令员？

从余司令员家回来，一种看不见的愉快气氛还笼罩着喜娥，当然也笼罩着刘营长，我只能把愁绪撇开，参加孙连长组织的欢迎新战友联欢晚会。

独唱、小合唱、相声、快板、三句半、诗朗诵、口琴独奏、二胡独奏……节目虽然都是老一套，但还说得过去。团里历届举行的文艺调演和篮球比赛什么的，第一名非三营莫属。可是喜娥对这些节目不屑一顾，嘴角浮出一丝不易觉察的轻蔑。他终于按捺不住，自告奋勇要上台为大家献艺助兴，还要求伴奏以增强效果。但伴奏绝不要二胡一类，只要收录机。这样，喜娥就在一曲"迪斯科"音乐声中翩翩起舞。其舞姿酷似电影里的慢镜头，且像一个张牙舞爪的怪物，令人毛骨悚然。

一大屋子的人活跃了起来。这个说这叫柔姿舞，那个说这叫霹雳舞……总之，喜娥在众目睽睽中魔幻成一只神采奕奕的大飞蛾。每个人，包括刘营长在内，都瞪大了眼睛，伸出前额和面颊，准备接受大飞蛾用翅膀来碰一下。

这厮越跳越来劲儿，头猛一甩，军帽掉在地上。那颇具特点的后脑勺怎么没能发挥作用？有意这样干的？张牙舞爪在继续，在变化，在升华，在以"恐怖"征服观众。观众屏住呼吸，伸长了脖子等飞蛾前来吻自己的脸。但愿飞蛾，这疯狂而神奇的大飞蛾，把今晚在座的每个人的烦恼和忧愁都化为乌有……

哗——发自内心的热情的鼓掌。

这厮不卑不亢，在一片叫好声中行了个军礼，转而神经质地弯腰拾起军帽，摆出一副不可一世的样子走到我和刘营长身边坐下，大气急喘地转动"西葫芦"，接受四面八方投来的赞许目光。

突然，我起了一身鸡皮疙——喜娥的帽子在空中飞旋！跟谁发信号？

好在晚会到此结束了，幸好结束了。如果再拖延几分钟，那会怎样呢。亮出精瘦的身子骨挥衣服？不堪设想。

"好哇！完全称得上舞星。我们营又多了一位文娱骨干！"刘营长嗓音浑厚，语调清晰。

"哥，我在家参加了霹雳舞大赛，在县里预赛上了，准备去市里参加决赛，就因为要来当兵……"

"够了！你现在是军人，别老是哥呵哥的。往后没事不许往营里跑。"

"是！洪教导员。"

"回去把皮鞋换了，还有花衬衣，统统换掉！你要记住，这里永远不会举办什么'劈你'舞大赛，这里需要的是正规，是整齐划一，是艰苦奋斗，是……"我情不自禁要发表宏论的当儿，发现惨淡的路灯下晃动着几个，不，是一群身影，在毫无顾忌地张牙舞爪，还、还肆无忌惮地扭动屁股！我怒不可遏，"都给我滚回去！"我猜想自己的脸一定相当可怕，因为刘营长和喜娥都骇然盯着我。

这些战士平时好端端、规规矩矩的嘛，今儿是怎么啦？喜娥的丑恶表演居然收到立竿见影的效果，居然比我无数次的宏论更具魅力。自然的？人为的？

所有的灯光一下子熄灭了。万山沉寂，我被一个幽灵拽住，坠入不见天日的深渊。

4

喜娥健步走进营部。

他不是走进来，而是急匆匆闯进来的，仿佛要抢在某个要告他刁状的人的前面。他行了个军礼，目不斜视地开言道：

"报告营长、教导员，三营九连战士李向前学习结业，前来报到。我的成绩除一门八分，其他科目均在九十分以上。请指示。"

我注意到，喜娥在汽车教导队学习八个月以后，像变了个人。变成……我一时难以说清。反正军容风纪比过去整洁了，花衬衣和尖头皮鞋被军用衬衣和胶鞋取代了；他操一口不地道的京腔，那个贼土的"俄"字已改为"我"字；还有脸已变成黑红；还有……还有什么呢？对了，还学得滑头了，报喜不报忧！

"你就是得一万个一百分又怎么样？给我站好。"尽管喜娥站得笔挺，刘营长仍是满脸杀气（给余司令员许过的愿都忘到哪里去了？）"干得漂亮，八个月时间，八个月就挨一个处分，要当八年兵你不知要肩挑背扛多少个处分！我问你，干嘛要拿菜刀砍人？无法无天！"

"报告营长，我、我没拿菜刀砍人，是用刀背……"

"什么什么？刀背？！你敢再对本营座说一遍？"

"其实，其实也没伤着他。早年我姑爷不也干过两把菜刀闹革命的勾当，那顶啥事儿？还不是吓唬吓唬地主老财，唬住了事儿就成了，唬不住就拉倒了。我也是想吓唬他一下，还只拿了一把菜刀就把他吓得孙子似的，往教导队长屋里钻……"

"给我住嘴！还一套一套的，我关你禁闭！"

刘营长紧绷着脸瞪着喜娥。瞪着瞪着，他突然爆发出一阵大笑，继而扑在桌上笑出了眼泪。"这个家伙，这个该死的……哈哈哈……""骠骑兵上尉"的风度顷刻间荡然无存。

　　我原想跟上去臭训喜娥一顿，然后和颜悦色地开导他几句，不想刘营长制造了这样一个不可收拾的局面，无形中也损害了我的尊严。再看看喜娥，他早就跟从前一模一样，身子骨一软，成 S 形，只是没龇黄牙，却怀着戒心拿眼偷偷瞟我。我懒得看他那副贼头贼脑的模样：

　　"你先去九连报到，这事以后再说。去吧去吧去吧。"

　　喜娥走出门又转身看了看仍在哈哈大笑的刘营长，这才放心地走了。大概是踩着舞步走的。说不定还扭了几下屁股。

　　强烈的太阳光非常刺眼，以至我看不清喜娥的身影，但很清楚地听到一个响亮的口哨声。我想喝令他回来，却什么也没喊出来。

　　太阳悬在头顶，就像随便爬上哪座山峰都能用手够着它。它能使这"太阳城"里所有的人都三天脱层皮，然而它却将寒气也藏在其中。任你披一身金灿灿的阳光，委实看不见一丝风吹草动，竟会感到阵阵砭人肌骨的寒意迎面扑来。我退回到屋里火炉跟前坐下，恼火地忍受那一声声富有挑衅性质的口哨声渐渐远去。

　　喜娥沐浴在高原隆冬的阳光里，披一身金色的喜气，融在银光闪闪的群山之中。

　　去迎接……又一个处分。

　　喜娥还很年轻，精力充沛，身强力壮。你不是要给处分吗？给多少？一个，背着。两个，扛着。三个，夹着。四个，顶着。五个，兜着走……话是这么说，但他心里明白得很，他心安理得地接受孙连长的庇护，不管其他人怎样背地窃窃私语。他没有发现什么不吉利的征兆。

　　这就非常不吉利。

　　由于喜娥，我平时尽量提醒自己少去九连。可是，这个蠢货却不体谅我的心境，偏要找个什么借口，比如找我借本什么书。借本书看看不是什么荒唐之事，我无脾气可发。但我的直觉和经验无不向我提示：只能借厚一点的书给他，否则他几天，或是几个钟头又会找同样的借口跑来。想借一套《水浒》？正合我意。拿去打发光阴吧。我并不指望他能从中长出多少见识，又能从中悟出多少道理……然而他悟出来了。

团后勤处分给我们营几卡车土豆，喜娥他们班负责卸车。大地窖紧靠围墙。围墙上积着雪，从那里望过去，到处都是白色的雪浪，此起彼伏，很难分清哪是雪山，哪是云天。唯有不远处在雪地里寻食的一群乌鸦给这茫茫的世界添了一点生气。

"嗖——"一个大土豆飞过去，乌鸦"哇哇"地飞起来。偶尔有两只停在围墙上，抖抖翅膀摆摆头，巴望喜娥能宽容它们一下。

"嗖——"又一个大土豆飞过去，两只乌鸦腾空而起，加入同类的行列……宁静的天空顿时一片聒噪：

"哇——高原的冬天哇——把天上的水和人的心哇——都变成了冰哇——哇哇——"

"嗖——"一个大土豆飞向天空，落在围墙外面。"哎唷！"随着这个声音，墙头上冒出三个晃动的头——是三个藏族小姑娘！

"嗖——叭！"不是大土豆，是一个雪球飞过来。准得很，雪球砸在班长的头上。

"嗖嗖嗖——"一个又一个雪球飞过来。两个小姑娘在墙根下给骑在墙头上的小姑娘飞快地递雪球。

"打雪仗喔！嗷——"喜娥兴奋地甩掉棉帽，另外几个战士忙着搓雪球。

"谁也不许越过这条线！"喜娥拾起把铁锹，在雪地上画了一条线。

小姑娘忽闪着一双大眼睛——就冲着这双漂亮的大眼睛，战士们并不躲闪飞来的雪球，反倒争着用身体去迎……迎那一个个从天而降的什么来着……棉花糖！把小姑娘乐得又是叫，又是笑。一时间战士喊，小孩闹。雪球来回飞，雪屑漫天扬。除了班长，每个人都忙乎得满脸通红，容光焕发。

"来呀，怎么啦？"

"认输啦？"

"哭鼻子啦？

果然，小姑娘双手抱着头，趴在墙头上，肩膀一个劲地抽搐。战士们围上去，小姑娘抬起湿漉漉的脸，眼睛谁也不看，抹一把挂得老长的鼻涕，溜下墙去。隐约听见墙外面在"叽叽咕咕"，说的是藏语，完全听不懂。天晓得小姑娘是在埋怨同伴动作太慢，还是责怪战士们打得太狠。

喜娥脸上的光芒一下子熄灭了，目瞪口呆地望着墙头，像面对一片苍茫的大海——小美人鱼化成泡沫消逝在大海里。怨谁呢？他默默拣起一条麻袋，疯了似地用手往里面扒土豆，然后用麻绳扎好口，使劲将半麻袋土豆扔过墙：

"小姑娘，把它拿回去，这是叔叔送你的！"

他想听墙那边传来嬉笑声，那天真无邪的笑浪肯定会把雪屑重新扬起来。不料从他脑勺后面传来一个威严无比的声音，震得人发怵：

"李向前同志！"班长的一根手指头坚定不移地对准喜娥的后脑勺，"你疯啦！"

"嚷什么？又不是你家的土豆。"喜娥懒懒地转过身子，走过去拾起棉帽，拍拍上面的雪屑。

"你！这是全营干部战士一个冬天的主要蔬菜！全营的！你懂不懂？"

"我不懂，你懂。你什么都懂。你读过《水浒》没有？"

"这关《水浒》什么事？"

"读过是吧？还读过不止一遍是吧？读懂了没有？梁山好汉宋江号称什么你记得不？……对了！人称'及时雨宋江'。"喜娥侃侃而谈，"我刚才扔过去的不是几个土豆，那是'及时雨'。咱'天下第一营'也出个'及时雨李向前'也未必不可。你敢怎样？"

"敢怎样？"班长气得嘴唇发乌，"我命令你给我爬过墙去，怎么把土豆扔过去的也怎么给我扔回来！"

"命令我？还不知道谁命令谁呢。"喜娥冷冷地哼了一声，朝着大伙儿耸耸肩，转身走了。

"我看你今天敢走，我处分你！"班长那根具有权威性的手指头指了一个大个子战士，"你给我把他抓回来！"

大个子站着没动。喜娥停住脚，一步一步朝班长逼过来，怒目圆睁：

"给我处分？我姑爷都不敢给我处分，就你？"

"你姑爷？呸！你姑奶奶在这儿我也不甩！"

"什么什么？你敢再对本座讲一遍？"喜娥学着刘营长的口气威胁道。"八成你是嫉妒了吧？"

"李——向——前！"不知孙连长打哪儿冒出来的，"你哥也没在同志面前摆过谱，你小子什么时候才能把你那点猖狂收捡起来？我都不知道该怎样损你。"他扭过头，"一班长，十几个人卸几车土豆都要一半天呵？我不听你解释！还要我把全连都拉出来是不是？快卸！卸不完谁也不要给我吃饭！李向前，你到连部来一趟！"

雪地上，孙连长和喜娥踩下四行不规则的脚印。

几卡车土豆和一肚子窝囊气留给了一班长。

5

奇迹往往在厄运中出现。

为了当"及时雨"，喜娥险些又挨一个处分。尽管那处分恐怕不会装进档案，顶多是班长在全班宣布给予他口头警告一次的处分。但他也由此领教了：班长不买他的账。他跟一班长结下了不解之仇，并扬言要伺机报复。

为防意外，孙连长采取了果断措施，调喜娥到二班。二班长是志愿兵，有着十年军龄，是全团的技术尖子。人忠厚和蔼，处处起表率作用，且积累了丰富的温暖战士心房的经验，被评为全军的"优秀班长"……总之，他的威信甚至超过了孙连长。

喜娥不负孙连长的一片苦心，他在新环境里有了新成就——"及时雨"这个美誉终于被承认。尽管这个美誉是非正式的，范围也仅限于二班。

帮厨，喂猪、洗车、打扫卫生……这些琐碎事情喜娥的确干了不少，但这些事情即便是持之以恒地干下去，顶多只能受到班长的口头表扬一次——"老黄牛"精神。而喜娥得来"及时雨"美誉却真正易如反掌。

星期天，喜娥和两个战士进城，无意中看到一个人在布达拉宫下面摆了个打靶摊。那人衣冠还算整洁，着一身西装，结着领带，打满发蜡的头发蒙一层尘土。他手持一支旧气枪，操一口广东国语，扯着公鸭嗓朝看热闹的人群比画着：

"诸位先新（生），女戏（士），打中一个靶，我付席（十）元钱。君子一言，决不习（食）言啦……"

真有上当的。不就五毛钱一发子弹？本小利大。

"莫泄气啦，西（失）败戏（是）勤（成）功鸡（之）母啦……再来哇，来哇……"那人一张脸笑得稀烂，亲自为顾客往气枪里上子弹，服务态度是第一流的，无可挑剔。

"看我的！"喜娥从人缝里挤进去，将一张两元面额的人民币扔在桌上，操起那支气枪仔细察看。"不用找钱啦！"

"喔，戏（是）金居（珠）玛米，欢迎欢迎！不修（收）费啦。"他见喜娥不搭理他，赶紧拽住枪，"枪戏（是）顶呱呱，莫问题的啦。呢（你）打一下就基（知）道撩（了）的。"

喜娥端起枪，屏住气。"叭"，小木头片做的靶子晃也没晃。人群中发出轻微的笑声和惋惜声。

"莫笑莫笑，小金居（珠）玛米刚来当兵，好马也有西（失）

蹄的席（时）候啦……"那人一脸得意，嘴快凑到喜娥的耳朵——恨不得咬下这个长满冻疮的耳朵。

好！喜娥连中两个靶。

"噢！给二十元，给二十元！"

"要耍赖就把他的枪砸了！"

"快把钱拿出来！君子一言，决不食言。哈哈哈……"

喜娥在这片人们发自内心的笑声中理理军衣下摆，昂然朝外走。人们自动闪开，让出一条路、目送这位英雄凯旋而去。几个藏族小青年还跟了喜娥一段路。

此举是否应该见之于《西藏日报》或《拉萨晚报》？团里的宣传干事不感兴趣——不具有普遍意义。似乎还有那么点出风头的嫌疑。

拉倒，自己干！

当晚，喜娥从我这里抱去一摞书。他主动为大家站了一夜的岗——奋笔疾书了一晚上。

一大早，喜娥两眼发青，脸色苍白，吐得一塌糊涂。二班长背着乱翻白眼的喜娥往团卫生队跑，差点没栽倒。

"咱班从没见过这么刻苦勤奋的战士。在他身上，我们看到了八十年代青年人那种好学上进，顽强拼搏，振兴中华的高尚风貌……"二班长在喜娥住进军区总医院后，向全班追念"及时雨"的种种优点，以激发全班同志的工作热情。同时，他郑重地交给我一个短篇小说和一张便条。

哥：

送上拙作一篇。我反复修改了两遍，才稍感满意。请哥帮我润润色。

一定！

娥

草于凌晨六点

　　既然都改了两遍，又稍感满意了，还拿给我润哪门子色？我连许多获奖小说还来不及看呢。不过，这厮为这篇小说差点断送了性命，不妨看看，以慰藉那颗为振兴中华呕心沥血的心。

　　《智破花枪》。从标题上看，完全是一篇惊险武侠小说。说不定拍成电影，还能卖座呢。只是写得长了点。想多捞俩稿费？这小子，后脑勺奇特，脑水容量……

　　我有许多美好的愿望，但我从没有明确肯定过任何一个愿望。可是，就在那一天，一个鲜明的愿望突然跳进我的心间：

　　我将使出全身的招数，扫平那些耍花枪的人，然后疲倦地微笑着轻声对人们说："不要紧……有我呢……别轻信……看我的……"

　　我这就发誓。

　　捧一颗红如血的心，伏在地上，朝着雄伟而圣洁的布达拉宫……

　　什么呀什么呀，这也叫小说？何况那么长，太痛苦。我在《智破花枪》几个字上面舞了几句：

　　大作拜读。何为小说？你需继续操练。安心养病。

　　二班长满脸不高兴。说我的态度打击了李向前同志刚刚萌发的写作积极性，残酷地掐死了一棵嫩芽，无形中增加了该同志的精神负担，势必影响治疗，违背了人道主义精神等等。

　　我只好耐着性子，开导这位过于热心，过于认真并带点盲目性的优秀班长：

　　"我也是为他好。这对他今后成才有帮助。他不是想当作家吗？高尔基说过，'失败是保护作家的天使，失败可以使作家超出琐碎事物之上，使他免于沾上自命不凡的灰尘，陷入自我崇拜的泥泞。'记住了吗？这样，我给你写在纸上，你带给他，对他安慰安慰，鼓励鼓励，点拨点拨……"

　　二班长信服了（高尔基的话谁还不信），他揣着我简明扼要的指示——写有名言警句的纸条，赶往医院去给"及时雨"送"及时雨"。

"所有的处方都开错了。李向前同志目前扁桃体发炎,需作手术。"二班长从医院回来后,沉重地向我报告。

喜娥读过我的指示和在《智破花枪》上的批语,发出一声痛苦的呻吟,"天大的误会。我的无数个愿望中就压根儿没有作家这个词。"他叹道,"哎,他到底没把这篇小说看完。我也是,干嘛要拿给他看?异想天开地指望谁来对我大发慈悲,简直蠢透了!"他失望已极地撕掉自己为之激动了通宵的处女作,倒在病床上,拿白被子蒙了脸。无论二班长怎样劝慰,那被子下的人一动不动,像具僵尸,只等护士往太平间里送。

"可是,李向前同志并没有真正倒下,一位小女兵跟我说,向前同志托人从军区文化站买了部照相机,免费为护士和病人们服务。教导员,你想想,他有几个钱?那是他省吃俭用下来的津贴费!"听二班长的口气,那心痛程度不下于自己的津贴费被白白扔在医院里。

自己的津贴费?鬼才信。我记起喜娥前些日子跟我借过两百块钱。但是有一点,无论这是怎样的一个"花枪",我都不能使用任何一个招数来把它破掉。为什么不让一位优秀班长为自己的战士而骄傲呢?

"教导员,你别不信、只要你见到那个小女兵……她那诚实的眼睛,那细声细气的嗓门,那不会撒谎的脸,那……"

"行了。星期天我和你一起去趟总医院。"我倒想亲眼见识见识,小女兵们怎样心安理得地在糟蹋……我的钱。

起风了。风把地上的积雪和沙石卷起来,打在玻璃窗上,仿佛是急雨,完全不是什么"及时雨"。

6

一路上坡。

军区总医院坐落在一个山窝窝跟前。老远便望见了那座山，但车速再快也要跑上十几分钟。我纳闷，那些长年在边防一线爬冰卧雪的士兵来到这里，需要的不是成天观看光秃秃的山，他们需要另一番风景来安抚积劳成疾的身体和紧张过度的神经，可是我们的卫生部门却将他们安置在这个要命的山窝窝跟前。观山疗法？以此杜绝装病住院的案例发生？

休想杜绝。

瞧瞧，一路上有病没病的都骑着自行车（步行的也不乏其人），一股劲地往山窝窝那里奔。脚底生风，你追我赶。我在心里喊，"慢点，这是高原这是上坡……"心声成了路边风。一个个车子不倒只管蹬，埋头骑车不看路……呀！好险！那个兵扶起自行车，咧嘴笑着飞身上车，速度依然。喔，他们怀里都揣一个属于自己的极其美妙的星期天呢。

好在归途是下坡。

我就想起一位从军校毕业分配来的排长，原准备提升为副连长，讨论几次都没能通过。致命缺点是他经常去总医院，还死不认错，"我不过是去看看风景罢了。"

女兵风景。

那边确有一个独特的风景。山腰上一座尼姑庵，山脚下一座寺庙，僧人们敬神拜佛。念经打禅，修身养性，对眼皮下总医院的男男女女嬉笑打闹视而不见，充耳不闻。他们把整座山造化成圣山，跟总医院当中的那座假山成鲜明对比。不谐调中的谐调，可谓西藏之一绝。国内外不少有造诣的学者为寻此景，千里迢迢，万里迢迢，洞穿铁鞋哩。由此可以体谅所有奔这个山窝窝里来的人——都有一颗猎奇的心。

假山耸于一个大水池中间，水面结着冰，映着一群笑逐颜开的身影。据说医院为这个假得不能再假的假山被一个包工头骗走了两千块人民币。心中油然而生的厌恶促使我赶紧绕开走，但是一个言过其实声音勾住我：

"……我过去也写了篇小小说，发在《拉萨晚报》上。我把平时专爱整人的那个干部的名字安在一个无赖头上，那个干部气得找我，我说这完全是巧合。我就这样报复他。你应该写，写写你们那个不近情理的教导员。还'洪马列'呢……"

这就是二班长说的那位小女兵。与其说是我看见了她，毋宁说是猜到的。二班长脸红筋胀地站在我身边。

怪不得，她的魅力就在于她会编一个你最爱听的故事。

那不是，喜娥端着个照相机，盛情地把……我的钱奉献给……一个……一对男女！

"靠近点，"喜娥俨然是位导演兼摄像，连放下照相机的一分一秒也舍不得浪费，"镜头面前不要紧张，跟生活里一样……继续交谈，自然点，不对不对，感觉不对……"他那脖子上贴了块纱布，大概是生了个疖子。职业道德蛮好，有些重量的120海鸥相机始终吊在脖子上。敢说那个疖子是由于照相机的背带所致——职业病。他一点不像缠绵床褥许多天的病人，是因为这位小女兵的情绪感染了他？

记得一次我去总医院旁边的那座寺庙，想给一位喇嘛照张相，恰好一位尼姑下山打这儿过，我请她跟喇嘛合个影，不想两人同时怪叫一声跑开了。我猛然醒悟——犯了大忌！我理解僧人的那声怪叫，也理解偎在假山跟前那对男女的怪笑，同时，也理解一路上坡来观看这一风景的人那种跃跃欲试的眼神。但是，我无法容忍喜娥亲自为那对男女做示范的举动。这举动在"天下第一营"是犯大忌的。

"李向前，你这是干什么？"我体会过在许多场合下当我突然出现，整个局面便会立刻改变的那种快意。

"我们在创作摄影小说。"小女兵脸上的雀斑在高原阳光的照耀下也未见得耐看（色素的沉淀只会加深，变得越发难看）。一张平庸的圆脸。真难想象，二班长怎么会认为这张脸是不会撒谎的脸。

"噢，是这样。需不需要换个演员？比如由我来扮那个不近情理的'红马列'。"

"只要你愿意。但你的外表没多大意义。"喜娥像根本不认识我！

"如果你的杰作发表了，我给你发稿费。"我忍无可忍，只好当众给他一个打击。

打击够沉重的。效果显著。喜娥张大了嘴，盯着我发愣，全身就像被注射了麻药似地毫无知觉。

"同志，请你不要这样。"小女兵手里掐着一沓稿纸，"只要你读了这个催人泪下的本子……"

"一部好作品不是看它能否使人掉眼泪。"我不允许谁来干预我教育我的部属，我必须以自己卓越的口才来让人心服口服。"要骗人们的眼泪那容易得很，只要剧中有老有小有寡妇……你们还可以加上打耳光的细节，除此之外，你们恐怕再找不出别的细节来表现男女之间发生冲突的情景了。也许还可以加上接吻、拥抱这样的细节……这种剧本多如牛毛，泛滥成灾……"

"你、你怎么可以这么说话？你是哪个单位的？跟我到医院保卫科去一趟！"真不简单，她会这一套！

多么幼稚的一个花枪。

"教导员，我们回去吧。"二班长急得扳我的肩膀。

"教导员？该不是'红马列'吧。你成天都教战士些什么？"过去只听说高原上的女兵脾气躁，只要招惹上了，有理无理她都要跟你胡搅蛮缠个天昏地暗。这回眼见为实了。

"那他教你些什么？"我一指喜娥。心里却好笑，跟她较什么真儿呵。值吗？

"他？"小女兵嘿嘿一笑，竟笑出两个小酒窝，可惜不在脸上，在下巴上。"他教我跳霹雳舞，这是现在真正的舞，你会吗？尊敬的教导员？"

"恐怕他教你的还不只是这个吧。"我以不自然的口吻打击她那孤傲不逊的气派。

"算你说对了!"喜娥勃然大怒,"除了霹雳舞,我还教她拥抱,教她接吻!你怎样猜想的我就怎样说给你听,我还要教她和我结婚!是的,结婚!接吻、拥抱只是喝了几滴大海里的咸水,那解不了渴!只有你,到现在也没结婚。你这种人永远不配结婚!不配!"大概是刚割了扁桃,大声喊叫震破了伤口,血从他发抖的嘴唇边淌下来。

红晕从小女兵的鼻梁向周图的雀斑扩散开来,她欲跑开,却又掏出小花手绢捂在喜娥的嘴上,硬推着喜娥离开此地。当着众人的面!

围观的人议论纷纷地散开,很扫兴的样子。是什么欲望驱使这些人目的不明地,拼死拼活地往这儿跑?难道总医院的天是"太阳城"里最晴朗的天?放弃七天中仅有的一个假日,不辞辛劳地来这儿欣赏无所不在而又无法消除的各种气味:乙醚、人体排泄物、消毒剂,以及皮肉坏死腐烂发出的味;还有来来去去军容不整的病号,时不时从病房里传来痛苦不堪的各种呻吟……咦——那位讨论过若干次都没提拔起来的排长拎一网兜水果罐头……来给谁献殷勤?把钱奉送给谁?

"你给我立即滚出医院去!"我把气全撒在这位排长身上。

"这儿是医生说了算!"从住院大楼的门洞里传来一个铿锵的女高音。完全不像二班长描述的那样:那细声细气的嗓门……

周围的人用一种异样的眼神盯着我,似乎带着鄙视的意味。我感到一阵发窘,全身火辣辣的。我在上千人的队列面前也不曾有过这样的感觉。

高原隆冬的太阳所包含的寒气上哪儿去啦?

7

我百思不得其解。我，还有那么优秀的二班长，居然教育不好一个……一个只配卖冰棒的人。

那个人目前在总医院里享受特权，就跟进了保险柜，柜前成天有人守候，以至你想接近他都很困难。

可是，那个人并不安于被锁进保险柜里，偏要跑出来干些荒谬的怪事。昨天可能还是鸡毛蒜皮的问题，今天却变成了连刘营长都无法解决的难题。

刘营长接到团司令部值班室电话，军区徐参谋长擒住一名特务嫌疑，该分子冒充汽车团三营的战士。徐参谋长命令刘营长前去协助破此重大案件。

办公桌前，徐参谋长拿起一架刚刚缴获的 120 海鸥相机，神情异常严肃地向办公室里的人讲述案发经过：

"下午四时许，我们正在作战室召开旅防御进攻演习预备会议，司令员刚拉开兵力部署图的帘布，我发现窗外有个鬼祟的人影一晃，便立即跟踪出去……那人在厕所里佯装小便……要知道，我过去是侦察兵出身哩……卫兵上哪儿去了？要查一查警卫连。同志们，假如……假如……"

喜娥在徐参谋长一连串的假设中被带进会议室，而后又被刘营长一连串的训斥所淹没。

"你小子狗胆包天，敢往军区司令部小院钻?! 你平时那点儿灵活劲儿让狗给叼跑了？干嘛不说你是总医院的，非要说是我们营的兵？给我丢人现眼。司令员是你姑爷的老部下，你哥都没像你这样随随便便……"刘营长开着车猛颠了一路，他的声音扼塞着喜娥，喜娥不可能再为他的开车技术叫好了。

没有谁更比我着急。我首先关心的是喜娥在受审时是否透露过他姑爷的姓名。他受到徐参谋长的宽大，这么快就被释放出来，凭什么？不是拿了他姑爷来做挡箭牌又是拿什么……

"我没有提到我姑爷……"喜娥嗒然若失地立在营部当间，军衣下摆露很长一节病号服。

"但、但你为什么干蠢事之前不想想你姑爷？还想想……"我悬着的心放下来。

"我没有姑爷。"喜娥说得很平静，脖子上吊着的照相机纹丝不动。

"我简直闹不明白，"我原地转个圈，"总医院里那一汪滞水的中心，那座有男有女围绕着的假山还不够你骚毛……"

"我剧本里需要司令部小院的景。"喜娥虚弱的身体呈 S 形。

"需要？这叫不务正业！你需要的是当一名优秀的汽车兵！否则要国家养那么多作家和摄影家干什么？当初听二班长说你买了照相机我就应该立即予以没收！"

"二班长？"喜娥惨白的脸勃然变色，怒目横眉，只是割了扁桃的伤口不允许他声嘶力竭地喊叫，"好哇，我现在总算知道了他是以什么换来优秀班长称号的。原来他是一只爱敲领导门的狗——牧羊狗。我会把他写进我的小说里去的。咱们等着瞧吧。"喜娥那副面孔使人莫测高深。

"哈哈哈……这小子，"刘营长又失了风度，伏在桌上，"我还真没见过这种活宝……哈哈哈……"

"我原指望你'向前向前向前'呢，屁！"我被彻底激怒了，"你还是向后转，回家好好帮你妈卖冰棒去吧！你先回九连，等着一会儿开你的会……"

"算了。老洪，他也是初犯，写个检讨就行了。"刘营长按住我拿电话的手，眼里闪着笑出来的泪花。"他现在是病号，再说。还是你表弟嘛……"

"我没这样的表弟！他就是给你宠坏了。难道你愿意咱们营的荣誉就这么毁在你我手里？我们怎么向那些用生命和鲜血换来这个荣誉的烈士交代？老刘，严肃点行不行？这是工作，这是重担，这是责任……"我一气呵成的道理终于打动了刘营长，他同意九连马上召开军人大会，但推说有事不能参加。

我给总医院打了电话，告诉他们明日有人去给喜娥办理出院手续。不管医生同不同意都得这么办。然后来到九连。会场后面座位空了许多。孙连长解释，为参加演习，已经安排了一些人正在试车。喜娥在一旁补了一句：

"这有啥奇怪的，军区党委召开会议，有时还不是要空个把座位。"

台下笑声哄然。喜娥不好意思地歪着头，脸上浮上一抹自嘲的微笑。我也跟刘营长一样耍了个花枪，推说有事，吩咐孙连长负责开好这个会，以达到"批评——团结——再批评——再团结"这样一个治病救人的目的。走出九连我又折回来，要孙连长强调一下会场纪律，并在会后向我汇报。

效果不理想。听说有些战士希望喜娥来个霹雳舞，以活跃一下会场气氛！

谁能料想，第二天一早，谁也活跃不起来了。军区保卫处、团保卫股以及有关部门的头头脑脑云集九连，侦破一起重大案件——二班长的那支五六式冲锋枪丢失！

"天下第一营"的荣誉将毁于一旦，无可挽回！首长们对我和刘营长会怎么看呢？

经周密分析，这是一起内部作案事件。喜娥是此案的重点怀疑对象。也不排除对二班长的怀疑。别说是"优秀班长"，就是"优秀司令员"也要查个水落石出。

执行第一方案：收押喜娥于本团禁闭室。

三天。案件侦破无进展。喜娥绝食。

二班长请示：放李向前同志回班里。

未批准。

二班长再请示，要单独跟李向前同志谈谈。

同意。

"向前呵，身体要紧，有天大的委屈也要吃饭呵……"二班长端了满满一盆自己做的面条，里面打了十个鸡蛋不止，"你在咱班表现很好，不像有的干部子弟，我从没另眼看待你……"

"什么不像干部子弟，我本来就不是什么干部子弟。什么也不是。"喜娥耷拉着头，面带愧色。

"向前呵，我的家属随军报告刚交上去，我十年如一日，一年四季风风雨雨在西藏高原上跑，没叫过一声苦。我家属有病，丧失了劳动力，可她还拖个孩子，我只想让她随个军，以后转个城镇户口，……我的好兄弟，你帮帮我吧！"二班长凄然泪下。

"班长！别这样！别这样！"喜娥呜咽着抱住二班长，"求求你别这样……"他扬起泪脸，"我什么都告诉你，全告诉你……我想想，你让我想想，求你别这样…"

二班长报告：案情有了眉目，请考虑李向前同志回班里，对他作进一步的思想工作，以瓦解他由重重顾虑筑起的思想防线。

同意。

当天夜里，喜娥要求单独给他一间空屋，并搬去了我以往借给他的十几本书。他要在那间小屋里写一篇袒露心怀的……处女作。

二班长专门去营房外的小摊上买了一条高价"花溪"送给喜娥，以资鼓励。

九连的每个人都清楚地记得，那晚上起了风暴。白天气象局曾预报过，但没想到风暴之后便是雨夹雪，夜空仿佛交织着扯不断、抽不完的丝线。房檐上挂着长长的冰柱，白雪覆盖了一棵被连根拔起的杨柳……整个天空响着毫不含糊的刺穿黑夜的冷笑声。

一个人的身体在痛哭中痉挛着……

8

天幕低垂，整个营区格外清冷。房上房下，远山近岭如披玉甲。灰白色的云仿佛被冻住了。只有那条河——拉萨河的水湍湍流淌，那喃喃的流动声，似在低诉一个永久的秘密……

喜娥身后紧跟着一群人。这是要上哪儿？谁也不知晓，只跟着走。不出声地走…朝着拉萨河。……积雪没了脚踝，仍是不出声地走……"咔嚓"，河床边的薄冰碎了……

"你们在这儿等着，谁也不许过来，我把枪取出来。"喜娥摇摇晃晃地往前走…停住，脱下大衣，放在一块大石头上。"二班长！枪就在这块石头下面！我走啦！……"他突然不顾一切地扑进刺骨的河水，挣扎着朝河中心蹚去，"我走啦！这个世界……容不下我！容——不——下——我——"他东倒西歪地向前走，头也不回！

"李向前！你快回来！……"二班长在喊。

"李向前！我命令你赶紧给我回来！向前！……"刘营长在喊。

"李向前！我警告你……"保卫股长在喊。

"……"我惊呆了。

河床边立时响起连成片的惊呼呐喊声。可是任谁也别想把喜娥呼唤回来。那声声呼喊，倒像是在煽动喜娥"向前向前向前"！

二班长率先奔过去，几个战士奔过去……朝着那个吞噬了一个生命的漩涡……哭喊着，摸索着……那个二班的"及时雨"……三营的舞星……未来的作家……可能会成为那位小女兵丈夫的……直到这时候才表现出"向前"精神……我那个不争气的表弟……终于被拉到岸边，脸色发青，紧咬牙关，头破血流……那件该死的皮大衣瞒过所有人的眼睛——他腰间捆着八颗教练手榴弹！

喜娥要了他在人间的最后一个花枪。没露一点蛛丝马迹。

"医生，再抢救一下吧。"小女兵红着眼央求道，"他的手还是热的。"

"那是刚才抢救的时候揉热的。"医生拿一张白床单蒙住这位被拉萨河神秘掉的人。连同小女兵抓住那个人不放的小手。

小女兵捂着脸冲出去，直冲到那座假山跟前……那个催人泪下的剧本，还有导演、摄像、演员、场景……都已不复存在了……她看见了我，煽动嘴唇，忍了忍才说：

"你不要太难过。你表弟这是精神失常才跳进拉萨河的，以前曾有过这样的病例……"

我望着她渐渐远去的背影，嗓子眼里像梗出块疙瘩。挂满冰柱的假山静悄悄地耸立在那里，于无声处我感到一阵恐惧的呼喊。假山在倾斜，大地在我脚底向下沉去……

"总算醒过来了。"刘营长和二班长在我的病床边上，"老洪，不要想得太多，一切责任都由本营座承担。向前的后事已经安排好了，给他家发了电报。"刘营长递给我一封信，"这是写给你的。在他大衣里找到的。我没拆，怕保卫部门的人知道了生疑，一直揣着。妈的，演习任务交给四营了……"

"教导员，我对不起你，我没帮助好喜娥……"二班长带着哭腔瞅着我。他为救喜娥也险些被拉萨河给神秘掉。

"去去去，现在不是你检讨的时候。有本营座在，你那个家属随军问题马上要解决。重要的是你想想你对得起谁？对得起向前同志的姑爷不？……"刘营长欲言又止，"好了，以后再说，你就安心在这儿待段日子，我走了。"

我把信拆开，努力打起精神来看喜娥留下的这封信：

哥：

现在我还把你称作哥，其实我觉得很难这样称呼你。别扭极了。你，还有你那可爱神气的妹妹，从来就没有承认过我这个所谓的表弟。你们唯恐我丢你们的脸，你们唯恐我沾你们的光！然而，我却厚着脸皮出现在你们跟前。谁能知道我这颗心，我来你家不是为了我，而是为了我母亲。她硬拉我来你家，我爹气得跟她闹到要离婚的地步！就因为爱她，我才硬着头皮跨进了你家的门槛；就因为爱她，我才委屈地接受了你家的施舍——来这里当兵；就因为爱她，我才违心地一声又一声地叫你"哥"！

哥呀，你曾耻笑过我的名字——"喜娥"。可你知道吗，这个令你捧腹的名字注着我父母的爱，含着我父母的情，带着我父母亲对孩儿的娇惯……可是一进你们家，我却不自觉地为这个名字感到脸红害臊。"向前"——我荣幸地带着姑妈为我起的这个名字走进军营，可我万般难过，因为你一如既往地仍然耻笑这个名字。事实上，这个名字给我带来了多大好处？给我脸上添了多少光彩？倒使你脸上无光。在你眼里，我只是一个土包子！土盖了的，从地里钻出来的，傻乎乎地扑火自焚的蛾。我终于醒悟，我应该是"喜娥"，而不是别的。"喜娥"才是我命中注定的名字。我真想变成过去的我，再听我母亲唤一声"喜娥"……可是现在已经太晚，太晚太晚了……

但是，最使人想不通的还不是这些，而是我想好好当一名你手下的战士的资格都没有。在你手下，我不过是一只令人生厌的蛾子，是一匹害群之马，是损坏"天下第一营"荣誉的祸害……你把荣誉看得比什么都重要。你借给我的一本书里有达尔文的一段话："谈到名声、荣誉、快乐、财富这些东西，如果同友情相比，它们都是尘土……"你在这下面划了醒目的红杠，这多么富有讽刺意味呀。可是这种讽刺还远远不够，我要更无情地讽刺你，我要发泄，但无论什么小说或是剧本都不能达到我的目的的，我简直要疯了，或许已经疯了。于是，我干了蠢事，藏了二班长的枪……这之后，我才想到了病重的姑爷和善良的姑妈，还有寄予我期望的余司令员，尤其是想到二班长的家属和孩子……那憔悴单薄的身影在风雪中瑟瑟发抖……那便是我母亲和我啊。我痛悔，我真正疯了。

哥呀，从前的那个喜娥不会再有了。现在的这个"向前"也将离去。我感觉自己非走不可，那个魔鬼用绳子束紧我的手脚，死命地拽呀拽……我已经身不由己了啊!

作为你的战士,我对你早已无话可说。但是,作为我姑爷的侄子,我却有对人间说不完的话。千言万语难以表达这匆匆离去的心绪。

哥呀,我最后唤你一声,但绝不是为你,是为世界上所有爱过我的人……有一天,我将在另一个世界里跟他们重逢,给他们当牛做马,给他们以加倍的爱……

别了,我的哥……

信纸角上有行小字:代我去看看余司令员,可能的话。

9

刘营长对我严密封锁喜娥他爹来队的消息。他在全营宣布,谁要是向李老爹透露了向前同志的死因,那么、禁闭室就是为谁准备的。

……已值午夜,李老爹还坐在写字台前,吧嗒吧嗒地抽着旱烟。一颗微弱的火星在黑暗中忽明忽暗,忽明忽暗……终于,火星熄灭了。

写字台上摆着一个相框。李老爹不敢开灯,他担心自己会被像框里的那个人惹得老泪纵横。尤其是这夜深人静的时候。像框里的那个人……看不清,一切或许是场梦,看清了,一切便都是真的了。骗不了别人骗自己、骗不了自己骗别人……谁也骗不了——像框里的那个人是娥儿,是娥儿哇!

从接到娥儿死亡电报的那天起,李老爹就显出了超人的坚强和极高的觉悟。他尽全力劝慰娥他娘,把家里的事安排得井井有条。要出发到娥儿部队的头天傍晚,他还坐在街灯下,跟他那些"喷"友们阐述以身殉职、报效祖国是每个公民应尽责任的道理。不过,那晚上李老爹没有像过去那样,把一顶珍藏多年的军帽拿出来向大伙儿炫耀。尽管整条街从老人到小孩，每个人对旧军帽的故事都能倒背如流，但在这种时候，人们还是希望李老爹能再"喷"一"喷"，以便使他心里多少得到点安慰。

不，李老爹不需要谁的安慰。他从没跟人提起过娥他姑爷。旧军帽是三十多年前他参加支前民工队的纪念品，那是一位解放军战士的遗物。他常常怀念那顶旧军帽的主人，并以此教育人们应当"身在福中要知福"。只是久而久之，人们不再为旧军帽的故事所感动，甚至还有人戏谑道："他就知道'喷'，那顶旧军帽，说不定呀是从哪儿拣来的。赶明儿我也拣根破腰带，还可以说是当年一位司令员送我的呢！"既然如此，李老爹便决意不提旧军帽了。他直了直微驼的背，拍着干瘪的胸脯对"喷"友们说：

"等我从娥儿牺牲的地方回来，我们还在这儿见。"

这会儿，李老爹正住在我们团的招待所。他重新装好烟，划燃一根火柴。他要在这忽明忽暗，忽明忽暗的火星里陪着娥儿，跟娥儿"喷"上了一整夜。然而，他的手僵住了，眼睛痴痴地望着写字台上的照片，直到火柴烧着手指头，直到最后一点火星熄灭……整个天地好像和他一块儿凝住不动了。

李老爹缓缓走到窗前，拉开窗帘，守候在外面的月光一下泻进屋来，把屋里的一切都搅动了，仿佛一个活生生的娥儿就要从照片上蹦下来。"过来，娥儿！"李老爹一把抓起相框，心里默默地喊，泪水早已蒙住了老眼。"娥儿，别这样看我，爹这是高兴，人高兴了也流泪。娥儿，不高兴了？爹打记事起，就没掉过泪。咋了？不信？那你去问问你娘……

"娥儿，对着爹笑一个吧。又咋了？后悔不该来西藏当兵？爹知道你吃苦了，爹从来没见过这么大的山，从来没见过这么大的风，从来没见过这么大的雪，爹哪会儿不惦着你？瞧爹这头发，掉得没几根了，还不是想你想的？"

"娥儿，你笑一笑吧，啊？笑一个，听爹的，笑一个……咋了？

穿上军装就跟爹严肃上了？娥儿，我俩还是拣点高兴的'喷'。爹这次来，除了没坐轮船，汽车，火车、飞机全坐了。这份福……不对不对，娥儿，别生气，爹有时候挡不住要'喷'露嘴。

"娥儿，对着爹笑一个吧，就算是对着爱你亲你想你念你痛你的娘笑一个，呵？实在不愿意，点个头也算，呵？"李老爹拿着镜框朝自己摆了几下。他握住镜框的手青筋历历，泪脸紧贴镜框，全身剧烈抽动。

天上一颗不大的流星斜过天空坠落了。李老爹没有看见，但他清楚地看见桌上堆满了刘营长送来的食品。是的，刘营长很关心他，专门派了二班长负责为他打水，扫地，端饭，灌氧气袋……所有这些，都使李老爹深信不疑，娥儿的死跟那顶旧军帽的主人的死是同样可歌可泣的。但是，他又有点犯疑，两天过去了。刘营长为何闭口不讲娥儿的死因？作为父亲，他是有权利知道儿子的牺牲经过呀！

"或许刘营长是怕我的身体……"李老爹这样想。于是，他向刘营长表示，自己不需要吸氧气。结果氧气袋依旧放在他的枕头边上。李老爹真的恼了！

"刘营长，娥儿当兵前，我给他买了块上海牌手表……"

当天，刘营长让二班长交给李老爹一百二十块钱。

"二班长，娥儿当兵前，我给他买了件衫衣……"

当天，二班长交给李老爹十块钱。

"二班长，娥儿从家走的时候，我还给、给……给了他两条前门烟……"

当天，二班长交给李老爹两条前门烟。

"二班长，刘营长已经把娥儿的事对我讲了。"李老爹拉住二班长的手，耍了个花枪。"娥儿不懂事，有什么对不住同志们的地方……"

刘营长全跟他讲了？！二班长赶紧解释，李向前同志生前没有做对不住大伙儿的事，只是神经上突然、突然有点儿那个……大冬天下河洗澡……

第二天，二班长向刘营长报告，李老爹不见了，只有写字台放着一百三十块钱和两条前门烟。

刘营长风风火火地赶到山窝窝里头，如此这般地告诉我，李老爹……

"什么李老爹！那是我舅舅，你、你给我赶紧把他找回来！"我翻身跳下病床，拉着刘营长就往外跑。

"老洪，老洪你听我说，已经派人找过了，他搭一辆地方货车走半天了……"

"你跟我走！"

"上哪儿？"

我指挥刘营长开着车狂奔……拉萨体育馆、拉萨电影院、拉萨影剧院、拉萨饭店、西藏宾馆……怎么到处都没有？

"没有什么？"刘营长奇怪地问。

"卖冰棒的。"我说。

"你怎么啦？"刘营长紧张地摸下我的前额。"快，我送你回医院！"

我让车停在拉萨河边。

一泓清澈得可以净化灵魂的碧流，扶着河床边的冰块平静地走下高原……万里高原只有她显示着永恒的活力。我恨不能将她整个儿搬到那盏路灯……搬到李老爹——我那没见过面的舅舅跟前……

哎，拉萨河，神女河，一条泪的迷河……

10

"向前向前向前——我们的队伍向太阳……"

成都军区大礼堂里，坐满了年逾花甲的老军人，以及他们的老伴和子女们。这里正在举行"离退休老干部歌咏大赛"。

舞台上，两鬓白发的老人们穿上久违的军装，有的还佩上了第一次授衔时获得的勋章。他们意气风发，挺起的胸脯随着"向前向前向前"的歌声有节奏地起伏，"自由勋章"、"解放勋章"，"八一勋章"在彩灯的映照下闪着光，他们像年轻了三十岁，精神了百倍。我母亲也在其中，只是她的表情不像其他人那样热情洋溢。因为我父亲已经在半年前离她而去。

掌声之后紧转下个节目。

"雪皑皑，夜茫莎，高原寒，炊断粮——红军都是钢铁汉，千锤百炼不怕难……"

我母亲身着一身合体的毛呢军装，剪一头短发，端庄地走到台前娓娓地领唱。她又变成当年十八军文工团的那个独唱演员，她又变成当年被大伙儿称作"黄毛丫头"的小女兵。

领奖的时候，母亲脸红了，并有了笑意。那是发自内心的笑。尽管奖品微薄——一张没有镜框的奖状，还有一个廉价的保温杯。

不难理解，这些身患疾病，甚至身上残留着枪伤、弹片的老军人，还有我母亲，能在失去老伴之后仍能乐观地，坚强地继续生活下去，就因为他们有那么多优美而雄壮的歌伴着他们，鼓舞他们。那些歌记载着他们血与火的战斗历程，那些歌铭刻着他们的丰功伟绩，那些歌浸透着他们火红的年华，那些歌满载着他们对未来的希冀……那些歌是属于他们的歌。

可是，我的歌在哪儿呢？喜娥的歌在哪儿呢？我们这一代人的歌又在哪儿呢？我们也该有属于我们自己的歌呵……肯定有的。只是由于我自己太忽略了。完全不应该的。

原载《西藏文学》1988 第 10、11 合刊

赤灵萨巴

兄弟兄弟，还有什么可说的。

——引友人的诗

我从拉萨回到成都就昏沉沉地躺下了。

她看着躺在床上的我，不说一句话。我想她该说点什么。比如问问我的西藏之行。可是她不说话。她的眼睛告诉我，什么也别说。

我惊讶地盯住她——我发誓爱她的那个小女兵。我跟她在拉萨分手不过几个钟头。恐惧凝固了空气，以至我确信自己已经不在人世。在天国还是在地狱？可信可不信的因果报应来得如此神速真切，来得如此简单明了，让人不寒而栗。她依然看着我。依然不说话。脸上泛出很勉强的微笑。微笑着。微笑停在她那双深埋着无限伤感的眼睛上。就这么，我看见了一个出穴的精魂。大红大绿的精魂。精魂在藏北的九月雪中哭泣着游荡飘逸。一挂神奇的五色经幡系住了我的生命——我忏悔。无言地忏悔。永远。

没有什么可说的。过去的就让它过去。人都这么说。何况那些事也不算什么不能允许的事。也许就因为这可咒的"不能允许的"，我这颗凄惶的心才倍受折磨。这会儿居然还有将我的忏悔化作白纸黑字的机会，不能不说是我极大的造化。白纸黑字清晰地从辽远的藏北高原驰来，在你眼前匆匆掠过。你可要读。你不会错。你掂一掂那一句句以爱为侣的诗歌。那是扯断茫茫雪域的肝肠的诗歌。你掂一掂。那儿正下着九月雪。

身上透着丝丝凉气的每个毛孔都向我报告，盘踞心中的苦痛没有与雪花同逝。这苦痛对我来说足以致命。已经要了我的命。我的生命启程去那宽宏友好的高原。去寻找那挂宽慰过无数善良之人的五色经幡。去寻找那匹名叫"赤灵萨巴"（藏语：万人称颂）的枣红马。我去了。

我是专程去那儿采访的。

凭着我父亲给西藏军区首长的一封信，我踏上了那块圣土。

它欣然接纳了我这个"老西藏"的儿子。

我没想到，这片向我展示它那非凡的壮阔景观的高原，将是我最理想的归宿。我曾在梦中被它诱惑得如醉如痴。而现在，当我离开它之后，它却为我竖起了十字架。冷峻而优雅。

我从小生活在内地，西藏对我来说是陌生的。很大程度上，我对西藏的憧憬来自对我父亲的崇敬。他离开西藏以后，不时流露出对那里的眷恋之情。他的头犹如一座银光闪熠的神山，让我感到永远的惊喜和敬畏。我从那上面读到一个个关于西藏的美妙而神奇的传说故事。还读到一个个我父亲亲身经历过的动人故事。一支毛笔在桌上那个大大的砚台里拥抱了我父亲积郁多年的感情，一份关于给一家人平反的材料上就有了我父亲没有风采的墨迹——太晚了。

一种令人难以承受的什么搏动我的心跳。是一种白色。奇奇怪怪的白色。无法理解的白色。可是我爱我父亲。我以为那是由我父亲的头携来的一种意境。我以为我应该喜爱在他头上读到的一切。我以为。

如果你想去那儿采访那家人，可以。你应该去。我父亲这样对我说。我感激地读着他的头。一遍遍地读。直到不忍再读。

一座神山顶上的积雪正在无声无息地消融。宁静而安详。

我飞抵拉萨的时候是九月。

周围的山上没有让人愉悦的白雪。一点残雪的影子也没有。偶有几块闪亮的白色。是铁皮屋顶。我从我父亲头上读到过的西藏不知哪里去了。我梦中想见到的茫茫雪域被这方的一轮从不失约的太阳消融殆尽。异常刺眼的阳光从纤尘不染的天空倾泻而下，把藏民们富有戏剧效果的服装照耀得鲜艳无比。大街小巷挂满了横幅标语和彩色气球。发自五脏六腑的歌声和刺激神经的鼓乐声跟摸不着头脑的鞭炮声搅杂在一起。整座城市都给闹晕了。我头晕。旁人说这是高山缺氧的反应，不要紧。我说很要紧。我不在乎什么反应，只怕失望。原以为这里是怪好看的银色一片呢。却并不。五颜六色。大红大绿得一点儿都不讲含蓄。街道上载歌载舞的藏人，趾高气扬的藏马，憨厚大方的藏羊，目无交通规则的长毛藏狗……所有这些将一些诗人激发得灵魂出窍。当然，我也写诗。过去写，现在不写了。因为那个可爱的小女兵管诗叫"皮"。我不大懂她的意思。可能是说诗不过是把单眼皮残忍成双眼皮再残忍成完全不是眼皮的"皮"。善良的人们往往错爱诗就因为诗就是"皮"。如此而已。我知道这些的时候已经为时过晚，不然就不会发生那样的事了。谁知道呢。一切都太晚太晚了。

在那儿工作的汉人被当地人昵称为"少数民族"。他们表达感情的方式有别于内地的汉人。连表示问候的话语也别具风格。是汉藏两种文化相结合产生的一种特殊的人情味道。

记得那天我是在拉萨贡嘎机场下的飞机。阳光极其凶险。步出机舱的那一瞬间简直睁不开眼睛，却又让人急于想睁开眼睛。那么多梦幻中的风景就在眼前，你却不睁眼睛。我发现这个机场给人感觉特别好。包括战斗机在内的各种军用和民用飞机团聚一堂，礼让三先地在同一跑道上你去它往。战争与和平在这里似乎不成其矛盾。真正汉藏两种文化相结合的……机情味道。这是我在我父亲的头上没有读到过的。

尽管太阳很大，风却烈。刚下飞机的乘客被风吹得稳不住阵脚。我有了一种走路轻飘的感觉。如同到了神界。梦幻一般。只是这种感觉没过两天就消失了。幻想与梦境成为藏民族真实生活中不能缺少的组成部分，不知是否与这有关。这也是我在我父亲的头上没有读到过的。

来接我的一位干事抢过我的行李劈头就嚷："有反应吗?"我还没有反应过来就听一位驾驶员也这样朝我嚷。我看他俩的脸上都堆满了笑。很真诚很热情的笑。不是那种见人听不懂就洋洋得意的笑。我傻眼了就凑合着笑。后来我在那儿不断听到这句话。军区招待所的女服务员竟也拿这句话来跟我笑。我就猜想这是一句很尊贵的话。见了军区首长我就拿这句话来跟他们笑。不料他们哈哈哈哈地吓我一大跳。原来那是一句约定俗成的问候语。所谓"反应"是指高山缺氧引起的不适反应。但你不可以把"反应"跟"缺氧"混为一谈,说谁"缺氧"是很带贬义的。不过,"缺氧"有时也表示赞赏和亲热,还表示其他一些很复杂的意思。那时我还没有完整领会"缺氧"的含义,也许这算是导致我一错再错的原因之一。绝不是为了解脱自己,我真的没有在我父亲的头上读到过关于"反应"和"缺氧"之说。我不怪我的父亲。我爱我父亲的不仅仅是他的头。我深爱他。爱他爱到不敢再见到他。我不配再见到他。

父亲,答应儿子来世今生都不再见你。不见。听见吗父亲,我深深的爱——那个人心中的神祇。

那个人入伍前的名字叫"小精灵"。当年我父亲这么叫的。他的父母就也这么叫。我当然就只能这么叫。

小精灵是我采访的那家人的成员之一。关于那家人,我只能采访到他。他是那家人仅存的唯一一个。或许他的父母还在人世。没人知道。他就说他的父母至今还活着。在羌塘草原。我信。他还说曾在梦里听见过他父母的声音。那是一阵撩人心弦的叹息声,却是非人的声音,是永永远远的天国之畜——羊的声音。我听懂了。他是说他的父母转世为羊了。凭我道听途说的一点点佛教知识,我知道了他信佛教。不足为怪。因为藏族本身就是全民信教的民族。只是他深信佛教的态度跟他身上的绿军装很不谐调。那种感觉难于言表。

其实他不是纯藏族,他身上流淌的是汉藏联姻的血。我开始喜欢他。跟当年我父亲喜欢他的程度差不多吧。我情不自禁地跟他兄弟相称，突发奇想地让他带我去羌塘草原寻找他的父母。他憨厚地说我"缺氧"。很扫兴。

藏北草原。藏族人称之为羌塘草原。意为北方高地的草原。那片高拔寒凉的疆域对于生息于斯的藏族牧民来讲，是精神与情感的寄托之所。

> 辽阔的羌塘草原呵，
> 在你不熟悉它的时候，
> 它是如此那般的荒凉，
> 当你熟悉了它的时候，
> 它就变成你可爱的家乡。

这首古老的歌我在我父亲的头上读到过。我不能不自然而然地对那里萌发感情。小精灵可能不大懂这个。缺氧。没有道理的缺氧。

兄弟兄弟，还有什么可说的。如果我父亲在，他一定会鼓励我去，并要我与小精灵同行。而我因为一句"缺氧"就失掉了去羌塘草原的机会。后来还失掉了一次机会，也是因为一句"缺氧"就被我轻易地放弃了。简直糟糕透了。我实在是应该去。哪怕是孤身前往也好。这样就不会发生后来的那些事了。那些该死的事到底还是发生了。怪谁呢。都怪我自己。怪我把一切都想得太简单太美好太……白色了。

没有我在我父亲头上读到过的那种白色。简直没有。到处五颜六色。大红大绿。欢乐的气氛把我对西藏的好奇心冲淡了。头晕。不得不承认缺氧。不承认不行。

那天小精灵坐在我身边，他的脸红彤彤的。"热烈庆祝西藏自治区成立二十周年"的横幅也是红彤彤的。所有人都红彤彤的。我只看见了一点点白。是牙齿。不是我喜欢的那种白。但我喜欢他的笑。还喜欢他的眼睛。漂亮极了的眼睛。这样的眼睛应该长在哪位姑娘的脸上才对。对了，还有他的头发。自来鬈。乌黑贼亮。简直漂亮。

总之，他的五官，乃至形体都显示出优秀的血缘关系。难怪我父亲会那样保护他。也难怪那位小女兵会那样爱护他。

当然，最主要的不是因为他长得多么多么漂亮。不是的。

那个声音很动感情。

数张有折皱的脸上挂满泪珠。擦也擦不尽的泪珠。为那个声音：

……我们永远感谢那些为解放西藏、保卫西藏和建设西藏流过血、流过汗、流过泪的无数优秀战士。西藏人民永远不会忘记他们……

掌声震耳。

雨声震耳。

雨夹着冰雹袭击了羌塘草原。顷刻间，大草原上扯起了一幅白色幔帐。很快，雨过去了。白炽的太阳依旧。那儿的夏季就是这样。多雨。有时还会下雪。那雨不同于内地的雨。来去匆匆。肆无忌惮地在阳光下横行一阵就溜之大吉。冰雹也这样，风也这样，雪也这样。大自然对那儿总是肆虐一番再抚慰一番，完成一个周而复始的轮回。一切都顺理成章。怕是很难改变了。这样不知已经有多少年了。十八年前的夏季也是这样。

当白色幔帐很不情愿地被那阵雨拽走之后，一对湿漉漉的男女还在那儿紧紧地依偎着。数百只同样湿漉漉的羊高昂头颅，殷勤地行着注目礼。众目之下，两人垂着头。姑娘的脸是红彤彤的。也许是被高原强烈的紫外线灼成这样的。姑娘抬起了头，那双野性的瞳仁透出柔弱的绝望。男人摘下军帽，扣在姑娘的头上。男人说："我很快复员就娶你。"姑娘轻轻摇头说："你找你的堆绕（藏族牧区口语：妻子、女伴）啦。"男人略带愠怒地说："还要怎么跟你讲。光棍一条。光棍就是……没堆绕。"姑娘哭了。金色的泪珠在阳光下闪耀。姑娘说："我害你受处分啦。"男人说："你瞎想了。领导要我们边疆为家扎根西藏。我俩结婚成了家就扎根西藏了。"姑娘拼命地摇头拼命哭。她爱他。她只好如实告诉他："阿妈骂我害你啦。阿爸打、打呜呜呜呜。阿爸阿妈走、走呜呜呜呜。"男人捧起姑娘的脸说："去哪儿了?"姑娘说："拉萨啦。求菩萨保佑你不受处分哦哦哦哦。"男人哭了。姑娘从怀里扯出一挂写满经文的五色幡，哭着。哭她害了他。姑娘说："阿妈给这个啦。给你拿着消灾消难不受处分啦。你快走，我不要见你哦哦哦啊——"姑娘红彤彤的脸突然变了颜色，她一手捂住肚子一手紧攥经幡仰面倒在草地上——肚子高凸着。跳跃着音乐高凸着。积屯着泪珠高凸着。高凸着。羊群发出异样的声调。羊哭了。一只通晓人世的头羊用嘴轻轻掀起主人湿漉漉的藏裙，掉头走开了。男人不肯走。绝不。他爱她。她叫骂着要他走。可是他爱她。她痛苦地呻吟。他抱住了她。她悄悄从腰间抽出一把精巧的小藏刀。她爱他。她要帮助心爱的他。她不知怎样才能帮助他。可是她爱他——小藏刀向她腹内那个闯了祸的"小精灵"去了……羊都闭了眼睛掉开头。羊的脸上挂满泪珠。

雨夹着冰雹惊呼呐喊地急急赶来。他软软地扑在了她的身上。大草原上再次扯起了白色幔帐。

雨声响彻大草原。

掌声响彻大礼堂。

小精灵不应该跟着别人鼓掌。他不应该忘记白色幔帐中的那对湿漉漉的男女。他应该记起。别人能否记起兴许无关紧要。可是这个身上带着刀伤来到世上的人似乎把这些都给忘掉了。他笑。把脸笑成红彤彤。他鼓掌。把手鼓成红彤彤。大红大绿。绿色的军装和红彤彤的人。

主席台上的那个人刚才说什么来着，哦，"永远不会忘记"。结果呢，大红大绿。五颜六色。如果我父亲看到这样的情景，他会怎么想。会怎么想。我不知道。真的不知道。

坐在我身边的这个人显然比其他人更为激动。我同情他。同情他幸福的痴愚。他笑。他鼓掌。兴奋不已。我渐渐发现他的注意力并不完全在主席台上。他好几次冷丁探身，眼睛疾扫会场。很机警。

脖子伸得挺长。想写诗？不大可能。然而他有他自己的诗。不是"皮"。是她——一个很可爱的小女兵。小女兵来自北京，在西藏军区总医院的食堂里当炊事兵。她的名字叫姚敏。是叫姚敏。我不会记错。我的过失不允许我记错。休想记错。

我好像已经有了某种说不清楚的预感。采访可能不大顺。他的话语不多，记忆力也不很理想。他说过去的许多事情都不记得了。我使出浑身招数费很多口舌帮他回忆，把屋里所有白色的东西象征性地指给他看，干脆把白色的墙壁指给他看。他终于记起他的母亲杀过一只小羔羊，还记起他的父亲最爱去拾干牛粪。他喜欢羔羊讨厌干牛粪……就这些。其实我听了这些采访就该结束了，这样就不会发生后来的事了。我干嘛要老是盯住他，还盯住他的……小姐姐。

他管她叫小姐姐。她管他叫小精灵。他俩隔着不远。一个在医院的第一食堂。一个在医院的第二食堂。隔着食堂不隔行。两个人在一样的时间里干一样的活。两个食堂的烟囱在一样的时间里冒一样的烟。顶好。可是后来我害了他和她。

为了采访方便，我搬到了医院招待所。其实已经没有什么好采访的了。就那点事。羔羊和牛粪。一万年前的事。没有必要老是纠缠不放。我的采访本来就有些多余。有我父亲墨迹的那份材料就装在我的公文包里。我父亲留下的那个大大的砚台也装在我的手提包里。不知是哪根神经缺氧了，我老想知道他是不是真的把过去的事都给忘了。就想知道。忘了还是没有忘。该忘还是不该忘。为什么忘了。为什么没有忘。忘了又怎样了。没有忘又怎样了。他被我修理得一塌糊涂。

我拿两条白色床单铺在绿色的草坪上，然后躺在上面作痛苦状帮他回忆也无济于事。我说他对我的表情应该有反应。他说他看我的表情可能是缺氧。我就只好说我他妈的是缺氧。他就笑。很理解人的笑。没办法。他崇拜我。像崇拜我父亲那样。他管我父亲叫"菩萨兵"。他母亲教他这么叫。

从会场出来，他一路小跑。他的步态很矫健，像匹做赛前活动的赛马。如果不是为了照顾我，他会跑得更快。我问他干嘛跑。他说今天没有看见他的小姐姐。我问怎么了。他说不知道。我说跑不动了。他说有反应了。我说知道了。他就很骄傲地把他的小姐姐介绍给我认识了。

在那间小小的寝室里，我握住了一双细嫩的手。这一刻我真正体验出什么是真正的"反应"了。我的心狂跳不止。很典型的"反应"。她长得太像他的小姐姐了。她的的确确长得太那个什么了。她也拿"有反应吗"来跟我笑。我挺老练地说反应已经好点儿啦。她就很高兴地给我削了一个大大的苹果还沏了一杯浓浓的茶。后来我送了她一首小小的诗还坐了她那张软软的床。再后来我就……那个什么了。当然，我不是当天就那个什么了。如果是当天那我就太那个什么了。包括送给她诗也是再后来的事。

指天为誓。打记事起，我还没有这么过。从来没有。这是第一次。不会再有第二次。不会。只一次就让我痛苦不堪了。但我爱她。真心实意地爱。我是软软地坐在了她软软的床边。我是软软地那个什么了。

写到这里我有点写不下去了。不是因为我再后来干了多么那个的事，而是我准备把这篇东西送到北京的哪个刊物上发表，以便让她的父母有可能读到我的忏悔。可又有点儿担心北京的编辑会不会说这"过"了。是过了。简直过了。我怎么真的就那个什么了。后来我也责怪自己，你怎么不只在她的床上坐一小会儿就走，或者只吻一下她的额头什么的。天地良心，开始我是只想吻她的额头，可是不知怎么又吻了她的嘴唇，又那个什么了。千真万确。当时我没想到要写这篇东西。什么也来不及想。顾不得了。门外下着九月雪。雪中有人来叩门。顾不得了。我爱她。我牢牢记住了她的脸。白里透红。印着我的吻。太过的吻。我爱她。我发过誓。在那挂神奇的五色幡面前发过誓。那就什么也别说。只管写。

好像许多年前有一个男人也在那挂五色幡面前发过誓。他爱她。爱她胜过爱自己。她也爱他。爱他胜过爱父母。可是他把对她的爱太过地扑在了她的身上。这样他没了党籍也没了军籍。可是他有了她。她也有了他。他和她还有了一个"小精灵"。那就什么也别说。只管发誓只管爱。

他们专门在一条山道旁边安了个家。那条山道通往一个很高很高的边防哨所。这家人每月一次拿酥油、糌粑和青稞什么的来当党费往哨所里送。到了大红大绿的夏季,他们就去很远很远的牧场拾来干牛粪。一堵小小的土坯墙上就贴满了圆圆的党费。到了白得太过的冬季,哨所里就有了温暖诱人的气息还夹着那一家三口苦涩的汗味儿。

一天,哨所里的那位班长刚一放下电话就缺氧地反应:本哨所收党费是不能允许的。

可是他爱她。一如既往。她也爱他。至死不渝。他们爱得太过。他把对藏族人民的爱都扑在了她的身上。她把对"金珠玛米"(藏语:砸开锁链的人。此指解放军。)的爱都扑在了他的身上。雪山为证。这是我在有我父亲墨迹的那份材料上读到过的。

小精灵成了我的业余导游。医院的一位领导允许的。姚敏说她也想跟我们一块儿游。领导说她不是藏族不懂藏语不识藏路不通藏游是不能允许的。我只好跟小精灵一个人去布达拉宫里面游。游到文成公主的塑像跟前,我们停下来。我发现文成公主跟姚敏不乏共同之处,两人都来自都城。一个来自长安,一个来自北京。而且两人的脸上都干干净净。红。不是那种粉刺红。唐王朝的文成公主远嫁吐蕃王朝的松赞干布藏王,距今已有上千年了。上千年前的人跟今天的人应该有所不同才对。毕竟相距上千年了嘛。具体应该在哪一点上不同我说不出来。我想握握文成公主的手,看看长安姑娘与北京姑娘的反应有什么不同。可是文成公主不肯,一本正经地端坐着,两手严严实实地抄在紫红色的衣袖里,纹丝不动。我不敢有太过的举动，因为这时来朝拜的藏民络绎不绝，神色庄重地口诵经文。一万盏酥油灯把文成公主的脸映得红彤彤。具有生命的塑像在悠悠晃晃的酥油灯中鼓翼，深邃的目光追忆着从长安到拉萨的马背光阴。叮叮的铜铃声响敲打着雪山。叮叮的钱币声响敲打着塑像。虔诚的善男信女们把一枚枚钱币抛撒过去。小精灵也把几枚钱币抛撒过去。我也怪熟练地如法抛撒。可是我的钱币不带响，是一张一元钱的纸币。文成公主馥郁的呼吸爱抚着我不虔诚的灵魂。我赶紧拉着小精灵往别处游。游着游着又碰见了文成公主。好嘛。无非抛撒一枚带响的钱币嘛。文成公主入藏图上面所有人的脸都是红彤彤的。松赞干布的脸自然也是红彤彤的。他的脸当然应该是红彤彤的。娶亲嘛。喜事嘛。图上再现了汉藏两个民族开天辟地首次联姻的喜庆盛况。大红大绿。五颜六色。可能跟今天汉藏联姻的颜色有所不同。可能不同也可能相同。不同会怎样。相同又会怎样。为什么不同。为什么相同。小精灵在一旁打断了我的思路。他想向我解释什么。我不大满意地说我知道了。他就不说话了。那就什么也别说。只管游。

　　咦——来自北京的一位诗人也在这里游。诗人泗涕滂沱就残忍出"伏在布达拉宫的金殿上，才想起早就该来亲吻她的胸膛"这样的"皮"。小精灵要我也写首诗。我说我不会。他说他不信。我说那是为什么。他说菩萨兵的儿子没有不会的什么。我说那可不一定。他说就为他的小姐姐写两句。我说那一定。他就拉着我玩了命地游。短短几天，我们游了大昭寺、小昭寺、色拉寺、蚩蚌寺、尼姑庵，还游了太阳岛、龙王山、罗布林卡和八廓街。累死人。我说我缺氧了。他说那你以后可以拿"缺氧"到哪个报刊去"反应"。我就不说话了。那就什么也别说。只管……反应。

　　游八廓街那天是个星期天。她高高兴兴地跑来找到他和我。我们在八廓街里用手摸了一万件古董藏器。只能摸。太贵。我们还照了一万张大红大绿的彩色照片。至今我还记得我们照的最后那张。那是我跟她在一家尼泊尔商店门口的合影照。遗憾的是我跟她只照了这么一张。我还想照。没好意思说。很假。当时她说要把照片寄到北京给她父母看。还要寄到成都给她的孪生妹妹看。她说她妹妹就在成都军区总医院。我心里叮嘱她不管往哪儿寄都千万别把那张合影照给漏掉了。结果还是漏掉了。最后的那个胶卷她根本没安上。她后来为这哭了有一万个胶卷那么长的时间。她说都怪她安胶卷的动作过于快。还说她没出世动作就有那么快。那时她先穿好裤子就从她娘肚子里跑出来。她父母夸她动作敏捷就给她取名叫姚敏。她妹妹动作缓慢就取名叫姚缓。她不断落泪还不断地道歉。我安慰她说彩色照片大红大绿的不好看。她问什么颜色才好看。我说有种白色最好看。可是到处大红大绿简直没有什么可以看。她和他就立刻把脸变成惨白，怪吓人地愣着看我。我说我不是那个意思你们别这么看。

这时后面凭空冒出几个金发碧眼的老外也跟着我们游。老外很有脾气地买了一万件古董藏器，还照了一万张彩色照片。我寻思也买点什么寄给她的父母看。咬咬牙摸了一万个什么，也没摸到便宜的什么买。就见迎面悠然而来一位手持转经筒的藏族老太太，身后还跟了一群肥羊。我就问这羊可不可以一次性地减价卖。他赶紧捏我一把告诉我说这是万万不可以的。我问为什么。他说这些羊是误吃了神山的肠子前来向菩萨请罪的。我问神山在哪里。他说西藏的每座山都是神山。

我问神山的肠子是什么。他说神山的肠子是虫草。我问人要吃了虫草会怎样。他说那也得看是什么人吃。我说什么人都可以吃。他说好人吃了会消灾消难。坏人吃了会烂掉肠子。我问为什么。他说菩萨兵的儿子应该什么都知道。我就没话说了。那就什么也别说。只管回。

兄弟兄弟，还有什么可说的。我是菩萨兵的儿子。

我想我可能是爱上她了。我爱她。

这天晚上我们喝了一万口啤酒。她要我喝一杯我就喝一杯。她要我再喝一碗我就再喝一碗。她要我还喝一瓶我就还喝一瓶。我和她跟他一起喝。就在她那间小小的寝室里喝。喝得高兴……完了。简直高兴完了。为他的生日举杯。为她的反应举杯。为我喜爱的那种白色举杯。痛饮。痛苦地饮。

这天他满十八岁。

幽蓝透明的巨大天幕上有一轮太过的大月亮。月光洒在屋里的大鱼大肉上。怪美。她说这些东西比八廓街的所有东西都便宜。没有什么比这更便宜,不花一分钱。她从第一食堂摸来的。他说他本来想从第二食堂也摸点来,可是第二食堂的东西比八廓街的所有东西不便宜。要花许多钱。那就什么也别说。只管喝。

他喝酒的动作怪讲究。还洗手。他拿右手的无名指蘸了少许酒,朝空中弹了一下又一下。共三下。说是敬天敬地敬水神。她就跟着学。挺像。我也跟着学。不像。我觉察到,他生气了。生气的原因很简单——菩萨兵的儿子应该懂得藏人喝酒的风俗。我知道,这是出于他对我的爱。在他眼里的我,不是普通的凡人。藏族人对恩人的情感如透彻而深邃的天宇。也许当我父亲救活他的那天起,就注定他对我父亲超出了父子间的那种感情,而对我,则超出了兄弟间的那种感情。我为我不是他理想中的菩萨兵的儿子深感内疚,怅怅地喝酒。他从怀里掏出一挂五色幡。缄默无语。我们喝酒。

我还记得那挂五色幡是系在一根羊毛捻的绳子上。已经褪了色。有股什么味儿。说不清。五块布的颜色依次为蓝、白、红、绿、黄。我说这颜色不同那意思肯定也不同。他不住点头就敬我一杯酒。我很感激就敬了他和她每人一杯酒。我和她问五色幡的五种颜色是什么意思。他说那是表示蓝天、白云、红火、绿草和黄土。我们一起举杯干了一杯酒。我和她问五色幡上写的经文是什么意思。他说那是一首世人无法知晓的赞美诗。我们一起举碗干了一碗酒。我和她问五色幡被牧人视为神灵是什么意思。他说因为那是虔诚的人们向上天传达祝福和感激的神旗,也是保佑好人平安和幸福的灵旗。我们一起举瓶干了一瓶酒。她哭了。他也哭了。我也哭了。我们都哭了。

我们的泪水洒在了酒里。

他和她在草原上。他悲伤地抱着刚刚出世的小精灵，软软地扑在了她软软的身上。阳光蒸腾起草地上的血腥味儿。几个牧人围在那里。几百只羊围在那里。牧人们的眼圈红红的。他们都说要是她的父母还在这里就好了。可是她的父亲已经带着她的母亲走了。到拉萨求菩萨保佑女儿心爱的"金珠玛米"消灾消难不受处分去了。羊的眼圈红红的。它们都说要是五色幡把睡着的菩萨唤醒就好了。这样她手里攥着的五色幡就凄厉地唱起了歌。一支纵情流淌着万千难言之隐的无字歌……

哦，会唱歌的五色幡。神的灵旗在召唤一个藏医。可是那个藏医正领着他的妻子在风尘仆仆的路上磕着长头，往一座金顶熠熠的城堡去了。不肯回头。这是我在有我父亲墨迹的那份材料上读到过的。

那是这一带颇有名望的一位藏医。很优秀的藏医。而且是一位赛马的好手。曾驯养了一匹神奇的枣红马。草原口碑传扬。那位藏医具有人类早期蓬勃的想象力。能把科学与荒诞最为合理地融合在一起。这里所有的金、银、铜、铁和珍珠宝石，还有人参、当归、贝母、虫草什么的，只要到了那位藏医的手里，都能把人修理得浪漫辉煌。更令人不可思议的是那位藏医会施展巫术。能从指甲上端祥出一个人的前身、今生和来世。可以让不该死的人死而复活，让应该死的人灵与肉分开。当年有个军医去边防巡诊路过那儿，突然肚痛难忍，昏死过去。一匹枣红马风驰电掣地驮着那位藏医赶来。藏医口念咒语手舞足蹈，然后用嘴在军医的肚子上如此这般地吸了一番。军医苏醒过来就见藏医手里展示了两颗石头。一颗红的，一颗绿的。藏医还教了军医一些藏药的道道，只有巫术不肯教。说是祖传秘方严禁外传，必须守口如瓶方能保持巫术的法力。

在那个充满仙气的一览无余的大草原上，早期人类有关万物皆有神灵的原始意象虽因历史演替多少改变了某些形象，但仍万变不离其宗地源远流长地传承至今。这是我在我父亲的头上读到过的。

我说我还精心收藏着一红一绿的两颗石头，希望有朝一日能还给那个藏医。她深表同意就提议，为那个藏医——小精灵的外爷干杯。他慌忙说，小哥哥和小姐姐，这是不可以的。我说，我父亲可没忘那个藏医。她就硬递给他满满一碗酒，我真想吻她的手。他半信半疑地把酒干了，红着眼说，他真的从来没有听阿爸阿妈讲过外爷救军医的故事。他不相信有那个故事。他哭了。她也哭了。我也哭了。我们都哭了。

我们的泪水流在了酒碗里。

他和她在草原上。他静静地抱着静静的小精灵，静静地躺在她静静的身上。阳光蒸腾起草地上的血腥味儿。十几个牧人围在那里。上千只羊围在那里。一个军医乘一辆北京吉普去边防巡诊路过那儿。军医用手在她肚皮上如此这般地修理了一番，然后用嘴在小精灵的嘴上如此这般地吸了一番。小精灵一声惊天动地的号哭把草原搞得灿烂辉煌。风和雨领着雪从遥远的天际簇拥着赶来，跟高兴过了的太阳一起，各司其职地记录下人间巫术的无边法力，企望将来有一天揭开这个藏北的奇谜。

那个军医用听诊器对在场的每个人和每只羊作了耐心的宽慰，还留下了一个盛满美酒的军用水壶和一个闪闪发光的红色帽徽。十几个牧人和上千只羊朝远去的北京吉普行着注目礼。一挂在阳光下闪耀在雨雪中轻飐的五色幡就瑟瑟猎猎地唱起了歌。一首古往今来人间悲欢离合的无字歌……

哦，会唱歌的五色幡。神的灵旗记录下一个动人的故事。从此，那个军医和他留给草原的大红大绿一起走进西藏的传奇中。如今那里的一万个目不识丁的说唱艺人能绘声绘色地将那个故事发挥一万个时辰。听众不厌其烦。这是我在有我父亲墨迹的那份材料上读到过的。

他说他的父母还精心收藏着一红一绿的帽徽和水壶，也有可能已经在另一个世界还给了那个军医。她深信不疑就又提议，为那个军医我的父亲干杯。我拿手捂住碗，说，小弟弟和小妹妹，这是不可以的。他说，他的阿爸阿妈要他不忘那个军医，今生不能报答恩人，来世也要报答。我捂了脸说，那个军医后来成了家庭医生，已经不在人世了。

她伏在了我的肩头。他启开一瓶酒，洒在地上……

他和她在草原上。他们搂着小精灵。小精灵扑在了他们的身上。他们知道"本哨所收党费是不能允许的"以后，仍然去很远很远的牧场去拾干牛粪。仍然去。

阳光蒸腾起淡淡的蜃气，在地表袅袅上升中作疾速的摇曳流动。托起远山。蜃气被一万匹披红挂彩的马踢散之后，就见草原动作太快地梳妆打扮。一万顶蓬蓬簇簇平地而起的大帐篷上绘着吉祥图案，让一万个羞羞答答很有情况的小蘑菇都不敢随随便便地相亲相爱。太过的蓝天在这座帐篷城上方无穷无尽地伸展过去。一万面彩旗和五色幡跟一万个彩人彩马把人照耀得眼花缭乱。

哦，大红大绿的大草原。五颜六色的赛马会。

藏北牧人最隆重的节日当数赛马会。谁都知道赛马就是骑在马上看谁跑得快。但是牧人对这个节日的浓厚兴趣千年也不会变。马的主人炫耀自己光荣生存的心理就在赛马场上一应体现。一年之中出人头地的机会仅此一次且奖品可以当场兑现。虽然并非人人都能参赛人人都能得奖，但人人都说自己可以参赛可以得奖。所有人都毫不掩饰自己的得意之态。剽悍英武的骑手常常把大红大绿的姑娘激发得溜溜转。马主人的地位不如马的高贵也心甘情愿。每匹马的命运都让牧人的感情涌起波澜。一匹马要获了头奖立时跟它主人一起名扬天下并传颂万代。牧人们对历史上有过或者没有过的名马可以如数家珍地数落出来。再狡猾的倒马贩子都会扼腕叹息这儿的好马金难换。不谋钱财的说唱艺人云集这里最让人感慨。这些艺人向忠实或者不忠实的听众把有的或者完全没有的故事娓娓地道来，一直唱到没了听众就不思饮食地自我陶醉下去。

赛马会的内容和形式不拘一格相当有韵味。有时骑手们在赛场里面纵横驰骋东奔西突很长时间都不下场，把观众扰得天旋地转。经验丰富的"马迷"们便知道该场比赛不计时间不计名次，就骑牦牛和马比赛，把赛场闹得天昏地暗。赛马会上除了赛马还有其他的比赛。跳高、跳远、跳绳、拔河、举重、藏牌，还有赛跑和射箭。尽管这些项目只是娱乐不算成绩，人们还是通宵达旦地尽兴比赛。最精彩的舞蹈比赛是看哪个舞队先把鬼神请下界。那天有个专业舞队且歌且舞就真把鬼神请下界。人和鬼神平起平坐一起歌舞还喝了许多酒。赛场中央的焚香台就由青转为红。一个席地而坐的红衣喇嘛急急诵念"唵嘛呢叭咪翁（六字真经的译音）"还吐了一口红色的痰。辽远的天边就有了一点红。红点由小到大竟然是匹马。人们群情鼎沸成了一片红。此起彼伏的"扎西德勒"（藏语：吉祥如意）比哪年都叫得响。

有人抬来一面直径为一米五左右的大鼓，竖在红衣喇嘛跟前。红衣喇嘛手执鼓钹重击大鼓一下，全场霎时清风雅静。就见红衣喇嘛闭上眼睛开始唱诵似歌非歌的经文。其声犹如低沉的洪钟，集结了脑、鼻、胸腔、腹腔、丹田，以及灵魂的共鸣。

在赛马场的主席台对面，扯起了一幅深红色的帷幕，从那里走来两个戴着裸露着牙齿的白色面具的少年，手里挥舞花棒，象征性地驱赶围观者，并在场地中央画了一个神圣的三角符号。红马极傲慢地走至三角符号里停住，高昂头颅，甩尾抖鬃，显示了作为神界之徒的优越感。岂料藏族人当中不乏降妖镇魔的能人，只见一个藏医装扮成"鹿神"，戴着模拟鹿头的面具，正气凛然地上场了。随着坚定硬朗的"咚嚓咚嚓"的鼓钹声，"鹿神"和红马摆开了征服对方的架势。众人屏息凝神，拭目以待即将展开的搏斗场面。没想到红马掉头就跑，眨眼间跑得无踪无影。不大功夫，红马便驮着一块大石头跑回来了。大石头是西藏著名的扎多石头，没棱没角重达千斤半。红马将石头驮到赛马场时不吁不喘仍然跑得风一样快，绕场一圈将石头撩在地上，然后神气十足地走到藏医跟前。藏医来不及跟红马计较什么，摘下鹿头面具，憋足了劲，拦腰将扎多石头抱起来，艰难地挪了几步，伏下身子从地上捧起两个被砸得变了形的小蘑菇，悲戚地离开了赛马场。

红马耷拉下高贵的头，为自己在人的面前炫耀神力而羞愧不已。它像突然间失去了控制，倒地狂滚乱蹬，扬起的尘土使天色发暗。红衣喇嘛赶上前来对红马说，"你的心灵蒙上了人间痛苦的尘埃，你已经不再为神，你将为此悔恨终身。"红马平静下来，躺在地上想了想，说："我愿意永远享受人间痛苦。"红衣喇嘛说："如果你要返回神界，除非有一天扎多石头能给草原上的牧民解除一些苦痛。"红马翻身跃起，点点头，朝远去的藏医飞奔而去。

从此，红马在赛马场上给藏医争来了一个又一个的荣耀。人们给红马起了个响亮的名字——赤灵萨巴。举扎多石头也被列入赛马会的传统比赛项目，沿袭至今。

哦，大红大绿。绿色的草原和红色的神马。

关于这个赤灵萨巴的故事纯属虚构，是我们三人游八廓街时听一位说唱老艺人唱的。不过，确实就有一个关于赤灵萨巴和它主人一家人的故事。藏北草原口碑传扬谁也不乱讲，这也是我在有我父亲墨迹的那份材料上读到过的。

他和她领着小精灵在草原上拾干牛粪。他们忘了赛马会。

淡淡的雾气在悠悠地散开。远方的云影、山影和湖影绰绰约约。一群群的藏羚羊、野驴、野牦牛在信步游荡，时隐时现。草山草滩颠连一气，延伸到绰约的云影中，茫茫地融为一体。视野逐渐开阔辽远。被牧人称作"豌豆湖"的湖群星星点点地撒在草地上。天际在扩张，地平线在后退，拾牛粪的人在无限展开的巨大穹窿之下，宛如三粒小小的黑芝麻点儿。

　　他们每拾一块干牛粪都要凑在鼻子底下嗅一嗅，然后有的扔掉，有的装在麻布口袋里。他们能从每块干牛粪的气味和形状辨出它的质地优劣。到了冬季雪封山的时候，这些分文不值的干牛粪就会成为价值连城的黄金。高原的冬季不理会"是不能允许的"。没用多长时间，干牛粪已经装好了满满的四麻袋。夏季的牧场不缺这样的黄金。但是他们从家里赶到这儿，却步行了三天时间。累，坐下来休息，就着清凉的豌豆湖水吃干粮。耐心等待偶尔路过的牧人。只要见到牧人，他们就可以不费口舌地借一头牦牛，帮着把干牛粪运回去。那里的每个牧人都乐意做这种善事，从不担心自己的牦牛会不会丢失。牧人在财产上的"缺氧"气度，是精打细算惯了的内地人无法效仿的。

　　雾气散尽之后，广大地域的景物清晰可辨。呈放射状通向四方的荒野之路细微可分。远处的一个湖畔河边，正聚集着准备继续赶路的驮盐羊队。不一会儿，上千支羊角攒动。驮羊晃动起灰黄苍茫的身影，步履艰难地哼哼着往一条漫漫的驮运路上去了。湖边横倒着一片奄奄待毙的驮羊。这些驮羊背上的毛已经磨光，皮肉也已溃烂。有的挣扎着试图站起来。站起来和倒下去的都久久地凝望着前方那犹如长城的一列……惶惶的羊铃急甩在草原的心上。

　　不等驮盐羊队走远，早已观望多时的各种草原野生动物就迫不及待地涌到湖边饮水。在这种时候，再凶野的动物也不欺负那些孱弱的动物。每个动物的表情都很安详惬意。连那些最心硬的猎手也在这里抬不起枪，捡块石头放在插了五色幡的玛尼堆上，朝那个方向跪下来，磕个头就走。在这里，大自然与人类之间达成了某种默契，沟通了灵魂。无可挑剔。

　　一个红点悄然地出现在湖边。小精灵惊奇地指给他和她看。他说那是匹野马。她说不。不是野马。是一匹赛马。真正的赛马。她说她不会认错。不会。死也不会。她疯了似地朝那个红点扑过去。又哭又喊地扑过去。扑过去：

赤灵萨巴——

赤——灵——萨——巴——啦——

那个红点晃晃颠颠地朝这边来。很久很久才跟她凑到一块儿。红点是一匹枣红马。是她父亲的赛马。她从小就喜爱这匹马。她视这匹马是神马。神马原想驮着主人去拉萨，主人却不肯，硬是磕着长头往拉萨去了。神马就伤心地往草原深处去了，去了，不愿见人。眼下的神马已经全然不似神马。一匹残废的马。马跛着一条腿。毫无光泽的毛稀稀落落。马身上一片癣斑泥点。肋骨历历可数。肮脏的缰绳还缠在马头上。当年在赛马会上气宇轩昂的姿态荡然无存。她跌跌撞撞地扑过去一把抱住马的头，挥舞拳头狠狠地连连砸着马脖子。哭着，笑着，叫着，喊着，骂着，亲吻着……她爱过而又失去的马：

你死哪儿去啦，死哪儿去啦，哪儿去啦，去啦呀……

枣红马忍着一条伤腿的疼痛，四蹄尽力支撑着摇摇晃晃的身体，海洋般的眼睛里滚动着晶亮的东西，滚动着……它爱过而又失去的人：

怎么啦，怎么啦，拿去吧，随便吧，再重一点，重一点，再狠一点，狠一点……

他和小精灵一前一后地跑过来，好容易劝住了她。她松了手，撒腿朝一边跑了几步又一下跪在地上，高擎着一挂五色幡，像高擎着一团五色的火焰，仰天迸出嘶哑的哭喊：

阿爸啦——阿妈啦——

他和小精灵也跪下来，加入这个声音：

阿爸啦——阿妈啦——

爷爷啦——奶奶啦——

他们的身躯在五色的火焰中燃烧，他们的灵魂在五色的火焰中扭动，他们喊作一团，哭作一团，抱作一团，扑在了流着长泪的马身上，脸上满是泪珠。

……

可是她爱他。爱他胜过爱枣红马。他也爱她。爱她胜过爱儿子。她把装满干牛粪的麻袋搭在马背上，然后把小精灵也抱上去。他把小精灵又抱下来，背在背上，然后用手托着马背上的麻袋。她也托着。就这么上路了。仍然去那个"是不能允许的"地方。仍然去，就这么去了，去了，去一个他们爱过而又失去的家。

远处传来驮盐人的歌声。把晨曦中的草原活泛起来的歌声萦绕在天地，时而突兀高亢，时而低沉浑厚，凄切感人。

> 我从家乡出发的时候，
> 我驮盐人比菩萨还美。
> 当走过荒凉草滩地带，
> 我驮盐人成黑色铁人。
>
> 我从家乡出发的时候，
> 我身穿美丽的羔皮衣。
> 当历尽艰辛赶到盐湖，
> 我皮衣变成无毛靴底。
>
> 我从家乡出发的时候，
> 我脚穿配彩两层底鞋。
> 当走过岩石累累的山，
> 我彩鞋像竹编滤茶筛。
>
> 我从家乡出发的时候，
> 我赶着羊子千千万万。
> 当走过无草无水之地，
> 我可爱的羊纷纷死去。

> 我从家乡出发的时候，
> 我花袋装满酥油肉茶。
> 当步履沉沉踏上归途，
> 我驮盐人吃草喝雪水。
>
> 我从家乡出发的时候，
> 我亲友唱起送行的歌。
> 当独行在茫茫风雪中，
> 我苦思着家乡的亲人。
> ……

　　他们在驮盐人的歌声中走着。默默地走着。跟了枣红马走着。走着。战栗的马蹄跌撞在草原的心上。当歌声消失以后，他们发现枣红马把路走偏了。前面是赛马场。她拽住马缰想调方向。枣红马固执地朝前迈步。他的手搭在了她的肩上。她松开手。他把麻袋从马背上卸下来。她把五色幡搭在马的脖子上。他们用豌豆湖水把小精灵从头到脚洗了一遍，然后把小精灵搁在了马背上。马一边嚼着他们摊在手掌里的干粮，一边朝不远处的赛马场观望。他们爱怜地看着沉浸在怀念昔日荣耀的枣红马，说不出一句话。那就什么也别说。只管去。

　　赤灵萨巴。

　　驮着小精灵的枣红马刚一步入赛场，许多观众一下喊出了它的名字。人们原传说赤灵萨巴在它主人销声匿迹之后，就不吃不喝，去藏北无人区里修炼成了一匹真正的神马。现在人们亲眼见到形容憔悴的赤灵萨巴，不免自嘲地笑了——哪有这样的神马。

　　昔日号称群马之冠的赤灵萨巴厄运已定，不会再创造什么奇迹了。可是赤灵萨巴却已经站在了起跑线上，不等裁判的号响就开始跑了。为了主人救治军医的殊荣跑。为了主人女儿一家人的幸福跑。为了久违的赛场和观众跑。不是跑。是走。走着。一匹匹赛马从赤灵萨巴身边一闪而过，腾起团团尘土。赤灵萨巴从未尝过这种滋味。观众响亮的哄笑声和尖利的嗯哨声包围了赤灵萨巴。可是赤灵萨巴却旁若无人地继续走着。她咬着嘴唇冲进场内一拳砸在马屁股上。他也赶上去把小精灵从马背上抱下来。赤灵萨巴终于开始跑了。她和他在马的两边护着跑。小精灵"呀呀"地拉着缰绳在前面跑。赤灵萨巴豁出去了。竭尽全力地跑。摇摇晃晃地跑。偏偏倒倒地跑。步态踉跄地跑。观众不出声地瞪大了眼睛看着他们跑。一位说唱老艺人抱着牛角胡琴坐在老远的角落里，一遍又一遍地演奏着一支单调而动人的旋律。牛角胡的声音嗡嗡嘤嘤地哽咽着，揪痛了观众的心。英雄的末路比英雄的凯旋更震撼了观众。观众纷纷跳到场内簇拥着他们跑。跑完一圈该跑第二圈的赛马都不出声地跟在后面。赤灵萨巴大汗淋漓，黯然神伤自顾自往场外走。那里有个说唱艺人正拿一个军医使一家人死而复活的故事自己在跟自己唱。赤灵萨巴昕着听着"扑嗵"倒下来，口吐白沫抽搐着，抽搐着，渐渐不动了。夕阳般的眼睛木然地凝视着纤尘不染的天空。久久地凝视着。不肯闭眼。

当然不肯闭眼。为享受人间痛苦而来，为享受人间痛苦而去。将人间痛苦尽收眼底，带到天国。然而没有谁真正享受到人间痛苦的欢愉，包括万能的神在内。那就闭眼吧。

他们得到了一个红色的奖品———只涂了红色广告颜料的小羔羊。

小精灵在一片欢呼声和泣哭声中莫名其妙地搂着红色羔羊。紧紧搂着。她和他拨开人群去取装满干牛粪的麻袋。麻袋不见了。只有一个巨大的扎多石头赫然躺在那里。她和他面面相觑。几个力大过人的汉子试着摸了摸扎多石头，没有谁奈何得了。人们就说这是菩萨显灵，示意她和他不要再去拾干牛粪了。可是她爱他。她说仍要去。他也爱她。他说去拉萨，如能平反就给她找个工作。她说不平反不工作也该去拉萨感谢救命恩人。小精灵问救命恩人是什么东西。她说是菩萨兵。他说不是菩萨是军医。她说不管怎样藏族有句话叫知恩图报是良医。他们用清凉的豌豆湖水把羔羊变白以后就往拉萨去了。

小精灵病了。发烧。她举着一根虫草端详许久也没往小精灵的嘴里搁。他说再去附近山上挖一点。她说神山的肠子不可以挖。他说那也得看给谁挖。她就跟他上山帮着挖。挖着挖着突然她脸色发青地不敢挖了。他们挖到了一根一尺长的大虫草。大虫草散发着馥香而温热的气息，通体透明，柔软的足腕和肢节的连接部位清清楚楚，会伸缩，会蠕动，宛如蛇的脑袋上面伸展着一大把苍劲耸然的胡须。他说这是一根举世无双的虫草。她说这是一根能要神山命的肠子。他爱她。

他把那举世无双的虫草埋回原处就往山下走。她也爱他。她下了山，又折回去挖那根神山的肠子。找不见了。不管是虫草还是肠子，反正不见了。于是，他和她像突然间得到了神灵的某种启示，便掏出五色幡跪下来祈求神山保佑小精灵消灾消难。果然，小精灵的病好了。烧退了。从这时候起，她和他就改步行为磕长头往拉萨去。小精灵抱着羔羊蹒蹒跚跚地跟着他们走。他和她合掌举过头顶，降至鼻尖、胸口、身体迅速前扑，双臂前伸着地，划一记号，起身，跨两步到记号处，再重复同样的动作。他不大会。不习惯。可是他爱她。跟她学。跟她做着一样的动作，跟她合着一样的节奏，前行。

不知那漫漫长长的路到底有多少里，他和她就这样用身体丈量过去。一点点地丈量过去。手掌和膝盖都磨破了。可是他爱她。她也爱她。他们把圣洁的爱扑在了圣地的胸膛上。

> 辽阔的草原。
>
> 三个芝麻点。
>
> 巍峨的群山。
>
> 起伏的身影。
>
> 清亮的湖水。

晶莹的汗水。

耀眼的白雪。

殷红的膝盖。

走着，磕着，起伏着，蠕动着，头把大地叩击得隆隆回响……

他们找到那个军医的时候天上正下雪。不是腊月雪。九月雪。跟往年差不多，下雪的同时还能见到不很刺眼的阳光。军医无论如何不肯收他们的羔羊和虫草。他说礼轻情意重。军医说情重礼也重。她说不收礼物情意也不重。军医就感动地说只领情意是可以的，但收礼物是不可以的。一个医院领导路过此地就很生气地说收彩礼是不能允许的。小精灵在一旁插嘴说不是"彩礼"是"可以的"。领导解释说"可以的"就是"不能允许的"。她跪下来说"不能允许""可以的"是不会起来的。羔羊不懂什么"不能允许可以的"就叼了虫草要想回草原。她一急就抽出小藏刀把羔羊戳成了鲜红……

军医用了许多正宗医道和民间手段也没能使羔羊由红转为白。她把所有虫草都塞到羔羊嘴里也没能使羔羊由红转为白。军医哭了。脸上挂满泪珠。领导说军医不讲科学相信迷信是不能允许的。不走红专道路走白专道路更是不能允许的。降职使用由主治医生转为家庭医生。她哭了。他也哭了。小精灵也哭了。

他们用泪水就着雪水把羔羊擦洗了一遍又一遍。无论怎样洗怎样擦，羔羊仍是红彤彤。雪地上一行深浅不一大小不一的脚印蜿蜒着远去。他们去寻找一个"可以的"地方。去寻找一个人类情感的避风港。他们去了寂静而辽阔的大草原。去寻找一个永远风平浪静的湖畔河边，那里有驮盐羊队的自由之路。不知道在那里是否能让心灵常泊一片宁静之海。不知道。然而他们去了，唱着，笑着，哭着，去了，频频回头。

他们的泪水融化了雪。

太过的九月雪把太过的月亮残忍地遮没了。他说他没见过这样大的九月雪就从嘴里掏出一杯酒。我说我没读过这样大的九月雪就从胃里端出一碗酒。她说她没听过这样大的九月雪就从肚里拎出一瓶酒。可是我爱她。我要她接着喝。他也爱她。他不许她喝。我和他扶她上床躺下后就去门外看雪了。

记得地上的积雪还不算厚，但远远近近的景物已经被雪覆盖了。雪花纷纷扬扬，紧一阵，慢一阵，停一阵，再紧一阵。他出神地望着远方逐渐变得灰白的山影，山腰上搁了两个闪着哀怨眼神的豌豆湖。我把手插在积雪里，我想体验出我父亲头上的感觉。没有感觉。我的手在不在雪里都不知凉了还是热了。我浑身发木，头晕，想吐。可是我突然间有了跟诗人一样的感觉，就作了一首诗。诗的内容记不起来了，大概是"才想起"那类。我即兴朗诵给他听。他好像不很喜欢。我说是送给她的。他拥抱了我，劲很大。我被他搡回寝室里，他要我立即把诗写在纸上。忘了当时我和他进屋之后插门没有。好像插了。是他插的。如果他不插门就好了。不对，如果我不给她反应那首诗就好了。也不对，如果他不喊叫那一声就好了。更不对，如果我……那个什么就好了。可是高兴死了的他什么也顾不得了。他把纸和笔软软地往我手里一塞就软软地趴在了桌上。我也高兴过了，什么也顾不得。我把纸和笔软软地往地上一扔就软软地坐在了她软软的床边。她没动。躺着。脸上红彤彤。我没有料到我竟然也有喜爱"红彤彤"的时刻。我忍不住吻了她的额头，接着开始反应我送给她的诗。她睁开宛如豌豆湖的美丽眼睛。我希望她的嘴里能发出赞叹的声音。她果然像我希望的那样微微启开了红彤彤的嘴唇，轻得不能再轻地吐出一个字。"屁"。我听不清是"屁"还是"皮"。但我认为从那两片可爱的小嘴唇里走出来的字应该是文雅的。应该是"皮"。肯定是皮。诗就是皮。我眼一黑，软软地那个什么了——栽在她软软的身上。

哎呀——

这个声音是他发出来的。是他。干嘛要那样神经质。简直讨厌。她用眼神制止了他，从被窝里钻出来要他帮着把我挪在床上躺好。

他不大愿意。可是他爱她。她是他的小姐姐。他也爱我。我是菩萨兵的儿子。他照办了。一阵急促的叩门声突然响起。来不及了。她还没从床上跳下来。她没出世就相当敏捷的动作不知上哪去了。顾不得了。我吐了。她蹲在床上拿枕巾擦我的脸。他也顾不得了，偏偏在这种时刻敏捷地拉开了门。我想撑起来。她按住，用飞快的眼神示意我"什么也别说"。

开门见山。一个风雪查夜的领导两个肩上一边扛了座雪山。领导一见屋里的情景就顾不得把雪山搬掉了。简直顾不得了。领导说她私自留人住宿是不能允许的。他说是他要我来玩儿的。领导说他夜不归营也是不能允许的。他结结巴巴地说是……可以的。领导问他为什么。他说她和我是他的小哥哥和小姐姐。领导说革命队伍称兄道弟是不能允许的。他说他的小哥哥是菩萨兵的儿子。领导说革命军人相信迷信更是不能允许的。她朝他断吼一声"什么也别说"就软软地栽在我软软的身上。

领导丢下一句"不给处分是根本绝对完全不能允许的"就摇着头走了。

他把我从床上拎下来。我迷迷糊糊听他问他的小哥哥爱不爱他的小姐姐。我说爱。他就脱掉上衣，光着膀子举着五色幡跪下来要我发誓。我发誓。他说要他的小哥哥永远让他的小姐姐幸福。我发誓。他说要他的小哥哥救他的小姐姐不受处分。我发誓。他说要他的小哥哥跟他的小姐姐结婚成家扎根西藏。我……不发誓。他哭了。她也哭了。我也哭了。我们都哭了。那就什么也别说。只管……发誓。

软软地发誓。

他把那挂五色幡送给了我。我说我读不懂那上面的经文。他说你总有一天会读懂的。我说我拿着有什么意思。他说那挂五色幡不同于其他的五色幡，是具有法力的五色幡，可以保佑好人消灾消难不受处分的五色幡。他说都怪他害了他的小姐姐和他的小哥哥就扭头走了。

我和她不知道他这一走还回不回来。知道的时候已经晚了。太晚了。可能晚了也可能不晚。可能。

屋里只有我和她。

姚——敏。我一遍遍地用牙齿切磨这两个音节，变了调的音节：要——命。这个豆蔻年华的北京姑娘值得我爱。值得所有的人爱。当然值得。在一挂神的灵旗下面，喔，我发过誓。可是姑娘，你千万别把这当回事。我的发誓只不过是由漫不经心的嘴角吐出的一支轻歌。软软的轻歌。要命的轻歌。要怪只能怪啤酒。奇奇怪怪的啤酒。我缺氧。可是姑娘，你能想见有一个女人要听了我的发誓那会怎样。会脸上挂满泪珠。那是我新婚不到一个月的妻子。也许妻子并不相信我的发誓，然而我，我和她告别时，她说她要每夜守在灯边不眠，为我祝愿，祝我不虚此行，无难无灾。她相信她求告的力量，然而泪珠，泪珠仿佛从小草坡上滚来的露珠，羞怯地摸索着我笨拙的膝头，在一挂神的灵旗下面没有反应的膝头，我爱，我不能，原谅我，姚敏，可爱的北京姑娘。

从床上下来，走近我。我和她缄默于满屋的啤酒气息之中。她以柔情的手把我架到床边，我靠在她的肩头上战栗，像个刚刚被人拾回来的遗弃婴儿。她对这个婴儿一无所知。婴儿没有乞求的心。不需要。她应该弃我而去。我在心里催促她这样做。她不。我绝望地感受到一个畸形的婴儿再不开口就永远不会说话了，纵然说出的话能让她骇一大跳也要说，必须说，实话实说。

"皮"，我说，是的，大灰狼皮，但不是来此地前就有的皮，是"才想起"的皮，然而两片如同被抽尽了线丝的嘴唇一下封住了我的嘴。"皮"，我不能不说，她没有泪珠的脸证明我没能把"皮"很好地反应出来，该死的"皮"，喔，她以不缺氧的牙齿咬了我倒霉的嘴皮，然后无可奈何地承认了我的"皮"。我说为啥要这样。她说因为"皮"，调皮，就算是调皮了一回。我说这种调皮是不可以的。她惨然一笑表示知道。我说明明知道为啥还要这样。她不吭声地看着窗户。

外面的那颗心，为了爱，为了对他的小姐姐和他的小哥哥的爱，宁愿在雪夜中消融。他的小姐姐居然对这种爱推波助澜，试图以她的嘴唇来掩盖我的"皮"。也许他看到这些就会满意了。然而我，留给我的只是一个悬而未决的"皮"。这个"皮"将把人折磨得不像个人，折磨成鬼怪狼杰也不一定，完全有可能。我曾在书贩子摆的地摊上读到过这种爱，结果，罪过。结症就在于"皮"。无论这"皮"源自男人还是女人，酿出的苦酒男女双方都得喝，不指望谁会帮他们喝。也许他会帮他的小姐姐和小哥哥喝。没用。一丁点儿用都没有嘛。苦酒一旦酿成，一切都无法挽回。悲剧。除了悲剧还是悲剧。可是他不懂这些，还傻站在那儿帮着酿苦酒，期待着我单腿跪下，向他的小姐姐奉送我的嘴唇，把一个"皮"化为一首情真意切的爱情诗。他以为这就是爱。盲目而高尚的爱。难道这就是我父亲从死神手里夺下的小精灵，没有灵气的小精灵，如果我父亲要看见这种情形。

看吧，看吧，请看吧，这下看清楚了吧。我粗哑的嗓音轰然推开了窗户。他从外面一步步地挪进屋来。顷刻间，屋子旋转起来，被子、毛毯、枕头、枕巾、毛巾……屋里但凡是不怎么带声响的东西飞起来，毫不容情地砸在他的身上。她干的。他站在一堆乱七八糟的东西上面，像是一匹马站在岩石上。好。悬崖勒马。都不说话。半晌，她大起大落的胸脯平息下去，就说她不怕处分，只怕她辜负了他的一片情意，伤了他的心。她埋着头，声音很轻。他也就埋着头轻声地说，其实小姐姐不爱小哥哥是可以的，小哥哥不发誓也是可以的，这事本来就是两相情愿才可以的。她说那他走了又回来是什么意思。他说他刚回宿舍就接到通知，医院组织了救灾医疗队，明天中午一点乘直升机去羌塘草原，那儿发生了大雪灾。他是医疗队的业余翻译兼专业炊事员。这是医院领导允许的。他是来向他的小哥哥和小姐姐报告这个消息的。她哭了。他以一张手绢为她擦泪。

擦她脸上擦也擦不尽的泪珠。她温顺地偎在他怀里，任他擦。他轻轻地擦，不住地擦，不带声响地擦。这种时刻不需要声响。可是这个寒气逼人的夏夜却偏要发出声响。吧嗒，吧嗒。不是叩门的声响，是窗户奏出的没人能听懂的音乐。泪珠听懂了。泪珠像一朵朵鲜花般的音符，绽在一条充满爱的小径上。吧嗒，吧嗒。他安慰她，也安慰我，其实小哥哥和小姐姐真的受了处分也不要想不开，再有什么想不开也千万千万不要去拾干牛粪来交党费。我哭了。兄弟兄弟，还有什么可说的。菩萨兵的儿子原来什么也没有读懂，完全什么也读不懂。我以我父亲临终时的姿势坠入茫茫雪海中。

翌日晨，雪停了。刺眼的茫茫一片让人不敢睁眼睛。一阵风把五色幡给带走了。五色幡在空中翻飞摇曳，带着一个善良的精魂。我突然间读懂了五色幡上面的经文，我以为我是读懂了。我以为那是一首诗，我以为：

　　　　系在羊颈上的细铃
　　　　惊醒寂寞的小旋风
　　　　驮盐人的歌
　　　　引我走进纵横交错的掌纹
　　　　从此，通往人间净土的路上
　　　　便有了我和她
　　　　苍凉的渴望

　　　　当猎猎瑟瑟的五色幡
　　　　扬起尸灰遮住
　　　　太阳，遮住金顶熠熠的城堡
　　　　我才怀着永远的敬畏和惊喜
　　　　猛然悟出雪域
　　　　无意遗下的那点启示

灵魂渐渐离我而去
于是，在羊圈栅栏下面
她以温馨的胸脯
抚弄我浸满血渍的衣襟
一声撩人心弦的叹息
从云雾中落下——
什么也别说

"皮"。扎多石头不住嘟囔还吐了一口白色的痰。辽远的天边就有了一点白。白点由小到大竟然是只洁白的天鹅。绿色的冰雕目瞪口呆就成了一片白。天鹅在空中悠悠地坠落，湿漉漉的翅膀艰难地起伏，试图逃出一片白色的误区。翅膀渐渐停住了，但伸展着。柔腻如葡萄的白色世界接住了它。它发出理解生命的一声悠长的悲鸣，积贮在宁静的白色池塘……

我醒了。我发现我的一只手在白色的被子里整理着什么，另一只露在被子外面的手上扎着输液针头。鼻子上插着氧气管。额头上枕着医用冰袋。白色的床边站满了不知什么时候变成白色的人。一个个白色人儿的脸上露出疲乏而欣慰的笑。白色的她示意我不要动弹。我问她小精灵在哪儿。她说昨晚他把我背到内一科以后就不见了。白色的领导说半夜三更失踪是不能允许的。她说不是三更是四更。领导说五更六更一万更失踪也是不能允许的，去灾区的飞机中午一更要起飞，这会儿已是中午十二更，这样无"更"观念的军人是简直不能允许的。我坐起来把身上象征无可救药的东西统统挥掉。领导要几个白色的人儿重新把我修理一遍。我不要。我说给她和他记处分是不可以的，我替小精灵在中午一更飞灾区是可以的。

随着一个"你缺氧飞灾区是不可以的"声音，门"砰"地开了。是小精灵。他像一匹受了伤的枣红马走进这间白色的病房。脸上红彤彤。大红大绿。绿色的军装和殷红的血。他的嘴唇肿得老高，衣襟上凝着斑斑点点的血，裤子的裂口处露着腿，枣红色的腿，马

中篇小说

腿，健，美，不说话，一只生满冻疮的手捏成红色的馒头，另一只
手严严实实地抄在裤兜里，像一匹毫不怯场的优秀赛马朝起跑线上
挪步，稳稳地挪步，自信地挪步，朝我挪步，使我感到了一道咄咄
逼人的寒光，来自他裤兜里的寒光，一把小藏刀的寒光，我笑了。
来吧。好汉。就这样。挥拳砸烂一个酿苦酒的坛子。舞刀划烂一张
大灰狼的狼皮。很好。屋子没有旋转起来。不带声响的东西也没有
飞起来。可是她爱他，爱她爱过而没有失去的人，她飞了起来抱住
他，挥舞拳头软软地连连砸着他的脖子，你死哪儿去啦，死哪儿去
啦，哪儿去啦，去啦呀……脸上挂满泪珠。

　　他爱她，爱他爱过而没有错爱的人，他拉着她一起朝我挪步，
不说话。就见他的手里展示了一把小……一根小虫草，一根泥土未
干的小虫草。我忐忑不安地注视着那根还熟睡着的小虫草。他告诉
我说，神山盖上了白色的被子，这样就只挖到了一根神山的肠子。
小虫草被他的话惊醒了，昂起怪可爱的小脑袋，柔美的身体忽隐忽
现，晃晃悠悠地忽大忽小，站在了我的眼睑上……

　　他爱我，爱他爱过而仍然爱的人，他以一张缀满话语的手绢为
我擦泪，擦我脸上擦也擦不尽的泪珠。我感激地靠在他的肩上，任
他擦。他安慰我说，其实小哥哥吃神山的肠子是可以的，他用阿妈
的一把小藏刀换神山的一根肠子也是可以的，汉族小哥哥在这里算
少数民族也是可以的，少数民族跟多数民族相亲相爱也是可以的，
再有什么想不开也不要把身体搞垮了。我哽咽着说不出一句话，那
就什么也别说，只管哭，兄弟兄弟，还有什么可说的，菩萨兵的儿
子实在是想把西藏的一切都读懂的呀。白色的领导以伤残的手指插
在小精灵卷曲的头发里，孩子，领导这样说，孩子，我们当领导的
拼死拼活地是为嘛呀，就为了你们这些个好孩子呀，多好的孩子，
你不责怪我是当然不能允许的呀。他哭了，她也哭了，我也哭了，
领导也哭了，白色的人儿都哭了。

　　数人同流泪——无数行。无数行泪珠化作无数条洁白的哈达，

披在了一匹万人称颂的枣红马身上，人们簇拥着枣红马往一块巨大的扎多石头去了。

天空出彩霞，地上开红花。好像那支歌里是这样唱的。记得我父亲就喜欢唱那支歌，只唱那一句，反复唱。后来不唱了，改用鼻子哼，只哼那一句，反复哼。我由此而断定西藏随处都能见到那样的风景。然而不。我眼前的风景与歌中唱的完全两码事。雪是早停了，天却板着脸，云青一块紫一块的，没有彩霞出现的迹象，地上开红花更谈不上。可见我父亲反复唱反复哼的不过是一种希望，对西藏怀有特殊感情的人才可能生发的希望，真诚而浪漫的希望，我父亲那一辈人就是凭着这种希望度过一个个艰难的岁月，流逝，希望没有成为现实，但这种希望还诱惑着下一辈人，再下一辈人，一种希望，一种理想，期待着，奋斗着，改天换地，生活，很感人很艰辛的生活，反复唱，反复哼，心甘情愿，或是轰轰烈烈地献身，或是默默无闻地永生，以各种方式在美妙的渴望中体验无数次真正的死亡。

我也有幸体验了一次死亡，就在这块圣土上，就在昨晚四更，死亡之神引领我窥见了另一世界的一角，白色的一角，还好，死亡之神赐我以美丽的白天鹅形象，我却不愿在那种白色中逗留，绝不，我要唱那支歌，只唱那一句，天空出彩霞，地上开红花，反复唱，像我父亲那样唱，不唱不行，一定得唱，早就该唱，跟我父亲一起唱，然而我才想起，是啊是啊，可能太晚了，可能。

不会有那样的风景。但那样的风景毕竟给唱出来了。一时间风景大变，变得美丽之极。内地人也许无法相信这种惊心动魄的天象。

难以想见东方天际骤然映现出一弯巨大的彩虹，是双彩虹，不是那种一道彩虹叠印出的双彩虹，是真正的双彩虹，双虹清晰，七色分明，虹的四端深深楔入南北方的雪线之下，仿佛不费周折就能从任何一端举步而上，款款而行。不知我父亲是否见过这样的奇观，但我父亲反复唱反复哼的肯定是这样的奇观，肯定是有无数人把那支歌唱了无数遍才唱出了这样的奇观。我为我父亲深感遗憾，不肯轻易示人的奇观竟然不为他展示一次。我愿意把西藏对我恩宠有加的这份情意让给我父亲，让给我父亲的那一辈人。他们为这一奇观苦苦地唱了一辈子，然而……我捂了眼睛不敢看，不忍看。小精灵说我缺氧了，他说这种奇观在西藏年年都能见到，肯定的。她点头，领导也点头，人们都点头。怪认真。这么说，我父亲和他那一辈人是见过这种奇观了，他们是见到了希望才喜爱那支歌，一个民族的希望，一片热土的希望。我睁开眼，重新抬了头，距我万丈之遥的双彩虹已经褪色殆尽。

那轮与世不同的太阳，那轮从未相许的太阳，那轮永不失约的太阳，那轮西藏对它永不设防的太阳，太阳，太阳从云缝中挤出来，就见远远近近的群山运动起来，东面的山峦凌空飞起，此起彼伏；南面的山峦蠕动爬行，互相碰了头；西面的山峦犹如一群暮归的动物，不紧不慢地择路而行。渐渐地，天空重见碧蓝，雪地熠熠烁烁，光彩夺目。

北面的山，那儿还下着九月雪。乌云压得很低，那方的山变得越来越白。我眼前突然凭空冒出一片大红大绿，雪地上开了一万朵鲜艳无比的大红花。不是那种海市蜃景，是穿了大红大绿潮涌而来的藏族人，自治区和军区的领导也在其中。他们给救护队的每个人献上哈达，递上青稞酒。我发现救护队的每个人都会"藏喝"，敬天敬地敬水神，怪地道，酒一下肚立时把人变成大红大绿，绿色的军装和红色的花。大红花戴在救护队员的胸前，把人辉映成红彤彤，军区领导亲自给小精灵戴了一朵比人大的大红花，她跑上去细心地修理那朵大红花，在他的领口上系了个结，死结。我跑上去把一挂五色幡搭在小精灵的脖子上，在他的胸口上系了个结，死结。我愿此生一百年，一百年有一百个这样的结。一匹万人称颂的枣红马在一块巨大的扎多石头跟前一闪即逝，赤——灵——萨——巴——

"黑鹰"直升机起飞了。我抬腕看表，"中午一更"。

　　赤灵萨巴驮起扎多石头跑了，飞起来跑了，越跑越快，越跑越高，一挂五色幡在扎多石头上翻飞摇曳，一个善良的，有灵气的精魂在空中朝遍地开放的大红花致意，无数朵大红花在雪地里高呼着跑，阵阵"扎西德勒"的欢呼声在天上人间遥相呼应，老远的一个大红大绿的说唱艺人举着酒碗，唱着一支祝酒歌朝这边走来。

　　这个由说唱艺人喉间低回的歌声，开始仿佛自远古而来的原始之声，雪地里的大红花随着这个歌声合掌至胸，热泪盈眶地加入这个歌声，歌声交融成海洋般的和声，恒久地响彻大地，摇荡人心。

　　比高原还要厚重的歌声征服了我，比文成公主入藏图还要美的图画征服了我，彻底征服了我。我遥望那挂迎着一片白色扑过去的五色幡，突然间读懂了那上面的经文。不知怎么就读懂了。真正读懂了。那上面的经文是一首诗。不是"皮"。是诗。一首赞美诗。只字不现的赞美诗。诗的具体内容我不能说。天机不可泄露。入乡随俗的原因。但稍微透露一丁点儿也许还是可以的。那首诗是一种信仰与精神意念的巨大力量，它仿佛是一个极致，令人企望而不可企及。或许正是那种力量使藏族人代表着整个人类顽强地坚守在那一片悲壮的高地，永永远远地向浩渺天宇中的诸神证明着人世间不乏善良和爱。

　　我想我是读懂了。可能读懂了。可能。不知道。有我父亲墨迹的那份材料在一个大大的砚台里燃烧。我祭我的父亲。我深爱他。爱他爱到不敢再读他的头。可是我爱他。西藏的人们，那些已死的，尚在的和未生的，他们不需要我错爱过的那种白色。不需要。可是他们爱我的父亲。他们说永远不会忘记我的父亲。永远不会。他们说了。是他们说的。听见吗，父亲。

　　我父亲的脾气很大，不肯回答我。

　　一块巨大的扎多石头压在儿子的心上，儿子在飞机上凭窗看那翻卷着的云海，太过的阳光把一望无际的云海修理得五颜六色，没有那种令人头皮发麻的白色，那种白色已经葬在了一个为儿子竖起的十字架下面，一大团白云抚弄着儿子，白云像团团棉花在往儿子的喉咙里塞，越塞越紧，越塞越紧，就这么，儿子的眼里有股滚烫的东西涌出来。

她眼里也有了跟我一样的东西，但仍是不说话，把我扶到我父亲的遗像跟前，我把一红一绿的两颗石头捧在手里，羞愧如菩萨兵儿子的血像潮涌起的洪水在神山脚下哭泣的喧响，父亲，我说，儿子将去你以毕生吟唱过的那个地方，永远去，和她，和你的儿媳妇一起去，答应儿子，听见吗，父亲。

我们去了……

原载《长城》1990 年第 4 期

兵子弟·子弟兵

哦，金黄
我永远的金黄……

——题记

我们已经长大了。那一天，在军区总医院的廊道里，她一眼认出了我。我们在长条椅上坐下来。她深埋着头，颤抖的声音沉没在濡亮的秀发里：不管怎样，我都要你原谅我，那时候我什么也不懂。

不懂什么？我不记得了。记忆中最清晰不过的只有那片金黄。那是一大块油菜地，就在西藏军区成都八一校门外。附近的村民百姓把这所学校叫成"藏八"。年年三月，那里总是金黄一片，后来就有了许多金黄的故事。

哎呀，快醒醒，你可找到睡觉的好地方了。小阿姨把坐在马桶上打呼噜的杨小刚抱起来，前额抵在他怀里连连摆动。杨小刚梦游似地嘟哝一句，我自己找到马桶了。

找到了就好。小阿姨把杨小刚放回床上，脱下他湿透的裤衩，照那羞怯不堪的小雀雀亲了亲，然后把寝室里的每张小床察看一遍，这才咯咯咯地扭着腰走了。

在杨小刚的印象中，似乎他的整个童年都是在潮湿中度过的。每天清早，小阿姨总是将一床床潮湿的被褥搭在院子里的铁丝上。这样，整个世界都洋溢着喜气的潮湿。终于有一天，保育院大班的孩子们背着手在院子里列成横队，听小阿姨怪可爱地偏着头说，今天你们就要去上学了。她顿了顿，竖起一根手指头。想想看，如果当了学生还尿床，别人会怎样瞧你呢？

对于经过充分培养教育的孩子们来说这实在不算什么问题。他们一个个冲着浸了黄色液体的被褥齐声反复呐喊那支儿歌——

羞，羞，不要脸，没有鼻子没有眼……

小阿姨笑了。笑着笑着，她把脑后那根又黑又长的辫子抓在手里揉着，眼泪扑扑地。

来接他们的老师叫陈朝秋，他们不怎么喜欢她。小阿姨已经站在汽车下面挥手了。那个会做很多很好吃的点心的小毛师傅也站在那儿笑眯眯地挥手。杨小刚想哭，可又忍住了。汽车刚启动，"小阿姨再见。"立时，车厢里面哇哇地。

哭得最起劲的当数王莎莉。她的哭往往可以保持很长时间，并且两条腿可以把哄她的人蹬得眼花缭乱。她在拉萨一生下来就患有先天性心脏病，她的皮肤极白，额头上那些宛如蚯蚓的小血管清晰可见。杨小刚好几次想用大头针把那些小血管一根一根挑出来细看。

王莎莉出溜到座位底下，车厢里的伤感情绪进入高潮。陈老师愁死了，突然一指车窗外面，呀——同学们快看呐！

没有什么好看的，除了庄稼地还是庄稼地。大家却看得很认真。陈老师怪得意。过一阵，有值得看的了。是修路的，由背枪的军人押着。钟高原忍不住了，就问，修路的也归解放军叔叔管？陈老师说解放军只管坏人。张小飞很奇怪，阿姨也有坏人？陈老师头一偏，当然有。乔高原皱了眉头，怎么会有那么多坏人？陈老师说坏人没有好人多。王莎莉问一个非常具体的问题，在马路边尿尿对不对？陈老师一愣，嗯？崔善美紧接着问，要是好人也那样呢？陈老师笑笑，不答。大家看得很清楚，有个好人在撒尿，是解放军。

杨小刚吮着清风睡着了。寻找厕所。焦急死。小阿姨又在亲他的脸，亲他的小雀雀。他喜欢。来到世上六年了，还没有别的谁对他这样过。

注定潮湿的他，枕一车金黄色的梦。

生活老师叫田丽萍。杨小刚看她看得很出神，怎么有比小阿姨长得还好看的阿姨？她教同学们一支歌：啦啦啦，我多么高兴，因为我是一年级的小学生……

多么高兴的一年级小学生参观校区风景。大操场，草绿绿的。田老师退着步喊：往这边走，队形不要乱了。嗳嗳嗳，那位同学怎么啦？

没怎么。只是有匹黄马正沉浸在遐想之中，充分展示它的那个部位，而钟高原则以他祖先狩猎的姿势贴着草皮前行。一把沙土扬起，飞往黄马肚皮下的黑色肉棍……

远远地，那个有着紫红脸膛的养马大叔呼呼地跑来：是谁？！

是他。王莎莉一指钟高原。养马大叔呵口气，又一个叫高原的，是在西藏生的吧。

他在雀儿山下生的，是汽车上。陈老师拿恳求的眼光看着养马大叔。田老师一把将钟高原拽过来，下次敢不敢了？说！还敢……

你这是弄啥？养马大叔一巴掌下来，砍在田老师的手腕上。他生在雀儿山下，你听见吗？

马大叔，下次我们不敢了。王莎莉一板一眼地说。大家对她说的那个"我们"怪不满意。养马大叔很满意，好，好，不敢了，再不敢了……

他走了。那身发白的军装背部缀一大块补丁，浸满汗渍。他微驼着背，把一片金色夕阳驮走了。陈老师说，要懂礼貌，不能叫他马大叔，我们总不能把养猪的叫成猪大叔吧？他姓李，听懂了吗？

听——懂——啦，要叫马大叔叫李——大——叔！

很整齐的声音。

本来这事到此就算过去了，可是过不去。队列后面凭空冒出几个速成班同学，其中两个比大叔还高。他们从小寄养在老乡家，父亲随十八军进藏后才被组织派人陆续找回来。有些还是被李大叔找回来的。杨小刚牢牢记住了那几个形象。手里挥舞树枝，嘴里"小兔崽子"，说要是黄马死了，就让一年级甲班同学每天去茶店子背菜、背米、背面、背煤，还背什么什么。陈老师半张着嘴，无声。田老师一撸胳膊，滚！他们丢下一句"当心打死你们"，痒痒地走了。

多么恐惧的一年级小学生往回走，茶店子是个什么地方？干嘛要打死我们？尽管杨小刚并没有"死"的概念，甚至没见过一个真正的死人，但他猜想那一定非常可怕。我爸爸要把那几个家伙抓去修路就好了，可是他在西藏，太远，救不了我，我马上就要死了。

全班同学不约而同地拉紧了手。一窝蜂地往寝室疯跑。

田老师规定：熄灯以后不准说话。

黑暗中，有声响，沙沙地。窗口，阴影晃动。杨小刚紧张地盯住阴影，一个念头突然而起。蹑手蹑脚地下床，去过道尽头的厕所接盆水，放在他和王莎莉的床之间。王莎莉从蚊帐里伸出头，你在干嘛？

到半夜你就知道了。

知道什么？

现在不能讲，不然坏人就听见了。

结果还没有到半夜……田老师就听见了。谁还在那儿说话？哎呀！

田老师从地板上爬起来。亮灯。不想睡觉是不是？起来！

杨小刚和王莎莉在墙边并排站着。田老师一出门，杨小刚瞅瞅王莎莉，笑。王莎莉一指头竖在唇上，嘘——

有同学在被窝里偷笑。渐渐地，笑声肆无忌惮。王莎莉坚决不笑。但她很快就要哭了。两手一前一后捂住裆，身体来回扭动，很难受的样子。换了一身连衣裙的田老师进来，错了没有？

杨小刚点头。王莎莉兔子似的原地蹦跶。田老师看不懂，干嘛干嘛？王莎莉吭吭两声，尿尿。田老师扑地勾头，那还不快去，保育院出来的小孩都这么傻？其他同学呢？

立刻，同学们全都翻身下床，趿着鞋，哈哈哈地往厕所去。

半夜，雷鸣惊天动地。闪电照见窗口的阴影，狰狞得没有道理的形象聚在那儿发出悚然的狞笑。杨小刚被整个儿撕裂了。号哭，呼天喊地。多么悲壮的一年级小学生集体号哭。

老师来了老师来了。田老师忙不迭地喊。并迅速钻进杨小刚的被窝。搂得很紧很紧。胸脯。一个青春少女的胸脯。杨小刚好像不曾有过一次吃奶的体验，简直一点儿印象也没有过。然而此刻，一对滚动于云海的花苞挂着他悠悠而去。他死了。死在浑圆的花苞上。还有没有比这更为美妙的死法？不知道。

早饭时，杨小刚方知在藏八也能吃到很好吃的点心。有个大叔转圈问，点心好不好吃呀？崔善美眼一亮，小毛师傅！于是大家跟着喊。大叔嘿嘿的，我是小毛师傅的哥，大毛师傅。王莎莉问，亲哥？大毛师傅说可不，从一个娘胎出来的。王军说骗人。大毛师傅眉一挑，咋会？那天呵，我没穿裤子就从娘胎里爬出来了，小毛毛师傅是穿好裤子才出来，这样就只好当我弟弟了。田老师过来正色道，有完没完？

饭堂一角，速成班十几个同学脸色不正。杨小刚注意到了。抽口气，拿手帕包块蛋糕，去饭堂门口等……速成班个头最高的那个同学过来，杨小刚把蛋糕往上一举，给。那家伙不耐烦地挥挥手，径直走了。

没能巴结上，很沮丧的。不料后面又走来一个个头不高也不矮的，嘴里吹着口哨，怪好听，走路走成螃蟹。一撞，蛋糕和手帕掉进阴沟里。一个二年级同学过来，手捂在杨小刚的耳朵上，说，别招惹他，那家伙是速成班的霸王。

霸王？很好。杨小刚也想当霸王了。不就是走路走成螃蟹嘛。他很学了一阵，最终没成功。在杨小刚的学期鉴定上，陈老师斟酌很久，最后在"爱欺负女同学"那句话前面加上"有时"二字。

陈老师鼓励同学们努力争取早日戴上红领巾。杨小刚努力了，他喜欢红领巾。但他喜欢了很长时间也没喜欢上，就壮壮胆子问陈老师要。陈老师没给,说是只有到了三年级才发展少先队员。很扫兴。陈老师在课堂上不点名地批评说,个别同学有冷热病。

杨小刚没在意。结果这一步走错了。没过多久陈老师就在班上宣布:根据同学们上学期的表现,我们请王莎莉担任班长。这次是老师指定,下次同学们自己选。静一静,下面还要选组长。

静极。其实不是选,仍然由老师指定。杨小刚当了组长。如果组长只有一个,还将就,却有四个。任务也过于简单,负责收发同学们的作业本。每天晚自习完后便从座位的最后一排一直收到第一排,第二天上课时再从第一排一直发到最后一排。唯一引以为荣的就是同学们端坐着的时候,组长可以趾高气扬地在教室里走上一个来回。最糟糕的是每礼拜六下午,你必须端着盆子给同学们发水果和点心什么的,而且不敢给自己留一个哪怕比别人只大一丁点的东西。可是把组长位置让出来,又舍不得。

在两个学期正式结束那天,杨小刚高兴得要死。因为那几个形象。无法摆脱——在任何一处都随时可能碰见的可怕形象,就要从藏八消失了。毕业典礼上,鲍校长格外激动:从今天起,速成班的同学毕业了。今后不管走到哪里都要记住,你们是革命的后代,一定要继承革命传统,接好革命的班……还有,不要忘记这所学校……

鲍校长为今后不再开办速成班而有些伤感。速成班几个女生扶住李大叔的肩头,抽泣。杨小刚看着热泪盈眶的李大叔,心里念叨,你可千万别再去老乡家找孩子了,还没找回来的就算他们活该倒霉吧。

通往校门的那条路插了彩旗,藏八乐队反复演奏欢送曲。全校师生夹道欢送。田老师抱一大抱鲜花过来,有意在速成班跟前停下,眼珠子往上一翻,一翻。有个同学问李大叔,地主女儿也能把学生教好?田老师猛回头。怒视。李大叔脸一沉,别瞎说,快跟老师赔不是。

哼！田老师走到自己班上，分发鲜花。

速成班同学哭丧着脸，埋了头走。同学们迎上去献花。杨小刚不去，把花握成冲锋枪。那个霸王边走边回头，这小子！

田老师摸一把杨小刚的头发，说，这就对了。陈老师叫声小田，别。田老师辫子一甩，什么呀什么呀什——么呀。陈老师不语。

速成班同学在跟车下的人握手泪别。他高兴地看到，那个霸王也哭了。于是，他合着欢送曲的节拍，在心里唱社会主义好那支歌，只唱"帝国主义夹着尾巴逃跑了"那一句。反复唱。他赢了。六〇届甲班的同学都赢了。赢得了一场战争。那时候他理解的战争含义就是：一些人不得不夹着尾巴逃跑了，留在原地没动的就算胜利了。

汽车消失后，王莎莉问，他们这是往哪儿去？陈老师说，往西藏去，他们要走的那条路叫川藏公路，很长很长。杨小刚问，那条路是坏人修的吗？陈老师说，是你们爸爸妈妈修的。杨小刚不懂，怎么会呢？

不管怎样，反正速成班的大兔崽子们是彻底滚蛋了。杨小刚兴奋得整个午觉不能入睡。他把带回寝室的那束花拆开，摆在王莎莉的床四周。他躺着看睡得很香的王莎莉，看她搭了一条小毛巾被的肚皮怎样起伏。当心。别压着花。好好看。好看死了。我喜欢……

王莎莉不喜欢。她一醒来就说床弄脏了。花瓣散落在地板上。脚。从床上跳下来的脚，往厕所跑的脚，很多脚。花瓣踩死了。田老师进来，大怒。谁干的？！

我。尽管杨小刚的声音很低，但一双双眼睛在那一瞬间猛地一亮，而后又一齐转向王莎莉。

王莎莉的脸没红。是不是应该改选班长？

田老师怒气不减，我讲过多少遍了，为啥还这么不讲卫生？再说也要尊重老师的劳动，老师讲过没有？

杨小刚点头。又摇头。所有的问题回答完了。

完了。态度不端正。

　　杨小刚被反锁在寝室里。同学们在过道上站好，田老师大声说，现在，我带大家到茶店子去玩儿，好不好哇？

　　杨上刚觉着那是故意要他听见的。本来嘛，你愿意上哪玩儿上哪儿，还要喊"好不好哇"做什么？这时候大家已经知道茶店子不是一个可怕的地方了。那是一个有电影院、商店、饭馆的小镇。杨小刚眼睁睁地看同学们欢呼着拥出过道，愤然想，我要当了霸王，就把全班的床都摆满鲜花，看谁敢说脏！

　　随着"叭"的一声，寝室门的大玻璃粉碎。杨小刚的巴掌。血。滴滴哒哒的。他没哭。

　　田老师慌忙开门。杨小刚推开她，举着右手，像举了一朵鲜花，稳步往医务室去。医生很精细地给他缝了几针。他顾不上疼，把脸上的小酒窝抿成大酒窝，冲趴在窗户上的同学笑。你们就不敢用手打玻璃吧？

　　校长办公室。杨小刚第一次看清了鲍校长的鼻子。鼻子呈暗红，布满粉刺。难怪高年级同学暗地叫他红鼻子校长。鲍校长指着杨小刚的手，一脸慈祥。怎么弄的？

　　我自己弄的。

　　是谁把你锁起来的？

　　田老师往前凑凑，不大自然地笑。鲍校长并不看她。别怕，你自己说，谁锁的？杨小刚看了看田老师，是我自己把自己锁起来的。

　　这时，有个青年军官从西藏回来了。是杨小刚父亲的部下。田老师再三叮嘱杨小刚把手揣在衣兜里。在传达室，当杨小刚喊了一声"叔叔"之后，他接过一支圆珠笔。左手接的。世界感动成流淌的歌。

　　那个假期，杨小刚吃饭都由田老师喂。他美滋滋地看全班同学向他投来各种复杂的眼神，得意死了。

　　属于二年级小学生的日子，是一页页团结起来到明天的日子。田老师教会大家下军棋。当她发现那是个错误的时候已为时过晚。

　　钟高原、乔高原，这两个在高原上出生的同学具有高原人独特的胆识。下棋时，他俩总是把总司令摆在最前面，把你的军长师长旅长什么的统统吃掉后，就跟你的总司令对调。这一招使很多同学都不喜欢军棋了。杨小刚很快学会了。可是钟高原和乔高原又改成把炸弹摆在最前面，于是他的总司令死得很惨，什么都没吃着就被炸死了。这样他也不喜欢军棋了。让他俩自己下去吧，总司令被炸成花瓣我也不管。他没想到，这是把一个有希望当霸王的机会给让掉了。

　　规定，谁赢了谁就当霸王。说好，不许耍赖，不许悔棋。张小飞和王军当裁判。结果乔高原赢了。钟高原一蹦老高，不算！

　　凭啥不算？

　　我的这边是红军，你的是白军，白军不可以赢红军！

　　早就没有红军了，只有解放军！

　　那我这边就是解放军，你那边算国民党！

　　就算这边是国民党，但我的总司令没有死，你的被炸死了，不信问裁判！

　　张小飞点头。钟高原脸红筋胀地跳到桌上，没有炸死！他在西藏，是我爸爸！王军半信半疑，你爸是总司令？钟高原骄傲地昂首叉腰。张小飞手一挥，那就算你赢了吧！

　　钟高原故意腆着肚子，两手在屁股后面摆，走成总司令，往大操场去。也许那儿的黄马又要遭难，但没人会骂他小兔崽子了。在他身后，跟着军棋之冠乔高原，会下棋和不会下棋的都跟着，连女生也傻乎乎地跟着。杨小刚后悔死。早知这样，我也可以说我爸爸是总司令。比他先说。可是，我爸爸万一是工兵呢？田老师教的军棋偏又是工兵除了可以吃地雷就什么也吃不了的那种。一种悲戚之感油然而生。当金色夕阳蹒跚归巢之际，他把走成工兵的身影甩给遥远的西藏。

　　星星点亮他的那个夜晚，一个总司令，是他父亲，站在一座山顶上向人群挥手。挥手姿势竟然跟毛主席的一样。突然间，星星一个个地飞快往下落。他大喊大叫。父亲听不见。星星爆炸了。到处在燃烧，人们无路可逃。父亲用嘴吹出一条路，过来拉住他的手，很从容地往外走。儿子，别怕，总司令炸不死。一声巨响，儿子坠入万丈深渊。

陈老师把杨小刚从地板上抱起来的时候，太阳已经迈进窗户。田老师又被叫到校长办公室去了。

陈老师领杨小刚到她的寝室，拿出一块小小的灰色丝绸布，布上是一个人的头像。她把脸上的雀斑笑成珍藏美好记忆的种子，问，你昨晚梦见的是不是他？

不是。好像……是送我圆珠笔的那个叔叔。

那你夜里喊什么总司令？来，这个送给你，他才是总司令，叫朱德。

他在西藏吗？

在北京。

那别人怎么说西藏也有总司令？

乱——说。全国只有一个总司令，就是他。

他可以管军长吗？

那当然，解放军都归他管。

杨小刚心满意足。他把那些犹如真理的话语揣在怀里，举着总司令走进教室。看！我的总司令才是真的，钟高原的爸爸是假总司令！

为进一步拨开迷雾，他接着宣布，你们仔细看，看下面的小字，总司令姓朱，他可以管全部解放军！看清楚……

看不清楚了。他被白色迷雾罩住。是粉笔末。钟高原干的。杨小刚整个人都被当成……黄马的那个地方了。看来他用手打玻璃的事也被别人忘记了。他怒不可遏地张嘴扑向钟高原的手指头。钟高原天杀般地嚎叫。他只管用牙齿咬住，咬稳，咬结实。不放。

田老师是怎样把他拉开的他全然不知。

他想认错。没有机会。透不过气。只能以那种方式——点头、点头、点头，每根头发都在点，点得昏天黑地。

他的总司令被田老师没收了。为什么要没收？田老师说，你再多尿几次床就知道为什么了。

那个夜晚，月亮淹死在尿里。却是田老师的尿。同学们是第二天才知道的。

"门头儿"武大爷敲响的钟声撞在那个返璞归真的早晨，田老师把一床褥子搭在万年青上。接着，一个深厚的男中音在二年级甲班的窗外唱响。是正在跑步的教务处周主任。霍，昨晚上又尿一泡？田老师把褥子抻出一串激情的漩涡，关你什么事？周主任停住脚，说，你抓几服中药试试，听说扎针也管用。不然就买点羊肉炖来吃，主要是喝汤。

谁吃羊肉，臊哄哄的，不如把你炖来喝汤！

你个死丫头，那就赶紧找对象吧，结婚以后那病自然就好了。

讨——厌！

张小飞第一个公布他的最新发现，田老师也尿床！他借了杨小刚的圆珠笔。

圆珠笔带着童年游戏的节奏在压着万年青的褥子上走着，走出几个汩汩泄露天机的蓝图。每个蓝图都生了一只快乐鸟。是麻雀。

全班唯一的那支圆珠笔被田老师没收了。杨小刚飞身扑向张小飞。张小飞并不还手，两手背在身后以肩膀还击。两人对撞。像总司令跟总司令对撞那样。

课堂上，陈老师拿一把竹筷。哪位同学上来试一试，看能不能掰断它。

几个同学刷地举起手。"降班头"魏援朝上去。不行。没人举手了。全班就数他力气最大。王莎莉被陈老师叫上去。只一下，掰断了。她当然可以掰断。谁都可以。陈老师只给了她一根筷子。陈老师问，这是为什么呀？张小飞说，因为一边人多，一边人少。陈老师说，对了，这就是团结的力量。如果大家都团结得像这把筷子，坏人就打不过了。

杨小刚举手，要是只有一个人的那边是个总司令，别人可不可以打过他？

哄堂大笑。陈老师也笑。她过去抚着杨小刚的头，大家不要笑了，我们要学会大的让小的，男的让女的，要养成风气。这是我们班最小的同学，今后大家要让着他。

原先杨小刚以为坐在第一排的同学才是最小的，平时总关照他们，发作业本时他完全可以愿意先从哪一排发就从哪一排发。还有，为什么每次都把大果果分给了别人，别人还是没有让一让他。不知陈老师讲的那些话能不能扭转一下这个局面。

陈老师入党了。是举着拳头、流着眼泪、唱着歌入党的。几个同学在窗户外面看见了。然后，他们向陈老师提了许多关于"共产主义"的问题。

为什么要实现共产主义？

这样给你们说吧，实现了共产主义，就没有坏人了。

那西藏也没有坏人了吗？

那当然，到那时全世界都没有坏人了。

就可以不要总司令了吗？

可以。

到明天就可以了吗？

那要等好多个明天，等你们长大以后就知道了……

那个如同音乐境界的明天，把同学们带到了明天。明天是星期六，轮到杨小刚发果果。他把脸盆里的苹果挨个儿翻看一遍。那两个小的，简直小得一模一样。哪怕有一个小得少一点呢？不好分。他把"没有"留给了自己，把"明天"分给了魏援朝。还解释说，两个小的加起来，跟一个大的一样多，可能比大的还要多一点。

那你怎么不分给别人？

你是全班最大的。

瞧，还有一个是软的。

那不是软，是熟透了，甜。

那你留着自个儿吃吧！

那个很软的苹果很硬地砸在杨小刚的脑门上。他抡起空脸盆，可是魏援朝的手臂太长，且手指甲也很长。他的眉头就此留下一道永不消逝的爪迹。

田老师给全班同学剪了手指甲。剪得很辛苦。杨小刚捏着被剪疼了的手指头问，苹果树可不可以只结一样大的苹果？田老师说，想得美。

杨小刚想保育院的小阿姨了。好想好想。

乔高原的手指头化脓了，是甲沟炎。他对医务室黄医生印象极好。这倒不是因黄医生曾给他拔过一颗牙（拔得很优秀，他没觉着疼），而是因为前些天小阿姨到学校来了，跟黄医生在医务室里抱在一起。他亲眼看见了，还不知深浅地凑上去。小阿姨满脸通红地说他长高了，然后笑着跑掉了。他好像明白了什么，但他怀着一种严肃而欢乐的心情，始终保守这个伟大的秘密。

这天，乔高原去换药，看见黄医生伏在桌上，呜呜的。有个红着眼的女人站在小院当中，不厌其烦地给别人讲什么准备结婚、上街买东西、天黑下雨、修路的坏人逃跑一个、海椒地、卡脖子死的、一丝不挂……有人不相信，她就重新再讲一遍。有人还不相信，她就用手帕擦眼泪。有人就相信了。

饭桌上，摆着一盘鲜红的海椒。轻轻地，挪来一个身影。是小阿姨。乔高原愣愣地看，眼里有了泪。田老师巡逻过来，说，怕辣就不要吃海椒嘛，这么傻。

如果周围的同学不笑，他是不会立刻说出那件事的。他喉咙里哽了哽，说，小阿姨死了，昨晚上死的，死在海椒地里……

顿时，大家傻了，傻出响亮的声音。田老师指着王莎莉大吼一声：班长带头不许哭！

王莎莉一下出溜到饭桌下面，蹬翻两条板凳。一只只小手背舔着泪花，舔那舔也舔不见的明天。

再没谁像乔高原那样理解黄医生的痛苦。黄医生离开藏八那天，乔高原在校门口死死抱住黄医生的腿，又哭又喊地说他牙疼，把黄医生的裤子差点没扯掉。于是，乔高原一颗好好的牙被拔掉了。那是黄医生在藏八拔的最后一颗牙。

尽管同学们还不懂得什么是爱情，什么是爱情的力量，但他们了解到有这样一件事情：如果他最喜欢的人死了，他便可以为之永远离开那个人待过的地方，不管那个地方还有多少人喜欢他。也许这样就表示他自己心甘情愿地跟那个人一起死了。

全班同学都觉着自己也快死了。没有一个愿意再去教室。两个老师一筹莫展，只好把鲍校长请来。鲍校长还没有说上一句话，就被乔高原的一声哭喊打断了。没有坏人的明天怎么还不来到呀——

明天来到了。分果果的时候大家不要杨小刚分，都在脸盆里……抢，抢最小的。大家拿一些有的和完全没有的事来向杨小刚道歉。杨小刚感动死了。

乔高原把那颗拔下来的牙齿用棉花包好，放在枕头下面。在那一个个见了海椒就想流泪的日子里，全班同学团结得像……一把筷子。

然而，疼是没法珍藏的。检查寝室卫生的时候，田老师搜出了乔高原那颗已经有味儿的虎齿。呀——真恶心，恶心死啦！晚饭后都给我去洗澡！

澡池很大。脱了衣服，跳到池子里涮涮，然后爬上来，挨个儿往拿了一条肥皂的田老师跟前去。没人往前挤，都想往后靠。不是怕往身上抹肥皂，是怕往头上抹。只要头上抹了肥皂，田老师的手指头就把你的头皮梳出海椒皮。杨小刚注意到，每回王莎莉的头上一抹上肥皂，她就会发出几声尖叫，边叫边埋头，把屁股升起来。挺好玩儿。

田老师说，今后老师不再给你们洗澡了，你们要学会自己洗，并且男女生要分开洗……

话音未落，欢呼声起。满池子升降小屁股。杨小刚悄悄蹲下，霎时黄了一池子水。是他撒的尿。田老师把肥皂往池子里一扔，不害臊，我还没你们大那会儿就知道害羞了，看你们傻成这样我连饭都吃不下去。

杨小刚不喜欢洗澡池了，以至脖子生出很多痱子。仍然喜欢洗澡池的同学则学会了游泳。

乔高原成了班上的游泳之冠。蛙式。很像回事。然而他没能把霸王地位从钟高原那儿夺过来。钟高原游的是狗刨式，但他硬说那叫鬼怪式，很唬人的。

天气闷热。田老师没心思领同学们去茶店子，整日待在屋里摇一把香扑扑的扇子，指望把暑假的最后两天平平安安摇过去。摇不过去了。王莎莉报告：几个男生翻墙出去了！

田老师跑了一里多乡间小路，大汗淋淋地站在河岸高喊：都给我上来！不上来是不是？那你们今天就别回去！

她一脚一脚地把河边的衣服踢成一堆，抱起来往回走。突然，河里传来救命声。只见钟高原两手在水面胡抓乱打。田老师扔了衣服，没命地跳下去，没趟几步就栽在水里，竟也游出跟钟高原一样的姿势。几个同学嘻嘻哈哈上了岸，但很快就被吓坏了。田老师并不会游泳！乔高原冲过去，揪住田老师的头发往上提。大家松了口气，原来水还不及田老师的腰。

过一阵，田老师大口吐着水，脸惨白，大滴泪珠滚下来。说，以后千万别这样，万一出了事，我怎么向你们的爸爸妈妈交代？

周主任认定这是一起事故苗头。他把十几份入团申请书扔在田老师面前，你就是这么申请入团的？

田老师因此很久没有再写入团申请书了。陈老师的脖子上则有了一条红领巾，成了班上的少先队辅导员。

痱子在杨小刚脖子上夜以继日地发展壮大，最后遍及整个背部，田老师领他到她寝室，用一大盆草根和树叶熬的黄水给他洗。边洗边告诉他，周主任跟陈老师已经商量了，准备让他留级。他一听，急了，我不想当降班头！田老师说，留级不算降班头。他更急了，那我还回保育院！田老师笑说。那才算降班头呢。他跳出黄水，哇哇地光着身子往外跑。田老师追上去，把他抱住。说，这样就更算降班头了。

杨小刚没想到田老师会为他不留级去跟周主任吵架，居然吵赢了。他很感激。一天，他发现。田老师脖子上也有痱子，就说，让我给你洗洗。田老师说大人不怕痱子。他灵机一动，那你不用给我洗了，给我的脖子换成大人的。田老师笑翻一盆黄水，裙子湿漉漉的黄。

女生的裙子是蓝色的。她们已经搬到楼上去住了。田老师把一筐洗干净的小裙子放在过道里，便又去洗衣房端男生的衣服。钟高原朝张小飞招招手，两人贴墙溜过去，从筐里拣起小裙子飞快穿好。王军和徐一兵也如法炮制。打扮停当，四人翩翩起舞，还唱：蝴蝶呀蝴蝶，身穿花花衣，头上长着两根须，飞来飞去采花蜜，唱歌跳舞做游戏……

田老师来了，像老鹰捉小鸡那样飞过去，一把捉住钟高原头上的……须。死不要脸！屁大点就晓得采花蜜，羞死！你们几个过来站好，裙子不许脱！

四只蝴蝶羞死了。死得很美丽。穿着花花衣贴墙死的。田老师把女生集合下来参观，羞男蝴蝶。魏援朝鼻子里一哼，这有啥好羞的，女生每次下楼都可以看我们睡觉，女生才羞死。

真正被羞死的是杨小刚。被一年级小女生羞死的。那个小女生站在一棵树下，靠着一片荫凉。杨小刚喜欢她。喜欢她比他还多一个小酒窝的脸蛋。当然，他更喜欢她手里的那个大大的黄果果。他从没吃过也没见过那样大的黄果果。小妹妹，把你的广柑给哥哥看看行吗？她脸上的酒窝立刻变浅了，不能看。她把一只握紧的小肉拳头伸出来。他说哥不看这个。她把拳头反过来亮开，是俄（二）分钱。他告诉她学生不可以有钱。她说是捡的。他又告诉她捡的钱要交，不然就不是毛主席的好孩子。她犹豫片刻，那……交给你吧。他说要交给老师，哥哥只看你的广柑。

她把广柑往地上一扔，转身就跑。跑几步又站住，看他捡不捡。结果他捡了，她就哭着走开了。

天地良心，杨小刚本来是想把广柑捡起来，还给她的，不料几个小女生站在那儿唱儿歌羞他。他跳起来掰了一根树枝。田老师跑过来厉声叫道，连你妹妹都要欺负呀！他很吃惊，妹妹？田老师告诉他，是他母亲托人从拉萨送到学校来的。

不几天，杨小刚的妹妹因肺炎死了。

天麻麻亮。田老师从茶店子雇来一辆三轮车，和鲍校长一起把睡意正浓的杨小刚弄上去。

到了凤凰山，杨小刚看见几个大人流着泪在跟一个女军人说对不起。鲍校长也上前来说对不起。女军人只顾埋头哭，谁也不理。鲍校长说你儿子来了。她一扭身子，倒在一个小坟包上。几个人七手八脚地抬着她往山下去。杨小刚捡起掉在地上的那顶军帽，扣在头上试试。太大，还有股什么味儿，难闻死，就扔了。田老师捡起来，放在吉普车里。吉普车载着那个女军人走了。田老师对杨小刚说，记着，这儿埋着你妹妹，将来别忘了来看她。

杨小刚想了想，问，刚才我妈也死了，是不是也要埋在这儿？田老师说，你妈没死，是晕倒了，她会来学校看你的。

上了三轮车，杨小刚又问，怎么我爸不来救我妹妹呢？田老师说，你爸太忙，来不了。杨小刚大人似的叹口气，忙什么呢？鲍校长说，他是保卫部长，忙得很。杨小刚听不懂，但没再问。他看见一些人在两边修路，不由打了个寒战，这里面肯定有害死小阿姨的人，要能抓住他就好了。

回到学校，几个同学问杨小刚上哪儿去了，他说坐三轮车去了。他很想告诉他们，他爸爸是保卫部长。可是军棋里面没有那种棋子，说出来，也没人相信。但总得说点什么炫耀一下。我在路上看见整死小阿姨的坏人了。

大家果然很惊讶，抓住没有？他说、红鼻头校长没带枪。大家没兴趣了，要走。他赶紧说，我妹妹死了。大家更没兴趣了，散开。

母亲就要回高原了，杨小刚跟她去上坟。细雨潆潆，天上地下黄成一片。几只乌鸦啊啊叫来阵阵寒气。母亲拿张大手帕，在四个角打了结扣在儿子头上。儿子在一边看她拿司机的手枪通条在坟前戳，半天才戳了几个小坑，拿出一包水果糖，剥了纸，一个坑里埋一颗，还要他跟她学。他不学，把糖种在土里谁还吃？太浪费了。她又在挎包里掏东西，是几叠纸。拿火柴点燃，边烧边扔，嘴里念念有词：女儿，别把这钱当真了，只有妈妈对儿女的爱才是真的。妈妈对不住你……

风把燃烧的纸带走了，雨把打湿的纸留下了。他就想，妹妹一定知道应该捡哪种钱，她连"二"都说不清楚就认识钱。母亲在他跟前蹲下，儿子，你哭一哭吧，哭一哭你妹妹就回来了。可是他不哭，你那天那样哭都没把妹妹哭回来，我哭有啥用？

下山。他走着走着，停住。母亲问怎么了。他说有东西忘在山上了。他跑到妹妹坟前，手指头飞快抠出两颗糖，从头上取下手帕，包好。

吉普车上，他又看见那些修路的人。一根电杆上的大喇叭正播放"咱们工人有力量"。一个挑着土的人倒下了，被几个人抬到路边。他问司机，那人怎么啦。

饿的。

不听话就不给饭吃吗？

不是。是自然灾害。

什么是自然灾害？

就是……就是天气不好，粮食收成不好。

他望着天想，天气快点儿好起来吧，不然妹妹捡再多钱也买不到粮食，会饿死的。

母亲临走时给了他一支大头钢笔，外国的。

大头钢笔不太好使，刮纸。水果糖也快不行了，本来就化了一点，在水龙头上洗了以后又化了一点。杨小刚撕张作业纸，包好，放在裤子下面。想想，又拿出来装进衣兜。

早上吃点心改成每星期吃一次，发果果也改成过年过节才发。王军问这是为什么？杨小刚连忙补充，是天气不好，粮食收成不好。同学们大笑。陈老师说不要笑，他讲得对。

陈老师和田老师带同学们到外面地里挖野菜，交给伙房。一种灰色的草，上面开些小黄花，同学们管它叫灰灰草。陈老师纠正，叫棉花草。徐一兵不相信，那上头开的又不是白花。张小飞说，棉花也有黄的，我裤子里有，田老师拆裤时我见过。杨小刚很同意这种说法，但来不及讨论了。一群老乡的孩子站在田坎上，像唱儿歌那样整齐地喊：藏八娃娃出、来、罗！藏八娃娃出、来、罗！……

喊着喊着，土块扔过来。打仗啦！两个老师满地跑着喊不准打，喊不住。藏八的土块扔不远。急了，乔高原就喊冲啊。钟高原说不能冲。徐一兵问为什么。钟高原说必须他喊冲。张小飞说魏援朝喊冲才能打赢。王军说这样可以。刚准备好，魏援朝就说嗓子不好，哑。杨小刚本想说自己嗓子不哑，却担心衣兜里的糖在冲的时候弄丢了。是不是把糖交给谁保管一下再去喊呢？但是万一别人把糖吃掉呢？

一个麻脸老乡跑过来撵那些小孩。骂。龟儿子些，藏八娃娃都下手打得啊？造你妈的孽喔，晓不晓得，藏八娃娃都是些孤儿……

杨晓刚大叫，我们不是孤儿，我们的爸爸妈妈在西藏！

　　同学们很高兴地看那些老乡的孩子四下逃窜。杨小刚悄悄从兜里摸出一颗糖放在嘴里，乐滋滋地抿。不一会就抿成透明的薄片。他想把另一颗给王莎莉，但一直没机会。可是再不给就存不住了。

　　寝室楼梯口，杨小刚把嘴里的糖抿成最后一点薄糖片，等王莎莉。他把用作业纸包的一颗糖递给王莎莉的同时有意哈口气，希望她能甜味扑鼻。她着实吓了一跳，是什么？他说，你打开看嘛。她有些紧张地打开纸包。笑了。可是那个最热衷于巴结她的崔善美正好过来，要过那颗糖，拿在手上翻来覆去研究一阵，哪里来的？怎么像被谁舔过？他说是妹妹给的。王莎莉不笑了，你妹妹不是已经死了吗？死人怎么可以给活人糖呢？他说可以，死人还可以捡钱呢。王莎莉把糖一扔，尖声尖气地叫道，那是迷信，死人死了就什么都不可以啦！他说就可以。王莎莉和崔善美说就不可以。"就可以" 和"就不可以"惊动了整个宿舍楼。他带着气愤的微笑从地上捡起那颗糖扔在嘴里。舔、抿、嚼，好甜。死人舔过又怎样？哥哥不怕。

　　黄马死了。同学们围在猪圈那里看李大叔埋马。刚埋上。伙房的人就来挖。李大叔蹲在一边蒙睑哭，数落黄马过去的事情。什么大别山哪，淮海战场哪，成都战役哪，剿匪哪，进军西藏哪……大毛师傅劝，我们也是没办法，校长要我们必须让学生每星期吃上三顿肉，学校又没那么多肉票，养那几头猪，还得留着过节用。

　　黄马挖出来了。几个人用刀剥马皮。李大叔哭得没有章法。大毛师傅让他走。他抱住猪圈栏杆，说，我不哭了，你们动作快点，动作快点。

　　黄马哭过。那一双充血的眼睛不住淌泪。

　　马肉抬走了。李大叔在血迹斑斑的地上捡马的五脏六腑，连马的毛也一根一根捡起来，用马皮一包，埋了。杨小刚想，我妹妹捡钱可能就像这样。

　　"叭叭"声在半空中炸响。李大叔有力地挥甩马鞭，甩出一匹匹黄马，拖上滴血的马车，挣扎着奔向白云深处。太阳摔碎了，流洒遍地的金黄。钟高原鼓鼓勇气，说，李大叔，我只打过三次黄马。李大叔说，可不能这么跟你们老师讲。不怪你，是马老了，跟人一样，老了都会死。回去吧，你们晚饭就能吃上马肉。马肉可好吃。

从此，李大叔当了"猪大叔"。他对猪缺乏耐心。一群小猪跑到校园里了，他举着马鞭在后面撵，把猪活活撵成马。鲍校长想给他找点事干，比如给学生做做报告。他没答应。鲍校长只好从外面请来一个叫"冷妈妈"的人。

饭堂临时搭的讲台上，鲍校长介绍说，冷妈妈是从水牢里活出来的，活得很悲惨，大家要认真听。冷妈妈就讲，用四川大邑县方言讲万恶的旧社会。也是天气不好，粮食收成不好，交不起租子，地主抓她进水牢。牢中布满铁钉，坐卧不得，手一摸一个死人脑壳，脚一踩一根死人骨头……大家听得毛骨悚然，晚上睡不好觉。她每讲几句就要喊声"解放军，好可怜啊"，大家不懂她为啥要这么喊。原来她经常给解放军作报告成习惯了。

以后她又来讲过几遍。大家注意到，她每次讲的都有些不一样。比如后来讲到地主抓她的时候，耳边响起毛主席"哪里有压迫哪里就有反抗"的教导，于是跟地主对打。再比如讲到从水牢出来，又增加了解放军怎样救她的细节。有一次她干脆在腰间摸索一阵，刷地抽出裤腰带，举过头顶向大家展示，说是当年一位解放军连长送的。

耳闻不如一睹。大家坐车去参观那个水牢。回来后崔善美说那个地主庄园很好看，还想去。王莎莉说跑那么远，又晕车，不如听冷妈妈再讲一次算了。陈老师说不行，冷妈妈每讲一次身体就垮一次。

不知怎么，陈老师说杨小刚听了冷妈妈的报告有很大进步。入队那天，中队长王莎莉往杨小刚脖子上系红领巾，杨小刚向她敬礼，她眉毛往上一挑，你得感谢冷妈妈！

课间休息。杨小刚把崔善美忘在课桌上的一面小镜子拿起来，发现自己脸上的那个酒窝不知啥时候死掉了。崔善美一脸愁容地过来，说，别照啦，我就是因为爱照镜子才没能入队的。别人说，照这玩意儿是小资产阶级情调。

杨小刚很同情地把镜子还给她，王莎莉没帮你说说？崔善美叹口气，一人说了不算，她都气哭了。

"叭"的一声，小镜子粉碎。

尽管这段时间崔善美有上乘表现，但她仍然没能入队。原因是她下巴上有颗黑痣，她公然称那叫美人痣。同学们不信。她就说毛主席的下巴那里就叫美人痣，大毛师傅告诉她的。大家无话可说，但心里挺别扭。最令人不痛快的是大毛师傅偷着给她点心吃。

秋季，飘来许多打仗的故事。杨小刚的那支大头钢笔因此找到了归宿。王莎莉并无恶意但非常认真地对他说，我们的爸爸妈妈在跟外国人打仗，你怎么可以喜欢他们的钢笔呢？

乔高原提出应该检查一下钢笔，看里面有没有可以放情报的机关。杨小刚说随便。乔高原把钢笔拆开，装上，再拆开，再装上……好像有，好像没有。几个同学猜。杨小刚一把夺过钢笔，扔在地上踩。王莎莉当场表扬，好样的，这样我们的爸爸妈妈一定能打赢。

果然打赢了。同学们在校门口夹道欢迎战斗英雄来作报告。其中有那个速成班的霸王，如今已当了工兵班长。杨小刚很犯琢磨，他怎么没有被地雷炸死？也许打仗和下军棋一样，工兵可以吃地雷。可是保卫部长怕不怕地雷呢？

保卫部长回来了，左手臂吊着绷带。杨小刚很难过。最使他失望的是保卫部长的战斗故事不好听，很简单，在川藏公路上翻了车，左肩锁骨折断，从此以后左手臂不能高抬。

招待所后面的小院很静，那个小鱼池中间有座小假山。一群金鱼懒懒地浮在水面。就在那儿，杨小刚看见大毛师傅被一个背枪的军人押着。大毛师傅怎么啦？

大毛师傅像给自己送葬似的，拉一车杂草编织的花环，悲凉地走了。

杨小刚感到呼吸沉重，救大毛师傅的欲念在心里迅速膨胀。他急步跑上平台，对正在刷牙的父亲说，爸，快去救大毛师傅！父亲满嘴白沫，在哪儿？杨小刚手一指。父亲哦了一声，说，那是坏人。

鱼池。杨小刚捞起金鱼，摆在池台上，用铅笔刀切。从金鱼尿尿的地方开始切。他要看男金鱼和女金鱼的那个地方有什么不同。

池台上，一条条金鱼在铅笔刀下变成一块块好看的点心。

大毛师傅变成坏人的消息不胫而走。于是，在一个阴惨惨的早晨，有人发现食堂点心房的纱窗被割开了。窗户下面是满满一筐破碎的鸡蛋，地上一串黄如屎的东西从那里一直黄到徐一兵的床跟前。田老师气得大骂，小偷！

徐一兵发誓说他从窗口跳进去又从窗口爬出来，没拿到一块点心。

全班同学一整天情绪低落，因为其他班的同学在他们身后指指点点。怪谁呢？如果大毛师傅还在，也不至于发生这种事。

班里又出了怪事。一夜之间，同学们放在洗漱间的牙膏不翼而飞。查了几日，无结果。直到有一天徐一兵尿床，这事才水落石出。

徐一兵的褥子尿湿了，田老师给他换。一掀褥子，满目牙膏皮。

沾满牙膏的褥子搭在万年青上。田老师令徐一兵立在那儿。守校门的武大爷过来看见了，不问青红皂白，大嚷：姓田的，我跟你说，高原军人把孩子放在这儿，不是拿给你随便拾掇的。

高原上的军人回来了，是个女军人。正在校门跟武大爷逗着玩的几个同学迎上去问她找谁。她说找徐一兵。张小飞很热情地对她说，徐一兵是我们班的小偷，不信问他们。

几个同学认真点头。女军人一声哎呀，捂住脑门瘫倒在地。几个同学来不及想是怎么回事，就见武大爷操起一把大扫帚劈头打来，他们扭头就跑。武大爷撵了几步，停下，去搀扶女军人。乔高原大声解释：武大爷，徐一兵真的是小偷，他偷了全班的牙膏，把牙膏皮卖给茶店子的收荒匠。他上次还偷点心……

小兔崽子！武大爷举了扫帚又来撵。他太老，撵不上，就在原地跺脚骂。骂几句，扔了扫帚，背过身抹泪。

女军人给徐一兵办了退学手续。鲍校长劝她，劝不住。徐一兵一步步地蹭出校门，突然急转身跑回来，给武大爷鞠个躬，从兜里掏出一把硬币。武大爷叹口气，留着到高原上花吧，那儿苦。

徐一兵咬着嘴唇点点头，朝女军人飞快追去。眼看追上了，女军人回手一个耳刮子，又伏下身扶他起来，走了。

土路两边的油菜花开成金黄，当当的钟声从这片金黄的上空掠过。武大爷握根铁棍，没命地敲打那根吊在柱子上的钢管。鲍校长好容易拉住他。他抓住鲍校长的手，大滴泪珠顺着脸上的褶皱往下滚，咱们不能再让家长把孩子往高原上领了呀！不能了呀！……咱们没脸了呀校长！

陈老师在黑板上板书：记我的一个朋友。然后说，同学们，我们班从此不会有人丢牙膏了，但你们从此失去了一个可以朝夕相处的朋友。永远失去了。将来你们会明白的。应该明白。现在，我们开始上课。

鲍校长背着手踱进教室，声音发抖。同学们，你们的爸爸妈妈为啥要拼死拼活地守卫祖国边疆。他们为啥？为啥呀？就为了你们这些不争气的东西！

所有同学都在争当争气的东西，只有杨小刚不争气。

寝室后面的菜地边，不知谁扔在那儿一个碗。杨小刚左右看看。无人。他掏出小雀雀……王莎莉在窗口偷看。看完，报告了田老师。

必须喝下去才能去上课！田老师让杨小刚把那碗尿端到寝室过道。

乘田老师过去跟王莎莉说话的工夫，杨小刚端起碗。一闭眼，一张嘴，一仰脖子，干了。

尿呢？什么什么？咸的？！你你……田老师不由分说，把杨小刚和王莎莉拉到她寝室，要他俩保证不将这事说出去。他俩接过田老师给的一块钱，去了茶店子。

天气很好。他俩买了一斤水果糖和两包瓜子。路边坐了个瞎子，杨小刚扔给瞎子一颗糖。瞎子再伸手，他又扔了一颗。瞎子仍然伸手。王莎莉不乐意了，抱着糖要走。瞎子一下拽住杨小刚的裤子，睁开一只眼，说，回去给我找些牙膏皮，还有玻璃。水龙头也要。不然我要去告你们老师，说你们买东西不给钱！

王莎莉发出恐怖的尖叫、跟着杨小刚往油菜地钻，远远听见瞎子还在叫：水龙头要铜的那种！我会给你们钱……

他俩蹲在地里。她紧偎他。两包瓜子早不见了，那包糖在她怀里起伏不停。过很久，他俩脸上一起露出惨白的微笑，这才开始吃糖。她问，好吃吗？他说，反正比尿……

她不吃了。友谊和好奇心使他有了一个想法，便说，你把裤子脱了，行吗？她惊讶不已，做什么？他说，想……看看。

你怎么可以这样想！她一屁股跌坐在地上，但立即想了脱身的主意。你小时候不是看过吗？

那不算。再说，今天你还看了我的呢。

我不干。

那我就……

就怎么？

就不喜欢你了。

那……好吧。只准看一下。

一只小蜜蜂笨拙地在油菜花上采蜜，腹部心驰神往地贴住花蕊，尖利的蜂刺兴奋地伸缩，借助于想象掩羞和改善恐惧的反应。并不蜇人。

他慌乱地嗯了一声，像个天堂里的囚犯，一路搜寻赎罪的机会，直到走出那一片已经赋予神话色彩的油菜地。他似乎突然明白了，世间有很多个不同，有些是不可以窥视的不同。

自那以后，在很长一段时间里，他俩互相回避。但是，一种可以持续百年的友谊的情感却悄然驻进心中。

五年级的生活越来越费脑筋，"算术"改成了"数学"。

一个星期六下午，杨小刚被田老师叫到传达室。那儿坐了个老太太，说是他奶奶，从河南老家来的。他说我不认识你。奶奶给了他两块烤红薯，说家里还有，他便跟她去了。

奶奶说的"家"实际是招待所，离学校有 15 里路。奶奶不坐车，走路。杨小刚很奇怪她的脚步何以这般稳健，奶奶一定跟冷妈妈一样，在旧社会吃了很多苦。奶奶说，你爸妈在高原挣点钱不容易，要省着花。

每回做饭前，奶奶总要数米。一粒一粒地数。把不是米的东西数到一边，扔掉。杨小刚最喜欢吃她烤的红薯。奶奶的慈爱使他热爱每个星期六的下午。

当那片油菜地把三月渲染成金黄的时候，奶奶说老家的人这会儿正需要她，她下次来接他回去玩玩，可以天天吃到烤红薯。跟第一次见面时一样，奶奶把两个烤红薯塞在他手里。他站在校门口目送她，看她的白发在微风中飘拂。她不断回头向他挥手，路两旁的油菜花也跟着挥动。他忍住没有追上去。

奶奶一走，自然就没有烤红薯吃了。杨小刚很快找到一个解馋的方法——舔蜜蜂。

舔法很简单，用小药瓶将正在采花蜜的蜜蜂扣住，捏断蜂身，去掉蜂刺，以舌舔蜂尾。那一舔，令人销魂的甜。唯一不足就是一次要舔好多只才能过瘾。同学们纷纷效法，并由此生出许多将来种油菜和养蜜蜂或者当蜂蜜售货员的理想，以及怎样才能使蜜蜂不飞到外国去的种种争论。

一天，同学们兴致高涨地围着洗衣房后面的一棵桉树。那上面挂了个硕大的马蜂窝。王军宣称是他最先发现的：马蜂个儿大，采的蜜比蜜蜂多得多，蜂窝里面还有蜂王，肯定装了很多蜂蜜。

大家被他说得舔瘾大发。就有同学跑回寝室，抱来棉衣棉帽之类给他穿戴。为保险起见，又给他戴上口罩和防风镜。大家隐蔽在周围的草丛中，看他熊似地爬上树拿剪刀剪蜂窝。在蜂窝落地的一瞬间，马蜂"嗡"地升腾，密匝匝的。只听四下里齐声呐喊：王军，坚持！王军，坚持！……

王军辜负了大家，啊地一声掉下来。这个灾难的声音淹死了所有人舔蜂的兴致。蜂们挤在王军脸上采蜜。他的脸成透明的蜂窝。大家愤怒之极，脱了上衣奋身冲上去。

这是一支真正的舔蜂大军，就像亲眼见到自己的舔蜂司令阵亡似的那般疯狂。人蜂大战异常激烈，嗡嗡声和哎哟声响成一片。

马蜂躺得满地都是。魏援朝和钟高原抱着蜷在树下的王军，杨小刚把蜂窝里的蜂蛹掏出来给王军舔。王军不舔。他永远什么也不能舔了……

田老师已经好几天没出寝室门。王军的死对她来说简直是灾难性的一击。什么入团、什么前途、什么理想，几乎任何希望也没有了。如果不是周主任帮着说了几句话，她只好被学校开除了。

一个星期后，王军的母亲从西藏赶回来了。在那棵不再有马蜂窝的桉树下面，那个满身尘土的女军人久久地凝望树梢，双手一遍遍摩挲树皮，像摩抚儿子的体肤那样。然后抱住树干，把脸贴上去，一言不发。

李大叔看不下去，去伙房操把刀跑到猪圈。他转着圈把猪挨个儿看一遍，最后在一只肥猪跟前停住。

这只猪是夏阿姨喂的。她不知怎么就把一只很普通的猪喂到了一千多斤。学校组织学生去参观，说是参观完后要送到北京献给毛主席。但有同学说笑鉴于夏阿姨形象不好，有只眼珠白得太过，像一个剥了壳的鸟蛋镶在那里，不便去见毛主席，因此这事放下了。

夏阿姨原以为李大叔只是随便看看那只猪，不想李大叔摸摸猪屁股，一刀下去。夏阿姨和猪立刻同时嚎叫天杀般。不得好死——

李大叔拎一块血淋淋的肉，挤开入丛，走到王军母亲跟前。给，拿着，养养身子，啊？

王军母亲仍是一动不动地抱着树。李大叔哑着嗓子说，王军他妈，想哭就哭出来吧，别把身子给憋坏了，往后再养个孩子，还能再养呵。

王军母亲松开手，软软地摇头：不养孩子啦，我要养蜜蜂，转业回来就养蜜蜂，给咱高原军人的孩子们养……

她出了校门，沿着两边开满油菜花的那条土路，听着蜜蜂嗡嗡嘤嘤的声音，往高原去了，没有回头。

太阳怎么越来越红？还带响儿。藏八到处是红旗和标语。人声鼎沸。

周主任领杨小刚到办公室，问寒问暖。然后问，陈老师过去是不是说过，只有朱总司令才能管全部解放军？是不是说过明天就可以不要总司令了？

杨小刚搜寻记忆，好像……陈老师说……

这就够了！听好，毛主席才是我们的总司令，我们永远需要总司令，永远忠于总司令！

陈老师为此写了多份检讨，均不如周主任的意。

班上，是霸王和不是霸王的都在杨小刚跟前走成螃蟹。最不幸的是他的脸被王莎莉扇了一巴掌。叛徒！

好在他母亲回来了。母亲说她还得马上回高原，因为他父亲正在写检讨，眼睛被人打肿了也没把检讨写成。母亲画了一张图，把他送上去河南偃师的火车。

火车上，他跟大人们一起，唱了两次东方红。

当东方还没有红的时候，他在一个小站见到了三叔。三叔领他走很长的路。天气不是一般的不好。下着雪，地里根本见不到粮食，连根草也见不到，白茫茫的。但他一进家门就吃上了烤红薯。他谁也不认识，就问奶奶在哪儿。三叔把奶奶指给他看——村边一棵树下的土包。

每天早上，三叔总要叮嘱他多睡会儿。但有天早上他睡不着。他推开门出去，愣住了。三叔家大人小孩的胳膊上一律戴个袖套，黑色的，写有"地主"二字。

他们在扫雪，挨家挨户地在村子里扫着，铲着，用车拉走。他困惑地站在那儿看一阵，走过去拾起一把铲子。三叔像是见到天大的危险，劈手夺下扔在地上，叫他快回去。他不。

三叔家的人抱在一起，哭作一团。

哭声召唤生长记忆的雪。雪花惶惶飘来。他明白了，三叔家的人是坏人！而他的奶奶，是过去可以把冷妈妈关进水牢的那种人。他坚决要走。三叔不让。他哭。

姑姑来了。那双小脚跟奶奶的一模一样。说是赶了几十里山路。姑姑的热唇啜饮了他伤心的泪滴，领他去跟奶奶告别。她贼似地在四周观望一阵，往坟上放两个核桃，说，孩子，给你奶磕个头吧。小孩子不打紧，别人不会说。

他不磕。姑姑不勉强。又说，孩子，回去可不敢跟你爸讲家里的事。记住了？

三叔的几个孩子哇地一声，小胳膊架着脑门往回跑。地上覆着等他们去扫的雪。

三叔猛地背起他就走。他让三叔快点走。三叔摔倒了。他要自己走。三叔仍然背着他走。他不吭声了。三叔好几次要摔倒，好几次都没有摔倒。不说话的三叔在不说话的雪地上跌撞着走……

田老师的胳膊上也有了一个黑袖套，无字，不是扫雪，是扫厕所。男女厕所都扫。

杨小刚不由自主地走过去。说什么好呢？就说，田老师，我回来了。

田老师像只受到惊吓的小动物，把扫帚往怀里一抱，我该死，罪该万死……

她合上那双依然明亮动人的大眼睛。战栗。神经质地反复念叨。

杨小刚拭泪走了。不是为田老师，是为自己。他觉着自己离扫厕所的日子为期不远了。

翌日晨，有人发现大操场的单杠上吊了一具尸体。

当天下午，几个老乡抬来一口没有油漆的棺材。麻脸老乡说是他的。对藏八的一点心意。

同学们。头发蓬乱的陈老师站在讲台上有气无力地说，可能大家已经知道了，田老师于今晨四点左右……离开我们了。明天中午下葬，就在外面的油菜地，有愿意参加的……

陈朝秋同志！周主任一步跨进教室，扫一眼满座的学生，口气缓了一点。不是当着这些学生的面，我还叫你一声同志。哼！

我并没有要求学生去，我是说自愿。

周主任头一晃，你糊涂呀！

几个老乡抬着棺材，麻脸老乡在前面引路，陈老师跟在后面。一些同学聚在窗户那儿，目送这支没有哭声，没有花圈，也没有一个死者眷属，小得不能再小的送葬队伍。

就这儿。麻脸老乡指着一个挖好的坑说。

放下去。填土。周围的油菜花黄得胀眼。

陈老师一扔铁锹，慢！

怎么？

她是姑娘，我们得给她几朵花。

姑娘？你们医生不说她有身孕了吗？

她是姑娘……曾经是。

给。一直猫在油菜地里的杨小刚钻出来，递给陈老师一枝油菜花。

陈朝秋！周主任并不跑近，上气不接下气地嚷，我再提醒你一句，你还有没有一点阶级觉悟？我们必须考虑你的党籍问题！

麻脸老乡指着棺材问，陈老师，她到底是什么人？

陈老师的眼睛没有离开棺材。她是……孤儿。是孤儿。

杨小刚手一指，陈老师，你快看！

油菜地的一条土埂上，同学们一脸庄重地朝这边走来，走在最前面的王莎莉捧一个用万年青编扎的小花圈。扎了几朵白纸花，没有挽联。土埂两旁的油菜花把他们渲染成异常悲痛的金黄。

同学们！这片金黄的上空忽然响起陈老师沙哑的声音，谢谢你们，谢谢你们还想着她！不管怎样，她毕竟当过你们的老师，毕竟和你们共同生活了好几年。请大家记住她，永远记住她。不为别的，只为她曾经是你们的老师……

陈老师呜咽着说不下去。王莎莉哇的一声，立即勾引出集体地哇。就见跪倒一片金黄。

学校已经停课了，但同学们照常坐在教室。陈老师一进来，大家自动起立。

坐下吧，都坐下吧。

陈老师也坐下来，沉默片刻，又站起来。说，现在全国所有学校已经停课很长时间了，尽管西藏军区和新疆军区的子弟学校还保留军队编制，但上面规定也必须停课。我今天是来跟大家道别的，我很快要离开这个学校，不过，我会时常想念你们的。

有人在座位上发出低声的抽泣。

陈老师想提高一下声音，清清嗓子，我请同学们记住，就是有一天到了共产主义，不需要总司令了，我们仍然需要老师。如果到那时还需要总司令的话，老师就是总司令，是整个人类的总司令。

钟高原、张小飞，魏援朝被叫上讲台，陈老师挨个儿给他们系上红领巾。王莎莉高喊：全体起立！

陈老师说，你们三位同学是我们班最后一批入队的，但是，今后无论你们走到哪儿，都可以骄傲地想着自己曾经是一名少先队员。你们是幸福的。

她举起右手：为共产主义事业而奋斗！

时刻准备着！

同学们行着队礼。陈老师慢慢扫视每一张脸，猛一低头，边掏手帕边冲出教室。直到她的脚步声消失之后，一些同学还没把手放下来。

大家缄默着。忽然，王莎莉领头唱起了少先队队歌。一阵伴着呜咽的歌声立刻在教室里响起。

从这时起，藏八六〇届甲班同学像一下长大了十岁、二十岁。

她还坐在长条椅上要我原谅她。为那一巴掌。我说我不记得了。

我俩谈起藏八的那些同学，谁现在在干什么，谁出国了，谁在国境线上牺牲了，谁跟谁结婚了。

她轻声说道，崔善美过去一直想入队，可是我没帮上忙……

她像扇自己嘴巴那样，一巴掌捂了嘴。

后天，我和她一起去了藏八。过去那里大片大片的油菜地已被一些厂房、店铺、菜馆和个体摊位所取代。尽管如此，我俩依然从潮湿的眼睛里看到了那片金黄。

那是藏八六〇届甲班同学能够共享的唯一的不朽。

原载《西藏文学》1994 年第 4 期

听妈妈讲那过去的事情

1. 夜空布满燃烧的星光

月亮在白莲花般的云朵里穿行的时候，薛作者坐在医院的病床旁边，听妈妈讲那过去的事情。那些事情对于年近九十的老人家来说，那是她的一段段难忘的经历，是她的一串串生命的体验，是她的一个个精彩的故事。

老人家虽然患了结肠癌，但思路清晰，精神蛮好。她说，"八·一"建军节快到了，必须演唱一段《解放军军歌》，必须要给儿子讲讲她当年的那些事。

薛作者知道，老人家自从前几年看了一部叫《激情燃烧的岁月》电视剧，她的回忆神经便被充分调动起来了。这不，刚动完手术的她又在念叨："儿啊，你的那个叫石钟山的军艺同学是个好孩子，你看人家写的《激情燃烧的岁月》有多好，你就不能也写一写？也让妈当年的激情再燃烧一下？……"

薛作者就劝："妈，医生要你少说话，不唱歌，多静养。"

老人家不高兴了："再这么静养下去呀，我的激情就全被养没啦。对于缠住我身体的病魔，只有把我当年的激情燃烧起来，那才真的是神丹妙药呢。"

没办法，劝不住，只好听她老人家讲——

她的童年没有多少欢乐，因为在她的印象中，几乎没有亲人。由于家里贫穷，父亲是打长工的，她在出生第二天就被卖给了邻村一户中农家，取名叫锁兰。她回忆说："养父养母没有生育，在我被卖到这家之前，他们还买了一个比我大十多岁的男孩，我叫他哥哥，他对我特别好，后来我才知道，我和他都是被卖来的。说是卖，但卖的不是钱，而是两斗高粱米。唯一让我高兴的是，养父养母让我哥干杂活，供我念完了小学和初中。我吃不饱，成天饿，放学回家就去山坡偷偷挤羊奶喝，我哥打掩护，一直没有被养父养母发现。我的衣服破破烂烂，打满了补丁，一套衣服一穿就是好几年，衣袖和裤脚都短短的。学校有一次规定每人交三块钱买校服和胶鞋，养父养母不给我钱，上体育课时，老师就在我的眼睛上画了一副眼镜，叫我站在旁边看。我受不了这羞辱，跑回家痛哭一场，说我再不去学校了。哥哥安慰我，叫我努力学习，将来才会有出息。哥哥用他卖鸡蛋攒的三块钱给我买了校服和胶鞋，还告诉了我的身世，我终于明白了，为啥有同学骂我是野孩子。从这以后，我更加努力地学习。养父养母为了省灯油，晚上不准我点油灯，我就每晚借着月光写作业，每次考试我都是全班第一。"

　　薛作者看见，老人家讲到这，脸上有了笑容，但这笑容很短暂，表情随即沉重起来。她接着说，有一天，哥哥悄悄告诉她，她的亲生父母双双上吊自尽了，要不要回去看看？她怀着恐惧和好奇的心情跑到那个村里，看见一个破架子车上躺了两个人，但看不见脸，因为那两个人是用破席子裹住的，只能看见四只肮脏的赤裸的脚，这是她有生以来对亲生父母的唯一印象。她站在那儿，呆呆地看着有个人把架子车拉走了，看着这个小得不能再小、只有一个人的送葬队伍，她想喊，喊不出；她想哭，哭不出。不知过了多久，身体发僵的她望着她亲生父母远去的方向，像是要活埋自己似的蜷作一团，慢慢瘫倒在地上……

　　薛作者俯下身去把她的眼泪擦了："妈，别太难过，都过去了……"

　　"什么过去了。"她又不高兴了，"那是你的亲姥爷，那是你的亲姥姥，那么悲惨地走了，那些事儿怎么能过得去？我这心里就永远都过不去。怎么，你不想听了？"

"想听想听。"薛作者的态度极好，调整了坐姿。

"这还差不多。"她松口气，"要是别人，我还懒得跟他讲呢。"

就讲，那是 1948 年夏天，晋中战役打响了，中国人民解放军已经解放了山西省的部分地区，准备围攻太原城。这时她刚满十六岁，命运有了重大转机——一天，有个叫王秀英的人，是她的小学同学，说解放军正在太谷县招兵，想跟她一起去报名参军。她兴奋了好一阵后又犯了愁，两个人身无分文，这事又不能让家里人知道，路费怎么办？她灵机一动，想了个主意，跑到一户地主家，进去以后二话不说，操起大扫帚打扫院子。地主很高兴，夸奖了一番，给了满头大汗的她两个铜板。但她估计这两个铜板不够火车票钱，于是又跑去向邻居家借了五毛钱。

"唉，儿子，你是不知道啊，那五毛钱是民国币，解放以后就不能用了，但我一直记着那家人的这个情。"老人家有些激动了，"可惜我没有留着那张钱，能做个纪念该有多好啊。这事过了八年，我休假从西藏回老家的那次，专门去还了那家人五十块钱，把他们高兴坏了，到处宣传。五十年代的五十块钱可值钱了，别说买火车票，就是买飞机票也用不完呢。当然，那不是钱的事，是情谊。"

薛作者问："妈，你和王秀英阿姨当年就凭五毛钱上的火车？"

做梦吧。老人家说，当年她和王秀英走了几十里路，到了火车站一看，傻了，买两张火车票需要一块六毛钱。但参军的决心已下，绝不能半途而废。她俩在铁道旁的草丛里埋伏到天黑，悄悄摸到火车最后几节装煤的车厢跟前，身材高大的王秀英蹲在地上，她踩着王秀英的肩头翻进车厢。可是王秀英却怎么也爬不上去，而火车就要启动了。她趴在车厢沿上伸出手，一边焦急催促一边紧拽王秀英的手，终于把王秀英拉上了车厢。

为了防止被人发现，又惊又吓的两人趴在煤堆上不敢起身，但她们内心编织的美好未来，却使身下的黑色煤炭不断散发蜂蜜般香甜气味，更把漆黑的夜空描绘得曙光一片。两个人都在美美地想象，穿上军装，挎上手枪，骑上战马，骄傲地回到村子里转上几圈……哦，现在暂时还不能骄傲，没有火车票如何出得了火车站？商量一阵后，两人决定在中途停车时便溜之大吉。

到了太谷县，一身脏兮兮的两个人顾不上洗把脸，四处打听，兴冲冲地赶到晋中中学，解放军华北野战军第一兵团（后改为第18兵团）随营学校就在这里招兵，兵团司令员徐向前兼任政治委员并兼任随营学校校长。那个叫王麻锁的指导员态度和蔼，笑眯眯地背着手，微微弯着腰对她俩说："干嘛要把脸抹这么黑？只剩两个眼珠子还在那儿滴溜乱转。"

她俩对视了一下，忍不住埋头笑。王指导员对身材高大的王秀英比较满意："你，去那边登记一下，你被录取了。"

"我呢？"她的心紧了。

"你？今年有多大了？"

"十八岁了。"

"你不诚实。我看你顶多只有十四岁，你这头发还是黄毛，面黄肌瘦的样子，是不是身体有病呀？回家去吧，等过两年再来，好不好？"

"不好，哇——"她放声大哭。

"别哭了。丫头，这么跟你说吧，部队是要行军打仗的，你跟不上的，要是掉队了，容易成为敌人的俘虏。这是为你好，就这样吧，回吧。"

她看着王指导员的背影，心里气气的，喑喑喊道："我就不回，就不回，不回……"

晚饭时，学员们端着碗在那儿排队打饭，她东瞅西瞅，抓了一只碗，站到队伍的最后一个。到了跟前，炊事班的战士都疑惑地看着她，她却故作镇定，果断地伸直了手臂，像端着一碗满满的心愿。炊事员们互相挤挤眼睛，给她碗里盛了满满的饭菜。

　　她没有筷子，跑到一边背着大家，用手三抓两刨地把饭菜吃得干干净净，感慨部队上的饭菜太好吃了。王指导员其实已经把她的这些举动看在了眼里，起了恻隐之心，他对一个教员说："这个丫头是饿坏了，我看她还挺聪明，你带她去考考文化再说。"

　　对于年年考试都是全班第一的她来说，教员出的题简直太简单了。算术题是加减乘除四则运算，语文题是填空：中国共产党（万岁）、伟大领袖（毛泽东）、解放军总司令（朱德）……

　　教员很惊奇："真没看出来，你咋啥都知道。"

　　她说："满街的标语上都写着呢，我全记住了。"

　　教员对王指导员说："所有题她全做对了，没有一点错。在新招的学员里，学习成绩这么好的不多啊。"

　　王指导员点了点头，问她："为啥要参军？"

　　"能吃饱饭。"她小声回答。

　　王指导员摇头。

　　"能学文化。"她大声回答。

　　王指导员又摇头。

　　"能干革命！"她响亮回答。

　　王指导员连连点头："聪明，这就对了嘛。录取了。带她去三区队朱队长那儿报到。"

　　这批学员共有男学员两千名，女学员一百五十名。她在这个革命集体里快乐地学习生活，但差点因为她哥而断送了这一切。那是两个多月后的一天，她哥参加攻打太原的民工队，打听到了她，于是跑到学校大闹着要带她回家。

　　其实，哥哥不要她参军是有原因的，哥哥的小名叫锁锁，比她大十三岁。她记得抗日战争爆发以后，锁锁就开始经常不回家，说是在外面跑小生意。1943年的一天深夜，锁锁从墙头翻进家的院子，躺在地上小声呻吟。她和养父养母跑出来看，一下惊呆了。锁锁满脸是血，痛苦地捂着左手臂。养父养母焦急地问："锁锁、锁锁，你这是怎么啦？锁兰，快来搭把手，把你哥抬进屋再说。"

锁锁躺在炕上，让家里人别喊，要小声说话。他对养父养母讲了实话，说他参加了祁县的抗日队伍，他们排的主要任务是深入敌后，护送一些党的领导人通过敌人封锁线，破坏日军的电话线和交通运输线。他们完成了很多任务，前几天还破坏了一段铁道轨，造成一列军用火车颠覆，死伤了很多日本兵。这下把日本鬼子惹恼了，派出重兵围剿他们。锁锁说："虽然我们排有好几十人，但只有几条枪，大多数人手里的武器都是钢钎和十字镐，哪里是鬼子的对手。打了不到一个时辰，我们排的人基本都死光了，活着跑出来的顶多只有两三个。"

养父把煤油灯点燃，养母拿毛巾给锁锁擦脸上的血，养父养母突然惊叫一声，因为他们看清了锁锁穿的是军装，在衣服的左手臂位置上还缝着一块写有"八路"的布标牌。养父急忙叫道："快把他的衣服脱下来。锁兰，还愣着干啥，你把这衣服拿出去埋掉，快！"

锁兰慌慌张张地把染血的军装抱出去，埋在院子里的一个大花盆底下。全家人商量一下做出规定，这事绝不许跟外人提一个字，也绝不许锁锁伤好以后再去找部队，今后这个家里绝不许有人去当兵。

现在，锁锁来兵团随营学校要锁兰跟他回家，锁兰好不容易才参了军，她当然不愿意回家，跑到一间宿舍里躲藏起来。

王指导员很策略地跟锁锁谈话："这位兄弟，你看这么办吧，你妹在这快三个月了，学杂费、服装费、伙食费、住宿费，不多，一共三千元，你把这钱交了就可以把她领回去了，我们绝不拦着。"

谈完话后，锁锁一溜烟跑掉了。王指导员哈哈大笑："想跟我斗，他还嫩了点。"

老人家躺在病床上笑得合不拢嘴："儿子，至于后面的事情，且听下回分解。总之，是军队给了我新生，我把建军节当作是我的生日，真正的生日。你把床头摇起来，我要唱歌了。"

薛作者劝她别唱，当心把手术伤口震裂了。劝不住。她说："不唱怎么能燃烧激情？"

就唱："向前向前向前，我们的队伍向太阳，脚踏着祖国的大地，背负着民族的希望……"

歌声中有一幅幅感人的画面叠映在老人家的脸庞，整个夜空布满燃烧的星光。

2. 永远十八岁的哥哥

月亮深沉地高悬在夜空中，没有清凉的晚风，天气闷热，薛作者坐在医院的病床前，听妈妈讲那过去的事情。有些事情是她曾经讲过的，但对于她来说，每讲一遍都是一次极为生动的激情燃烧。

老人家叫薛作者把空调关了，说是只开一会儿就可以了，这样节约电。薛作者说："这里是医院，又不用咱交电费。"她嘴一撇："你就这水平？就这素质？难怪你写不出激情燃烧的岁月那样的作品。如果你爸还在，又该批评你了。不错，医院是公家的，咱为公家节约电难道不是一件光荣的事儿？再说了，咱们那时候哪有啥空调？电风扇都没有。那时候……"

她说的那时候是 1948 年，当时她还是兵团随营学校三区队的学员。学校的生活十分艰苦，后勤物资匮乏，一百五十个女学员穿的都是男式胶鞋，鞋大，只好用细绳子把鞋绑扎起来穿。一早一晚每次绑扎又解开太费事，经常睡觉时干脆不脱鞋，遇到紧急集合时下床也利索。由于当地严重缺水，学员们每天早上就在一个水龙头跟前排队。湿一下毛巾，擦擦脸，有时也跑回宿舍擦擦身子。有一天早上，她看见学员班长任苗凤捡到一把几乎秃毛的旧牙刷，于是好奇地问："你捡的那是啥？"

任班长把她拉到一旁，神秘地告诉她，这叫牙刷。任班长还把牙刷伸到嘴里示范了一遍，然后递给她："你来试试。"

她接过来看了看,说:"我不要,你嘴里的东西会把我的嘴弄脏。"

任班长鼓动说:"不脏,咱俩以后搭伙用。你不懂,咱用了这个,牙齿会变白的。"

她不相信,说:"咱从来不用这个,牙齿也很白。咱全村的人都不用这个。"

任班长进一步鼓动说:"咱兵团的首长们可都要用这个呢。那叫修养,有讲究的。你以后要嫁给兵团首长就知道了。"

她似信非信,犹豫地说:"是吗?可是……咱又不嫁兵团首长,你是班长,还是你自个儿留着用吧。"

虽然她没有用那把旧牙刷,但她获得了一个新知识,那就是用牙刷的人都是有修养的人。她会努力学习、努力工作,相信总有一天她也会成为一个有修养的人,但她一定要使用一把崭新的、不跟别人搭伙用的、只属于她自己一个人的牙刷。

在随营学校学习的整整一年时间里,无论是大冷天还是酷暑天,她跟其他学员一样,从没洗过一次澡,身上都长虱子了,经常坐在太阳地里像猴子似的翻衣服找虱子,但没有一个人叫苦埋怨,反而觉得十分幸福快乐,课间休息就唱歌跳舞,还玩"丢手巾"游戏。她没想到,正是这个"丢手巾"游戏,莫名其妙地把她丢进了像游戏似的婚姻殿堂。

那是一天中午,女学员们又在草地上玩"丢手巾"游戏,来了几个兵团的机关干部站在一边观看。她发现那几个干部满面笑容,时而使劲鼓掌,时而交头接耳,但她并没有太在意,以为那是上级首长来学校检查工作。她玩得很投入,开心地跟着大家一起唱着那支儿歌:"丢手巾,丢手巾,悄悄地放在小朋友的后边,大家不要告诉他,快点快点捉住他,快点快点……"她跑得很快,身手灵活,但还是被别人捉住了。后来她才知道,这是班长根据王指导员的意思有意安排的,因为一旦被别人捉住,就必须表演节目。她有一副天生的好嗓子,会唱许多山西民歌,虽然没有经过专业训练,但歌声依然悠扬动听，引来那几个干部的阵阵喝彩。其中一个干部向她投去灼热的目光，对旁人说道："就她了。"

薛作者插嘴说："妈，我知道了，说这话的那个干部就是我爸，敢情他是去你们学校选对象，是吧？"

老人家还沉浸在玫瑰色的梦幻中，她乐滋滋地理着银白的头发，似乎要把每一根头发都理成她青春年华的藤蔓，并沿着这藤蔓追寻她的甜美婚姻："那是当然了，不是你爸还能是谁？不过当时我根本不知道他是谁。嗳，你别打岔，听我接着跟你讲。我没想到，你爸见到我的当天就有情况了……"

那是到了晚饭后，区队长朱亚莉通知她去队部，说王指导员要找她单独谈话。在去的路上，她有些紧张，因为这是她第一次去队部跟领导单独谈话。她心里打鼓，认真回想这两天有啥没做好的事。哦，想起了两件事——

第一件事，昨天夜里，她起床小便，没有灯，看不清，不慎将宿舍里放的大尿盆踢翻了，吓得她赶紧憋着尿，蹑手蹑脚地钻回被窝。由于学校没有床，学员都是打的地铺睡觉，满满的一盆尿液在宿舍的地面横流，渐渐浸湿了地铺的稻草，进而浸湿了稻草上的被褥。班长任苗凤醒了，把全班十多个学员叫起来列队站好，气急败坏地喊叫："谁干的？自己说！如果被我查出来，有她好看的！这是一个搞破坏的案件，我一定要查到底。说！"没人敢说话。她更不敢说话。搞破坏的罪名可不小，搞不好会被学校开除的。

第二件事，今天早晨轮到她打扫厕所，因为天太冷，坑里的脏物全被冻住了。她力气小，用铁铲都铲不动，正在犯愁，身材高大的王秀英跑来了，叫她靠边站，王秀英拿铁铲三下五除二把厕所打扫完了，用架子车拉着脏物往学校外面走，很仗义地边拉车边回头说："以后轮到你打扫厕所就叫上我，不然我可要生你的气啊！"她没有感谢王秀英，因为担心别人会说她偷懒之类的闲话，向领导打小报告，她还想争当先进呢。班长任苗凤正好过来碰见，叫王秀英不能这样做，王秀英不服气地说："这不用你管，我愿意。"

她琢磨，这两件事情会不会被人发现了，汇报给了校领导？她脑子里塞满纷乱的杂念，硬着头皮走进了队部，没想到王指导员一见她便笑着招呼："锁兰，你这个黄毛丫头，挺有福气的啊，有贵人帮你呀！"

她以为是说今早打扫厕所的事，慌忙解释："我没让王秀英帮我，是她自己跑来……"

"这事儿跟王秀英没关系，咱不提她。"王指导员打断她，"今天是说你个人的事儿，快坐下，坐下说。"

她坐下来，发现王指导员的神情与往日不同，不仅给她端了杯白开水，还笑眯眯地端详她一阵，摇着头说："连我都没想到啊，你会这么有福。"

"我有福？"她想起家乡人都爱说的一句应酬话，于是连忙说，"哦，托指导员的福。"

"当然是托我的福啊！"王指导员的眼睛笑眯成一条线，"你看啊，你刚来的那阵，面黄肌瘦，这才不到一年就长得白白嫩嫩的，成了漂亮大姑娘了。嗯，只是头发还有点黄，往后多加强点营养，头发一变黑，那你就是咱兵团的美人了，人见人爱哟。这都是我的功劳，你说是不是？"

她不知道该怎样搭话，也不敢笑，只愣愣地看着满脸通红的王指导员，心想："他今天喝酒了？"

"今天，我找你谈话，不代表个人，是代表组织。"王指导员的神情严肃起来，"是这样啊，组织上准备把你分配到兵团直属补训师宣传队工作，去报到之前，你要先见一个人，这个人是红军干部，姓薛，现是咱兵团保卫部一科科长，刚任命为六十二军保卫部长，还没去上任，在他去上任之前，组织上从关心爱护干部的角度考虑，需要尽快给他解决个人问题，也就是组建家庭问题。锁兰，你想啊，他都马上满三十的人了，为了革命，南征北战，到现在还没有成家，生活上没人照顾那咋行啊？如果我们的党组织不关心，那还让国民党反动派来关心？所以啊，组织上经过慎重考虑，从我们的女学员中反复挑选，决定把你介绍给薛部长，也就是让你跟薛部长结婚，看你对组织的决定有啥意见？"

组织的决定高于个人的意愿，她没意见，但她真不懂结婚的含义："我坚决服从组织上的决定，可是……结婚是啥意思？"

"结婚就是……这样跟你说吧，结婚就是两个人在一起，今后互相学习，互相帮助，互相照顾，共同革命，共同战斗，共同进步！"王指导员握紧的拳头在空中一顿一顿地有力挥舞，让人感觉结婚的意义如此神圣而光荣。

"那我就结婚吧。"她认真点头。

"这么说，你是同意了。"王指导员高兴地拍了拍桌子，"我在这儿要特别表扬你，你在这儿没有白学习，政治觉悟提高很快，组织纪律观念也很强，不错，咱们部队就需要像你这样的好同志。这样，我算是你的婚姻介绍人，哪天安排你跟薛部长在这儿见见面。要注意礼节礼貌啊，不要叫他老薛什么的，要叫首长，明白啦？"

"是！明白！"她一下从凳子上腾起，立正敬礼。

"这才是咱们学校培养的优秀学员嘛。"王指导员如释重负地长吁了一口气。

她回到宿舍还在纳闷，校领导多次在大会上宣布严格纪律，不允许女学员跟男同志平时有任何接触，更不允许谈恋爱，难道王指导员也敢违反纪律？

第二天，薛部长和警卫员小邓是骑马来的学校，小邓牵着两匹马溜达去了，她早被叫到队部等着。王指导员出去时特意把门关好："锁兰，这儿没人来，你俩有啥情话尽管慢慢说啊。"

没有情话。薛部长问了她的家庭情况和年龄，又问道："你们现在正学什么？"

"人类发展史。"她低头回答。

　　薛部长来劲了，打开话匣子，讲关于人类如何从猿到人，人如何学会使用工具，然后讲原始社会、奴隶社会、资本主义社会的形成，一直讲到社会主义和共产主义的远景。她感觉薛部长比学校的教员还讲得好，只是薛部长说的满口河南话有个别地方听不懂。但她不敢问，也不敢抬头看，在整个见面的过程中，她都始终盯着薛部长穿的那双旧棉鞋。

　　老人家讲到这，乐哈哈地说："当时我对你爸最深的印象就是那双旧棉鞋，现在想起来，那算是你爸送给我的定情物吧。哎，这个死老头子。"

　　薛作者一笑："妈，你怎么这样骂我爸呢？"

　　她也笑："你爸当然是死老头子，他比我大整整十二岁呢。儿子，我要唱支歌献给你爸，算是咱们跟他一起过建军节，你用手机录一下。"

　　薛作者举着手机给她录："九九那个艳阳天来哟，十八岁的哥哥……"

　　歌声满含着她对丈夫的怀念之情，毋庸置疑，在她的心目中，她的丈夫永远都是十八岁的哥哥。

3. 中华儿女优秀的子孙

　　月亮萌生潮动的情感的时候，薛作者坐在医院的病床前，听妈妈讲那过去的事情。妈妈躺在白色一片的环境中，这让薛作者想到了冬季里的一棵苍老的枯树，它静立于被茫茫白雪覆盖的原野上，裸露着最真挚的情怀，久久凝望过去的年年岁岁。

　　老人家凝望的是 1949 年 4 月，由于国民党山西省主席阎锡山已在 3 月 29 日乘飞机逃离太原，太原城陷入一片惊恐混乱，兵团随营学校不断向学员通报情况：

　　4 月 1 日，国民党山西省政府宣布，拒绝解放军和平解放太原的建议，"活着不与共产党谈判，死后也不见共产党的面。"

4 月 2 日，国民党山西省政府向太原守军发布命令："誓与太原共存亡，不成功，便成仁。"传达阎锡山口谕："当场打死倡议缴械投降的人，谁打死什么级别的人，就提升他到什么级别。"

4 月 3 日，太原特警处开始屠杀被关押的大批共产党员和进步人士（屠杀一直持续到 18 日）。

4 月 5 日，解放军太原前线总指挥部发出《政治动员令》：敌人不投降，就坚决消灭它。

4 月 19 日，解放军开始向太原城炮击，同时强渡太原城西北的汾河，歼灭河西守军第 61 军及坚贞师，击毙 61 军军长赵恭，攻占河西军用机场。

4 月 20 日，解放军开始总攻太原扫清外围据点的战斗。

4 月 21 日，毛泽东主席、朱德总司令发布《向全国进军的命令》：命令全军奋勇前进，坚决、彻底、干净、全部地歼灭中国境内一切敢于抵抗的国民党反动派。

4 月 24 日，解放军在早晨 5 时 30 分向太原城发起总攻，于 10 时结束战斗，宣布太原解放。

老人家回忆，在那段日子里，兵团随营学校的学员们成天处于亢奋状态，学校还召开了进军誓师大会，学员们群情激昂，在操场上不断振臂高呼："打过黄河去！解放大西北！解放大西南！解放全中国！"还高唱了革命歌曲。在这充满胜利喜悦和迎接大战的气氛中，她早忘了要跟薛部长结婚的这码事。但王指导员没有忘，又把她叫去谈话："锁兰呀，昨天太原解放了，你也解放了。"

"我咋解放了？"她没听明白。

"咋解放了？傻丫头，明天你就要去驻在太原城的兵团补训师报到了，去了那儿，你也就是首长夫人了。"王指导员用手指头频频点她。

"啥首长夫人？"她还是没听明白。

"你马上要去跟薛部长结婚嘛。忘啦？那我可要批评你了。"王指导员不大满意。

"噢，报告指导员，我是忘了。我错了。我改。"她紧张地起立。

"没事儿没事儿，知道自己错了那就是没有错。锁兰，我在这儿要特别提醒你，你可要好好珍惜这个机会。你是不知道啊，人家薛部长从延安就一直搞保卫工作，是老保卫，人家原先是想要个共产党员当媳妇，对你有顾虑，因为你连青年团员都不是，还是我跟他解释，锁兰同志积极上进，早晚都会成为共产党员的，这样他才同意了，这全是我的功劳。好了，你回去准备准备吧。"王指导员的神情高深莫测，叹着气说，"哎，我又送走一个。"

第二天，她和另外20多个学员一同登上一辆军用卡车，被送到补训师。她一到师宣传队就忙于排练节目，参加文艺演出慰问部队指战员，把结婚的事又给忘了。可是过了两天，刚吃过晚饭，宣传队教导员突然叫她把背包打好，说兵团派人来接她走。她一看，是薛部长的警卫员小邓，这才想起要结婚的事。打好背包后，小邓要把背包背上，她着急了，一把夺过来叫道："这是我的背包，我自己背！"

小邓吓了一跳，不敢争，让她坐在马背上，一路默不作声地牵着马走。她心想，"咱老家那儿娶媳妇都是坐花轿，我是骑战马，还有人牵着引路，不过，这也怪美的。"

到了太原绥靖公署，小邓对她说："咱们到了。这是绥靖公署，也叫阎锡山公馆，现在是咱们兵团的临时指挥部。"

她下了马，走进宽敞的院子，小邓又要帮她拿背包，她生气地嚷："你这个兵咋这么讨厌，我说过的，我的背包我自己背。"

小邓连忙退到一边，脸红筋胀地低头嘟哝："哪有新娘子背着背包参加婚礼的？也太不懂规矩了。我这不都是为你好嘛。"

她并不领情："谁说我是新娘子？我是革命战士，你才新娘子呢。"

小邓结结巴巴地说："你、你这人不讲理，我们首长怎么会把你看上了，真是邪门儿。唉，这下我们首长可亏大了。"

　　这时，从院子里面跑出来一位大姐，剪着齐耳的短发，穿着灰色的列宁装，一见小邓和她就高兴地冲过来，拉着她的手说："你就是新娘子吧？啧啧，老薛的眼光不错嘛，瞧这水灵灵的小模样。来来，快跟我来，大家伙儿都在这儿忙好一阵了，就等着你呢。"

　　她后来才知道，那位大姐是兵团保卫部长秦传厚的爱人姚玉芳，曾在革命老区的妇救会工作过。姚大姐性格开朗泼辣，招呼小邓把背包拿到一间屋子去，然后一把将新娘子的军帽摘掉，扔到一边，手拿一把木梳，往木梳上吐几下口水，说："婚礼上不用戴帽子。来，坐下，我给你梳梳头。"

　　她说："不用，我来的时候梳过头。"

　　姚大姐说："那不一样，坐下。"

　　不一会儿，她的头发便被姚大姐梳得湿润发亮，但她不得不忍住阵阵恶心，顶着一头的口水，茫然若失地走进了婚礼现场。

　　婚礼极简单。晚饭后，兵团政治部主任胡耀邦作为证婚人，跟几十个干部挤坐在一间堂屋里，她和薛部长并肩站在前面，秦部长讲话："同志们，肃静，听我说啊，我作为婚礼主持人在这里宣布，今天，1949 年 4 月 28 日，经组织批准，兴邦同志和锁兰同志正式结为夫妻！"

　　大家热烈鼓掌叫好。秦部长接着说："明天，我们很多人就要南下走了，时间紧，婚礼就不搞那么复杂了，新郎新娘也不出节目，也不拜天地了，革命的婚礼嘛。大家注意，也不要闹新房，早点休息，明天一早该出发的也赶紧出发。就这样了，大家吃喜糖吧！"

　　她这才注意到，桌上摆了两盘糖和两盘花生米，转眼就被几十双手抓空了。她正在愣神，秦部长走过来用肩膀一撞她："娘的，去！给咱们老薛当老婆！"

　　她被撞到老薛怀里，大家一阵哄笑。她气气地想："这位首长太粗鲁，没文化。"

　　秦部长的确没文化，是放牛娃出生，据他自己讲，有一天他在山上给地主家放牛，牛发情了，两头公牛疯狂打斗，其中一头摔下山崖死了，他不敢回去，正好红军路过，于是他跟上队伍，当了红小鬼。不过，她至今感谢秦部长，因为她和老薛的婚礼结束后，秦部长笑哈哈地对她说："你们的洞房我都给安排好了，这可是阎老西住的地方，好家伙，太原刚解放四天，共产党解放军的新婚夫妇就在这儿洞房花烛夜，这要让阎老西知道了，非气死他娘的不可！"

老人家讲到这儿，薛作者很有兴致地问："妈，你能不能给我讲讲你洞房花烛夜的细节，那肯定有意思。"

"没意思。"老人家的神情有些懊恼，"哪有啥洞房花烛夜，你爸想抱我一下都没抱成，这都怪我，你想听这个？那我就跟你说说当时的真实情况。"

当时的真实情况是这样的，婚礼结束后，人都马上散了，秦部长留在那儿告诉老薛，上级决定老薛暂不去62军上任了，立即带一个侦察队南下，先到成都与当地的地下党组织联络，准备迎接解放成都。这时，坐在屋角的她已经非常困倦了，感觉那两个人只顾谈工作任务，似乎把她给忘了，于是她起身往外面走，却没有一个人招呼她。她有点迷糊地走回师宣传队，进了宿舍一看，她的床铺空空的，啥东西都没有，便大声问："我的被褥呢？"

几个女兵被惊醒了，都从被窝里爬起来，七嘴八舌地说："你今儿不是自己把背包打走了呀？忘了？"

"你是新娘子，今晚要入洞房，你咋回来了？"

"你跟首长闹别扭了？"

"首长不要你？"

"这可不行，赶紧去跟领导汇报！"

女兵们都围过来劝慰她，怎么也劝不住。不一会儿，教导员领着警卫员小邓跑来了，小邓焦急地说："你可把我们首长急坏了，还以为你被国民党特务绑架走了，秦部长在那儿骂娘，差点要命令保卫部全城戒严搜查呢。快跟我回去吧！"

"我不回去！"她倔强地朝小邓喊道："我的背包是你拿走的，你马上给我拿回来！"

教导员严厉地说："不像话！锁兰同志，我命令你立刻回到首长身边去！无组织无纪律，新婚之夜逃婚，洋相出给谁看呀？出给国民党反动派看？服从命令，快回去！"

她只好走出宿舍，骑上马，让小邓把她牵回绥靖公署。她心里惴惴不安："老薛会不会骂我？秦部长会不会又用肩膀撞我？……"

老薛态度和蔼，没问她跑走的事，只说："你累了，早点睡吧。"

她有点感动了，说："首长也累了，也早点睡吧。"

老薛笑了，走过来在她身边坐下。她紧张地往一边挪一下身子，老薛也往她身边挪动一下身子。她再挪动一下，老薛也再挪动一下。这样几个回合下来，老薛便无奈地说："你睡下吧。"

她松口气，迅速脱了鞋，并不脱衣服，翻身上床，倒头就睡。老薛也脱了鞋，刚要上床，她惊叫道："男的不能跟我一起睡！"

老薛慌忙摆手制止："不要叫，不要叫，让别人听见了笑话。你自己睡，自己睡啊。"

薛作者不解地问："妈，你那时候就那么害怕结婚？"

老人家说："不是害怕，是不懂。我那时候虽然刚满 17 岁，但营养不良，发育不好，头发还有些发黄，也没受过这方面的教育，不像现在的姑娘醒事早，我在那之前连例假都没有过呢……"

"嗳嗳嗳，妈。"薛作者赶紧打断她，"怎么跟我讲这个？"

"这怎么啦？你不是要听细节吗？这就是细节。我给你讲这个，就是想让你也好好发挥一下。我给你讲的每一个细节，难道不都是燃烧激情的好燃料吗？"她向薛作者摊着双手。

薛作者连忙握住她的手不断抚摸，好言宽慰："是燃料。好燃料。绝对的。你接着讲。新婚之夜嘛，那很有意思，我喜欢听。"

"你喜欢管啥用，你爸可不喜欢。你爸那晚被我赶下床后，自己在卧室外面的八仙桌上铺好被子睡了。不过，话又说回来，幸好那晚上没有洞房花烛夜，因为到了早上，你爸听见有打呼噜的声音，起来查看，八仙桌下竟然还睡了一个人，是警卫员小邓。问他怎么睡这儿？他报告说，是为了保卫首长安全。你爸哭笑不得，但他脾气好，没骂小邓，只说："你这个小鬼，怎么保卫到洞房里来了。哈哈哈……"她笑了一阵又叹气，"哎，你爸吃过早饭就带侦察队南下走了，而我随大部队是往西北走。那叫啥新婚之夜呀，真是对不住他。战争年代呀……"

薛作者提问："那你跟我爸道别的时候不难过？"

老人家又笑："难什么过，我高兴坏了，回到宣传队就唱歌，我唱给你听啊，黄河之滨，集合着一群，中华儿女优秀的子孙……"

薛作者听着，感觉眼前这位中华儿女的子孙，的确很优秀。她在生命的最后时光，仍在用难以形容的点点光亮照耀着她的子孙。

我无法不爱她。

4. 向时代展示精神的富有

月亮在犹如清澈水波的云彩里缓缓流动的时候，薛作者坐在客厅的沙发上，听妈妈讲那过去的事情。老人家今天刚出医院，是她坚决要求的。她说病房里的环境让她老感觉病魔缠身，濒临死亡，使她活着的尊严感很受影响。她说她是革命人，革命人永远是年轻。

她认为，她真正年轻的黄金时间应该是从1949年4月28日那天算起，因为那是她跟老薛举行婚礼的日子。婚礼的第二天早上，兵团保卫部的秦部长兴冲冲地跑来，劈头就说："对不住啊，昨晚我冲了你们的好事，没睡好吧？"

她和老薛没听明白，莫名其妙地互相看着，以为秦部长已经知道了他俩昨晚并没有洞房花烛夜。秦部长大步走进洞房，一把将褥子掀开，大笑道："哈哈，这都没影响你们呀！我还以为……"

她和老薛凑上前一看，呀！褥子下面居然铺满了鹅卵石。秦部长摇头:"这些鹅卵石是我专门派侦察科的人从河滩上捡来的,想折腾你们一下,当个洞房节目给你们做个纪念。他娘的,看来我白忙活了。你们真没发现?"

她和老薛都摇头。她说:"我困死了,倒头就睡着了。没发现。"

"那老薛呢?"秦部长不甘心地问,"你心细,人称诸葛亮,你也没发现?哎呀,看来你们俩太投入了。嗯,应该的,这就对了。"

老薛有口难言,拉着秦部长朝屋外走。她听不清那两个人在嘀咕什么。后来她才知道,老薛一大早就给兵团政治部写了一份离婚报告。胡主任很生气,批评老薛:"哪有刚结婚一晚上就离婚的?说的轻点,这是喜新厌旧,说得严重点,这是玩弄女性嘛,组织上决不批准。你来说说离婚的理由我听听,要实事求是地说。"

老薛的离婚理由是锁兰不是共产党员。胡主任说:"这不是理由,因为结婚前你就知道她不是党员。"

老薛只好实话实说:"她年纪太小,啥都不懂,跟傻子似的……"

胡主任乐了:"不懂可以教嘛,这方面的事有办法。你先带队出发走吧,等你们夫妻再见面时,我保证她啥都懂了。"

暂时还啥都不懂的她正在绥靖行署里傻坐着,突然听见外面有人在哭,她出去一看,是警卫员小邓,她问:"你哭啥?我和首长都没骂你呀?"

小邓说:"刚才首长不要我了,换了一个姓曲的新兵蛋子当警卫员,让我下部队当排长。"

"那好啊,"她替小邓高兴,"这也是喜事,还值得哭?排长是干部!"

"谁稀罕当干部。"小邓擦了眼泪,"我就愿意一辈子都跟着首长,首长是好人。你脾气不好,不会照顾首长。"

"谁说我不会照顾首长?我跟首长结婚,就是为了互相学习,互相帮助,互相照顾,共同革命……"她把王指导员跟她谈的那段话背了一遍。

　　小邓对她另眼相看了，说："嗯，这还差不多，我以后叫你嫂子吧。"

　　"什么嫂子，我不喜欢。叫我同志。"

　　"那……那我叫你嫂子同志吧。这是规矩。嫂子同志，你有文化，能帮我写几个字吗？"

　　"当然可以。写什么？"

　　"蒋介石三个字。"

　　"写啥不好，干吗写这个？这样，我给你写毛主席，写朱总司令。"

　　"你不懂。就写蒋介石。我今天要下部队当排长了，很快要带领战士去跟敌人拼刺刀，我要先操练一下，把蒋介石当靶子。"

　　"那好吧，我给你写。"

　　两人来到阎锡山的豪华书房，她提起毛笔在一张纸上写了"蒋介石"三个大字。小邓拎着墨迹未干的纸跑出去，她也跟着跑出去，只见院子里的角落已经竖了一个稻草人，小邓把"蒋介石"贴上去，操了一根木棍当步枪，嘴里"杀！""杀！"的，一个劲朝"蒋介石"猛刺。她的嘴里也"杀！""杀！"的，在一旁帮着小邓用力鼓劲。不一会儿，小邓就满头大汗了，摘下挎着的驳壳枪对她说："这是以前缴获敌人的，送给嫂子同志，当个纪念吧。"

　　"这咋行。"她接过驳壳枪看了看，为难地说，"还是你留着吧。你要下部队，没武器咋打仗？"

　　"新部队会给我配发武器的。嫂子同志，你看不上？"小邓瞪圆了眼睛。

　　"嗯，是看不上，枪太沉，还是木头盒子。我们马上要出发了，我还要背好多东西，如果再背上这把枪行军，我肯定会掉队的。"她把枪还给小邓。

　　两人正说着，老薛出现了。她一下愣住了，因为老薛化了装，身穿一件崭新的长袍，头戴一顶瓜皮帽，活像那时的公子少爷模样。老薛笑着问："你们不认识我了？"

她没说话，发呆地看着老薛。小邓炫耀地说："我们首长穿什么像什么，早先在延安，在大别山区，在太行山区……

"行了。"老薛打断小邓，"我刚才进来听你们俩在说送枪的事，就不要争了。这把驳壳枪小邓用惯了，还是小邓留着用吧。小邓呀，你跟了我这么些年，出生入死的，辛苦你啦。咱们这一分手，不知道哪天才能再见面，我的这把勃朗宁手枪送给你留个纪念，你要好好爱惜它。"

"不，首长！"小邓激动得眼泪刷地流下来，"这是首长立战功获的奖品，是首长的心爱之物，我不能要！"

"拿着！这是命令。哎，往后我就没有多少机会再命令你啰。"老薛用一块红绸子布把枪包好，塞给小邓，"好了，我该出发了，一会儿你把锁兰同志安全送回去。"

"是，首长放心，我一定把嫂子同志安全送回去！"小邓立正，泪流满面地给老薛敬礼。

"嫂子同志？这称呼新鲜。"老薛笑着摇摇头，把小邓敬礼的手拉下来，转身对她说，"锁兰同志，我先走一步，你要多保重，咱们后会有期。"

老薛领着几十个化了装的侦察员骑马刚走一会儿，她和小邓正在打背包，来了一个干部，自称兵团医院的卫生队长，说是兵团首长专门派他来的。他把小邓支开，单独跟她谈话，谈的尽是些关于生理方面的医学常识。当他讲到如何生育孩子的时候，她臊得满脸通红，跳起来脱口惊叫："哪有那种事！"

她在回师宣传队的路上，心跳不止，骑着马越走越快，最后干脆骑马飞奔，把小邓急得在后面大呼小叫地跑步追赶，路边行人都奇怪地张望。

老人家爽朗的笑声与门铃清脆的音乐声同时响起，薛作者拉开门，把一位叫刘润兰的阿姨迎进来。刘阿姨一进门就扑过去跟她拥抱在一起，激动无比。原来她俩都是兵团随营学校的，而且是一个队的学员。

刘阿姨的精神很好，身板硬朗，离休后的这些年一直在参加老干部晋剧团的活动，四处慰问演出。她说："锁兰呀，咱晋剧团的同志们都挺想念你，大伙儿商量好了，准备带上所有的乐器，到你家来唱台戏，好好慰问你一下。"

锁兰连连摆手："千万不要。我刚做了手术，你们一来，我也想唱，但我现在唱不动了，这会让我更着急，过段时间再说吧，替我谢谢大家了。"

刘阿姨问："你们刚才在笑什么，我在门外就听见了，啥事儿这么高兴？"

锁兰说："我在给儿子讲咱们过去的那些事儿，刚才正讲到我跟老薛刚结婚就差点要离婚。对了，你也给我儿子讲讲你当年的婚礼，那可算是激情燃烧的婚礼，太有意思了。"

刘阿姨爽快地说："那没问题，儿子想听我就讲。"

薛作者说："当然想听。刘阿姨，您等等，我拿纸和笔记记。"

刘阿姨在随营学校主要学的是医疗护理，毕业后被分配到 60 军 178 师医院。1949 年 8 月，秦岭战役结束，部队在宝鸡休整。一天，医院教导员找她谈话，说师政治部组织科长牛广义想跟她见面交朋友。她大吃一惊，因为她平时严守医院的规定："护士不准跟男同志谈恋爱。"有个男卫生员给她写了一张爱恋的纸条，她立即交给了教导员，受到好一顿表扬，夸她组织纪律性强，生活作风正派，是个好同志。可是，现在教导员怎么会要她交男朋友呢？但她不敢违抗，只好乖乖地跟牛广义科长见面。

两人见面时，刘阿姨感觉牛科长的年龄偏大。牛科长看出了她的心思，于是他故意隐瞒了自己 35 岁的年龄，说自己刚满 30 岁。刘阿姨心想，30 岁也大呀！但她还是不敢说，也不敢看牛科长，只是怯怯地说："我的家庭成分不太好，不是贫下中农。"她想借此推掉这门婚事，不料牛科长并不介意，还送给她一张白色绸子大手绢，算是定情物。她从未见过这么漂亮的大手绢，紧张得心里突突跳。

由于这次见面时间太短，不超过十分钟，因此刘阿姨对牛科长的模样很模糊，婚礼那天还闹了笑话，在师部广为流传。

那是 1949 年 11 月 5 日，刘阿姨接到通知，部队准备由陕西经甘肃南下，解放兰州、重庆和成都，很快要出发。为此，师领导决定要她当天晚上跟牛科长突击举行婚礼。于是她赶紧前往师部报到。师部的人都分散在老乡家里，经别人指点，她找到一家老乡的柴火房，牛科长就住在这里。她走进去，当即傻了，里面竟然躺了两个大男人。她看看这个，又瞧瞧那个："谁是牛科长？"

"哈哈，新娘不认识新郎！"那个叫张鲁昆的人是师宣传队长，他大笑着把牛科长推到她跟前，"是他，是他！我马上搬走，马上搬！哈哈……"

婚礼是师政治部主任朱向离主持的，师长温先星等师部领导参加。简朴的婚礼上，大家请新娘唱了一支歌，然后摆了三桌老乡做的饭菜。第二天，部队便南下出发了。

刘阿姨说，她这一生最感激的人就是朱向离主任。一是因为朱主任的女儿朱艳丽是随营学校三区队的队长，也叫三排长，对她和锁兰等学员特别关照。二是因为她的家庭成分不好，牛科长向朱主任汇报，朱主任说这不是问题，组织上看重的是本人追求进步的政治表现，批准他俩结婚。

1950 年 2 月 5 日，朱主任接到去国家外交部报到的通知，他在途径成都龙潭寺时，遭到上百名匪徒的袭击，朱主任和随行的 18 名战士全部牺牲，每个人都被挖掉眼睛，开膛剖腹吊在树上。

刘阿姨讲到这儿，心情沉痛起来。她说："从那以后，每年清明节我都要买上 19 份水果，去烈士陵园给他们扫墓。这样坚持 67 年了，风雨无阻，就是生病也要去。过去跟我一起扫墓的有 50 多个人，这些人现在都老了，有的已经去世了，今年就只有我一个去扫了墓，但我以后还会坚持去，只要我活一天，我就要去给朱主任和战友们扫墓。朱主任是我的婚礼主持人。他……"

说着，她和锁兰的眼泪就那么流下来……

薛作者劝慰两位老人："妈、刘阿姨，别太难过，今天是建军节，咱们说点高兴的事儿。"

刘阿姨擦了眼泪，"儿子，我跟你妈一起唱支歌。锁兰，咱唱哪支歌呢？哦，有了，就唱我在婚礼上唱的那支歌"。

就合唱："你是灯塔，照耀着黎明前的海洋；你是舵手，指引着前进的航向。伟大的中国共产党，你就是核心，你就是力量，我们永远跟着你走……"

薛作者看到，两位老人相互搀着站起来，手挽手唱着激情燃烧的歌，向这个与时俱进的时代展示她们精神的富有。

5. 人民群众是真正的亲人

月亮在流淌清纯歌谣的时候，薛作者坐在军队干休所院子里的长椅上，听妈妈讲那过去的事情。几米开外的那个鱼池里，一群金鱼在月光下梦幻般游动。老人家触景生情，感慨道："我们军队与人民是鱼水关系，不可分离。虽然你也是当兵的，但那时候的那种鱼水关系，你可想象不到。"

她沉思片刻，陷入战火的回想：从1948年12月至1949年7月，解放军陆续解放了山西的临汾县、洪洞县、太原市和豫西的陕县、灵宝县以及西安市等城镇，准备从茅津渡打过黄河。那一路打过来，部队伤亡很大，民工们冒着枪林弹雨冲上去，用担架把伤员抬下来，有的民工也中弹牺牲了。她心痛地说："儿子，你想想，那都是些普通老百姓呀，男的女的都有，他们都是自愿来的，没有报酬的，不像现在有的人，做点事情动不动就说钱。"

薛作者提示说："妈，那是个别现象，再说战争年代跟和平年代不能比。"

她把手生动地一挥："甭管什么年代，咱们全心全意为人民服务的宗旨都不能变。这些年，到处都在宣传这精神那精神，这代表那代表，但我认为，归根结底还是为人民服务这一条，并且要全心全意。现在有的人在钱的面前，灵魂深处的肮脏东西暴露无遗，本来好好的一个干部就变成了贪官，这样下去，我真是担心啊。当然啦，我也要检讨我自己，我那时候的担心也是有私心的。我担心什么呢？最担心的是我哥哥，虽然他不是我的亲哥哥，但我们从小在一起，他对我那么好，我当时感觉我这辈子就他一个亲人。他当时也在民工担架队，只要我看见有民工负伤和牺牲的，我心都紧了，不断在心里喊，哥，你千万当心啊！"

有件事令她记忆深刻：一天，她看见一群俘虏被押下来，俘虏中有伤兵坐在路边呻吟，兵团首长叫民工用担架去抬，她很不满，悄悄制止民工："只抬我们解放军的伤员，不准抬敌人。"兵团首长发现了，严肃教育她："我们解放军优待俘虏，三大纪律八项注意是怎么规定的？革命军人个个要牢记，你是怎么牢记的？要知道，我们不是土匪，不是暴徒，我们是有心有肺的革命军人。"

从此，她把优待俘虏这条规定牢记了一辈子，并将优待俘虏视作她在战场上被铁的纪律深刻浸泡过的美德。一次，她被临时抽调带一个排的战士去看守俘虏，有个俘虏掏出下身调戏她，几个战士气得端着刺刀要往前冲，被她严厉制止了。她还把兵团首长的话学说了一遍，俘虏们羞愧难当，全都被感动了，说国民党军队和解放军确实不能比，难怪他们尽打败仗。

全国解放后，她还多次到各监狱和看守所去给公安民警宣讲："不准体罚和打骂人犯，要向解放军学习，优待俘虏……""文革"期间，她看到造反派在揪斗"走资派"时动手打人，体罚老干部，她心痛无比地泪流不止，对造反派的人说："你们不能这么干呀，我们当年在战场上都要优待俘虏，那些俘虏打死打伤我们那么多人，我们还是要优待他们。现在你们打的这些人都是南征北战过来的人，有的还负过伤，难道他们连俘虏都不如？"但造反派并不为之心生仁慈，她不甘心，找了一个"公安公社"的红袖套戴在胳膊上，背了一个绣了"忠"字的军用挎包，冒充造反派混进"牛棚"，心情紧张但镇定自若地给"走资派"送去消毒棉花和纱布等外用药品，并且坚定而简短地对每个"走资派"说一句："坚持住，黑暗过去是光明！"

终于，在光明还没到来的时候，她露馅了。一天，她听说副省长兼公安厅长秦传厚被揪斗后关进了"牛棚"，焦急万分的她故伎重施，又冒充造反派去了"牛棚"。当见到当年主持她和老薛婚礼的秦传厚时，她不禁泪如雨下："秦部长，你在战场上负过伤，手臂都被子弹打残废了，身体里还有子弹没取出来，他们不能这样对待你呀……"

秦部长安慰说："没事儿，我是穷苦放牛娃出身，当红军还爬了雪山，过了草地，啥苦都吃过，怕他娘的啥？不过这里现在太危险，你别被造反派给发现了，赶紧走吧。"

她把两盒香烟和外用药品交给秦部长，不听劝阻地坚持为秦部长膝盖上的伤口擦药包扎，实在忍不住了，放声痛哭起来。造反派被惊动了，赶过来围住她盘问："你是什么人？从哪儿来？来干什么？"她只好装傻，用山西土话回答，说她是外地来的，迷路了，正在问路。造反派听不懂山西土话，反复地问，她表情傻傻地反复回答。造反派大概听懂了一半，认为她是外地来串联学习造反经验的公安造反派，便将她放走了，叫她以后不准来这儿。

不料，后来有一次她又被造反派抓住，身份暴露了，给她脖子上挂了一个大木牌，上面写着"走资派安插在公安机关的黑干将"，把她押到大礼堂的台上，跟其他"走资派"站在一起被批斗了半天。

月光下，坐在轮椅上的老人家微笑着，薛作者听到她平静的声音："儿子，对于那些羞辱过我的人，我都一一原谅，我心里像解放军优待俘虏那样优待他们。我是党的儿女，是军队的儿女，只有这样做，群众才会拥护咱们共产党，拥护咱们军队。儿子，你是不知道啊，那时候的群众对咱们是咋拥护的……"

那时候是 1949 年 9 月 6 日，秦岭战役结束，部队回撤到宝鸡休整，她被调到 62 军军部当文书，成为排级干部。她在这里见到了正抬着伤员的哥哥，看到疲惫不堪的哥哥还活着，她高兴得泪花流，两人有说也说不完的话。但是有很多伤员在等待运送，哥哥急着要走，只匆忙告诉她："咱们的养父母现在宝鸡做小生意，你有空去看看他们。"

对于养父母，她并没有什么感情，但她想到这一路打过来，所到之处的群众那么拥护解放军，给战士们送煎饼、鸡蛋、大枣、布鞋、鞋垫，有的推着装满粮食的独轮车支援前线，她就想，"我的养父母应该也是拥护解放军的，去看看他们，让他们为有我这么一个女儿光荣一下。"

她向军部政治协理员请了假，整理好军容，操练了一阵精神抖擞的步伐，然后兴冲冲地去一条街上的小店铺找到养父母。可是，令她不可思议的是养父一见她，立即暴怒地拦住她，不准她进店门。养父气急败坏地指着她叫嚷："大家看看，都来看看，看她这身打扮，头发剪这么短，穿着军装成天混在男兵堆里，跟鬼似的，像啥话？死不要脸的东西！俗话说，好铁不打钉，好女不当兵，我没你这个女儿，快给我滚！滚远点！……"

她怔怔地盯着养父，脑子里一片空白，呆若木鸡地站在街边听养父呵斥。周围的群众在小声议论，但她已经听不见任何声音，只能看见养父急速翻动的嘴唇唾星四溅。养母跑过来，把一双布袜子塞到她手里："锁兰，赶紧走吧，走吧。"她听到这话，仿佛从一场噩梦里猛然惊醒，浑身发抖地看着手上的袜子。是的，她需要一双袜子，因为她没穿袜子，脚上的男式胶鞋太大，不合脚，还是用细绳子绑扎着穿的。虽然她已经是排级干部了，但没有工资，每月只有三毛钱的女兵卫生费，她没舍得买双袜子，把钱攒起来准备奉献给养父母。此刻，养母给她的袜子成了她宣泄委屈的道具，她使劲把袜子摔到地上："不稀罕!"喊完便噙着眼泪跑走了。

她红着眼睛回到军部，协理员问她怎么啦？她说没事儿。协理员说没事儿就好，抓紧时间去工作吧。她急忙跑到政治部住的一个农家小院子，那里已经排起了长队，都是些不识字的战士，在等她帮忙写家信，这是她这个文书在军部的主要工作之一。信的内容大同小异，一般都是由她编的，无非是向父母问候和报平安之类。把信写完后，战士们陆续散去，她心想："我自己该给谁写信？写什么？我没有家了，没有亲人了……"想着想着便伏在桌上伤伤心心地哭起来。

"哭啥呀？这么伤心？"军部的一个叫革秀英的女兵进来，"是想你爱人了吧？"

"什么爱人？"她一脸茫然。

"薛部长嘛。谁还不知道？"革秀英笑嘻嘻地帮她擦眼泪。

她这才想起，她是有家的，有亲人的，她的爱人是老薛。尽管她对老薛的印象极其模糊，也不知道老薛现在身处何方，但心里总是多少有了点安慰，于是不哭了。革秀英说："别伤心了，有好事等着你呢。"

"啥好事？"

"我今天刚入团，我还想介绍你也入团。"

"入团？你调到团里去了？团一级部队可是一线战斗部队，打仗时你自己要多加当心。再说，我调入哪个团要有上级的命令，不是你介绍我上哪儿就上哪儿，你算老几？"

"嗳，你不懂，我说的团不是部队，是新民主主义青年团。"

她并不知道这个团组织（后改为共产主义青年团），于是让革秀英讲讲入团的道理。革秀英的表达能力有限，讲了许多她还是没听明白，便问为什么要介绍她入团。革秀英说："今天在组织活动会上，大家说你自从跟首长结婚以后，进步很大，工作很积极。"

她坚决否认："我没跟首长结婚的时候，工作也很积极，这跟首长没关系。你倒是说说清楚，入团以后我会咋样？"

革秀英为难地想了想，像唱戏似的把手臂潇洒地往前一挥："入了团以后，打过了黄河，解放了大西北，解放了大西南，咱就不回这山西来啦！"

她把手果断地往下一劈："那我不入这个团了，以后我是还要回山西来的，我哥还在老家呢。再说了，我不想入什么团，我想入的是中国共产党！"

多年以后，她和革秀英见面时回忆起这段往事，两个人像孩子似的抱在一起，笑得泪花迸。她无比骄傲地说："我后来入了团，还加入了中国共产党！我这一辈子都要感谢我们的党，感谢我们的军队。我们的党和军队毫不嫌弃我这个孤苦的穷孩子，把我培养成有觉悟、有尊严的革命人，还给我一个温暖的家，这个恩情我终身不忘啊！"

有个记忆一直存留在她心里：当部队开拔南下时，群众前来夹道欢送，有个白发大娘给她手里塞了一双袜子，她手捧袜子看着大娘，想着养母给她袜子的情形，百感交集，眼泪一下涌出来，所有人都不知道她何以这般激动。

薛作者赶紧握住她颤抖的手："妈，别太激动，您歇会儿再讲。"

她推开薛作者的手："咋能不激动？当时我感觉那位大娘就是我的亲娘。儿子，我们老说人民群众把解放军当作亲人，但对解放军来说，人民群众也是亲人呀，是真正的亲人，我们哪能忘记亲人呢？"

她沉浸在月色中，轻声哼唱起了那支歌："……你牵去我的一颗心，我要把你铭记在心头。慈祥的大嫂呀，快去照看你幸福的孙儿，白发的大哥，不要举酸你送别的手。啊，再见了大别山……"

薛作者抬头看天，明月的脸上挂满感动不已的泪珠……

中篇小说

6. 别样的老年快乐

　　月亮枕着蔼蔼祥云沉思默想的时候，薛作者一边推着轮椅一边听妈妈讲那过去的事情。坐在轮椅上散步的老人家被一群跑步锻炼的战士所感染，不禁怀念起她当年行军的风采："那时候我也很能跑，而且跑得很快，我们部队经常急行军，多数是夜间行军，有时一天要走一百多里地，但我从没掉过队。"

　　1949年6月7日，18兵团所属各部陆续开始强渡黄河，准备先向西北进军，解放兰州，然后经甘肃南部向西南进军。她回忆说："过黄河时，我们乘着老百姓的大木船，河对岸敌人的火力很猛，我们趴在船上射击，那真是冒着枪林弹雨，牺牲了一些战士，但我们还是打过去了。上了岸一看，岸边的战壕里有一些敌人的尸体，那时候见的尸体多了，而且我们有个口号，叫革命不怕死，怕死不革命！所以我根本不怕，赶紧打扫战场找枪去追赶敌人。"

　　从那以后，几乎天天都有战斗，行军更是成了家常便饭。白天行军时，她和军政治部宣传队的十多个女兵有宣传鼓动任务，上级领导不让她们背枪，因为她们要背锣鼓、竹板和自制的纸话筒，每到一个山垭就站在高处放声喊："同志们呀嘿呼嗨，加油走呀嘿呼嗨，追上那蒋匪帮，彻底嘛消灭光！解放大西北，解放大西南，胜利在前方呀么嗨……"战士们边行军边跟她们打招呼开玩笑，情绪高涨。她们一个个嘴渴坏了，嗓子也喊哑了，每到一个宿营地，第一件事就是去找水喝。上级有规定，为防止敌人投毒，所有水井都要通过卫生员化验以后才能喝，但她们顾不上这些，见到水井就大口大口喝，为此还挨了军首长的批评。

　　当然，除了批评也有表扬。在战斗评比大会上，军首长特意表扬她们在沿途的墙上写的标语很好。标语上写着："坚决打出去，消灭蒋胡军，解放全中国，立功为人民！"等等。除此之外，她们还有一个任务，部队每到一个城镇，她们就去大街小巷敲锣，把群众召集到广场上听首长宣讲我们军队的性质和政策纪律。因为兵团政治部胡主任非常重视部队执行政策纪律的工作，他多次在大会上强调："军队一个重要的任务是打仗，不能打仗的部队不能算好部队。但仗打得好，败坏了纪律、违犯了政策，就叫政治上打了败仗。因此，执行政策纪律不好的部队，也不能算是好部队。"

老人家说："胡主任那时候才30多岁，相貌也年轻，个子不高，讲话的声音甚至还带着童声，但十分精神，我觉得他像个老师，每回都讲得头头是道，还表扬我们这些女兵，把我们的积极性都调动起来了。儿子，你是不知道啊，我们的宣传鼓动工作看似轻松愉快，其实不那么简单，因为你在行军途中宣传鼓动一阵，还要赶紧跑着往部队前面去，这就意味着你要比别人多费体力。那时候我身体弱小，体重还不到80斤，但我灵活，跑得快，还在学校时就喜欢体育，比如踢毽子，还有在乒乓球拍上放个乒乓球赛跑，我每次都拿全班第一。可是我体力不行，身上还背了背包、米袋和两颗手榴弹，天天行军让我渐渐受不住了，咋办呢？我可有办法。"

她的办法在全军上下闻所未闻，竟然是悄悄把被子里的棉絮掏出来扔掉，只背一个空被套行军，这让她感到轻松了不少。但有一样东西是坚决不能扔掉的，那就是装着炒面的米袋。她经常感到肚子饿，炒面是她的口粮，是她的零食，是她行军途中不断补充体力的营养品。她很羡慕一些生了病的战士，因为战士一旦生病，而且生的是重病，每天就会得到一碗香喷喷的面条，这被称作"病号饭"。政治部炊事班的班长姓李，是个年过五十的老班长，心地善良，非常关心她，从部队开始翻越秦岭时，李班长每回做"病号饭"都要给她端一碗，令她感动不已。可是，在一次战斗中，李班长中弹牺牲了。

下葬那天，她守在李班长身边，悲痛不已地看着卫生员给李班长换好新军装，裹上白床单，然后由几个战士用担架抬走。她没有去送葬，她不敢去，她不忍心看着李班长被埋进黄土。那天夜里，她梦见李班长端着面条笑眯眯地招呼她，她从梦中醒来，用她的空被套蒙住头，伤伤心心地不停抽泣。屋里的几个女兵起来安慰她，发现她的被套里没有棉絮，以为她是被冻的，都要把自己的被子让给她，她哭得更伤心了，嘴里哆哆嗦嗦地在黑暗中念着："李班长，李班长……"实在忍不住了，她歇斯底里地喊道："李班长，我还想吃你做的面条呀！你怎么就这么走了呀！……"顿时，一屋的女兵都抱在一起放声痛哭。原来，李班长曾经悄悄给每个女兵都送过面条。

月亮把祈祷的柔光泻下来，就听老人家一声感叹："儿子，那不是每天能吃到一碗面条的事，那是战争年代留给我们的战友情，那种战友情是铭心刻骨的深厚和珍贵。多少年过去了，我还想着能亲手为李班长做一碗面条，那该有多好，真的是想啊……"

此刻，薛作者终于知道了，为什么只要有人说自己做面条做得有多么好，老人家听了便一个劲儿摇头："在这个世界上，面条做得最好的那个人已经不在了，那个人长眠在大军南下的征途上，他做的面条里有一股牵动心灵的美味，我和我的战友们都品尝过，那是我们的福气，你们谁也不可能做出那样的面条。"

突然，老人家叫薛作者停住脚步，她坐在轮椅上说："来，儿子，帮妈把这只鞋脱下来。"

"妈，你的鞋里进了沙子？"

"你别问那么多，把妈的这只袜子也脱下来。"

原来，老人家是要展示她的一个小秘密。薛作者愕然地看着她左脚的一根脚趾软软地耷拉着，便问："这是怎么弄的？都残废了。啥时候弄成这样的？"

老人家说，这是她还在兵团随营学校当学员的时候，一天夜里在山上搞军事训练，她不小心跌到山沟，脚趾骨当场就断了，但她忍着痛坚持训练，没有对任何人讲，因为她担心学校会把有残疾的学员开除了。那段时间，她瞒着所有人，自己做了小夹板把脚趾固定住，装着没事儿一样跟大家一起学习训练，渐渐脚趾不痛了，这就算是好了。她说："儿子，虽然我的脚趾有了残疾，但我的心不会残疾。记得有一天行军，我看到炊事班李班长背着行军锅走得很吃力，就忍不住上去想帮他背一会儿，他不给我，还跟我开玩笑，说女人不能背黑锅，不然以后会变丑，生个娃都是黑不溜秋的。哎，说实话，我也背不动那黑锅，但是我真想帮他背一背，看着他那样辛苦，我心不忍呀。那么好的一个同志，没看到胜利就牺牲了。我在行军的时候，李班长的身影经常浮现在眼前，他一直是我吃苦耐劳的学习榜样。那时候，我们几乎天天都在行军，有时候还是急行军，朝着胜利的方向，没日没夜，走啊走……"

薛作者小心地抚摸着她残疾的脚趾，感觉她当年行军的风采仿佛就凝固在这脚趾上。她背着背包从山西走到甘肃，走到四川，走到西康，走到西藏……默默地用她残疾的脚趾和不会残疾的心，在征途上留下一串串壮美的生命符号。

老人家谦虚地说："其实我也没那么光荣，在一次行军途中还偷了懒，违反了纪律，差点就没命了。"

那是 1949 年 8 月 26 日，解放了兰州，部队再次渡过黄河，向青海的西宁进发，追歼马步芳的部队。9 月 19 日接到电令："60、61、62 军立即归建 18 兵团，参加解放大西南的作战。"进入四川后，道路艰险，她真正体验到了"蜀道难，难于上青天"的诗句。战士们说："咱们经过了三苦——太原战役惨苦（残酷），西北进军辛苦，这次入川才真正是艰苦。"

由于连续的边行军边作战，她感到非常疲惫，脚掌打满了血泡，鞋底也磨破了。一天夜间行军，她边走路边打瞌睡，几次被别人从河边拉住才猛醒过来。几辆马车从队列边经过，车上全是些坚决要求上前线的轻伤员，她急中生智偷爬到车上去睡觉，睡得正香，突然"轰"的一声，醒来发现自己身陷河水里，就听岸上一片惊叫声："快，快下河救人！"

原来，敌人溃逃时破坏了桥梁，马车经过时桥梁垮塌。只听有人在喊："这儿还有个女兵没死！快来搭把手！"

她被几个战士七手八脚地拖到岸边，像只落汤鸡似的瘫坐在地上。政治部协理员赶过来，用手电筒照住她："你怎么会钻到马车上？那是拉轻伤员的，你也负伤了？看你像什么样，帽子没了，背包和米袋没了，绑腿也散了，一身是水，比俘虏兵还狼狈！"

黑暗中，只听一个战士哭喊着要下河去救马。那时候的马很重要，只有营以上干部才配备马，但干部们都舍不得骑，把马让出来驮物资和伤病员。由于敌人逃跑时抢劫，沿途的百姓家已经十室九空，买不到马料，全靠军马班的战士自己割草，宣传队还编了快板赞扬："军马班，真正好，别人休息他割草，马儿喂得肥又壮，打到成都立功劳！"这时，协理员走到河边看了看地形，就说："同志们，这是无法打捞起来的，着急没有用，难过也没有用，还是赶紧往前走吧。咱们赶到前面去找敌人算账，叫他们加倍偿还！"战士们看着波涛滚滚的河流，对牺牲的战士和战马默哀，然后继续朝前走了。

协理员走到她跟前，要她换一身衣服再走，她想到刚才协理员当着众人面训斥她，心里还气气的，倔强地起身边往前边走边喊了声："我不换衣服！"

她没想到，浑身湿透的衣服被寒风一吹，裤子被冻成硬壳，走起路来愈加吃力。但她不吭声，咬牙坚持走，而且越走越快，希望能出点汗暖和一下身子。突然，她感到下身有股热流，想起卫生队长给她讲过的生理常识，立刻意识到这是来了例假。乘部队休息间隙，她去找卫生队长要急救包。卫生队长给了她两个，她说两个不够。卫生队长关心地问："你刚才掉到河里受了伤？"她说："你别管。"说完抓了几个急救包就跑开了。

但她想要处理例假，唯一避开别人的办法就是乘部队在休息时，赶到前面的无人地带。于是她着急忙慌地独自一人往前面赶路。当她好不容易处理完例假，突然从路边草丛里钻出一个国民党兵，把她吓了一大跳，紧张地举起手榴弹高喊："不许动！炸死你！"那个国民党兵饿得面黄肌瘦，赶紧举着双手要点吃的，说他是开小差逃跑出来，专门在这等解放军的，并说他知道哪条路上埋了地雷，愿意给解放军带路。

老人家骄傲地说："我们的先头部队追上了逃敌新五军第十四师，那一仗打得漂亮，俘虏了敌师长姚明德以下一千六百多人，我们无一伤亡。但我们没有停下脚步，加快步伐继续往前追……"

薛作者扶着老人家从轮椅上下来，因为她要试着走几步，还要唱那支歌："钟山风雨起苍黄，百万雄师过大江……宜将剩勇追穷寇，不可沽名学霸王……"

月亮愣神地俯视着这位历经沧桑的老人，而这位老人则以顽强的毅力和乐观的精神，用她永远不会残疾的心，扶着轮椅朝前走着，冲锋号声仿佛在很远的地方响起，给她带来别样的老年快乐……

7. 十七岁的流芳标志

月亮在梳理缀满记忆的夜空的时候，薛作者倚着阳台的栏杆听妈妈讲那过去的事情。老人家拿着一张她刚进入成都照的照片，那发黄的老照片上有诗一般燃烧激情的细节。她说："不错，成都是和平解放的，但和平解放并不意味没有牺牲。就连我这军部文书都差点牺牲了。"

那是 1949 年 11 月 25 日，军委命令第 18 兵团隶属第二野战军，归贺龙司令员指挥。解放军越战越勇，火速向成都方向进发，希望能尽快解放成都，一举活捉蒋介石。敌军兵败如山倒，溃逃速度相当惊人，沿途不断有起义部队向解放军靠拢。蒋介石看大势已去，于 12 月 13 日在成都凤凰山机场乘飞机逃往台湾。老人家回忆说，当时 18 兵团最繁重的工作之一就是整编国民党投降起义部队。

一天，在离成都仅三十多公里的广汉县城，召开接收起义部队的仪式。广场上，国民党第 24 军一个团的一千多官兵安静地坐着，听解放军 18 兵团的一个干部在台上讲话。突然，广场四周有枪声响起，讲话的干部当场中弹牺牲，就听有人高喊："兄弟们，反水啦！反水啦！打呀！"只见广场上的队伍顿时炸开了锅，四处乱跑，两边的人扭在一起混战。负责警戒的战士端着枪，却不敢朝人群里开枪。协理员赶紧招呼女兵："大家不要慌，冲出去，往对面山头的指挥部跑！"

老人家说，当时她一腔怒火，因为这一跑，是她当兵以来感到最耻辱的一次跑，竟然在敌人面前"狼狈逃窜"，而且还是领导命令的，这哪行？于是她拉着革秀英跳到一个掩体里猫着，迅速掏出身上仅有的两颗手榴弹，嘴里边骂"狗杂种"边朝一群逃窜的敌人扔过去。敌人全部趴在地上躲避，可是过了一会儿，始终没有爆炸声响起，慢慢抬起头来的敌人以狡黠的眼神直射她俩。革秀英明白了，使劲拉她一把："快跑！"

她俩以百米冲刺速度奔向山头的指挥部，一切景物像闪电般从身边退去。她喘着粗气坐在高地上，愤怒地朝山下一个劲骂："狗杂种们，敢诈降，看我炸不死你！炸不死你！你个狗杂种……"

狗杂种们的确没有被她炸死，但在当晚军部机关的战评会上，协理员还是特别表扬了她："在这次战斗中，我们的锁兰同志表现得非常勇敢，向敌人投掷了两枚手榴弹，敌人倒下一大片……"

"报告！"革秀英举着一只手站起来。

"我这正讲话呢。什么事？"协理员对打断他的话很不满意。

"报告协理员，锁兰同志扔的手榴弹没有拉弦！"革秀英实话实说。

"可我老远亲眼看见敌人倒下了一大片。"协理员也是实话实说。

"敌人是倒下了一大片，但那一大片很快就爬起来了，我在锁兰身边亲眼看见的，所以我跟她只好跑了。"革秀英坚持实话实说。

会场里一片窃笑声。

"好了，别说了。总之，你们两人没受伤，没有牺牲，及时归队，这就是胜利！锁兰同志还向敌人投了两颗手榴弹，这就是勇敢！……"协理员做了很有策略的总结性发言。

沁凉的夜风拂在锁兰的脸上，但她依然感到脸庞发烫。

多年后她和革秀英见面时提起这事还不住埋怨："我好不容易落个表扬，还想着要火线入党呢，结果让你一揭发，把我的这个美好愿望全给毁了。"

革秀英笑得喘不过气，抱着她歉意地说："那时候咱们诚实，不对组织说假话嘛，我哪知道你想火线入党呀，不然的话，我保准把你吹捧成战斗英雄！"

她记得，18兵团总结了那次敌军诈降的教训，为牺牲的一个团级干部和十多个战士举行了追悼会。胡主任讲了话，下了死命令："优待俘虏的政策不能变，继续做好瓦解敌军的宣传工作，解放成都尽量不发生战斗，以保护城市的建筑和文物。"

战场上的情况是千变万化的，要分清敌军是真投降还是假投降，这也是有讲究的。比如，在总攻太原时，太原守敌的指挥官们躲在绥靖公署的地下室里，派士兵冒着猛烈的枪炮爬上屋顶挂起了白旗，但周围有些没有得到投降命令的敌人仍在顽抗，解放军以为敌人是诈降，于是加强了火力进攻。国民党第10兵团司令官兼太原守备司令王靖国心急如焚，跟一起躲在地下室的几个重要人物商量，如何将他们已经投降的决定告知解放军。这几个重要人物是太原绥靖公署副主任兼15兵团司令官孙楚，日本战犯、太原绥靖公署总顾问兼炮兵副指挥岩田，蒋军第30军军长戴炳南。几个人商量后，王靖国急忙写了一封信，让警卫抬出一大箱银圆，说："谁愿意去给解放军送信，这些银圆就归谁。"此举正所谓"重赏之下必有勇夫"，一大箱银圆顷刻间被十多双手一抢而光，但只有一个士兵愿意冒死去送信。解放军接到信后，确信这不是诈降，于是停止了攻击，将躲在地下室的人全部俘虏。

老人家难忘1949年12月30日，这一天是举行成都解放入城式的日子。她被临时抽调到秧歌队，头天的工作是换新军装，洗头发，扎彩旗，写标语，把毛主席和朱总司令的画像装在两辆汽车上，一直忙到深夜。她心情激动，想到这一路的艰辛，牺牲了那么多的同志，终于迎来了成都的解放。她和其他人大声地说笑，领导催她们赶紧休息，但她们怎么也无法入睡。她说："我们这一路夜间行军，全都是不出声地走，只有传递口令的时候才说几个字，而且只能小声说，这样几个月下来，心里憋得慌。现在我们可以在夜间大声说笑了，也该发泄一下了。"

是啊，可以在夜间大声说笑，这便是她渴望照临身上的自由之光。她说："儿子，我为啥喜欢看电视《激情燃烧的岁月》，因为那里面演的扭秧歌的人，我感觉那就是我。千真万确，你瞧那动作，那表情，跟我一模一样的。那会儿我扭得欢实……"

在成都解放入城式上，她精神抖擞，听着文工队员敲打的锣鼓声，听着司号员们吹的军乐声，听着街道两旁群众的欢呼声，她尽情地扭着秧歌舞，但不知怎么，她扭着扭着便泪流满面了……

然而，和平解放的成都并不太平。在解放前夕，蒋介石和军统头目、国防部保密局长毛人凤到成都安排部署了大批潜伏特务，在成都十二桥集体屠杀共产党员的同时，组织了"游干班"、"反共救国军"、"自卫救国军"和以四川各县命名的"XX边区游击总队"。刚刚解放的成都不到一个月便陷入大批匪徒的疯狂围攻中。他们残害我军政干部、抢劫公粮、奸淫妇女、破坏公路桥梁和通信设施。7万多匪徒包围了成都在内的35座城镇，大邑县、崇庆县和绵阳的部分市区均遭匪徒占领。据18兵团从叛乱开始的第一周统计，我军政等人员被害人数就达1111人。由此，18兵团展开了一场大规模的剿匪肃特战斗。

老人家说："我认为，和平解放成都的'和平'二字值得商榷，剿匪肃特一直持续了一年多时间，我们许多年轻战士本来可以享受一下和平生活的，却在和平解放成都没多久就英勇牺牲了。儿子啊，178 师政治部主任朱向离是怎么牺牲的，前几天你的刘润兰阿姨来家跟你讲过，但她没敢跟你讲细节。其实，朱主任当时只是负了伤，匪徒们抓住他后，挖了眼睛，割了耳朵，然后把他扔到大锅里煮，他是被活活煮死的。这个细节太悲惨，刘阿姨是不敢讲，因为她一讲这个，就会心如刀绞，号啕大哭，她的身体受不了。太惨了，太惨了……真正的和平生活来之不易啊。"

敌人的暴行激怒了 18 兵团的全体指战员，纷纷要求到剿匪肃特的第一线战斗。可是，她所在的第 62 军突然接到挺进西康省（当时还未划属于四川省）的命令。一些战士想不通，18 兵团下属 60、61、62 和第一野战军第 7 军等 4 个军，为啥偏要 62 军离开天府之国的首府成都呢？为此，62 军于 1950 年 1 月 15 日召开党委扩大会，胡主任亲临会场作指示："62 军攻打太原立了战功，进军西北又立了功，现担任进军西康，消灭国民党军队，解放西康人民，又要再立一功，这是 62 军的光荣。"1 月 17 日，兵团召开 62 军营以上干部会议，西南军区贺龙司令员、王维舟副司令员和兵团周士第司令员都到会给予指示，勉励 62 军完成入康的光荣任务，并赠给"历史壮举，无尚光荣""以无比坚韧顽强，创造历史奇迹""光芒万丈的红军史上，你们又增加了新的光荣"等多面锦旗。接着，兵团党委印发了《告六十军全体党员及指战员书》：

党把解放西康、建设西康的任务交给你们了。西康，我们必须去，而且要马上去。我们的党中央，我们的领袖毛主席非常重视那块地方。为什么呢？因为：

（一）那里有一百八十万人民，他们现在还呻吟于反动封建势力统治之下，他们迫切要求我们解放他们。

（二）那里是我国的一个大省，面积四十五万余平方公里，等于全国领土二十二分之一，比四川省还大四分之一。

中篇小说

（三）那里是边疆重地……那里需要一支坚强的边防军，保卫我们神圣的国土。

（四）在那广阔的区域里有无穷的财富，一切重工业的资源应有尽有……，因此，那里实为我国将来工业建设基地之一。

随后，兵团各部掀起欢送 62 军入康的高潮。司令员周士第和副司令员王新亭，分别在自己的三色圆珠笔上刻上"送给解放西康执行民族政策的模范"和"送给解放西康的人民功臣"，胡主任在自己喜爱的卡宾枪上刻上"赠给一八六师进军西康最西部的指挥员"，亲手赠给 62 军的英模。各部队送到 62 军军部的慰问信、笔记本、钢笔和生活用品堆成了小山。

老人家说，她当时没有得到一件纪念品，但她得到了一个令她很吃惊的消息。协理员对她说："你很快就要夫妻团圆啦。"

"什么夫妻团圆？"她早把老薛忘到九霄云外了。

"你可真是个傻丫头。你的丈夫，也就是薛部长，他在我们到成都之前就带队往西康去了。你呀，一点夫妻感情都没有。"协理员不住摇头。

哦，她想起来了，自从她跟老薛在太原结婚，到现在已经过了整整十个月了，从没得到老薛的消息，哪来什么夫妻感情？

部队向西康出发时，贺龙司令员前来送行，他亲切地鼓励说："62 军成立以来是进步很快的一个部队，这次担负进军西康的伟大任务，这是无上光荣的。你们的名字将与西康人民解放同样在历史上流芳百世。"

老人家说，她从没想过要流芳百世，只感到解放西康也是她的责任，必须去，马上去。她憧憬着再一次参加都市解放的入城式，再一次尽情地扭扭秧歌舞。

这时候，她坐在阳台上，用手拢着她银色的头发，仿佛要把头发拢成年轻时的秀发，然后加入扭秧歌的队伍里欢唱那支歌：

"解放区的天是明朗的天，解放区的人民好喜欢……"

月亮感慨地将柔光铺泻在她身上，向世人证明这歌声是她十七岁时的流芳标志。

8. 战士的责任重

月亮在用一抹秋季的云彩作伪装的时候，北斗星开始检阅它闪亮眨眼的队伍，薛作者坐在床头听妈妈讲那过去的事情。老人家抬起有些痉挛的枯手，指着床头柜上摆的那张老照片说："儿子，你瞧，那会儿你父亲有多英俊，但我那会儿跟他还没有建立起真正的夫妻感情，直到后来我跟他在西康会面，才知道为了解放成都和解放西康，他历经了太多的艰险。我现在想起来，真是对不住他啊。"

1949 年 4 月 29 日，也就是她跟老薛举行婚礼的第二天，老薛带领侦察队从太原出发，向四川境内进发。老薛曾经是地下党员，担任过县里地下党的组织委员，有丰富的地下斗争经验，因此他很会伪装，像模像样地装扮成做生意的阔少爷，骑着马神气十足。跟着他的侦察员全部化装成挑夫、马夫、随从、管家，几十个人保持着一定距离前行。当时沿途都有溃逃的国民党部队，还有听从蒋介石"决战成都平原"命令的四川守军，以及大量的土匪、袍哥等武装团队。侦察队一路高度警惕，尤其是要通过敌军设的多个检查关卡，他们还要详细侦察敌情，然后向兵团指挥部报告，所以走了半年多才抵达四川绵阳县。

险情在一个黄昏时分降临，年轻的侦察排长李学义突然失踪了。老薛焦急万分，因为这关系到整个侦察队的安危，难道李学义已遭不幸？侦察队的行踪是否暴露了？老薛下令停止前行，无论如何都要找到李学义，活要见人，死要见尸，侦察队的人一个都不能少。于是，老薛和随行的贾灵山、张廷兵等人分头带队行动，在绵阳县城的大街小巷和旅店、客栈等处寻找。天色渐晚，迷离的街道上不时响起阵阵怪怪的口哨声，这都是侦察队事先约定的各种暗号。终于，他们在一家客栈找到了李学义。

原来，李学义迷路后，为了躲避敌人，临时住进了客栈。令老薛惊讶不已的是李学义的床铺，床铺四周竟然密密麻麻地摆放了几十个电灯泡。老薛问："这是什么意思？玩家家游戏？"李学义报告说："这是我向客栈老板借来的。摆在我床上有两个意思，一是万一敌人摸进来了，碰到灯泡，我会马上惊醒；二是天冷，我想用这些灯泡来取取暖。"

"什么什么？"老薛哭笑不得，"灯泡不通电，哪来的温度？你这个安徽小鬼，连这点常识都没有，亏你还是侦察排长呢，全世界就只有你给我闹这种大笑话。"

不管怎样，老薛总算放下心来，第二天带队继续出发，于11月底抵达成都。进城后，老薛忙着跟地下党组织接头，得到蒋介石住在何处的情报。由于侦察队的兵力有限，根本不可能活捉蒋介石、毛人凤，而且上级也不允许暗杀蒋介石。他们的主要任务是设法摸清蒋介石如何对抗解放成都的军事部署。在成都地下党的配合下，他们找到了蒋介石住的地方——少城商业街"励志社"。

励志社是一幢中西合璧风格的宽体高楼，其外观建筑之宏伟与内部设施之豪华，不仅在当年的成都首屈一指，在大后方的大中城市也名列前茅。抗日战争期间，成都励志社曾作为美国空军飞行员的招待所，这里日日歌舞，夜夜灯红，酒肉满桌，美女如云。老薛和侦察员们精心准备，有的扮成算命先生，有的扮成拉人力黄包车的，还有扮成擦皮鞋、卖香烟和修自行车的，日夜监视励志社，伺机而行。由于这里戒备森严，特务密布，侦察员无法进入。只有一个化名叫钟鸣的地下党员在组织的巧妙安排下进入励志社，并且得到去北校场参加一个重要会议的资格，听了蒋介石的训示："为了保卫成都，要动员一切力量，不惜采取非常手段，誓与共军决一死战。我们要做到人自为战，共军即使占领了成都，我们还有川西北，还有西康、西藏，都是戡乱复国的大后方，最后，还有台湾的反共基地，诸位一定要相信，共产党绝不可能站稳脚跟，更不可能长期统治，我一定会亲率国军光复大陆。……从现在起，凡是忠于党国的三民主义信徒，都要陆续转入地下，以其人之道还治其人之身，在大陆进行反共游击活动。特别要挑选精干人员，开展秘密斗争……"

蒋介石的训示可谓虚晃一枪，没过几天就飞往台湾了。蒋介石的这一走，四川守军的军心更加惶恐，一些部队急忙溃逃。成都地下党则加紧开展迎接解放成都的工作，摸排和监视转入地下的特务。一个叫郑畅的地下党员，化名江南，他携带也是地下党员的妻子李硕君，打入由国民党特务控制的《建设日报》当记者，负责搜集成都敌特情报，为以后深挖敌特组织打下基础。

眼看成都的解放已指日可待，老薛却接到兵团的命令，火速带队前往蒋介石所谓"戡乱复国"的大后方西康省侦察，为解放西康提供情报。

出发前，老薛按上级指示安排部分侦察员留在成都和附近的县城，只带了五个人前往西康。由于时间紧，任务急，骑马是不行了，于是设伏缴获了一辆美吉普。这样前进的速度是加快了，但吉普车过于陈旧，再加上超载，车子坏了，停在路边修理。突然，有个人快步如飞地往这边赶来，老薛一看，来人是李学义，便问："不是已经把你留在剑阁县了吗？以后你在那儿还有重要工作，接管国民党的警察局，你怎么跑这儿来了？"

李学义嘟嘟囔囔地说："首长，我跟你都整整五年了，从来没有分开过，现在倒好，你们去大城市了，把我留这儿不管了。我不管，你要带我去西康，我还想打仗呢。"

老薛生气地说："简直无组织无纪律，我要处分你！好了，你先上车吧，把你送到成都，不许跟我去西康。"

吉普车把李学义送到成都后，老薛一行人重新往西康行进。由于老薛对革命工作一向认真，太过认真，他真的给了李学义一个警告处分，并且装进了档案。十多年后，正是这个警告处分给李学义带来了一场灾难。"文革"开始后，造反派从李学义的档案里查出"罪证"，召开批斗大会，全场高呼"打倒逃兵李学义"口号，叫李学义低头认罪。李学义的认罪发言很奇特，他挥动手中的《毛主席语录》本请大家安静，然后以极其无辜的表情说："同志们，什么是逃兵呢？很明确，逃兵就是往前线的反方向跑。但我那时候是往前线跑，想去参加解放西康的战斗。这能算逃兵吗？这算是勇士，是英雄嘛，你们说是不是？……"台下一片哄笑，批斗大会无法进行。造反派的人咬牙切齿叹气："战争年代过来的人真是太难斗啦。"

薛作者看见，被星光冷落的月亮隐在云彩后面，老人家的眼里却清晰地透着月光，她说："其实，敌人也是很狡猾的，别看他们正在仓皇溃逃，但他们也像狐狸似的。当然，再狡猾的狐狸也斗不过好猎人。老薛快到西康省府雅安的时候，他们的吉普车被拦下了，一个国民党军官仔细盘问了一阵，没发现破绽。他当然发现不了，老薛多机智啊，人称诸葛亮嘛，他早有防备，半道上就换了国民党军服，跟他的几个侦察员也换了装，各种证件齐全，都是缴获来的，所以顺利混进了雅安市。不料，敌人好像发现了什么，一群国民党兵一边大喊大叫一边朝吉普车开枪追过来，老薛他们加速开车冲进市区，然后弃车奔向一条小巷，连翻几道围墙甩掉了追兵。儿子，你要注意，你爸那叫机智、聪明、灵活，不能说是狡猾。他们深入敌穴，摸清了敌人的各个主要防御工事和兵力部署。老薛英雄呀。"

老人家回忆，她所在的 62 军主力部队抵达雅安时，原以为能像解放成都那样顺利，没想到在雅安城边的苍坪山受到敌人猛烈阻击。根据老薛提供的情报，苍坪山是刘文辉部经营得最坚固最满意的防御体系，整座山上布满了纵横交错的工事，由国民党第 24 军的一个精锐团守卫，而周边的国军部队相互依托固守。

攻打苍坪山的战斗异常激烈，战士们无比英勇，一个排倒下去，另一个排冲上去；一个连倒下去，又一个连冲上去……为减少伤亡，62 军军部派出宣传员到阵地前沿不断向山上喊话："国军的弟兄们，你们的刘文辉主席已经下令起义，投城解放军了，你们不要再顽抗了，我们解放军优待俘虏……"可是，自以为苍坪山固若金汤的敌军并不投降，反而组织了几次火力凶猛的反击冲锋。62军的指战员被彻底激怒了，重新组织部队，整连整连地硬往上冲。牺牲战士的遗体遍山都是，鲜血染红了草丛和山石，空气中弥漫着血腥味。

老人家说："我们女兵全都去参加救护伤员，救护不过来呀，眼睁睁看着一个又一个伤员死在我们怀里……我是军部文书，有个任务是每天填写下面三个师的报表，然后交给司令部出《每日战报》。报表内容是各师的伤亡情况和俘虏、消灭敌军的人数，还有缴获的武器弹药和装备物资的数量等等。在填写伤亡情况时，我的心都在颤抖，因为我们从山西打到甘肃，再打到重庆和成都，这一路还没遇到过这么惨烈的场面，那是我亲眼见到牺牲人数最多的一次战斗。解放以后我多次去苍坪山烈士陵园扫墓，前些年总政干部部副部长王蜂的爱人李祝君来成都看我，她第一个想去的地方就是雅安苍坪山，因为她爱人王蜂曾是62军的组织部部长，她也在军部当宣传干事，老薛是保卫部部长，我们都是苍坪山战斗的亲历者，所以我专门陪她一起去苍坪山扫墓。那场战斗打了整整一个星期才彻底消灭了敌人，我和李祝君在烈士陵园里挨个儿抚摸那一块块墓碑，给每个牺牲战友点上一支香烟，心里悲痛极了。儿子，妈现在是走不动了，你一定要替我去给我的那些好战友扫扫墓，你一定要去呀，这也算是我的临终遗愿吧……"

"妈，别这样，我一定去，肯定去。"薛作者跟老泪纵横的她一起流泪，于是赶紧岔开话题，"妈，你跟我爸是在苍坪山相聚的吧?"

老人家泪迹未干的脸上露出笑容，不住点头。她说那是在苍坪山战斗结束后，军政治部搬到苍坪山上驻扎，司令部在山下，她和十多名女兵一起往山上走，突然听到不远处的山坡上有人在喊："就是她! 她是锁兰!"原来，已经归队的老薛正站在山坡上迎接他的媳妇，但他跟锁兰分别已快一年了，在此期间从未有过联系，并且女兵的发型和衣服都一样，他一时认不出哪个女兵是他的锁兰，还是一个参加过他们婚礼的师长先认出来了。只见警卫员小曲快步跑到女兵队伍里，但他从未见过锁兰，着急地东看西瞧："谁是锁兰？谁是锁兰？我是警卫员小曲，锁兰快跟我来！"大家都在笑，只有锁兰低着头，小曲立刻明白了，一把拉起这个满脸通红的女兵往山坡上走。她甩开小曲的手："你手轻点儿行不行？这个新兵蛋子，怎么毛手毛脚的？"

"我……我这不是带你去见薛五号嘛。"小曲一脸委屈。

"什么什么，薛五号？"她一头雾水。

"哦，这是代号，军参谋长是军部的五号首长，保卫部长是政治部的五号首长，现在敌情复杂，为了保密，只能叫首长的代号，这是保密规定。薛五号……"小曲边走边急急地解释。

"什么五号五号的，还八号呢。现在这里都解放了，还保什么密？那是我丈夫，叫老薛。"

"我可不敢这么叫。那……那我以后叫你什么？"

"叫我嫂子同志。"

"嫂子同志？"

"以前那个警卫员小邓就这么叫。"

"喔，知道了。嫂子同志。"

说话间，她走到山坡上，跟老薛站在了一起。两人一时无话。老薛笑眯眯地上下打量她好一阵子才说："你真是长大啦。哎呀，谁说女子不如男？嘿嘿……"

"嘿嘿……"

薛作者陶醉地听着那笑声，而那笑声仿佛被晚风吹到了苍坪山的那个小山坡，就听老人家在小声地哼唱：

"向前进，向前进，战士的责任重，妇女的冤仇深。古有花木兰，替父去从军；今有娘子军，扛枪为人民……"

9. 最有意义的嫁妆

月亮在弯成一把镰刀的时候，夜空的一片云彩被割得血流如注，薛作者拿着一把水果刀，边削苹果边听妈妈讲那过去的事情。过去的那时候是 1950 年，妈妈还在 62 军军部当文书，她没有配备武器，主要工作是保管政治部的文件和填写各种报表，还帮不识字的战士写家信。自她参军以后，她身上除了背过两颗手榴弹以外，再没有其他武器，因此，她一直想要一支枪。

老人家说，她曾多次参加打扫战场，从敌人的尸体上取过不少枪支和子弹，但她必须遵守纪律，一切缴获要归公，她不能私留。部队召开庆功会时，经常有首长把枪支奖励给战斗英雄这样一个仪式，令她羡慕不已，可惜她不是战斗英雄，没这个待遇。她得到过的最高奖励就是几枚纪念章。一天，她赌气似地向老薛提出，给她一支手枪。老薛不给，说："如果谁管我要枪我都给，那不乱套了？我是保卫部长，如果谁违犯了战场纪律，我可以缴他的枪，这点权利还是有的。但你要枪，我可没这个权利。"

"你没这个权利，那怎么在太原的时候，你把勃朗宁手枪送给警卫员小邓？难道警卫员比你老婆还重要？"

"你别这么不讲理，勃朗宁手枪是上级给我的奖励，送给谁是我的事。小邓跟了我那么些年……"

"甭管跟了你多少年，哪怕一万年，那不一样，我们是夫妻，一日夫妻百日恩，这还当不了小邓？"

"两回事。小邓跟我那叫出生入死，我们在太行山跟日本鬼子打的有一仗，一排炮弹打过来，小邓把我扑倒在地，用身体压住我，他的衣服都被弹片擦破了，皮肤也伤了，那时候你在哪儿？认都不认识我。"

"如果那时候我在，我也会用身体为你挡炮弹。只要是战友，我都会那么做。”

“哈哈，你为我挡炮弹？恐怕你连我的手都不敢碰吧。”

“当然不敢碰，那会儿我还是黄花闺女，男人的手我都不敢碰。对了，我跟你结婚都快一年了，到现在还真不知道你姓啥。这部队里的人都是天南地北来的，说话口音南腔北调的，我一会儿听这个叫你徐部长，一会儿听那个叫你许五号，你到底姓啥？姓徐？姓许？姓薛？”

老薛乐了，拿了支毛笔，在纸上工工整整地写了“薛”字：“认识吗？”

“认识，这是薛平贵的薛。”

“嗯，不简单，知道薛平贵。历史上还有个名人叫薛仁贵，流传很广的一个故事叫薛仁贵征西，我就是这个姓。”

“知道了。你的名字怎么写？”

老薛把他的名字写下来：“认识这两个字吧？‘兴邦’，这是我的名字。‘邦’是国家的意思，我的名字的意思就是振兴国家。你看，我们兵团政治部主任胡耀邦同志，那名字的意思就是光耀国家，多好。可是你的名字就简直没意思了，‘锁兰’，你说，把啥锁住不好，非要锁住兰花。你想啊，再好看的兰花被人一锁住，那也会被锁枯萎了不是？以后得给你换个名字。”

“我不要换啥名字，我只想要支手枪。”

“好好好，咱不换名字，锁兰就锁兰吧，能把兰花锁住也不错，兰花是好花呀……”

老薛说着说着就亲热地伸出手臂揽住她的腰，她甩开老薛的手臂：“别碰我，烦得很。”

“嗳嗳，这怎么啦？咱们在屋里，又没人看见。不是有这个话嘛，出门在外是同志，关起门来是夫妻。嘿嘿……”

“我不管，出门在外也好，关起门来也罢，反正我就想要一支枪。你给不给？”

"好好好，给，我给。"

"现在就给。"

"总不能把我的枪和警卫员的枪给你吧？让我想想办法。"

"你现在就想办法。"

"你……你这人看不出来，还真是不讲道理。"

其实，她想要支枪是有道理的。当时西康省虽然解放了，但周边的形势依然紧张严峻，国民党的残余部队和当地土匪、袍哥、恶霸、伪乡保警备队员，以及国民党的"游干班"成员和敌特分子勾结在一起，不断袭击解放军和征粮工作队，残杀地方政府人员，手段非常残忍。敌人将被俘人员的脑袋劈开，放上油，然后用火点燃油，名为"点天灯"。一天，敌人竟然组织了大批武装人员冲击起义部队，劫走两千多起义官兵，并将十位军代表捆在树上当活靶子打。

一天夜里，上万匪徒突然包围了军部，只见雅安城内满是匪徒举的火把。军部机关立即给所有女兵发了手枪，意思是把最后一颗子弹绝留给自己，决不当俘虏。当大部队赶到后，打跑了匪徒，但牺牲了一个姓周的团长。随后，发给女兵的手枪被收回。

在如此危险的局势下，她需要老薛的保护，老薛却接到命令，去大邑县参加整编起义的国民党第24军，他作为对起义军官的一审，并将审查情况报告给作为二审的兵团胡主任，然后对起义军官作出安排处理意见。老薛和警卫员这一走，她感到夜里睡觉心里没底，因为她每天填写报表，很清楚敌人的暴行，所以她急于想要一支枪，一是为了自卫防身，二是随时准备投入剿匪的战斗。可是过了很久她才得到一支枪，是老薛用银圆买的一支德国造小口径步枪，还有一千发子弹。她不大满意："这也算枪？玩具枪。"

老薛解释说："这枪威力小，击发时座力也小，最主要是不容易走火。"

老人家遗憾地叹息一声，薛作者赶紧把削好的苹果递给她："妈，你那会儿不是战斗连队的兵，是机关兵，没有枪的机关兵又不是你一个，这很正常，何必为枪的事愁眉苦脸。"

老人家气恼地把苹果往茶几上一搁："什么话？你就不像你爸那样会做思想工作。你爸那水平，真是没啥说的……"

说到这儿，老人家的脸上有了沁柔的表情。她说，老薛为了进一步安抚她，举例讲了他曾经枪走火的惊险经历。

那是老薛在延安抗日军政大学当学员队长的时候，一天，校长林彪正在台上讲课，每个学员靠右肩环抱一支老套筒步枪盘腿坐在背包上，枪口一律朝上，一边专心听课一边认真作笔记。突然，一声枪响把大家惊呆了，一个个伸长脖子问："谁开枪？"老薛也在问，还四下环顾寻找，他身边的一个学员悄悄用肩膀靠了靠他："队长，看你的枪筒。"老薛一看，坏了，他的枪筒正冒着缕缕白烟。这可咋办？肯定要挨批，说不定还要被拉出去接受审查，受个处分是跑不掉了。可是，林彪校长镇定自若，像没听见枪响似的，继续讲课。下课后，居然没人来训他。

听老薛这么一讲，她便从此不提要枪的事了。在以后的剿匪战役中，她发现了有比枪更重要的武器，那就是党的民族政策。

由于西康是个多民族地区，交通不便，信息闭塞，解放前我党在此地的工作比较薄弱，少数民族对解放军并不了解，听信国民党的宣传，因此经常凭借险要地形枪杀追击土匪的解放军战士。军部要求每个连队都组织一个宣传队，在每个驻地都办一个黑板报，专门为剿匪肃特中的民族政策和注意事项做宣传。通过大量的宣传工作，终于有了显著效果。一天，一个藏族山寨的土司带着4个五花大绑的汉子来到535团部驻地："我的这4个娃儿把你们的战士打死了，现在我把他们送来，请解放军发落。"通司把土司的话翻译了一遍，随后抬上了战士的尸体。战士的衣服已被扒去，身上血迹斑斑。指战员们一看，气愤不已。土司又说："你们如果相信我们的话，请把这几个娃交给我，我一定给他们重罪，让他们坐牢或杀头。"通司把这话翻译了一遍。现场陷入一片沉默。

部队的几个领导商量了一阵，认为还是交给土司自己去处理，这样可以用活生生的事实去揭穿敌人的谣言，也是对党的民族政策的最有说服力的宣传。可是，那个牺牲战士的战友们都不同意，一致要求当场处决凶手。因为大家都知道，在国民党统治时期，如果当地的少数民族打死一个汉人，最少得有 5 至 10 人抵命，还要赔许多银子。部队领导分别给战士们做思想工作，讲清楚道理："我们这样做，是为了更好的执行和宣传党的民族政策，就是这个牺牲的战士也会理解我们的。"

团政委对土司说："我们相信你们，不杀你们的人，也不要你们的银子，这事由你们自己处理。对死去的战士，按照我们的习惯，找个合适的地方埋起来就行了。"土司听完通司的翻译，当即拜倒在地，站起来拍拍胸脯，伸出大拇指，并组织寨子里的群众为牺牲战士举行了隆重的葬礼，把他埋在了他们认为最好的地方。

这件事很快传遍了每一个少数民族村寨，他们热情帮助解放军，积极为剿匪部队带路和提供情报。指战员在剿匪的过程中，即使下雨天也没有一个人进入民房，全部露宿街头屋檐。群众奔走相告，称解放军是"菩萨军"。许多寨子的居民们还在路边摆设茶水，燃放鞭炮欢迎解放军，这个场景让指战员感到仿佛又回到了革命根据地。

最有意思的是，彝族人民首领小叶丹的儿子古莘嘉家，扛着"中国工农红军古莘支队"的大旗，从冕宁的崇山峻岭中来到解放军驻地，要找十五年前跟他父亲结盟的刘伯承伯伯。

在西康各族群众的大力支援下，62 军的各路剿匪部队捷报频传，歼灭了数七万余人的国民党残部和土匪，为 18 军进军西藏提供了有力的保障。

一只鸟在院子里的绿化带中鸣叫，用它的欢唱呼应老人家的回忆。老人家似乎还沉浸在当年剿匪胜利的喜悦中，她笑着说："儿子，那时候我跟你爸已经有了点感情，可不知怎么，我觉得我跟你爸结婚有点亏，再怎么说，我当初也是黄花闺女嫁给他的，结果没个像样的婚礼，连个嫁妆都没有，洞房花烛夜更没有。现在胜利了，共和国成立了，生活条件好了，他总该给我补一下吧？可是你爸怎么说的？他一副老谋深算的模样，说，婚礼就不补了吧，免得别人误会，以为咱们是二婚。至于嫁妆嘛，你也算是有了，那就是德国造小口径步枪。再说，现在全国还没有完全解放，还不到庆祝的时候。等以后解放了西藏，实现了中国大陆的完全统一，到那时候咱们去北京补办一个婚礼。儿子，你看你爸那口气，去北京补办婚礼。哈哈……"

薛作者好奇地问："那这么说西藏解放以后，你们还去北京补办了婚礼？"

老人家把嘴一别："补办个啥呀，那是你爸给我画的烧饼，看得着，吃不着。别说没去北京补办婚礼，万没料到，我跟你爸还被调到了西藏。那是命令，咱必须服从。"

不过，老人家承认老薛后来还是带她去了一次北京，但不是去补办婚礼。有一次西藏军区接到电报通知，叫老薛到北京参加全国的检察工作会议。通知上有个规定，是周恩来总理特批的："西藏和新疆来京参会的干部可以携带家属。"

老薛带着她从拉萨坐吉普车到成都，然后从成都坐火车到北京。下了火车，她问老薛有没有车来接？老薛嘲笑她："你想得怪美气，咱是大校，又不是将军，在北京根本不算大官，没车来接，咱们走着去吧。"她只好跟着老薛边走边问路。两人都穿着棉大衣，老薛还肩扛一只大皮箱，走得满头大汗。路人都好奇地看着他俩，因为北京的天气并不冷，这两个人干吗要穿这么厚的棉大衣走路？

好不容易走到了京西宾馆，接待人员哭笑不得："有车在火车站接你们，谁让你们走着来的？刚才驾驶员还被领导好一顿批评。你们是从西藏来的，辛苦啦，领导安排你们住北京饭店，马上会派车送你们过去。"

她很想埋怨老薛，但看老薛累成这样，也就忍了，只说："听见了吧，咱们是住高级宾馆，这回咱可真的算是美气了。"

白天，老薛去开会，家属不能进会场，会议组安排家属去故宫、天安门、颐和园等景点参观，但始终找不着她，汽车只好载其他家属走了。原来，从没见过也从没坐过电梯的她，正在兴致高涨地在那儿玩电梯。她从一层开始坐电梯，每一层都停下来出去转悠一会儿，好奇地观看每一个男男女女的外国人，就这么反反复复地玩，感觉太过瘾了。

晚饭后，老薛顾不上骂她，慌慌张张地拿来一件旗袍，说是他刚从王府井商店里买的，叫她赶紧换上，今晚要去人民大会堂看文艺演出。她从没穿过旗袍，一直认为那是资本家小姐才穿的东西，但她穿上以后照了照镜子，发现自己漂亮极了。

她没想到，刚在演出厅坐好，全体人又都站起来热烈鼓掌，一看，是周总理来了。她更没想到，周总理就坐在她前面的座位上。在整个演出的过程中，她都激动不已，顾不上看节目，基本上一直在看周总理的侧面，因为这是她一生中唯一一次亲眼见到周总理，并且距离如此近。演出结束后，周总理起立鼓掌，转过身来笑着对她说了一句什么话，但演出厅里掌声雷动，她没听清楚，激动得呆呆看着周总理，连一个字都说不出来。

回到北京饭店，老薛懊恼地对她说："这是个失误，我的大失误，真不该带你来北京，全场就你一个人穿旗袍，总理是夸你穿得漂亮，你连个谢谢总理的话都没有，简直不懂礼貌，太傻太傻了，把我的脸都给我丢尽了。"

她不服气地说："是谁要带我来北京的？是谁要给我买旗袍的？不是我吧？我在西藏工作那么久，没法见大世面，当然会在这儿出丑。可是你想想，如果当初咱们不去西藏，就在这北京，那……"

老薛急忙打断她："不许胡说啊。早跟你说过的，咱们是党的人，党叫咱上哪儿就上哪儿，要听党的话嘛。往后你再别说这样的话了，那是向党发牢骚。"

她说："我是向你发牢骚，别东拉西扯的。"

老薛说："好好，向我发牢骚可以，完全可以，我喜欢。不过，我还可以告诉你，西藏也有西藏的大世面，那叫又高又广的大世面，好些人想见还见不着，你以为呢。"

这时候，薛作者看见，弯成一把镰刀的月亮收割了一朵鲜花，静静聆听老人家动人的哼唱："毛主席的战士最听党的话，哪里需要到哪里去，哪里艰苦哪安家……"

也许，这支歌便是那个年代给她的最有意义的嫁妆。

10. 肃穆的耳语

月亮显现柔情蜜意的时候，阳台上那十多盆君子兰正以微笑的方式开放，薛作者拿着一把剪子，一边修剪君子兰的枝叶一边听妈妈讲那过去的事情。妈妈说："这些君子兰是我的老薛亲手栽下的，至今已经五十多年了。我只要每天看一看这些君子兰，就像看见了我的老薛一样。儿子，你知道吗，你爸为啥栽这么多君子兰？他是为我栽的。因为我叫锁兰，他想把我锁住，牢牢锁住，锁在他心里，锁一辈子，他跟我是真正的夫妻感情啊……"

他们的夫妻感情是在共同战斗的艰难岁月中不断培养出来的。锁兰没有谈恋爱的经历，是组织上把她安排给老薛的，因此她当时对老薛还谈不上什么夫妻感情，她还憧憬着等局势稳定以后回山西安家过日子的事。老薛当然不愿意，从政治层面教育她说："咱们是党的人，是军队的人，至于将来到哪儿安家，那都得听组织安排。"

不久，组织上有了安排，通知锁兰去重庆大学读书，这下老薛慌了神，找到政治部主任，硬把锁兰的上学名额取消了。锁兰大为不满："你不是说咱们要听从组织安排吗？"

老薛辩解说："现在部队里文化低的同志有很多，你多少还算有文化的人，把上大学的机会让别人，这是咱应该做的。"

锁兰委屈地说:"你这是编的理由。你这人太自私,其实你是怕我上了大学就不回来了。"

老薛一拍大腿:"聪明!我就怕这个。当然啦,除了这个,还有个原因,那就是咱们部队下一步紧跟着还有很多重要的事情要做,你不能临阵脱逃,要跟着我一起干。这也是组织上的安排。最正确的安排。"

重要的事情果然很多。1950年3月,由于担负进军西藏任务的18军主力开赴甘孜集结,62军剿匪肃反的任务便愈加繁重紧迫,因为保障18军的安全是所有工作的重中之重。时任62军保卫部长的老薛经常不回家,甚至亲自带着警卫员小曲上山,端着轻机枪参加一线的剿匪战斗。锁兰很生气,有一天抓住很难回家一趟的老薛:"你不让我上大学,你又成天不回家,让我在这儿守活寡呀?"

老薛就劝慰:"好了好了,就剩不多的土匪了,过不了多久统统消灭干净,到那时我们夫妻好好过日子,天天团圆,再养个大胖小子。这会儿你别瞎闹,党中央毛主席下决心解放西藏,毛主席从莫斯科发来电报指示,'进军西藏宜早不宜迟',把主攻任务交给了18军,没交给我们军,18军的同志都没闹,你在这儿闹啥?18军很多脱了军装到地方工作的同志都被调回来了,现在全国全军都在支援进军西藏,我们也要努力为他们扫清障碍,给他们最有力的安全保障。"

"我不是闹,是担心你的安全。嗳,听说你还会打机枪?"锁兰好奇地问。

"会打机枪有啥稀罕的?你是听小曲说的吧。小曲才跟了我一年多,好多事儿他根本不知道,我还在延安的时候就会打机枪,那过瘾,哒哒哒哒……"老薛做了一个端机枪扫射的动作,"有一回在太行山区,我就是抱着机枪立的大功。"

"真的,那你给我讲讲。"锁兰兴奋了。

老薛平时不爱讲自己过去的事情,但为了让锁兰高兴,就讲:

那是 1942 年五月，日本鬼子想彻底消灭八路军，对太行山区革命根据地进行铁壁合围大扫荡，形式十分严酷。八路军各部化整为零，分散突围，与敌周旋。为了掩护八路军总部首长撤退，总部的部分机关人员也上了阻击阵地。当时老薛任八路军总部政治部机关的教导员，眼看有个营的阵地快守不住了，老薛率领十多个机关人员前去增援，他端着机枪冲上阵地，朝日本鬼子一阵猛射，打退了鬼子的好几次进攻。阵地守住了，他们一直坚守到天黑才撤退到山里，把那个营的营长感动得不行，热泪盈眶地说他看不出文弱书生样的老薛如此勇猛，一定要认老薛是生死大哥。老薛还荣立了大功。

锁兰充满敬意地走进老薛的心里，担心地说："机枪手的目标大，很危险的，你以后要注意点，机枪再厉害，也没有敌人的炮弹厉害。"

"哈哈，终于知道心疼你丈夫了啊？没事儿，我老家的人讲迷信，说我是什么文曲星，命大，炮弹来了都会长眼，打不死我。"

没想到老薛的这话在后来得到了应验。1951 年，老薛被抽调到 60 军任保卫部长，于 3 月 17 日入朝参加抗美援朝，锁兰真正体会到了什么是思念夫君，什么是坐卧不宁。她天天看报纸，听收音机，从各种渠道了解朝鲜战局的情况。

一天，军部传来消息，跟老薛一起去朝鲜的宋秘书长被美军的飞机炸死了。锁兰焦急地四处打听："我的老薛呢？"都说不知道。但她一直坚定地在心里念叨："我的老薛是文曲星，命大，他死不了，死不了……"

正在这时，文曲星突然从天而降，出现在锁兰跟前。锁兰激动无比，一把抱住老薛紧紧不放："你真的是文曲星呀！"

老薛说："别别，啥文曲星呀，我只是运气好。那天在坑道里，我和老宋紧挨着坐，正在说话，敌机轰炸，一下把我们埋了，战士们把我俩从炸垮的坑道里刨出来，我还活着，也没伤着，可是老宋已经牺牲了，我是捧着老宋的遗物回来的……"

　　老薛是临时从朝鲜战场调回来的，接受了新的任务，负责组建西康省公安总队，他被任命为公安总队政委兼西康省公安厅副厅长。锁兰问："那我呢？"

　　"你当然是跟我在一起。我到哪儿，你到哪儿，天长地久不分离。"

　　"要脱军装吗？"

　　"不脱。咱们还是中国人民解放军的编制。你到总队任机要秘书。"

　　"看来咱们以后就在这儿安家了？"

　　"说不准。我不是跟你说过嘛，咱是党的人，一切听从组织安排。"

　　阳台上，薛作者看见，老人家正一往情深地望着天上的一颗星星。难道那就是文曲星？星星不语，迷人心魄地闪亮眨眼，将神奇的预言隐藏在夜空。老人家感慨道："儿子，你爸一直就有先见之明，咱是党的人，不是想在哪儿安家就在哪儿安家，一切都得听从组织的安排。这对于你爸和我来说，也是一种幸福。真的是幸福。"

　　幸福来临是在西康省公安总队刚组建好的时候，老薛接到军委主席周恩来的任命书，到昆明军区任保卫部长。哦，昆明，那是一座怎样的城市？锁兰向周围人打听到，昆明四季如春，号称春城，在那儿安家绝对舒适。锁兰从心里感谢组织上的这个安排，因为这标志着她过去的艰难生活就此结束，真像是一场偶然的美梦成了真。她空前兴奋地催促老薛："快快，快交接工作，快收拾东西，越快越好，咱赶紧去昆明军区报到。"

　　老薛说："你又乱激动，我还不知道要快呀？命令上有去报到的时间规定，我不正在抓紧嘛。不过，临走之前我想去跟老首长胡耀邦道个别。你不知道这位老首长跟我的私人感情，这是咱俩的证婚人，打太原的时候他差点就牺牲了，我非常敬佩他。"

　　锁兰惊奇地问："打太原的时候胡耀邦是咱兵团的政治部主任，这么大的首长怎么会差点牺牲？我咋不知道？"

　　老薛把脸一别："你那会儿还在兵团随营学校上学，你哪知道总部发生的那些事？"

"那你给我讲讲。"锁兰扭住老薛说，"要不我不让你去，就在家里收拾东西。"

老薛就讲，那是 1948 年 8 月，为了争取阎锡山弃暗投明，和平解放太原，毛泽东派华北军区副参谋长王世英到太原前线，要他与徐向前商量，可否持毛泽东的亲笔信跟阎锡山会晤？徐向前没有同意王世英进太原城，说："我认为阎锡山虽然损兵折将，孤军无援，防守死城，但他并不认输，妄想依托堡垒抵抗，苟延残喘。根据我对阎锡山目前情况的判断，他还没有放弃太原的考虑。因此，如果照你说的办法干，送你进了太原城，可能有进无回。"

经过商量，徐向前决定自己先给阎锡山写封信，送进城去交给阎锡山试探一下。胡耀邦自愿要求去送信，徐向前没有同意，他说："前几天，有个 80 多岁的老秀才，是阎锡山的先生，他对我说，愿意为和平解放尽力，我打算请这位老先生进城去见阎锡山。"结果老先生被阎锡山杀害了，徐向前写的信，经阎锡山的北平办事处转送到南京，受到蒋介石的鼓励，并派蒋军第 30 军紧急空运到太原增援防守。

徐向前的此举未获成功，即派胡耀邦做争取蒋军第 30 军军长黄樵松起义的工作，因为黄樵松是在抗日战争中有民族气节的将军，曾率部英勇抗击敌寇，也有反对打内战的意愿。果然，黄樵松派出他的谍报队长王震宇前往解放军太原前线指挥部联络。徐向前指示胡耀邦代表他到八纵司令部商谈起义细节。胡耀邦自告奋勇地向徐向前请求："徐司令，那我就亲自入城协助黄樵松起义吧。"

徐向前坚决不同意："你是政治部主任，打仗需要你，不能去！况且，那里面的情况还没搞确实，你去不得呀！还是另外派个人去吧。"于是，徐向前派出八纵参谋处长晋夫，作为我军联络代表持他写给黄樵松的信，与黄樵松的联络代表王震宇一同进入太原城。

不料，由于敌 30 军 27 师师长戴炳南的出卖，阎锡山诱捕了黄樵松和双方联络代表王震宇、晋夫等人，用飞机押送南京，交蒋介石军法处决，并提升戴炳南为30军军长作为嘉奖。在太原解放的第三天，兵团召开了庆祝大会，会上当场宣布，将俘获的戴炳南以破坏起义的罪名执行枪决。

为争取太原和平解放，胡耀邦两次请求亲自深入虎穴，都因为徐向前的阻止，两次与死神交错而过。但他勇于担当的胆识和豪气给老薛留下了深刻印象，佩服之至。如今，老薛就要去昆明上任了，不知何时才能再与老首长相逢，所以他无论如何也要去川北跟老首长道个别。

正在这时，一道紧急命令下来了，要老薛到西藏军区任保卫部长。这是怎么回事？锁兰着急地埋怨："听说西藏那地方很荒凉，生活条件根本不能跟昆明比，这都怪你，啰里啰唆半天还没走成，如果咱们早一天走也不会这样了。"

老薛大笑："你怎么老没长进，思想这么落后。咱是党的人，别说是走到昆明，就是走到天边，党叫咱上哪儿咱还是得上哪儿，绝没二话。赶紧收拾一下出发吧。"

"那我呢？"

"你的任命也来了，跟我一起走，到西藏军区党办当机要秘书。"

锁兰想着西藏高原天气寒冷，便拿了一个烤火盆和一个夹木炭的钳子，让警卫员放到吉普车上去。

"给我放下！"老薛吼了一声，"公家的东西一样都不能带走，必须上交。"

锁兰不敢反抗，只不满地嘟嘟一句："咱到了西藏，挨冻的时候你可别跟我说。"

老薛笑笑地解释："我这也是为你好，你带那么多东西，路上怎么背得动？我可不会帮你背。那部收音机也要交，公家的东西连一张纸一支笔都不能带走。咱们这次出发，要有走路的思想准备。"

情况果然如此，18军正在组织修路，康藏公路（后改为川藏公路）还没通车，去西藏只能步行。老薛和锁兰带着警卫员在康定下车，背着背包走了二千多公里才到拉萨。

阳台上的君子兰在散发艰难岁月的气息，就听老人家说："儿子，你爸病逝后，我找组织从他的档案里把他当年的两份任命书拿回来了，是后来补发的，我要自己保存，因为任命书上有周恩来的签名。在我床头的那个柜子里，你把它拿出来，让我再看一看。"

薛作者在找那份任命书的时候，听见老人家醉意迷离般地在阳台上哼唱："二呀么二郎山，高呀么高万丈……"

这时候，高万丈的月亮正把这支歌含在嘴里，化作阵阵肃穆的耳语说给一群高万丈的逝者……

11. 涌入心怀的美丽

月亮在波浪般的云朵里荡漾的时候，薛作者在心中掂着夜晚的重量，听妈妈讲那过去的事情。由于她老人家曾经在西藏工作多年，她的思绪时常会与雪域高原交融，回味雪地里每一个脚印遗下的冰冷或者热烈的情节。薛作者叹道："早些年，我并没有想过写我父亲的故事，真后悔没有问问他经历过的那些事。"老人家说："不碍事，妈可以给你讲讲。不过，你爸也不爱跟我讲他干过的事。我是跟他一起走到西藏的，但他的工作比较特殊，所以我知道的也不多。"

那是50年代初，老薛从朝鲜战场被紧急调回国，接到去西藏军区任保卫部长的命令，于是带着妻子锁兰和警卫员乘吉普车向西藏出发。

到了康定，前方的道路无法通行，筑路部队和民工还在加班加点地赶修康藏公路，老薛一行人只好在康定的临时兵站住下。康定的空气十分新鲜，但这新鲜的空气里缺乏氧气。第二天清晨准备出发时，身心疲惫的老薛晕倒在厕所里。经兵站的医生抢救，老薛醒了过来。锁兰慌了神，抓住老薛的手说："你身体这么差，咱还是跟组织说一下，换个人去西藏当保卫部长吧。"

老薛生气了，撑起身来严肃地说："你这像是共产党员说的话吗？思想太落后，乱弹琴。"

锁兰解释说："别人身体不好可以换工作，你咋就不能换呢？"

老薛说："别人是别人，咱是咱。越是艰苦的地方咱越是要去，这才是好同志。毛主席说的。以后你别再乱说话了。还有，到了西藏，关于我身体不好的事，不准跟任何人提起。蹲厕所时间长了，起来猛了，头自然会晕，小毛病，今后自己注意点就行了。上路吧。"

康定有支流传很广的歌："跑马溜溜的山上，一朵溜溜的云哟……"锁兰抬头看着前方的天空，只见天空不止一朵溜溜的云，而是一大片黑压压的乌云，不免心中充满了惆怅。其实在这个时候，再有多么动听的民歌和多么美丽的景色都与她的心情无关，因为她为了跟老薛一起到西藏，她有一个秘密一直瞒着组织，也瞒着老薛，那就是她已经怀孕了。她想等到了西藏再告诉老薛，然后在西藏生下这个孩子，让新生婴儿的啼哭声如军号般响在西藏军营。但眼下，她决定保守这个秘密，待果实成熟后再给老薛一个收获的惊喜。

从康定开始，老薛一行三人弃了车，背着背包继续往西藏走。二千多公里的路程，沿途都有筑路的队伍，"二呀么二郎山，高呀么高万丈"的歌声响彻山涧。从康定到拉萨，有三十多个临时兵站，老薛一行走走停停，遇到没有兵站的地方，就跟筑路的战士和民工一起吃住。由于运输困难，物资缺乏，吃的都是大豆做的代食粉和青稞做的糌粑，住的都是帐篷。白天，帐篷被强烈的紫外线烤成蒸笼；夜晚，整个帐篷被朔风灌满。老薛乐观地对锁兰说："再坚持一下，一切都会好起来的，胜利往往就在最后的坚持之中。你知道吗，拉萨是西藏的首府，等到了那儿，咱们就不会再住帐篷了。"

锁兰很听话，坚持再坚持，走了许多的畏路，翻越了十多座海拔四千米以上的雪山，终于到达昌都。眼看最后坚持一下的胜利在望，不料，老薛在康定厕所里晕倒的一幕竟然发生在锁兰的身上，但她比他更为严重——她小产了。老薛心痛地埋怨："你咋不早说一声呢?"

锁兰泪眼汪汪地说:"我要早说了,组织上和你会让我跟你一起来吗?"

老薛为之感动,沉默良久。

其实,为了进军西藏,死掉的孩子并不止这一个。18 军政委谭冠三的妻子李光明作为军部机要员,怀着身孕随部队进藏,她曾在抗日战争期间,为了不影响部队行军作战,把儿子寄养在老乡家里,多年未曾见面。她一直想再生一个孩子,让这个孩子不再受战争的惊吓,亲眼看着孩子在她身边健康成长,以了却当母亲的心愿。可是,她在进藏途中流产了,大出血差点要了她的命,从此断了当母亲的能力。谭冠三政委忍住心头的悲伤,用坚定的誓言激励妻子李光明:"如果我死在进军西藏的路上,就把我的骨头埋在西藏!"

1950 年 8 月 28 日,18 军在四川乐山举行进军西藏誓师大会,大家好奇地看见台上有一个三岁左右的小女孩。这孩子天真可爱,见大人在台上讲话,也站起来向台上敬礼,翘着小嘴说:"叔叔、阿姨,我给你们唱支歌!"说着就咿咿呀呀地唱起来。台下的人都欢喜地一边鼓掌一边打听:"这是谁家的孩子?"当大家知道了这是军长张国华的女儿,立刻明白了:军长带女儿到誓师大会的会场来,就是要让全军将士知道,我张国华"背女出征"坚决进藏,义无反顾啊!

可是,正当大军将行之时,张国华的女儿患了重病,高烧不退,昏迷中不断地叫"爸爸"。正在主持会议的张国华抽不开身,嘱警卫员去照顾一下。到了晚上,张国华赶到医院,他的那个在战火中降生在牛棚,取名叫"难难"的女儿已经永远闭上了眼睛。大家难过地说:"小难难是我们 18 军进军西藏第一个牺牲的生命。"

18 军军长的孩子走了,18 军政委的孩子走了,现在,保卫部长老薛的孩子也走了。但这只是进藏官兵家庭,为了西藏而做出自我牺牲的一个缩影。

老薛安慰锁兰:"不要太难过,等到了拉萨,一切的一切都会好起来的。以后咱们还会再生一个孩子，不，是生两个，不不，是生三个……"

尽管老薛的话并不那么悦耳动人，锁兰仍是被打动了。她止住了哭泣，叫警卫员也不要掉泪，三天之后，她最后看了看她孩子的小小坟头，然后拖着虚弱的身子，鼓起全身的力量，用一步一步的脚印来缓解她无尽的悲伤。她边走边在心里反复默念："会好起来的，一切的一切，一切的一切……"

很好。走进了拉萨。哦，看见了，一切的一切还不错，这里有雄伟的布达拉宫，有著名的大昭寺、小昭寺、哲蚌寺等等寺院，有热闹的八廊街……可是，军区机关大院在哪儿呢？喔，难道在这儿？——拉萨河畔的一片荒滩上，一大圈围墙里扎满了帐篷，这便是军区司政后机关所在地。又一次住进帐篷里的锁兰苦笑着对老薛说："没事儿，我终于知道你说的一切的一切是什么了。"

到了拉萨的第二天，老薛和锁兰便参加了自建营房的施工劳动。河滩上的鹅卵石层层叠叠，沙石滩上枝杈交错的荆棘把锁兰的手扎得鲜血淋淋，她只好用火去把荆棘烧掉。老薛领着军区警卫营的战士驾着马车到河滩上拉鹅卵石，马匹不够，身强力壮的战士就自己当马去驾车。军区机关的所有人都在参加劳动，一个个挥锹舞镐地挖鹅卵石，干得热火朝天。有的战士索性脱了外衣，光着膀子干活。几个月后，军区大院里的帐篷一个接一个地拆掉，大家终于住进了新盖的土坯房。

老薛的工作很忙，还要负责军区警卫营、达赖警卫营、班禅警卫营的指导工作，并且经常带几个保卫干事和警卫员化装去印度和尼泊尔执行任务，每次出去都显得神神秘秘，从不跟锁兰打招呼，回来后就说自己是下部队检查工作去了。

锁兰回忆说，她跟老薛在拉萨生活那么多年，唯一享受的特权就是收听敌台。由于工作需要，老薛每天晚上睡觉前都要从敌台里收集和分析情报，她也跟着一起听，但严守秘密。当然，锁兰也有她的秘密。因为当时西藏的局势极其复杂，为防万一，谭冠三政委把重要的机密文件和上级发来的机密电报都交给锁兰保管，有时叫锁兰把报文的某个段落抄下来，送到机要室译成电报发给下面的部队。

锁兰一直有个心结：跟老薛结婚好几年了，他家在什么地方？他家还有什么人？他家过去是干什么的？他家……？这些情况一无所知。每次问老薛，他都闭口不谈，只笑笑地对她说："到时候你跟我回趟老家就啥都清楚了。"

1956年，也就是在老薛离家19年后，他带着锁兰到老家探亲，锁兰才第一次知道了老薛过去的一些事情。老薛少年时就参加了革命工作，在红军时期，也是国民党制造白色恐怖时期，他不顾生命危险，毅然加入了共产党，成为当地县里地下党的组织委员。他积极为党工作，不断发展地下党员，不断发动群众闹革命，被叛徒出卖后，按地下党组织的安排，转移到延安，进入延安抗日军政大学学习，担任学员队长，尔后参加了抗日战争和解放战争的多次战斗。他离开家乡的时候，遵守党的纪律，严守党的秘密，没有跟家里的任何人讲，也没有跟家里的任何人会面。但他的这一走却给全家人带来了巨大灾难。他的父亲被国民党关进牢房，严刑拷打，逼他交出被通缉的"共匪"儿子。他父亲被打得遍体鳞伤，脸都被打烂了，直到奄奄一息才被放出来，回到家几天就含冤离开人世。国民党特务并不甘心，三番五次到家里搜查，准备抓家里的其他人，全家人只得在半夜翻墙出去，逃到山中去躲藏。

老薛带着锁兰在他父亲坟前痛哭了很长时间，那是锁兰见过老薛一生中唯一的那样哭。他跪在他父亲的坟前边哭边说："爹，不孝的儿子回来啦，都是我害了你，但儿子是为了革命，为了抗日，为了中华民族，为了新中国。你也是为了革命而牺牲的，你的血不会白流……"他哭得连气都透不过来了还在边哭边说，锁兰怎么劝都劝不住，跪在地上使劲磕头。锁兰对他说："你不要哭了，你讲那么多大道理，你爹他也听不懂。"但他还是哭，还是说："这不是大道理，这都是千真万确的事实呀。我爹能听懂，能原谅我，能理解我……"

锁兰被老薛悼念他父亲的情景所感染，不禁思念起自己的家乡。可是她因为后来转业到内地某市的公安局，工作太忙，直到"文革"开始后才回了一趟老家山西祁县会善村。当她跟哥哥锁锁见了面时，发现锁锁并不怎么高兴，反而一直唉声叹气的，便问家里发生了什么事？锁锁告诉她，魏村长曾经跟他发生过一次激烈冲突，原因是魏村长说台湾是美国的。锁锁很气愤，当众把魏村长数落了一顿："台湾明明是中国的，你这个文盲，不会识字不会看报，连新闻广播也听不懂，咋当的村长啊？"魏村长急眼了，差点动手打锁锁，从此两人结下了怨恨。"文革"开始后的一天，正值农闲时节，锁锁因为曾经参观过成都的武侯祠，便跟村里的一群人讲三国演义的故事，正讲得带劲，魏村长来了，当即怒吼："什么刘备、关羽、诸葛亮的，那都是鬼！现在搞'文化大革命'，破四旧、破封建迷信，你还敢在这儿宣传'封资修'的东西，来人！给俺抓起来，狠狠斗他！"几个人把锁锁绑在一根树桩上，批斗了好半天，直到锁锁昏迷过去才给松了绑。

听了锁锁的遭遇，锁兰穿着公安服跑去找到魏村长："小时候我见你家穷，你吃不饱饭，穿得破破烂烂，我同情你，每到春节我还给你送一碗饺子吃，你这个忘恩负义的东西！你大字不识一个，台湾明明是中国的，你连这个都不知道还当狗屁村长！"

魏村长一愣："台湾是中国的？你也这么说？哦，那台湾就是中国的吧。我错了我错了。"

锁兰不依不饶："三国演义里的那些人物不是我哥编的，书里写的有，武侯祠里也有，难道你真不知道？"

魏村长难为情地说："俺是真不知道，你说有就有吧。锁兰，俺在这儿跟你全家人道个歉，俺不识字，没文化，别跟俺一般见识，这事儿就算过去了吧。"

锁兰气鼓鼓地骂道："过不去！你不仅是没文化，是没良心！你这是故意打击报复我哥，私设公堂，把我哥折磨成这样，这是犯罪行为，无法无天，我要告你！"

当天，锁兰去了祁县公安局，要求抓捕魏村长，给锁锁平反冤假错案。一个办公室主任和治安科长热情接待了锁兰，当他们听了事情的全过程，忍不住撑着桌子笑弯了腰。他们对锁兰说："真没想到还会有这样的事。不过，这事从来没有立过案，所以也不存在平反冤假错案。你是老革命，南下干部，是咱们家乡的骄傲。你看这么办行不行，咱们是同行，得有个组织程序，你是懂行的，我们给上面汇报一下，派人去批评教育一下魏村长。马上要过大年了，天太冷，你先回吧。"

第二天，祁县公安局长派了一辆"蹦蹦车"，拉了一袋小米、一袋灰面、一桶菜油和半车煤炭到村里来，说是慰问锁锁的。可是通往锁锁家的那条路太窄，车子开不进去，只好把慰问品卸下来堆放在路边，让锁锁的家人自己去搬。

锁兰不好意思地说："我没让你们来送东西，这应该叫魏村长赔偿我哥才对。"

公安局的人说："算了，就算是我们替魏村长赔偿的，而且我们也批评教育了他，他已知错了，今后不会再犯了。再说，他是贫农，家庭出身好，你就不跟他计较了。还有，咱们县领导知道你回来了，特意请你去县里过大年。"

锁兰被请到县里广场上的主席台上，跟县领导一起观看家乡特有的欢庆大年节目："扭秧歌"、"扭汉船"、"摆铁功"、"踩高跷"，听晋剧、山西民歌和山西梆子……锁兰虽然高兴，但回家以后还是不住埋怨锁锁："哥，你是参加过八路军，打过日本鬼子的，应该是全村人的骄傲，你怎么不跟村长说说，还受这么大的冤枉罪。"

锁锁垂头丧气地说："前几年有个人来找过俺，他跟俺是一天参加八路军的战友，俺们排那次战斗就只跑出来俺两个人，他后来找到部队，现在都当上团长了，俺没脸跟他走。要怪只能怪俺的养父母，他们不许俺去找部队嘛。俺这只能算是逃兵，哪敢跟别人讲，这是俺罪有应得，枪毙俺都不冤，可耻呀。不过，俺家出了个你，还在西藏吃了那么多苦，南征北战的，哥这心里总算也光荣啊……"

月亮为锁兰的回忆所打动，高擎一汪金色的鲜花向锁兰致敬。锁兰拉着儿子的手说："妈给你讲这些，就是想让你知道，今天的幸福生活来之不易，太不容易，是无数革命志士和他们的亲人用生命和鲜血换来的。我们一定要珍惜，一定要感念。你父亲在解放西藏、保卫西藏、建设西藏的历程中，做出了重大贡献，成为西藏人民永远的怀念。咱们都要向他学习……"

"高原上升起红太阳，雪山顶上放光芒……啊，美丽的西藏，可爱的家乡……"

老人家深情的歌声在夜空散播开来，西藏高原的所有美丽全部涌入她的心怀……

12. 除了感谢还是感谢

月亮的月弦断于空濛清明的时候，天籁渗透着祭奠逝者的如泣泪痕，薛作者坐在父亲的遗像前，听妈妈讲那过去的事情。她老人家由于做了结肠癌切除手术，化疗之后已经双目失明，但她的思路依然清晰，回忆往事的欲望似乎愈加强烈。她说，"对于我这样的穷孩子，走上革命道路之后能有点进步，特别是在西藏工作期间能有点作为，除了你父亲，我需要感谢的人太多太多了，今天给你讲几个我印象最深的人吧。"就讲——

有个人叫洪流，那时是 18 军 53 师政治部主任。五十年代初，我随老薛徒步进藏，每走一步都相当吃力，因为我当时已经怀孕三个月了。我怕组织上为了照顾我，不让我跟着老薛一起进藏，所以我怀孕的情况对谁也没有透露。你想啊，我哪能跟老薛分开呢？老薛走到康定就晕倒过一次，他的身体那么虚弱，到了西藏还需要我照顾不是？再说了，我当初跟老薛认识，那是组织上安排的，领导在我跟老薛结婚之前就交代了几条，其中一条就是要照顾好老薛的身体，说这也是一项光荣的革命工作。既然领导都这么教育我了，我又是党的人，当然要服从组织，听党的话。不管怎样，我这一辈子都绝不能跟老薛分开。

可是，进入西藏的路是那么的难走，空气稀薄，我和老薛，还有警卫员是单独进藏的，我们三人全都背着手枪、背包、干粮和水壶在有路或者没路的山上走，有的地方还有冰川，一步一滑地走。最危险的一次是碰到一群猴子，疯了似的，边叫边一个劲往山下扔石头，差点把我们砸到，警卫员忙着用身体一会儿护住老薛跑，一会儿又护住我跑，好容易才走过那段山路。我曾经跟随部队从山西太原走到甘肃兰州，翻越秦岭，走到四川成都，又走到西康雅安，那一路又苦又累，但我没想到那都没有往西藏走这样艰辛。幸好一路上都有先进藏的筑路部队，累了就在战士的帐篷里休息一下。

太疲劳了，走到昌都的当天我就小产了。老薛着急地安慰我不要太难过，说咱们以后还会有孩子。但这不是难过不难过的事，而是我血流不止，生命都难保了。好在53师政治部主任洪流及时赶到，他当时正在指挥部队筑路，一见我这情况，立即叫来医生和护士抢救我，给我输了很多血，那时候的血浆非常短缺。最让我感动的是，洪流的工作那么繁重，但他每天晚上都要来守着我，一守就是大半夜。老薛让他走，他太固执，就是不走，还对老薛说："咱们是亲密的战友，战争时期结下的兄弟情谊，我哪能眼睁睁看着我兄弟媳妇死在进藏路上？"就这么，他一连守了我三个晚上，直到第四天我起来，继续跟老薛和警卫员出发去西藏，他这才放下心来，所以我要永远感谢洪流。

还有个人叫谭冠三，是原18军的政委，后来是西藏军区政委，我是他的机要秘书。我的主要任务是负责向他传递电报和文件，等他看完后收回来保管。当时西藏的粮食供给十分困难，我经常感觉肚子饿，最困难的有个星期每人每天只能领到两个土豆。一问原因，上级说是让机关的同志把粮食尽量省下来，优先供应给那些驻在边防线上的部队，因为有的边防点已经断粮了，情况非常严峻。

老薛那时是在军区政治部小灶食堂吃饭，每顿饭有两个白面馒头吃，让我很眼馋。我饿得实在不行了，体重只有八十多斤，于是忍不住悄悄跟老薛讲，让他每天从小灶食堂给我带一个馒头回来。谁知他眼睛一瞪，把脑袋摇得像个拨浪鼓，说："你这个人的思想咋还是这么落后，亏你这种事也想得出来，这不是要我在大家面前丢人现眼吗？拿个馒头的事看起来小，那其实是占公家便宜的大事。如果每个人都这么做，那成什么体统了？咱们是共产党员，哪能干这种没有党性原则的事？"我也急眼了，说："你不愿意就算了，我要个馒头你还上纲上线地讲一堆大道理，这跟党性原则有啥关系？"他一本正经地说："咋没关系？咱们是党的人，馒头也是咱们党的馒头。在粮食这么困难的时期，党员不带头克服困难，还偷拿党的馒头，那就是损害党的利益，完全没有党性原则。你知道吗，我和其他几位同志每次都只拿一个馒头吃。为啥？就为了给前方的战士省下一点粮食。"听他这么一说，我就不想跟他争了，从此再不提这事了。

一天，我去给谭政委送一份紧急文件，他不在办公室，金秘书说他到下面的机关办事去了。那时候因为我们有严格的保密规定，我经手的每份文件和电报都必须交到谭政委的手上，于是我到处找他，跑了半天也没找到。到了吃晚饭的时间，我只好跑到他家里，只见饭桌上摆了一小盆稀饭和两小盘菜，还有四个馒头，我的眼睛顿时发亮。当我把文件交给谭政委时，我还不自觉地盯着饭桌看。谭政委的爱人李光明大姐可能是看出来了，热情地招呼我坐下来一起吃饭。我不敢坐，谭政委边看文件边叫我坐，还一下抓了两个馒头放在我的碗里，叫我快吃，说吃完了赶紧把他批示的文件拿走。

我的确太饿了，一口气吃下两个馒头，可以说是狼吞虎咽。谭政委笑呵呵地叫我慢点吃，还给我碗里盛饭夹菜，硬把他的那个馒头也给我吃。那顿饭真是让我感觉太好吃了。临走时，谭政委和李光明大姐还热情地送我出门，叫我改天再去跟他们一起吃饭。

从这以后，我时不时地就要去谭政委家里给他送文件和电报。有一天，谭政委突然盯着我看，看得很认真，我以为我脸上有什么东西没洗干净，却听谭政委慢条斯理地说："小李子啊，我发现了一个问题。"我问："什么问题？"谭政委说："我发现你怎么老是在吃饭时间来给我送文件或者送电报？"我不好意思地急忙解释："首长，我经常在办公室找不到你，只有在吃饭时间才好找到你。"李光明大姐的脸一下子绷紧了，对谭政委说："嗳嗳嗳，你咋这么对小李子说话？人家来吃点饭怎么啦？来，小李子，别理他，坐这儿，吃！"谭政委哈哈大笑，连忙摆手说："看把你气成这样，我是跟小李子开个玩笑嘛。我还想好好夸下小李子呢，她来跟我一起吃饭，还可以边吃边谈重要工作，这多好，节省时间嘛。"

其实，谭政委并不跟我谈什么重要工作，但他对工作的态度让我印象深刻。他经常是让我和李光明大姐先吃饭，而他却是到办公桌前阅读和批示文件，然后把签好名的文件交给我才吃饭。有时，他还特别交代我说："你把我划了红杠的这几段电文抄下来，交给机要室，译成电文发下去，其他内容要严格保密，原始电报一定要保管好。"

关于我经常去谭政委家吃饭的事，我根本不敢跟老薛讲，怕他又给我上纲上线讲党性原则的大道理。说实话，我有时去谭政委家送文件，就是想吃个馒头，我是山西人，多爱吃馒头呀。自从谭政委"发现了一个问题"之后，我便有意不去或者少去他家里了。可是不行，谭政委有时要专门派人来叫我去，我推都推不掉。谭政委有他的理由，也可以说是借口，说有份文件他已经批示好了，要我在吃饭时间去他家里拿。一次，他把文件交给我，还高兴地夸我一句："哎呀，把这些保密文件和电报交给保卫部长的老婆保管，我最放心了。"谭政委废寝忘食的工作态度和平易近人的优秀品质，都是我要努力学习的。他慈祥的面容，让我在西藏的那段艰难岁月中感到了春天般的温暖，所以我要永远感谢谭冠三。

还有一个人叫张国华，是原18军的军长，后来是西藏军区司令员。那时候西藏的物资供应相当困难，当地的反动派扬言要把解放军饿跑，不准藏民卖粮食给解放军。张国华、谭冠三等首长就带领我们开荒种地，也种了一些青稞，但这并不能从根本上解决驻藏部队的粮食供应问题，主要还得靠内地供应。那时交通线太长，两千多公里，修通不久的道路也不好走，有的路况还十分险恶，汽车运输的人力物力消耗巨大。于是，军委特批西藏军区成立了正军级单位生产部，争取驻藏部队能在今后实现"自给自足"。

生产部下属单位有生产建设兵团、农垦师、农具所、皮革厂、林芝毛纺厂、汽车修理厂、木材加工厂、化工厂、纳金水电站和几个农场等单位，职工人数近五万人。张司令员对生产部很重视，经常询问生产部的工作进展情况，哪怕是青稞的亩产量增加了一点点，他都要在大会上特别表扬一番。谭政委还从内地找来苹果树苗，分发给各个农场，并且在拉萨西郊的一个农场里亲手栽种了苹果树苗。陈明义参谋长是个摄影爱好者，拍下了谭政委栽种树苗的镜头。后来，谭政委的儿子谭戎生捧着他父亲的骨灰盒进藏，就把骨灰盒埋在谭政委生前亲手种下的苹果树旁边。

薛作者看见，老母亲讲到这儿，还做着摘取丰收苹果的动作，她像是又看到了当年谭政委栽种苹果树的情景，像是又闻到了苹果在西藏高原的飘香。薛作者插嘴说："妈，你说的这事我知道，把骨灰埋在西藏，那是谭政委生前的遗愿。我去那个农场看过好几次，有的老职工还知道，谭政委墓碑旁边的那幢老房子，我父亲曾经住过好几年。"

老母亲连连点头，接着说，那是1964年，老薛已经由军区军事检察长的位置调到了生产部当政委，这下老薛感觉肩上的担子更重了，每天很晚才睡觉，抽烟更加厉害，一支接一支地抽烟，把我呛得睡不着，埋怨他："你抽那么多烟就能把粮食产量抽上去了？"

当然，我也知道老薛抽那么多烟是心里着急，他在想办法。因为张国华司令员提出了一个建议，也是要求："今后生产部每年都应该举办一次农副业生产展览会，会场就设在军区大礼堂旁边，各单位都要积极参加，青稞、土豆、蔬菜、水果、毛线、毛毯、家具、硼砂矿石、办公用品等等，只要是自己生产的，都可以拿来当展品展出。欢迎藏族同胞也来参观，让他们相信，我们解放军是不会被那些反动分子饿跑的。"

可是，军区农副业生产展览会开展的那天，各单位送来的参展产品极为单调，老薛觉得自己脸上无光，有些看不下去，急得赶紧到各个下属单位去考察调研，结果在从林芝返回拉萨的途中翻了车，致使他的肩锁骨摔断，被送往军区总医院救治。张司令员正从北京回拉萨，一下飞机便直奔总医院，见到老薛就说："你把我担心死啦，来看看我们的诸葛亮摔成啥样了。"秘书把我拉到病房外面说："1 号首长连家都没有回，从机场直接到医院来看病人，他这还是第一次呢。咱们别进去，让他们俩慢慢谈。"张司令员跟老薛谈了好一阵子，临走时还安慰我，叫我不要太紧张，要好好照顾老薛。

后来，我问老薛跟张司令员谈了些什么，老薛说，主要还是谈生产部的事。张司令员叫老薛注意身体，要想把生产部的工作抓上去，不能太性急，但他相信"诸葛亮"总会有办法的。老薛无奈地摇头："司令员别给我戴高帽子了，我也不是什么诸葛亮，要想实现驻藏部队自给自足的目标，恐怕有一百个诸葛亮也难以实现啊。我不是打退堂鼓，我想向司令员汇报的，不是浮夸，而是实事求是，不知司令员听了会不会生气。"

"不会不会。"张司令员忙说，"我当然想听实事求是的汇报，你大胆讲，我绝不会怪你。"

于是，老薛向张司令员汇报说，生产部的全体同志都有决心有信心，要在西藏干出一番好成绩，这种精神的确值得称赞，但由于西藏特殊的气候条件和地理环境，搞生产建设只靠精神是远远不够的。根据调研的实际情况，现在生产部不仅不能保证驻藏部队的自给自足，连自身的自给自足都保证不了。目前驻藏部队的粮食和副食品供应，主要还是只能依靠内地，大概每个指战员就需要内地至少七、八个人来给予保障。想想看，光是生产部的四万多人，得需要内地多少人来保障？建议上报能否考虑生产部缩小人员编制，以减轻西藏军区的一些负担？

张司令员听了以后心情沉重，思考了一阵，叹口气对老薛说："知道了。但生产部缩编的事还要慎重考虑，需要向军委汇报以后才能做决定。你现在啥也别想，首先是把伤养好。只要看见你健康出院了，那我就最满意了。"

几年后，西藏军区生产建设兵团及农垦师撤销，几个农场、林芝毛纺厂等单位移交给西藏地方政府。老母亲讲到这儿，不禁感慨万分，驻藏部队在西藏取得过太多太多的胜利，唯有在自给自足这一点上没有取得成功，算是失败了。我的老薛虽然辜负了"诸葛亮"这个美称，但张司令员并没有责怪老薛，他关心部下体谅部下的优良作风至今让我感动，所以我要永远感谢张国华。

还有一个人，不，是一群人，他们是藏族同胞。我刚到拉萨时，吃、住、行都是大问题，对这些方面我还是有一定思想准备的，因为大家都是一样在克服困难。但我没有预想到的一个困难是燃料问题，军区机关领导给我们下达了一个任务，每人每天必须给食堂交一斤以上的燃料。当时拉萨没有煤，没有炭，没有柴，军区机关驻在拉萨河的河滩上，四周山上光秃秃的没有树，罗布林卡和龙王潭里的那些树也不能去砍，那是违反群众纪律的，这咋办？于是我们想办法，下到河里去捞草，晾干以后交给食堂。

一次，我正在河里捞草，脚下的水突然变红了，我才知道这是我来例假了，赶紧爬上岸，但好不容易捞的草不能丢，抱起湿漉漉的草回到营房，把草交给食堂。炊事兵说我："你怎么不把草晾干就交来了？"我着急忙慌地说："这就行了，有好几斤重呢。我现在马上要去晾的不是草，是……不跟你们讲了。"

我虽然好几天不敢再下河，但总要想办法完成给食堂交燃料的任务，不然别人会误以为我娇气，怕苦怕累。一天，我正往河边走，突然看见几个藏民在赶着牦牛犁地，牦牛时不时地会翘起尾巴拉屎，我马上想到牦牛的粪便也是上好的燃料，急忙过去问藏民能不能让我捡点牛粪？藏民连连点头同意，我高兴地脱掉外套，把地里热烘烘的牛粪捡起来放进外套，像抱起了一大包宝贝似的跑去交给食堂。从那以后，我每天都要去捡牛粪。因为那正是西藏的春耕时节，藏民每天都要耕地播种。那些藏民很热情，老远见到我这个"女金珠玛米"就高声招呼，并且叫我不要用衣服包牛粪，借给我一个小木筐，只要牛尾巴一翘，我立刻用木筐去接住还在冒热气的牛粪。那段时间食堂里的炊事兵们高兴坏了，一个劲地夸奖我，机关领导也在大会上表扬我。其实我心里知道，真正应该受夸奖、受表扬的是那几位在田间地头忙着春耕的藏族同胞。

我曾在进军西藏的途中，由于在昌都流产的第四天就继续赶路，身体非常虚弱。当时部队正在抢修道路，有些可以勉强通车的地段也还非常危险，尤其是冰川地带，连有的驾驶员都不敢开车过去。许多路段需要人从车上下来，一步一步走过去。那时有很多支援解放军的藏族民工，组成运输队，牵着驮了物资的牲畜在山道上艰难行走。有个藏民还牵了一匹骆驼，这是我在进藏途中见过的唯一的一匹骆驼。藏民见我走的样子，非常心痛，把我扶到骆驼背上坐，不料我不知不觉地睡着了，从骆驼背上摔了下来，藏民吓坏了，不住向我道歉，真是让我感动得不知说啥才好。另外有个藏民又把我扶到牦牛的背上坐着，继续往前走。

在有一段路上，我没有见着牦牛运输队，只有个藏民牵了一匹骡子，他让我骑着骡子走，一路上小心地牵着骡子，还不断叫我坐稳，别害怕。更有意思的是有一天走到一段路上，四周很荒凉，只有个藏民赶了一群羊，羊的背上居然驮着盐和茶砖。我万万没想到，藏民见我走得吃力，马上牵来一只体格健壮的领头羊，一定要我骑着羊走过这段路。就这么，我在进藏的两千多公里的路途中，除了坐过汽车，走过路，还骑过四种牲畜，这全是藏民赠予我的尊贵礼遇，所以我要永远感谢那些藏民同胞。

老母亲说她今生想要感谢的人实在太多太多，几天几夜也说不完的。现在她人太老了，走不动路了，双目也失明了，而对于帮助过她的人，她深怀的那份感恩之情，如今只能私下与儿子一起分享了。

在这清明时分，薛作者看见月亮的月弦渐渐淡去，却有一阵轻柔的歌声从雪山深处传来，夜空中的云朵舞动成一条条洁白的哈达，在辽阔壮美的西藏高原轻飘缓降。心中的火焰便在薛作者的血脉里迅速蔓延，直到一股股奇特的芳香气息扑鼻而来，经久不散。那是怎样的一种芳香？无人知晓。薛作者只感觉眼睛里有朵朵雪花融化成泪，那泪滴悄悄透露着一个秘密：那醉人的芳香，是所有善良的人用心血播散出来的……

原载《北青网》2018 年 9 月 25 日

命运的星辰

——献给我爱过而仍然爱的人们

当国防绿浸染我六十度春秋
囤积太多的情感扬长而去
就像一匹满腹心事的老马
渴望回到母亲柔美的子宫
恳求温婉的依稀往事
将一息尚存的余烬
撒向我笔下的稿纸
以生命 以灵魂
以血液 以欢笑
以泪珠 以真情
装饰儿女们想象的书屋

也许儿女们不愿翻动那些书页
也许儿女们根本不信那些故事
但我依然把月亮举在额头
在梦中追踪战友的足印
还追踪情人的芳影
然后在彩虹横贯的天堂
向变幻莫测的世间深深鞠躬……

——题记

1

1979 年，那是一个春天。

正是在这个春天，作为某野战军某团通信连副连长兼电台台长的我，听到了真正震耳欲聋的声音。但这并不是春天的惊雷或者霹雳所发出的声音，而是连天震响的枪炮声和爆炸声。

没错，我去了战场。像命运注定似的奔赴战场。我没有胆怯，反而感到异常兴奋。哦，在所谓的和平年代，我终于参加了一场真正意义上的战斗。这场战斗持续数日，震惊中外。我所在的部队，从国境线开始反击，一直打出去很远。我相信，我们还会打得更远一点，再远一点……

不能再远了。我们接到撤军的命令，担负交叉掩护兄弟部队回撤的任务。

部队在野景如画的广西山村修整两个月后，我们回到了成都郊外县城边的营区。一时间，鲜花般的慰问节目轮番上阵：中央慰问团前来慰问，歌唱家郭兰英热情演唱"咱们走上前，鲜花送模范……"；军区歌舞团也来慰问，群舞加独舞加双人舞加快板加相声，美貌歌手激情演唱"为什么大地春常在，英雄的生命开鲜花……"；地方政府派人前来给参战功臣照相，准备布置参战功臣展览大厅。全国各地寄来数以万计的慰问信、红领巾、纪念章、鞋垫、毛巾、枕巾、背心等慰问品，由师部收发室成箱成麻袋地分发给各个连队，为我们这些从战场上活下来的人——被称为"新时代最可爱的人"的血液平添了充沛的养分。

但我顾不上这些，只想早点回家一趟，向我的母亲报喜。这完全是受我的虚荣心的驱使，用成都地方方言讲，我属于"占花儿"（喜欢炫耀之意）。当然，作为母亲的儿子，我必须为母亲争得荣誉。我想让母亲为有我这么个儿子感到自豪，同时也为她能在跟我父亲争论时更加理直气壮。因为每当我父亲数落我骄傲自满，将来不会有多大出息的时候，我母亲总会拍案而起，叫嚷不许伤害我儿子的自尊心。我知道，世上不乏这样的母亲，无论她儿女的身上有多少毛病，她都会接近于病态似的倾心呵护，甚至把那些毛病当作完美优点加以欣赏。即使她的儿女是"占花儿"，是巨大"占花儿"，那也是她不可置疑的心肝宝贝，没准她还会在某些场合为了儿女而扮演更加巨大的"占花儿"角色。

我在回家的途中，不易觉察的"占花儿"微笑自心中悄然泛起："妈，你的宝贝儿子从战场上立功回来啦。哼，谁说我没多大出息？哼哼，简直……"

我的家距我们营区不算太远，四十多公里。当我走进军区后勤部大院，老远看见两颗樱桃树的繁茂枝叶伸展到一个小院的围墙外，那两颗樱桃树堪称樱桃树王，年年果实累累，树干出奇的粗壮，是我父亲亲手种下的。那些在微风中轻轻舞动的树叶显然看见了我，正以奇妙的姿态与我对视："你回来了？连个招呼都不打就回来了？简直……"

我不由得停止脚步，心里琢磨："我父亲这会儿在不在家？要不要等我母亲下班回来我再进家？哎，管他的，先进家再说，我是功臣我怕谁？"

推开那扇灰色的铁门，走进我家的前院，只见我父亲的警卫员小邓正拎着一把大铁壶在浇花，他一见我，像被开水烫了手似的一下扔掉大铁壶，惊呼呐喊一声叫："呀——你没死！"

"嗳嗳，小邓，怎么说话呢？想咒我死呀？"

"不不不，不是这意思，大哥，我是担心你别牺牲了，你一点儿消息都没有。"

"怎么没消息？我回来了就是胜利的消息。"

"嘿嘿，那当然，绝对振奋人心的胜利消息。你爸和你妈要知道这消息，那不得高兴成啥样。"

"我爸在家吗?"

"还在开会。最近首长老去开会,今天是部里开会,明天去军区开会,后天去地方开会,可忙了。来,进屋洗把脸再说,英雄归来,必须隆重洗征尘。"

"隆重个屁,欢迎队伍就你一个人。嗳,我说小邓,我发现你这个河南小鬼的嘴挺利索,像个说书的。"

"哪里呀,我在首长面前就不敢这样随便说话,不就是大哥你嘛。你脾气好,面善,随和。怎么,你对我有意见?那我以后不说了。"

"瞎扯,我没意见,你尽管说,我喜欢。进屋吧。"

进了卧室,我做的第一件事就是"占花儿"动静:从鼓鼓的军用挎包里掏出军功章、参战纪念章、立功喜报和印有参战纪念字样的枕巾,然后将它们有序地摆放在书桌上,整个房间便灿烂着"胜利消息"的光环。

我蹀步到门口,接着走到床前,走到衣柜旁,走到穿衣镜跟前……总之,我从各个角度欣赏书桌上的那些物件,深入梦境般想象我光芒四射的荣耀,感觉我的血液正淙淙作响……

楼下的房门响了,又响了,这是我的母亲回来了。我稳稳地坐在房中,并不起身下楼。我骄傲。

"大哥!大哥!阿姨回来啦!"小邓"咚咚"地敲门。

我答应着,却并不急于下楼。为什么母亲不上楼来看我呢?母亲不上来,她怎么能看见我书桌上的这些物件呢?我用什么办法引导她上来呢?

她上来了。脚步声传达了她的急切心情。嗯,很好,这就对了。

母亲的笑容蕴含着溺爱的火焰,她用瞬间升温发烫的手臂搂住我,细细端详我,拿额头抵了一下我的肩,歌唱般地埋怨道:"儿子,你怎么不给家里来个电话?听说你们部队早就回国了。"

"我们作战部队的行动都保密,不能打电话,这是规定。"

"别说得那么玄乎。我和你爸当年打了那么多仗,我还当过首长的机要秘书,要你在这儿跟我说保密?一边儿歇着吧。"

其实,我们部队在广西休整时我就想过要给家里打电话,很多战士都到村庄附近的小邮电所去给家人打电话和发电报。我比他们的条件更好些,因为家里不仅有地方电话,还有军用电话。但我转而一想,如果不打电话,爸妈没我的消息,他们定会想念我,更加担心我;如果打了电话,他们想念我和担心我的力度就不够了。这是运用小小策略而使亲情升华的一个小小手段。没人教我,是我上小学时得到过的经验。很管用。偏残忍。

这时候我急于要做一件事,那就是尽快把母亲的视线引向书桌。可是,她干吗老盯着我看呀?快看书桌,快看……她不看我看,很专注地看,像雕塑的眼神凝固着朝一个方向看,这样她就终于看见了。

母亲眼里透着我想看见的那种光,手掌红火地捧着我的军功章,简直爱不释手:"瞧瞧我儿子,还得了军功章,我南征北战好些年,一枚军功章也没得过,只得过几枚纪念章,好,我儿子比我强。哎哟,真是不简单,这军功章不止一枚,是三枚,三枚……"

我假装谦虚地解释,正规讲解式地清楚解释:"妈,军功章不是三枚,是两枚。你看,这枚是总政颁发的,这枚是广州军区颁发的,这枚不是军功章,是参战纪念章,也是总政颁发的。"

"广州军区?"

"我们部队这次是配属广州军区,你不懂,我爸肯定知道。"

"哦,那你立的是啥功?"

"一个集体一等功,一个个人三等功。"

"嗯?这儿还有立功喜报!"母亲举着喜报高喊:"小邓,快过来!"

"阿姨,啥事儿?"小邓笑嘻嘻地从门边跑过来,接过喜报,"送给我的?"

"什么送给你的,调皮捣蛋。你把这喜报装在镜框里,挂到客厅，赶紧的。"

"是！"小邓脚跟一并，拿着喜报急跑下楼。

母亲追在后面喊："客厅的柜子下面有镜框！"

"放心吧阿姨！"小邓的声音在楼道里旋转摇荡。

晚饭时，父亲回来了。这意味着刚才家里的欢乐气氛必将由"政治教育"所取代，不知我立的战功能否改变一下这种由来已久的固定模式。

母亲疼爱儿子的天性显露无遗，她兴奋地系上白围裙，叫保姆只管洗菜，亲自下厨做了几个菜。父亲并没给予鼓励，反而说："你这就多此一举了，做的菜一点不够味儿。你这个山西人，做点面食啥的还将就。你看，咱们这桌饭菜叫啥？四不像。原因就是你又犯主观主义的老毛病了，结果客观上出现问题了。"

母亲不耐烦地挥两下手："什么主观客观的，这顿饭的意义不同，主要是意义啊。为咱儿子接风洗尘，你哪来这么多废话。来来，先干杯酒再说。小邓，你也举杯。"

小邓不客气，端起酒杯说："好，为荣立战功的大哥凯旋……首长，您的酒……"

父亲并不举杯，推说身体状况不佳，不想喝酒。母亲大为不满："再怎么说也要表示一下呀。小邓，去拿葡萄酒。哎，你们这些男人啊，要么一会儿装模作样的滴酒不沾，要么一会儿喝点酒就东倒西歪，又是呕吐又是说胡话。我这一辈子也不知道这醉酒到底是啥滋味。"

"你是酒仙，谁敢跟你比呀。"父亲笑笑地用手抚平他面前的桌布，"好吧，来点葡萄酒。为咱们的参战功臣，干杯！"

干杯之后，我看了看母亲，意思很明确："我爸看没看到我的立功喜报？"

父亲说他已经看到客厅里挂的立功喜报了，并说没这个必要："立了战功是好事，是大好事，但是把喜报挂在客厅，这就有点张扬、炫耀的意思了。"他呷一口酒，"还是毛主席讲得好，要谦虚谨慎，戒骄戒躁，这才能不断进步。个人的荣誉不是挂在墙上让别人看的，但可以挂在自己的心里，当作争取更大成绩的鞭策，当作今后更加努力工作的动力……"

"行啦行啦，又在这儿讲政治课，烦不烦呀你？"母亲着急地把酒杯在桌子上连磕几下，几滴酒很有意见地洒在桌布上。"儿子，咱酒桌上讲的话都是酒话，那都不能当真啊。来，吃菜吃菜。"

"你这人。"父亲妥协了，"好好，吃菜吃菜。来，再喝一杯。"

酒过三巡，母亲红光满面，说她这会儿想唱一支歌。唱啥呢？对了，就唱《南泥湾》，尤其歌里唱的"咱们走向前，鲜花送模范"这句，最能体现她此刻的心情。我说歌唱家郭兰英已经来我们部队唱过了，还跟我们营以上干部合了影，我是连级干部，没资格跟郭兰英合影。

母亲一听，眼睛睁得老大："没资格？那我更得唱了。唱完了咱到院子里去，妈跟你合个影。听着啊，妈要开唱了啊。"

母亲站起来，清清嗓子，深呼吸一下，小邓鼓掌，示意我也鼓掌。眼看歌声就要如甘霖般注满饭厅，却被父亲制止了："嗳嗳，还来劲了，你不是从没醉过酒吗？你看，你这动静不就是喝醉的表现吗？行了，别喝了，你儿子就打了几天仗，又不是什么模范。"

"嗳——我说，你当年娶我，不就是看上我唱歌好听吗？你自己说的，什么不用专业训练，天生一副好嗓子。现在你可倒好，不愿听我唱啦？"母亲泄气地坐下来。

"不是不愿听，是没有闲工夫听。"父亲的口气很软，"儿子刚回来，咱们不是还要多聊聊嘛。儿子，我问问你，你们这次作战的伤亡情况怎么样？"

"不是很多，我们师牺牲了一百三十二个，包括一个连长……"

"听听，你们听听，不是很多，这是什么话？一百三十二个，这才打了多少天的仗？"

"可我们团歼敌、俘敌上千人，自古以来不是有这个话吗，灭敌三千，自损八百。按这个比例，我们也算是以一当十了。"

"不对吧，我们在中印边境反击战的时候，我参加过指挥，那就是灭敌三千，自损一个，那不是什么以一当十，那真叫以一当千。当然，那也要看具体情况，我们在太行山跟小日本打的时候……"

"嗳嗳嗳，别扯太远了，怎么扯到中印边境和太行山去了？"母亲又拿酒杯在饭桌上磕两下，"咱儿子从战场上回来了，这不就行了吗？多高兴的事儿，你别给搅和乱了……"

"你这话又不对了。咱儿子是回来了，但别人家的儿子呢？那一百三十二个儿子没有回来！"父亲也拿酒杯在饭桌上磕两下，"咱在这儿瞎高兴个啥？唉？"

饭厅的空气凝固了。牺牲的一百三十二个战友的面孔在我的酒杯里一一浮现，我吃惊地看着，看着他们的影子破碎了酒杯……

短暂的沉寂之后，父亲说："儿子，我想对你说句不中听的话，你就不该这么匆忙地回家来。现在，那些牺牲同志的家属应该到你们部队了吧？你应该在那儿安抚他们一下，即使不是你们连里战士的家属，你也应该陪陪他们。你是干部，是党员，是副连长，要把牺牲战友的家属当作自己的亲人看待，千万别再说什么牺牲不算多这样的话了，那是一百三十二条年轻的生命呀，可你，没一点战友感情……"

我"叭"地把筷子拍在饭桌上，起身往楼上跑，心里气气地想："你再也别想让我回这个家啦！"

没有商量了，也没有退路了，我必须以最快速度收拾行装，然后从这个家消失。我计算了一下，大概能赶上回营房的末班车。聚集心头的一股怨气使我收拾行装的动静很大，甚至差点碰翻了椅子。我想喊，我不需要谁来跟我讲什么战友之情，我心中早有一大片战友之情的疆域。

母亲跑上楼来，把我堵在卧室门口，不由分说将我的军帽摘掉，硬拉我坐在床边，声音有些发颤地说："你不能走，我不让你走。儿子，你听我说，你爸平时看着挺严肃，老批评教育你，其实他是个林黛玉似的人物，一贯多愁善感，儿女情长。你知道不，你爸刚才都掉泪了。我跟他结婚这么多年，只见过他掉过两次泪，上次是为你爷爷，这次是为你。"

"我爸掉泪了？"

"可不，一边掉泪一边不住叹气，这会儿还在掉泪呢，我劝了他几句，跟儿子较什么劲啊。你是不知道，你在他心里的位置有多重要，自从你上了战场，你爸每天下班回来就趴在桌前看内参，看战报，然后背着手在院子里来回转，低着头想事情。到了晚上，躺在床上都要看看你们作战的军用地图才睡。你去他枕头边看看就知道了，他哪里是在看地图，分明是在看儿子你呀！"母亲发抖的声音里包含着恳求的意思。

我至今记得当时的那个情景：母亲手里紧紧握着我的军帽，一直不松手，就那么不眨眼地看着我，眼里的闪闪泪花在给我施加压力，她说："别看你爸是军队的高级政工干部，可他是河南人，重男轻女的思想严重着呢，根深蒂固。他教育别人倒很轻巧，说什么男女都一样，可到他那儿就不一样了。当初他见我生的是儿子，就说这是大喜，如果我要生的是女儿，那只能算是小喜。你看看这河南人，怎么是这德性。"

我笑了。尽管笑得很勉强。

母亲也笑了。她把孕育过我的身体紧贴过来，幸福而神秘地说："儿子，我告诉你个事情，原来不想这么早告诉你的。你很快就要调到军区机关来了。"

"是吗？我爸办的？"

"不，是我叫黄秘书办的，交代给后勤部干部处的彭处长，调令很快就下了。你爸不知道这事儿，千万别跟他讲。"

"那我爸知道了咋办？"

"凉拌。等他知道了已经生米做成熟饭了。那是调令，是命令，他改变不了。再说，还有我在这儿，怕他干啥？你先休息吧，今天不许走啊。我去看看你爸，说不定还在那儿掉泪呢。"

这个夜晚，我感到迷茫而慌乱，像一只隔着玻璃盯着老鼠的馋猫，却不知道如何行动。我的前程的光芒正在我母亲的手掌里闪耀或者熄灭，我是否应该听从母亲的安排？或者征求一下父亲的意见？

哦，我要写的关于"850"的故事，将从这时候开始。

2

军号声声入耳，戏剧般的人生旋律竟然响在这军号声中。清晨的起床号吹响之后，连长带队出操去了，我来到连队的猪圈，视察一头母猪昨晚下的十二只猪崽。

司号员正在这里练习吹号，我是当过司号员的，于是拿过军号即兴吹了几个号谱。司号员和炊事班长使劲鼓掌："好，副连长不减当年勇！"

我摆摆手："我来这儿不是表演吹号的，这群猪还能听懂军号？我是来看猪崽的。听说昨晚有头母猪一生就是十二只，不简单啊，简直就是英雄母猪嘛。在今天的晚点名上，我要重点表扬你们炊事班……"

炊事班长哭丧着脸说："副连长，快别表扬了，半夜已经死了两只。"

"啊？怎么死的？"

"不知道。可能是被母猪不小心给压死的。"

"怎么没有把你给压死？真是的。"

我细看，圈中果然只有十只猪崽。我叮嘱炊事班长要对这窝猪崽进行无微不至地照顾，如果再死一只，就给他严厉处分。

"报告副连长！"通信员跑过来，递给我一个信封，"这是政治处的人送来的。"

我接过来一看，是武汉通信兵学院发来的入学通知书，要求我在 8 月 25 日前去学院营职指挥系报到。我有两点疑惑：一是我并没有要求去任何学院上学，也没有参加过任何学院的招生考试，怎么会有入学通知书发来？二是我母亲已经告诉我，军区机关很快就会给我发调动命令，难道我母亲又有了新的主意？

通信员、司号员和炊事班长把脑袋凑过来看我的入学通知书，一齐发出火焰般的惊呼："副连长要去深造啦！"

"深什么造，可能是上面弄错了。"我嘴里这么说，心里却有些得意，骄傲地把入学通知书往上一扬，"我还需要深造吗？"

我往回走，听见司号员在后面吹起了欢送曲。看来司号员对我离开连队，嗯，不只是司号员，还有其他的兵，他们很可能盼着我早一天离开连队，不再受我的训斥。我暗暗笑了。虽然我走了，但还会有新的副连长来管教你们，也许新上任的副连长比我更加严厉，更加招人讨厌。管他的，一切的一切很快就都跟我毫无关系了，再死多少只猪崽我也管不了了。我宽容地听着司号员幸灾乐祸的吹奏，按着迎宾曲别有意味的节奏朝连部走去。

梅连长眉开眼笑地迎过来："副连长，恭喜你去学院深造，我特批炊事班杀头肥猪给你践行。妈的，你太有福气了，这样的好事咋没我的份儿。"

"那我把上学的名额让给你吧。"我很认真地说，"你去上学，我来当连长。我觉得你去上学比较合适，因为你跟我差不多，也没多少文化，副连长不跟连长争，还是你去算了。"

"我去？开国际玩笑。"

"万一不是开玩笑呢？"

说话间，政治处的一个干事走进连部，递给我一个信封。我接过来："又来一份入学通知书？"

干事说："什么呀，这是调令，调你到军区后勤部通信科当参谋。这真是好事成双呀，又是调令又是入学通知书。不过，政委刚才让我告诉你，上学还是调动，由你自己定，但要快，抓紧回话，团里好安排。"

"知道了。我考虑一下。"

我犹豫不决，赶紧给家里打电话征求我母亲的意见。我母亲说她根本不知道我被学院录取的事，她坚决要我调到军区机关，那口气不容商量，甚至十分焦急。

好吧。就这么定了。我像服从上帝一样服从了我母亲。

前程似锦？也许吧。朦朦懵懵的我并不强劲的翅膀振翅一飞，迎接我以为是海洋般宽阔的新生活的来临。而我的上学名额真的由梅连长顶替了，梅连长气息充盈地喝了很多白酒。由于他这次参战并没有立功，还受了一个行政警告处分，原因是连队在战斗到第三天还没有吃上一顿饭，他体查兵情，派了几个兵去村庄打了几只鸡回来给兵们充饥，此事被友邻部队告发，上级发来电报严查违反群众纪律的干部："轻者撤职，重者法办。"该电报是我收到的，这令团领导十分为难，不好处理，只得象征性地给了梅连长处分。梅连长心情郁闷："四个连干部都吃了鸡，还说好吃，为啥只处分我一个人？其他人还立了功，简直没道理。"

现在，团领导把我的入学通知书转给了梅连长，以示安抚。那天夜晚，整个连部充满残酒芳香，迷醉了司号员，该吹熄灯号的时候竟然吹起了欢送曲。兵们听得全神贯注，并且看到梅连长眼里闪着激动的泪花走遍连队的每一间宿舍。兵们知道了，今晚不会搞紧急集合，也没必要熄灯。

"儿子，你可回来啦！"我母亲动情的声音响在月亮刚刚升起的那个时刻，她忙不迭地帮着我把行李从车上搬下来，招呼驾驶员："快快，小鬼，来屋里坐坐，喝口水，辛苦了啊……"

驾驶员没有进屋就走了。我母亲埋怨我："你怎么当的副连长，连自己的兵都喊不住。"

我说："这还不是因为你，我现在已经不是副连长了，一个兵都喊不住了。"

母亲说："没事儿，过几天你就是大机关的正连职参谋了，官比副连长大。"

我说："参谋不带长，放屁都不响。"

母亲一巴掌轻轻拍在我的后脑勺上："不许说脏话，大机关不比野战部队，说话要文明，不能这么粗野。"

粗野的是我母亲养的一只大花猫，它窜到花园里捉住一只老鼠，尽兴撕咬老鼠的鲜鲜皮肉，我从满园怒放的花丛中仍能嗅到血腥的气息。我母亲断定，这是一个好兆头："嗯，咱这家里有虎气，咱的儿子也有虎气，没啥可说的，将门就该出虎子。"

不一会儿，我父亲开始向我母亲展示虎威。我正在卧室里整理行李，隐隐约约听到从他们房间里传来的声音。我父亲说："你为什么不征求一下我的意见？能去上学有多好，可以说是千载难逢的好机会。我就是当年上了延安抗大才成长起来的，我当正军职干部都好几年了还去上了高等军事学院，到现在我还觉得知识不够用……你这个人就是主观主义太严重，根本不能当领导干部……你呀，就这么把儿子上学的机会给随便放弃了。不行，叫儿子回去，明天就回去，我马上给他们的白师长打电话……"

"行了行了，快别打电话了。你给师长打电话说啥？跟他发脾气？咱们应该感谢他关照咱儿子才对。再说了，咱儿子上学的名额已经转给了别人，你给他们军长打电话也没用了……既然调令下了，儿子也办了调动手续，这就是生米煮成熟饭了。就这样了吧，我看挺好的，你以后天天都能看到儿子了。"

"我才不想天天看到他！是你这么想的吧？"

"对对对，我就是这么想的。你不想，那咱儿子在战场上的时候，你成天不说话，回来就猛抽烟在院子里转，那你转什么转？神经呀？好了，不说了，早点儿休息吧，你明天不是还要去军区开会嘛。睡吧睡吧。"

"唉，野战军是最锻炼人的地方。你呀，没远见，太没远见……"

"好好，我没远见，太没远见。行了吧？反正我是不想看见你再那么在院子里乱转，转得我头晕。"

"我现在的头比你还晕。我头晕不要紧，主要是你别头晕。我的生活还得指望你……"

我母亲终于把我父亲的虎威一扫而光，黑夜归于寂静。我在寂静中想，也许我父亲是对的，但无论谁对谁错都为时太晚。现在唯一能做的，就是等下周一上午去军区后勤司令部通信科报到。可是，离下周一还有几天，这几天我该干些什么呢？我可不能成天待在家里，但又感觉无处可去。唉，明天再说吧。

我做了一个梦，梦见我从战壕里的猫耳洞爬出来，正在拍打身上的尘土，却听到了一个妖精的歌唱。

周六这天的颜色很鲜亮，阳光明媚，我的脚步踩在这座都市最繁华的街道上——春熙路。我走进书店，翻看书架上的书，心想，每一个书店都是一所学校，大概还有在书店里自学成才的先例，说不定还有在书店里写出优秀诗篇的人物，我何必再为上学的事纠结呢？我注意到，有几个书架上摆放了各种录音磁带，体现出当下都市人时髦的喜好。突然，有个拎着手提收录机的中年男子走到我身旁，他把身子弯成虾米状，用肘碰了碰我，很谨慎地低声说："小解放军同志，我这儿有流行歌曲磁带，你要不要？我便宜给你。"

"谁唱的？"

"邓丽君唱的。听过吗？气声唱法。"

"气声唱法？没听过。"

"要不你听听？"

"好吧。"

"这儿不行。你跟我来这边。"

中年男子把我带到书店旁的电影院侧门边，从挎包里迅速掏出一盘磁带，装在收录机里。于是，我听到了邓丽君绵绵的歌声。嗯，很好听。我理解的气声唱法大概是用气息来控制发声，但没有那种从喉咙深处发出的咕噜声（当然，如果哮喘病发作时除外），很干净，很轻柔，很清纯。尤其"轻轻的一个吻，叫我思念到如今"这一句，把我的心唱得一颤一颤。想想看，一个吻已经很了得，并且还是轻轻的。那感觉，简直……

我说："就这盘吧。多少钱？"

他说："十五元。你是小解放军叔叔我才卖这么多，一般人我要卖给他十八元。这都是从香港进来的，过海关很不容易，检查得相当严。"

我说："那你不还是进来了吗？给你十二元吧。"

他笑："嘿嘿，看不出来，你这个小高干这么会讲价。好吧，十二元就十二元吧。拿好，给你一盘没拆过封的，原包装。你要不放心，我试放一遍给你听听？"

我也笑："不用了，看你也不是欺骗解放军叔叔的人。"

他又笑："哪能呢？我最崇拜解放军了，从小就崇拜，可惜我没当过兵，当过知青。嗯？我不能叫你解放军叔叔，只能叫你小解放军，不过你是穿四个兜的，刚提的干吧？嗳，你这次上去打仗没有？哦，我知道，这是军事秘密。不问了不问了。你以后还想要邓丽君的磁带，就来这儿找我，包你满意，我走了啊。"

我边往回走边琢磨，虽然买了录音磁带，但我并没有收录机，而商店里卖的收录机价格又太贵，这怎么办？猛然想起有个在五星级宾馆保卫处工作的朋友，他曾告诉我，他们宾馆的商店里有便宜的日本产收录机，只是需要用外汇券才能购买。于是我去宾馆找他帮忙，他给经理说了几句什么话，为我免了外汇券，我花两百多元人民币买到了一架日本产三洋牌收录机。

回到家，趁我爸妈不在家，我打开收录机，贪婪地听着邓丽君的歌，一遍遍地反复听，反复学着哼唱。听听，"轻轻的一个吻，让我思念到如今……"这哪里是歌，完全是一粒多情的种子正在期待发芽。当然，多情的种子需要合适的土壤才能发芽，而野战部队的土壤是花岗岩似坚硬的，绝对不适合这样的种子生长。

记得在参战之前的一天，白师长到我们团来了，全团连以上干部被召集到小礼堂，听白师长作战前动员报告。白师长是"老八路"，出身贫苦，文化不高，但讲起话来很幽默："同志们，咱们部队多年没打过仗了，是需要真枪实弹地在战场上检验一下了。俗话说，养兵千日，用在一时。但我说，应该是练兵千日，用在一时。在座的很多人，练兵不止千日了吧。是骡子是马，也应该拉出来蹓蹓了。你们这个团在抗美援朝战场上打得非常漂亮，尤其汉江50昼夜阻击战，而且是率先打到汉城的，彭老总高兴坏了，说是只要他在，就永远保留这个部队的番号，毛主席还接见了这个团的战斗英雄。我相信，你们这次上去，也一定能打得漂亮。打完这一仗，没啥说的，你们团肯定是铁团！"

大家热烈鼓掌，甚至有人振臂高呼："铁团！铁团！……"

白师长举手示意安静，接着说："不过，如果你们打得不好，也有可能就是豆腐团。因为，我最近听说，我们有个别年轻干部不好好带兵备战，成天偷偷听港台歌星唱的那些麻麻之音……"

"不是麻麻之音，是靡靡之音。"白师长身边有个干部小声纠正。

白师长眼一瞪："你懂个屁。那音乐软绵绵的，让人听了浑身发麻，那不叫麻麻之音叫啥？"

礼堂里响起的一片窃笑声犹如另一种"麻麻之音"，围绕簇拥着黑了脸的白师长离开会场。

现在，我独自在家自由自在地听邓丽君的歌，并没有感到浑身发麻，相反，我有些兴奋，仿佛听到邓丽君对我说的絮絮情话，一遍又一遍……哦，我不能这么想，不能这么厚颜无耻，不能这么低级趣味，不能这么……简直羞愧。

电话铃响了。

是一个小学同学打来的，他兴奋地告诉我，市政府举办的本市籍参战功臣展览在劳动人民文化宫开展了，他看到了我的照片，叫我赶紧去看看。

我骄傲。当然要去。马上就去。

步入展览大厅，呀——入口处正对面的巨幅照片不是别人，正是我。镜框玻璃反射着明亮的光，把我的名字和"参战功臣"那几个字渡成流动的鲜亮景象。我没有流动。我一动不动。照片上的我与一动不动的我幸福对视。哦，不能对视，无法对视，因为照片上的我的眼睛是呈45度角向斜上方注视的。这显然是摄影记者的有意为之，他指导我摆了好几种姿态，从不同角度拍了好几张照片。不难理解，在当时的那个年代，艺术家们塑造英雄人物一般都依照这种模式，也符合人们的审美标准。用摄影艺术家的行话来讲，那神态叫"仰视"。我和其他来这里参观的人也只好作仰视状。

展厅的一个解说员一路小跑过来，打开一盏射灯，灯光豁然照耀在我的照片上。我注意到，照片上的那个我显得更加高大起来，胸前戴的军功章和参战纪念章犹如金子般光芒四射。我的呼吸拨乱了展厅里摆放的各种鲜花，属于我的光荣的芬芳气息贯通我周身的神经。

真正神经了。我别有意思地问解说员："这照片怎么跟天安门城楼挂的毛主席画像一样大？没这个必要吧？完全形式主义。"

"这是政府布置的，我怎么知道。再说，这些都是参战功臣，照片再放大点也是可以的，有些形式是宣传需要嘛。"

"喔，对对。你们很崇敬战斗英雄？"

"那当然。他们都是新时代最可爱的人。过两天上面还要请他们到这儿来作报告，跟观众面对面交流，讲战斗故事，你也来听听？"

"来这儿讲战斗故事？我咋不知道？"

"你这不就知道了吗？欢迎你到时光临。你是解放军，跟他们也算是战友嘛，在这儿认识一下他们有多好，还可以跟他们合影留念。

请你继续往下慢慢看吧。"

解说员笑盈盈地走开了，这让我感到有些失望，因为我跟她说了这么多，主要意图是想很策略地让她认出我就是面前这幅照片上的人，接着惊喜万分地招呼观众前来跟我握手、合影留念什么的，可是她怎么一点反应都没有呢？算了吧，要怪只能怪摄影记者的"仰视"拍法，以致照片上的那个我显得过于"高大全"，很难让别人一下就认出我。

我很仔细地看了看照片，嗯，我不该听从摄影记者的指挥做那样的微笑，因为我的门牙不够美观，我在开始换牙的时候，两颗门牙就互相争夺牙床位置的战斗在不知不觉中进行，直到一颗门牙的边缘贼贼地斜倚在另一颗门牙的边缘才休战。过去我对此并不在意，长大以后才感到一旦开口微笑便令我羞怯，最有效的遮丑方法是抿住我漂亮的嘴唇做微笑状，这表情曾经迷倒过我们师宣传队和师医院的几个女兵。

微笑着。牡丹初放般微笑着。我看到展厅里挂的每张照片上的人都在微笑着迎接观众密集的注视。他们是光荣的。他们是幸福的。因为他们都是从战场上活下来的人。不知怎么，我想起了那些牺牲的战友，心便渐渐难受起来。我的那一百三十二个牺牲战友，他们的照片不在这个展厅里，他们没有听到郭兰英的演唱，没有看到歌舞团的慰问演出，没有得到全国各地群众送来的慰问品，他们当中的许多人还没有尝过恋爱的滋味，慰藉他们的仅仅是几百元人民币的抚恤金。此刻，我可以想见我们在战火硝烟中一次次经历生与死的瞬间；可以想见我们一起守在猫耳洞里喝一壶水、共吸一支烟的情节；可以想见我们一起为取得战斗胜利而纵情欢呼的情绪；可以想见我们为失去战友而放声痛哭的场景……但是，我却不能想见那些已经沉睡在广西崇左县同棉烈士陵园的战友的神态……

我不敢想。不忍想。

回到家，隆隆雷雨开始越过天空，朝还在放晴的远方横扫过去。

母亲公安蓝的身影闪进房门，她迅速脱掉公安服，一边拿毛巾擦手一边急急地问："儿子，听我们单位的人说，今天市政府在文化宫举办参战功臣展览，那里面一进门正对着就是你的巨幅照片，你去看了吗？"

"看了。"

"真的？"

"嗯。"

"太了不起了！我明天把你爸也拉去看一下。啧啧，这简直……"

"我爸才不会去看呢。"

"不见得吧。你等着瞧好了。这个死老头，我这就去跟他讲。小邓！小邓！"

母亲叫警卫员小邓去安排明天去看展览的车，然后去跟我父亲说话。我并不想偷听他们在说些什么，但我父亲的一个声音却清楚地传来："要去你去，我懒得去。那有啥好看的？你成天看他还没看够？"

"你小声点儿好不好？又想作政治报告了是不是？"母亲的声音柔中带刚。

他们的声音小了，却像是在争论着什么。我知道，这当然是因我而起，在他们的低语争论中揉入了某种对我的焦虑。听，父亲的声音提高了："我不跟他谈。你去吧，这都是你一手安排的，我不管，反正我是对付不了你。典型的主观主义者。去吧去吧。"

主观主义者来到我的房间，她显得不似刚才那样兴奋，迟疑了片刻才说："儿子，是这样的，你爸刚才告诉我，他今天参加了军区党委会，会上有项决定，所有军区司、政、后首长的子女都不准在军区机关里工作，必须到基层单位。这是硬规定，任何人不得更改，每个首长在会上都表了态的。所以……所以你不能当通信参谋了，把你调整到 850 工作……"

"850？"

　　"哦，就是军区后勤的药材仓库，850 是代号。"

　　"仓库？"

　　"是仓库。是个团级单位，你去 850 的政治处工作，那也算是机关。"

　　"我到仓库去干什么？"

　　"不是跟你说了嘛，你去那儿是当政工干事，又不管其他的。再说，你改行走政工这条路也不错，你爸就干了一辈子的政工。"

　　"唉，仓库的工作就是保管和发放货物，简直没意思。"

　　"咚"的一声，父亲推开我的房门，但他并不进来，站在门口重重地咳嗽一声，阴沉着脸说："你到 850 库已经相当不错了，那不是谁想去就能去的地方。过两天抓紧去报到啊。"

　　我的不可见的苦笑在我未知的"850"中流动，真后悔不该离开野战部队，还不如去通信兵学院上学。母亲理解我此刻的心情，但一切都太晚了。作为弥补，她带点歉意地给了我一张自行车票："拿着，明天去商店买辆永久牌自行车，以后上班方便。别弄丢了啊，也不要给别人，现在自行车票很难找，熟人啊，朋友啊，同事啊，都找我要，老家的人也不断写信和打电话来要，这张票还是我让黄秘书打着你爸的名义去要的。别跟你爸讲啊。早点休息吧。一切的一切都会好起来的，850 也是军队单位，在那儿照样能进步。我相信我儿子是金子，无论到哪儿都会发光的。"

　　儿子现在暂时无光可发，身边唯一的光亮是收录机上的显示灯发出的。我打开收录机，放好磁带，调小音量，以邓丽君的歌来排遣心中的郁闷。

　　歌声轻柔。我相信这是气声唱法的一只夜莺在歌唱。窗外的夜色中，满院的花草正恬然自得地静静开放——它们都在接受一个乖巧人儿的"轻轻的一个吻"，它们都在享受所有痴情人儿的"让我思念到如今"，而我，感受着对未来命运束手无策的我，从窗口凝望不着边际的"850"，梦游般在"麻麻之音"中麻麻地睡去……

3

"850"并不似我想象的那么糟糕，应该说它甚至是很艺术地欣欣然呈现在我的眼前。首先是它的地理位置，它居然坐落在市中心最繁华最热闹的商业区——春熙路附近。要知道，春熙路有"四川小上海"之美称，我就是在这里买到的邓丽君的歌曲磁带。把一座军用仓库设置在这种地方，是全军几乎没有的先例。

我去报到的这天，特意骑着自行车在"850"周边的街道转了转，以熟悉地形。库区的中心位置叫岳府街，门牌为 44 号，据说这里早先是一位岳姓官宦人家的大宅院，解放初期被解放军接管，逐成为军产，但院内的古老建筑的风貌依然，房屋的一根根黑色木柱保持了气色沉敛的古朴风范，想必这些木柱上曾经挂过古诗古词的牌匾或者各有千秋的碑刻铭文，因为木柱和墙壁上存有隐约可见的残迹。

从"850"的正门出来往左走，街道名为三道拐，意思可能是这条街道里有三处拐弯的地方，我转了一圈，发现这里的道拐处远不止三个，至少有七、八个，整个布局犹如八卦阵一般。经打听，方知此地历史悠久，三道拐是三国时期诸葛亮布阵的杰作之一，敌寇入侵到此，便会如入迷宫，晕头转向迷失方向，有来无回。

再从"850"的正门往右走，临近街道名为暑袜街，但这跟我们在暑天穿的袜子无关，最显著的建筑是一幢纯英式风格的楼房，窗格形同鸽子笼，无地之间淋漓显现当年英国佬的嘴脸，看来三道拐并没有让那些侵略者在这里迷路。不过，这里已成为邮电大楼，门口聚着一群倒卖和交换邮票的人，与那些真正喜爱集邮的人彼此相识。几十米开外是一间具有川西特色的大茶铺，众多茶客坐在临街的露天茶座上，远远就能看到那片清一色的灰蓝。他们一边品着廉价的盖碗茶一边天南地北地海聊，有的茶客身边还摆着各种鸟笼，画眉、八哥等鸟儿在笼中怪声鸣叫正宗的"川普"话，股股浓烈的旱烟气息在空气中弥漫。我猛然一看，仿佛已经置身于电影里演的解放前。正惊讶，却被一个来历不明的人热情纠缠："解放军也来这儿喝茶？"

"解放军不喝茶。随便看看，了解一下社情。"我的装腔作势引起几个茶客的注意。

"社情？啥子社情？"

"社情复杂。"我说着便走开了。

茶铺里传来一阵骚动的声音："解放军要军管我们这个茶铺？"

"850"政治处的一间办公室被我"军管"了。当然，这间办公室还有一个女干事，姓刘，她比我年长几岁，大家称她刘干。由于这个政治处的人员编制极少，只有一个主任和两个干事，所以刘干分工负责组织和干部工作，我负责宣传和保卫工作。我们俩各人一张办公桌，相对而坐，各管各的。

刘干不属于那种漂亮的女兵，但她的脸型有些像……像谁呢？对了，跟邓丽君的脸型有点相似，这是她给我第一印象的可爱之处。她会用气声唱法唱歌吗？不知道。但她毕竟是女性，脸上难免会散发"白雀灵"或"雪花霜"一类化妆品的香味，这香味时不时地在滋润我的肺腑。我慎重考虑，既然我已经从战场上活下来了，今后就应该好好地活下去，活得有质量，首先要下决心戒烟，一是为了我的身体健康，二是为了刘干脸上散发的徐徐余香不与我的烟味混杂。

我的烟龄较长，十四岁入伍，第二年便跟着老兵学会了抽烟，算起来也有九年多的烟龄了，戒烟对我来说无疑是给我的肺叶和神经平添了一种痛苦。在战场上，香烟曾给过我如春的快乐。部队出发上前线之前，我回家一趟，偷拿了我父亲的一条中华过滤嘴香烟。那时候，按我父亲的老红军待遇，每月特供五条烟和两瓶茅台或五粮液酒。在我正往家门外走时，听见我父亲在后面焦急地问："我放在书架上的那条中华烟呢？怎么还没拆封就不见了。"

母亲正送我出门，她侧着脸看看我，似乎明白了，急忙推我一把，说："走你的。"

我有些犹豫，要不要把中华烟还给我父亲？却听见我母亲的高声叫喊："别叫了！你的肺不好，咳成那样，抽那么多烟干啥？不想活了？行了，待会儿我再帮你找找看！儿子，你走你的，别理他。记着给家里打电话啊。走吧走吧。"

母亲无懈可击的叫喊声把树叶震得微微发颤，我的心也有些发颤，不禁对父亲产生了些许怜悯。想想也是，父亲南征北战大半辈子，如今享受特供烟的这点待遇却被儿子给瓜分了，还要忍受他妻子的训斥，真是不公啊。可是，我转而一想，这次上战场还不知道自己能否活着回来，最后享受一下抽中华烟的滋味也并不过分，完全应该的嘛。难道儿子的生命还不如一条中华烟珍贵？

我走出不远，忍不住回望一下我家的院子，看见伸展到院墙外的那片樱桃树叶潇潇如歌，而我母亲则站在那扇灰色铁门边怅怅地目送我，顿时，我整个人在一阵中华烟的烟气中散开，灿然飘至硝烟弥漫的战场……

战斗进行到第四天，我发现放在挎包里的烟只剩下最后一盒，而且还被谁拆开过，盒里只有五支烟。是谁干的？我威严地扫视我们电台的每一个兵，呀——根本不会抽烟的几个兵的嘴里全都叼着一支烟！妈的，这种带过滤嘴的中华烟只有我才有，团长和政委都抽的是牡丹牌香烟。

"给我听好了，你们抽中华烟完全是浪费！胆子不小，敢偷本连长的烟！"我看着刚从猫耳洞里爬出来的兵们浑身是土，有些于心不忍，便把剩下的五支烟全部掏出来，"拿去吧，一人一支，就剩这些了，大家要省着抽，晚上驱蚊虫有用。"

兵们不好意思地笑了。那个叫冯毅的兵笑得很狡黠，不用猜，偷我中华烟的正是这小子。不过，我还是比较喜欢他，每当我在收发电报时，他是摇马达最卖力气的兵。

夜晚，不知名的各种蚊虫悄悄从树林里出动，不断向我们阵地的猫耳洞袭来，这时候抽烟是能管些用的，可惜烟太少了。冯毅凑过来向我道歉："副连长，真是对不起，都怪我，我知道你现在最想抽烟了。要不，我去把我们扔掉的烟头都捡回来？你可以应应急。"

"不用了。要注意灯火管制，抽烟太多了，容易暴露目标，说不定敌人正潜伏在哪儿观察我们呢。你跟他们说说，别在外面抽烟，要抽到洞里抽去。最好一个一个地抽，别集体地聚在那儿抽。"

"知道了。"

"还有，给你个任务，明天无论如何也要去给我找盒烟，你回连部去看看谁还有烟，就说是我借他的，以后还他。"

"好的。但中华牌的我可找不到，听说我们师只有师长才抽中华烟。你知道的，师长不在我们这个方向。"

"谁说要中华牌的？啥牌的都行，只要能冒烟。"

"是！"

"你小子，等等，还有个任务给你，等这次打完仗回去，你偷一条你爸的烟给我，算是对我的赔偿，记着，必须是中华啊。"

"我爸真不会抽烟。他就是一个旧知识分子，呆板，我家里没一个人会抽烟。"

"不会可以学嘛，你现在不是学会了吗？你可真行，别人都是从战争中学会战争，你是从战争中学会抽烟。这很好，不是有这么一句话嘛，男人不会抽烟就等于女人不会生孩子。"

"嘿嘿，那我一定要学会抽烟。"

半夜，团部传来命令，指挥部立即转移阵地。我指挥兵们迅速收拾好电台和天线，冯毅在黑暗中往我手里塞了一把东西："副连长，带好你的粮食。"

我打燃打火机看了一下，几个脏兮兮的烟蒂豁然在目。我随手扔掉，说："嗯，看来你很有进步，回去给你请功。不要说话，快跟上！"

　　第二天清晨，有几发炮弹轰然落在我们昨天的阵地上。我拿起望远镜观察，炮弹爆炸的地方留下一片如坟的废墟，想必冯毅为我捡的那些烟蒂已被死亡的气息全部覆盖。

　　不一会儿，归于寂静的指挥部突然传来兴奋的吵吵声，这声音犹如战斗胜利的歌声——后勤处的人运来一大堆整箱整箱的香烟，"中华"、"牡丹"、"光荣"、"大前门"、"恒大"、"许昌"、"黄金叶"……各种牌子的香烟是祖国人民送给我们的慰问品。副团长宣布，立即通知各连队的司务长带人来领烟，规定营、连职干部每人两盒，无论会不会抽烟的战士都每人半盒，也就是两人共分一盒。由于中华烟的数量极少，全部留在指挥部，副师长和几个团职干部每人分到一条。

　　可是，还有一箱红苹果不好分，后勤处长说这是铁道部的"三·八红旗列车乘务组"送的。李团长当即决定，把这箱红苹果分给担任主攻"扣当山"任务的一连。大家对此决定大加赞同："好，能吃上姑娘们送的苹果，相当于获得特级战斗英雄的荣誉。"

　　对我来说，现在能分到香烟是最主要的。我们电台的冯毅、杨伟民、许卫国心领神会，立即下山去连队找司务长领烟。他们很快领回了烟，但全是"恒大"牌的。我埋怨道："你们傻呀，怎么不领点'牡丹'牌的？"

　　冯毅委屈地说："我们又不会抽烟，哪懂这个。司务长说这个好，我们就要了。"

　　"司务长懂个屁，他只懂买菜。"

　　"你昨天不是才告诉我，只要能冒烟的就行。要不，你抽一根试试，看冒不冒烟。如果不冒烟，我们马上去找他。"

　　"别瞎跑。这哪会不冒烟？是根草都会冒烟，但要看冒的是什么味道的烟。你们是报务兵，脑子就该比其他兵灵活。为啥新兵连分兵的时候都让电台先选？就是因为电台需要脑子灵活的兵嘛。好了好了，我马上要上机工作，先把烟给大家分了吧，你们辛苦了。"

"副连长辛苦！"

我一下愣住，只见几个兵端端立正，把手里的"恒大"全部捧到我怀里。我有一种无颜面对兵们的冲动，澈心的感动使我的泪水在眼眶里打转，嗓子发哽地说了句肺腑之言："大家放心，只要我活着，就一定把你们活着带回去……一定的。"

我没有食言，他们都完好无损地回来了。部队在广西山村休整时，关于香烟的事情出了一个有趣的小插曲。上面通知，凡是在战场上拿了中华烟的，一律按价从工资中扣，因为那不是慰问品。副师长和几个团职干部对后勤处长好一通埋怨："你当时咋不说清楚呢？这不明摆着坑我们吗？"

"薛干，在笑什么呢？"刘干笑笑地问。

我猛地回过神来，这才想起刘干就坐在我对面看报纸，急忙说："没啥，我刚想抽支烟，忘了我已经开始戒烟了，啥都没带。"

"开始戒烟了？"

"对，正式的。"

"嘿，有意思，戒烟还有正式和非正式的？"

"那当然。"我伸出两根手指，凭空做出夹着烟的动作，深深吸了一口，再徐徐吐出来，仿佛重拾在战场上抽烟的姿影，"这是标准的抽烟，一丝也不浪费。"

"你这么有烟瘾，何必戒呢？"

"要戒。想好好地多活几年。再说这儿是仓库重地，要注意防火灾。我不是还负责保卫工作吗，更应该起防火灾的模范带头作用嘛。"

"你思想还挺先进的，不愧是在野战部队待过的。"

"先进说不上，其实我戒烟的一个主要原因是为了照顾你。"

"照顾我？"

"刘干，你想想，你跟一个烟鬼成天在一起办公，受得了吗？"

"不不，我没事儿，真的没事儿，你尽管抽。你还负责宣传工作，写文字材料是要费脑筋的，有时还要加班写，抽点烟对你会有帮助的。"

刘干的口气很真诚，我感觉她是个很好相处的人，而且我注意到，她的钢笔字很漂亮，完全不像出自一个女人的手。我决定暗自努力练习钢笔字，希望有一天能达到她的硬笔书法水平。当然，我最终发现我在这方面没有天赋，练了许多年仍不得要领，以致我后来出了几本书，读者请我签名时，往往令我倍感尴尬。唯有写数码字是我的强项，我曾有过快速收报的比武好成绩，但在这里毫无用处。我对刘干说，我刚来上班，为了掌握一下"850"的干部情况，能否让我看一看干部的档案？刘干爽快答应，她拉开一个小抽屉："档案柜的钥匙在这儿，你随便用，用完了放进去就可以了。"

档案柜里装的是营以下干部的档案，我用半天时间快速翻看了一遍，方知"850"的干部编制比战士还多，而且干部子女几乎接近人员总数的一半，其中兵团一级首长的女儿、儿媳就有好几个，军师团一级首长和地方的干部子女更是不在话下，这终于让我理解了我父亲说的那句话："你能去那儿已经相当不错了，那不是谁想去就能去的地方。"

如此"高贵"的仓库，真是闻所未闻。这么多干部子女云集此处，他们想干什么？他们在干什么？他们能干什么？我预感这里会有一些鲜为人知的故事发生，就像邓丽君唱的那样："小城故事多，充满喜和乐……"

一脸喜乐走来的是政治处的周主任。他原先在军区体工队当政委，从体育学院毕业的高才生，身板结实健壮，单双杠的功夫了得，练就了一身青蛙似的肌肉轮廓。由于他是福建人，说的一口"福普"话，让人不得不去猜他说话的意思，不过听习惯了也就比较好猜了。他交给我的第一个工作任务是修改一份材料，我在接过材料的那一刻，心都提起来了。厚厚的材料是仓库上半年的工作总结报告，我猜想，周主任是否想考察我的文字水平？我瞥了一眼刘干，推辞说："周主任，让刘干修改吧，她比我熟悉这儿的情况，我刚上班……"

周主任摆摆手，说："让你修改系（是）库头的意稀（思），我几系（只是）给你传传话。"

"裤头？"

"就系（是）仓库主任和政委，他们系（是）这里的头儿，简称库头。"

"哦，怎么这么难听，我还以为是穿的裤头呢。"

刘干猛地举起报纸遮住脸，报纸在剧烈颤动。

回到家，我吃了晚饭便伏案修改材料，但一个多钟头过去了，我仍不知从何下笔，"850"上半年所做的那些工作，我可一项也没参加过呀。又过了一个多钟头，我的思路还在柔和的台灯光线中盲目奔走。是不是需要抽支烟？我走进父亲的书房，到处翻看一遍，没有找到烟，肯定是被我母亲收起来了。算了，戒烟的决心不能动摇。

"儿子，在找什么呢？"母亲走进书房，"让我给你找。这书房都是我收拾的，一个人放的东西，一万个人都难找到。说，找什么？"

"没找什么。"我一眼看见书桌旁放的一摞材料和文件，"哦，我想找一份工作总结报告，随便哪个部门的都行，参考一下。我正在修改一份材料，是我们库头交代的工作。"

"啥裤头？"

"就是库里的领导。"

"哈哈，你爸是后勤部的政委，那他就是布头啦？这叫法有意思，布头，属于裁剪衣服的边角余料，哈哈……"

"别逗了，我还赶着明天把修改好的材料交上去呢。"

"费那个劲干啥？把材料拿来，我让你爸帮着改改，他干这个都好几十年了，从不让秘书给他写材料，水平高着呢。"

"不用……"

"什么不用不用的，那是你爸，跟他客气个啥。我去！"

母亲把材料拿走了。不知怎么，我的心有点跳跳的。为了平静一下心情，我打开收录机，关小音量，邓丽君的气声唱法便在我的房间里麻麻地飘散："甜蜜蜜，你笑得甜蜜蜜……"

笑得甜蜜蜜的母亲出现在我的房门："儿子，快，你爸叫你呢。"

"改好了？这么快。"

"那当然，你爸是谁，这点儿材料简直不在话下。他是布头，比裤头的水平高。快来啊。"

父亲穿着宽大的睡衣坐在书房里，那表情，那姿势，俨然古代的县官老爷在审案子。他让我坐得离书桌近点，然后戴上老花眼镜，拿一支红笔敲打着材料对我说："总的来说，这材料写得还可以，凡是做的工作都总结到了。"

我说："那他们还让我修改。"

父亲说："还不光是需要修改的问题，这里面的毛病还不少呢。你看啊，这是一个仓库的半年工作总结报告，又不是长篇小说，一家伙写这么多，太面面俱到了，谁有耐心看啊？太痛苦。"

母亲急忙插话说："你好好教教你儿子行不行？什么叫太痛苦？看个材料就让你痛了？让你苦了？真是的。"

"你这人，别掺和，我这儿不是正在教他吗？"父亲接着翻动材料对我说，"你看这儿啊，用词也有问题，听听啊，'军区后勤部首长亲自到仓库指导工作，并亲自讲话作指示'，这完全没用的话嘛，首长去了仓库就去了，还什么亲自去，不亲自去难道是首长派别人去的？难道是首长的影子去的？还有这儿，更是胡乱夸张了，什么'首长的讲话，获得仓库全体干部战士雷鸣般的掌声'。写这个有啥意思？首长的讲话跟仓库的工作总结报告有多大关系？还、还雷鸣般的掌声，怎么不写原子弹爆炸般的掌声？还有这儿……"

"嗳嗳嗳，"母亲忍不住用手指敲了一下书桌，"我说你讲那么多废话干啥，这又不是你儿子写的，干吗连讽带嘲的，你给好好修改一下不就行了吗？"

"好好，我不说了。"父亲把材料递给我，"都改好了，你自己抄一遍就行了。"

我接过材料快速翻看一遍,看到里面被父亲用红笔删掉至少一半。刚要走,被父亲叫住:"等等,我还要多给你说几句。以后你们单位的这类材料不要拿回家,我知道你们库领导的用心良苦,就你那水平还能改材料?那是你们库领导想让你拿给我看。这不符合程序,这类材料要经逐级审阅后再报上来。"

"没人说要拿给你看。"我有点急了。

"不要顶嘴。有个事儿我先告诉你,部里很快要举办一个干事学习班,时间一个月,各单位都要派干事去参加。你没有当政工干事的经验,需要去学习,这对你大有帮助。我会给你们分部领导打招呼,你一定要参加啊。"

"知道了。"

我气鼓鼓地回到房间,母亲跟进来说:"你爸就那性格,对自家人都严格要求,别跟他计较,反正他已经帮你改了材料,咱们目的达到就行了。我看他这个布头还算是可以用的布头,比裤头的用处多,待会儿我再去说说他。你别熬夜加班了,把材料带到单位去抄,早点儿休息啊。"

4

直到深夜我才把材料全部抄好,阵阵微风从窗口吹来,桌上材料的纸页在瑟瑟抖动。我愣神地看着,而我的魂灵则随风走进了广西山村的那座军用帐篷——

我在帐篷里写"战斗总结",突然,一阵清脆的枪声在夜空中响起。是冲锋枪的连发,距离很近。我急忙跑出帐篷,只听周围一片乱哄哄的声音:

"哪里打枪?"

"是不是敌人的特工摸进来了?"

"不可能，这儿离国境线还远着呢。"

"那也要提高警惕。"

"别乱跑，口令！"

"没事儿，是自己人，哨兵枪走火了！"

冯毅跑过来对我说："副连长放心，我在这儿给你站岗放哨，你写你的，抓紧写啊！"

我不用谁提醒，当然知道抓紧写。部队正开展评定战功的工作，通讯股长在白天已经来催过我两遍。我写的战斗总结很生动具体，尤其跟敌军电台的干扰如何对抗，如何周旋，这些精彩细节都写到了。第二天下午，参谋长和通讯股长陪着几个干部来到我们通信连，参谋长一手指着我说："就是他。"

我还没有反应过来，那几个干部便走上前来一一跟我握手。参谋长向我介绍那几个干部："这是总参的首长，他们特意来看看你。"

"好哇，不简单。"一个首长握着我的手说，"你写的战斗总结非常好，我们要编到战例里面去。你的技术很过硬，在整个战斗过程中，通讯联络一秒钟都没断过，这很难得。你还转了几份重要电报给友邻部队，难怪广州军区专门提出要给你们这个电台请功。"

另一个首长说："他很会处理紧急情况，脑子很灵活，不愧是指挥机关的千里眼、顺风耳……"

我对"千里眼、顺风耳"这样的赞扬之辞实不敢当，但我对自己处理紧急情况还是非常满意。在攻打扣当山之初，我们连派出了有线通讯架设排，把电话线从团指挥部一直架设到主攻营的指挥阵地和炮兵阵地，通讯十分通畅。可是，战斗打响之后不久，所有电话都不通了，梅连长急忙派出架线排的兵分头去查线，但这需要时间，指挥部的人急得团团转。其实这种情况我早有预料，赶紧上机紧急通播呼叫，命令团指挥部和各营各连一直保持无线电静默的所有两瓦电台，立即开通无线联络。顿时，各阵地的无线通信忙碌起来，呼叫声和命令声不断在话筒里响起，指挥部随时对各连的位置和战斗情况一清二楚。

当战斗进行到最激烈的时候，有线架设排的一个兵跌跌撞撞地跑到指挥部，只见他身背一卷电话线，用米袋缠的绑腿裹满了稀泥，他一上来就上气不接下气地说："完了，副连长，完了，一切全完了……"

"什么一切全完了?!"指挥部里的人全都大吃一惊，异口同声地过来追问。

架设兵的脸色惨白，嘴唇嚅动了好几下，仍没发出声音。他像是刚从噩梦中惊醒，愣愣地盯着周围的人。李团长焦急地催促："快说，什么全完了?"

杨副师长是从战争年代过来的人，大概对这种情况很有经验，他以关切的口气说："去，赶紧给他拿壶水来，让他喝了慢慢说。"

水壶递过来了，架设兵喝了一口水，似乎还没喘过气来。李团长更加焦急地说："你倒是说话呀，什么全完了?"

"完了，"架设兵还在喘气，"坦克、炮、炮弹，还有好多水牛，把电话线全弄断了。我们通往各阵地的电话线，还、还有通往炮兵阵地的电话线，跟敌军的电话线全部混在一起，根本没法接，全、全完了……"

"给我滚!"杨副师长勃然大怒。

"滚下去!"

"快滚! 什么一切全完了……"

指挥部的几个团干部几乎同时咆哮，接着集体转身就走，忙着继续指挥作战。

架设兵像触电似地腾起身子，目瞪口呆地端端站在那儿看着我。他的神情令我有些于心不忍，我把他拉到一边说："有线通讯方面的事你跟梅连长讲就行了，干吗跑到指挥部来瞎嚷嚷? 你也真是的。我早跟你们说过，在现代战争的战场上，有线通讯基本没用。"

架设兵嘟囔一句："那还要我们有线通信兵干啥?"

我说:"有线通讯比无线通信保密,战前有用,像现在这种情况就完全没用。你赶紧回连队吧,告诉梅连长,把架设排的兵都调回来,停止查线,原地待命。从现在起,全部通讯联络都用无线,叫梅连长放心,绝不会有一切全完了的情况发生!"

"是!"

架设兵歪歪斜斜地往山坡下跑去,他那像是受了伤的身影很快隐入一片茂密的草丛。我看到,那颗受了伤的太阳正以浅浅的微光伸向那片血染的草丛……

远处的枪声和爆炸声更加密集,一股股血腥气息扑鼻而来——山坡前方的那些死猫死狗死牛的躯体已经开始腐烂。指挥部的无线话筒里传来急促的喊话声,是前沿一营指挥所请求炮火支援,但由于信号不稳,炮兵阵地听不清他们报的炮击方位的坐标。不知怎么,我猛然想起电影《英雄儿女》里的王成形象,王成"为了胜利,向我开炮!"的喊声响在耳边,使我周身的热血沸腾起来,于是向参谋长请求,让我带一部大功率电台去前沿阵地负责联络炮兵阵地。参谋长的眼睛立即瞪得贼大:"你还要随时跟上面和友邻部队保持联络,你走了咋行?"

"我留几个兵在这儿联络。"

"不行,留谁在这儿我都不放心,你坚决不能去!要去你另外派个人去。"

我回到架设电台的坑道里,挨个儿看着那几个兵,心想,"派谁去呢?"这几个兵都是我一手训练出来的,而且他们是那样的年轻,冯毅刚过了十八岁生日,其他四个兵也只有二十一、二岁,战场上什么情况都可能发生,不可预见,我不忍看到他们当中的任何一个人牺牲,不愿真的听到他们当中有谁喊出"为了胜利,向我开炮!"那样的声音。尽管那声音是如此的悲壮英勇,令人崇敬,但那意味着牺牲,意味着永别,意味着与敌人同归于尽,尸首全无,腐烂变泥土或者辉煌化金星……

不行，甭管化作什么我也不能派他们去，要去只能我自己去。但眼下的紧急情况必须马上处理，我灵机一动，拿起话筒，要求前沿阵地把需要轰击的坐标方位随时报给我，然后由我逐一喊话报给炮兵阵地。这一招很奏效，一排排猛烈的炮弹准确落在敌军阵地，话筒里不断传来前沿阵地的激动高喊："打得好！感谢炮兵同志！"炮兵阵地也在话筒里不断回应："不用谢，步兵兄弟，你们狠狠打！狠狠打呀！……"

冯毅一边兴奋地摇着马达一边提醒："副连长，我们是大功率电台，敌人能听见你喊话。"

我说："能听见有鸟用，他们想转移阵地都来不及。快摇你的马达！"

冯毅已经累得抬不起胳臂了，其他几个兵轮番上去摇马达。冯毅气喘吁吁地埋怨："我们带了蓄电池，还有备用的，干吗不用呢？你老喊我们摇马达。"

我说："别废话，蓄电池要留着关键时候用，这仗才刚开始，还不知道要打多久，蓄电池要用完了，哪儿找充电的地方？要不，我来摇马达，你来联络？"

突然间，话筒里传来清晰的喊话声，是一个女人发出的娇滴滴、软绵绵的麻麻之声，听上去让我想起电影《南征北战》里国民党女播音员的声音："国军兄弟们，共军节节败退，我军乘胜追击……"我清楚地知道，敌军的这部电台的功率比我们的更大。只听麻麻之音还在用气声喊法不紧不慢地发嗲："中国佬——滚回去……"

这个声音把冯毅等几个兵刺激得跳将起来，扑过来抓抢我手中的话筒，一个接一个轮番怒骂：

"我操你妈！"

"我操你姥姥！"

他们的身体压得我直不起腰，就听话筒里传来女人一连串浪浪的笑声，但很快被一阵阵的炮声淹没，但愿她和她的电台挨了我们的炮弹。真希望能将她俘获，我想亲自审问她，当面听听她的气声笑法如何变为气声哭法。

这时，前沿阵地传来请求担架队上去的喊话，有三十多个伤员急需救护。我急忙抓起话筒，通知各阵地的两瓦电台马上改到备用频道，继续保持联络，并通知后勤处派担架队上去。这场战斗于第二天下午三时结束，话筒里终于传来一连和二连攻占敌军阵地的捷报。

茶杯里有我的影子，远离战场的我此刻就坐在安静的办公室里。非常安静。只管品茶。只管看报纸。一只麻雀倏然停歇在窗台，用羽翼轻叩几下窗户玻璃，它与我短暂相视，发现并不认识我，于是惊叫一声疾飞而去。我记住了它的模样，希望在我们下一次见面时，跟它玩个淘气的游戏——捉住它，抚弄它，吓唬它，然后放了它……哦，多么安静多么无聊的办公室呀。

我抬眼看着刘干，心里琢磨，如果她是在战场上跟我较劲的那个敌军女报务员，被我俘获，正在接受我的严厉审问，那该有多好。

不好。刘干抬起头，友好地笑着对我说："你改的工作总结挺不错的，刚才周主任还在表扬你呢。"

"是吗？"我从刘干的眼睛里看到我得意的影子。

周主任大步走进来，兴冲冲地对我说："薛干，你跟我气（去）下面各单位久久（走走），跟大家印习（认识）印习（认识），熟悉一下情况，以后你记（自）己就可以到处气（去）了。跟我久（走）。"

首先去的单位是医疗器械修理所，这里有男男女女十多个技师和技工，负责全区部队医疗器械的采购、配发和修理维护。教导员是个单身大龄女子，姓雷，曾在某军宣传队任过职，说话干脆利落，确有雷厉风行的工作作风。李所长的年纪较大，技术职称较高，会好几种外文，那些进口医疗器械的说明书大都由他翻译成中文。我无意地随手拿起一本精装的英文说明书翻看，李所长问："薛干会英文？"

我难为情地解释："只会念英文字母，仅限于电台的勤务用语使用，其实是拼音，跟你们的专业相差甚远。"

笑声中，毛技师、唐技师、张技师、葛技师、彭技师、王技师、郭技师……他们跟我一一敬礼握手，老熟人似的亲切交谈，向我介绍各种正在修理的医疗器械。我不断点头称是，好像听懂了，其实一窍不通，更不敢触摸那些外文说明书。万一我拿起来的是一本德文或者俄文的说明书，那该怎么说？我的理解，政工干部的外表必须披上文化修养很不一般的颜色，否则说话没有力度。兴许有人还会对你说："请薛干用英语跟我对话。"

我来到一台机床前，郭技师的介绍让我的脉搏突然加速，因为他说他正在研制一种折叠式轻便担架，这让我的灵魂又一次飞到战场。

是的，那座狰狞的山，那座高度为六百五十米的山上，到处布满了地雷，但不是我们在电影《地雷战》里看到的那样。我们看到的，是根本不埋入地下的地雷，那是美式防步兵地雷，大小如同罐筒，颜色如绿叶，密密地撒在漫山遍野的草丛里，或者像玩具似地悬挂于树木上，十分隐蔽。兵们在攻击山头敌阵时，稍不留神便会触发地雷，肢体的碎渣和鲜血的光芒不时撕裂丛林。但这种地雷的威力不大，不会立即致死人命，除非炸到致命部位，比如雷片切断股动脉。它的战术功效在于只炸伤士兵的腿部，而救护这个伤兵的其他兵则至少需要两个以上，这样便达到了消减攻击部队的战斗力之目的。

战斗间隙，团部后勤传来消息，说是缴获了敌军的一部完好无损的电台，叫我去看看。按规定，我是应该守在我们电台跟前寸步不离的，但后勤的人都不认识缴获的电台是何型号，他们不知该如何上报这个战果。我跑到后勤阵地一看，忍不住笑："你们搞错了，这是我们的备用电台，随时准备用的，就放在车队后面的车上，谁把它给搬下来的？这是晶体管的 15 瓦八一小型电台，刚配发下来才几个月，敌军怎么可能有这样的电台？乱弹琴。赶紧给我搬回车上去。"

后勤的人很沮丧，对于我断然否定他们的所谓战果仍不甘心，让我再仔细看看清楚。我不想跟他们多费口舌，一阵阵惨叫声和呻吟声吸引我跑到战地救护所，几十个伤员血肉模糊的脚令我震惊。是怎么伤的？一个排长的脚后跟被整个炸没了，他对我讲了山上布满防步兵地雷的情形。但他很乐观，开玩笑说："没事儿，以后我就只有在鞋里垫个东西走路了，像女人穿高跟鞋那样差不多吧。"

我看到，躺在这个排长旁边的是一个班长，他的眼睛蒙着纱布，而他的那双被纱布缠裹的脚，那双曾经在训练场上健步如飞的脚，在跟我的心一起战栗，因为我曾多次见过他翻越障碍和投掷手榴弹的英姿，是团里的军事比武尖子。只听他沉重地念了一声："地雷，好多地雷呀……"随即陷入昏迷中。

鲜血燃烧着安详的太阳，阳光从窗口射进救护所，一个已经牺牲的战士静静躺在手术台上，军医站在那里怒斥担架队的人："他伤成这样，股动脉都打断了，血都流光了，叫我怎么救?! 你们为什么不早点送下来?! 为什么?! 唉?!"

几个担架队的人浑身是泥血，他们委屈地说："我们尽力了，真的尽力了。这担架又太长了，在丛林和山沟里携带很不方便，行走很困难，我们从山上往下抬伤员，怎么抬都使不上劲，有的地方全靠背着，爬着，费了半天劲才下山，是我们送的不及时，我们……"

是啊是啊，担架太笨重，担架太原始，还有什么好说的？对于担架，过去从来没有哪个国家在此方面投入过精力和财力，这并不为怪，因为担架毕竟不是什么重要的武器装备，仅仅是作为救护的简单工具出现在战场上。而作为重伤员，也绝不会指望担架能拯救自己的生命。但是，担架的重要作用已经在这场战争中显露无遗。

现在好了，我终于亲眼看到有人在研制折叠式轻便担架了，心里一阵激动，紧握了一下郭技师的手："谢谢你，代我的那些牺牲的战友谢谢你。祝你早日把新型担架研制成功，早日配发给野战部队。"

我的脑海中闪过一个强烈的念头，想写一写我的参战经历，也许那是一篇小说，一首诗歌，或者是一部电影，那应该是战场给我的恩惠之一。希望有一天能把我的作品和郭技师研制的新型担架带到烈士陵园，献给那些在地下长眠的战友。尽管这些战友不再需要任何文字作品，也不再需要任何担架，但我依然听见了他们从骨头里发出的"喀嚓"声响——这声响代他们出场，向我一遍又一遍地真诚致词："战友，放心吧，这里没有地雷，没有……"

这致词如针尖深深刺入我的肺腑，我怀着一种难言的感情抚摸机床上尚未成型的新式担架，像一个正躺在担架上的重伤员，期望我的肢体不会残疾，期望我的生命不会就此结束……我的期望和祈求借助机床飞速转动所发出的声响传向远方，与战地上密布的一颗颗地雷轰然汇合。

此刻，我对"850"有了新的认识，不禁感慨道："看来，'850'不是一座普通的仓库，是个知识分子成堆的地方。"

周主任大笑："那当然。你还没见过鸡（知）习（识）分子更多的单位，久（走），我们再气（去）几个单位，到那儿你就鸡（知）道了。"

"850"除了医疗器械修理所，还有药品检验所和血浆所、制氧站，以及保管一股、保管二股。无论干部还是战士，给我印象深刻的是他们高涨的学习热情，休息时间一个个捧着数理化的书看，还看《英语自学手册》《学日语》等书籍，仿佛等待改变自身命运的机会全在这些书里。很多人都买了收录机，但不像我买收录机是为了听邓丽君的歌，他们主要是为了学习英语，有些人还参加了电视大学的英语学习班，听一个叫许国璋的英语教授讲课。再看办公室和宿舍的墙壁上，竟然张贴了小规模的英语单词纸条，这些纸条是体现"850"的整体科技文化素质而存在的，是作为当时"850"与众不同的集体光荣的时代标记，即便是在开展严格的内务卫生检查之际，也无人愿意去耕除它。我感觉有种压力在冲击着我，虽然我对外语并不感兴趣，但我应该抓紧学习文化，至少应该提高我的写作水平，我不是还分管宣传工作吗？我不是还有作家梦吗？一切都得从头学起。

学习的机会来了。我去参加了军区举办的"政工干事培训班"，这令我欢欣鼓舞。军区政治部各部门选派了诸位资深政工干部，分别给我们三十多个干事讲课。从文件的格式、书写、语法，直到新闻报道的写作技巧都面面俱到地讲述。

课堂上，我做笔记比其他干事更为认真，因为我当干事的资历比他们都晚，而且政工干事跟通信参谋所学的业务完全不同，正所谓隔行如隔山。我以为，通过这次学习，今后再要写什么工作总结之类的材料，我将不会紧锁眉头。但我发现，每个讲课的人在开头都会首先讲几乎一模一样的一句话："我们的 XX 工作，是军队政治工作最重要的组成部分。"宣传部、干部部、组织部、文化部、保卫部、联络部、群工部、法院、检察院等各部门的讲课人都要宣称本部门的重要，那口吻，像是一句骄傲的誓言。有一天我实在忍不住问："军队政治机关到底哪个部门的工作最重要？或者最最重要？"

培训班负责人龚科长的回话很明确："都重要。把你们集中到这儿来培训，就是为了让你们成为'万金油'，可以到处抹。也就是说，以后无论把你们放到哪个政工部门，你们都能胜任。成为'万金油'，是一门独特的政工艺术，这是最最重要的。"

哦，原来是这样。"万金油"将衬托我今后的工作，政工干事必须具备大师级的政工艺术水准。看来，我前面的政工之路还很长。

"太长！"龚科长的手里拿着几份红头文件，边念边指点，"本来可以几句话就说清楚的事，啰唆了很长一段文字才说清楚，说明起草这个文件的人应该来这里参加一下培训。"

干事们会心地笑。

龚科长接着讲课："我不是说在座的各位起草文件不行，别理解错了啊。你们都是起草文件的高手了，来这儿只是为了进一步提高嘛。我要说的是，我们不能盲目地迷信一些红头文件，注意，红头文件的精神还是要学习贯彻的，但红头文件不是我们起草文件的范本。无论是在战争年代还是和平时期，在全国的所有公文中，唯有军队的公文是最规范、最严谨、最简练、最讲究的。大家再看看地方上的这几份红头文件，这里用词不当，连主、谓、宾的语法关系都有问题，还有这里，你们听听啊……"

干事们瞠目伸舌。

我把这个培训班学到的知识，全部储存在我"政工生涯"的仓库里，很有信心地准备浓装穿戴成真正优秀的"万金油"。但这远远不够，需要学习的东西还很多。龚科长跟我单独谈话，很有耐心地指点我："你是负责'850'宣传工作的，但在过去的几年里，'850'连一篇稿件都没见报，这咋行？现在你去了，要多写写新闻报道，把这项工作搞上去。如果你刚开始感觉有困难，可以走走捷径，先搞一些图片新闻报道，文字要求不高，只需要写图片说明，这样既简单又快捷，慢慢入门就笔下生花了。我看了你的作业，很有文字基础，遣词造句很有创意，说不定你以后还能搞文学创作呢。你别笑，不是没这个可能。高尔基说过，记者是作家的摇篮。"

"人是摇篮？"

"这在大学中文系里分析起来可能是病句，但在文学作品里是生动形象的文学语言。我很看好你，你多写写吧。别忘了，走哪儿别忘了带上照相机啊，会有用的。"

回到"850"，周主任不仅满足了我要一部照相机的愿望，还给我腾了一个房间作冲洗胶卷的暗房。周主任爽快地对我说："你气（去）买部照相机，再买一套暗房稀（需）要的泄（设）备，把发票拿来，我签字，穷（从）尽（政）工费里报销。多买点胶卷，十个胶卷里面成功一张就算姓（胜）利。鱼（如）果报泄（社）不用你投的泄（摄）影稿件，我们留作机（资）料保存也不错。"

我的摄影稿件哪能只作为资料保存？如果真是这样，如何体现出"万精油"的价值？简直丢人现眼。

那几天，我在报纸上寻找关于摄影学习班的广告，没有，却看到一则绘画学习班的招生启事，地点就在"850"附近，学习时间是晚上8点至10点。很好，我立即去那里报了名。当然，我并不是为学绘画而去的，我没有当画家的天分，这一点我还是有自知之明的。我学绘画的目的完全是为了摄影，想通过学绘画了解一下照片的黑白灰关系以及如何构图。我去春熙路的文具商店买了画夹、画纸和各种画笔，还买了一根漂亮的塑料尺子，没料到，当我第一天充满新奇感地走进夜校教室，开始认真作画的时候，却把那个姓果的美术老师惹得捧腹大笑："哈哈，解放军就是不一样，绘画用尺子!"

我看了看其他学员，果然没有一个人用尺子。果老师告诉我，这是临摹素描画，不需要用尺子的，石膏像的各个细部的比例都是靠自己目测。

明白了。但我的无知并非不可弥补，很好解决。果老师的嘲笑激发了我学好绘画的决心，解放军不一样就是不一样。不就是目测吗？这难不倒我。在野战军训练时，我学过八二迫击炮的瞄准，目测距离算是一门专项军事技术，其中包含了巧妙使用眼睛和脑筋的乐趣。

在那段日子里，我每天晚饭后都背着画夹去夜校，风雨无阻。我感觉到了画笔的可爱，画笔在我手中成了神奇的魔笔。眼看着我的画技不断进步，似乎有了当画家的希望。果老师把我画的一幅纹竹盆景素描作品挂在讲台上，脸上堆起异样的笑容细细点评。他的赞美之辞令我暗自得意，其他学员也听得津津有味。尽管我没有听到雷鸣般的掌声，只听到果老师一个人的掌声——好像是在拍打他自己的衣服，但这已经搅动了我的血液在摄影家梦的脉管里汩汩流动。

不能耽搁了，要立即行动起来，尽快在报纸上发表一篇摄影图片。我把照相机的镜头对准了刘干，又叫来另外四个党员干部围坐在一起学习中共中央关于整党的决定。这张图片很快见报了，我把功劳记在刘干身上——她很会配合，眸子里闪着喜悦的光，身着整洁的军装，一手拿文件，一手在比画，笑容满面地向大家作讲解。

我母亲准备向我讲解的是她的重大怀疑，她对我的怀疑已经有些日子了。由于我每天上夜校回家太晚，她以母亲和公安人员的敏感猜测到我已经有了女朋友，虽然这尚未被证实，但一般来说，年轻人的恋爱约会大都在夜晚。

此刻，母亲就坐在我的房间里，她大概已经在这儿等很长时间了，并以不可抗拒的语调对我说："你爸希望你能把你的女朋友带到家里来看看，咱家有空房间，你俩要谈晚了，可以让她在家里睡。你还没结婚，别做那些出格的事，你爸是很保守的人。"

"既然我爸是很保守的人，他就不该这么想。"

"你爸这么想有啥不对的？年轻人谈恋爱是很正常的事，再说你这年龄也该成家了，要在旧社会，你都应该是孩子他爹了。"

"但这是新社会。"

"你要理解你爸，他都这把年纪了，还想抱抱孙子呢，你不抓紧点咋行？说，是不是已经找着女朋友了？"

"妈，我现在的工作太多，忙都忙不过来，哪有闲工夫找什么女朋友？你们想哪儿去了。"

"别装傻，我这儿都有铁证了。"母亲把一份折叠的报纸展开，"照片上的这个姑娘是谁？"

"我跟她一个办公室，刘干事。怎么啦？"

"这就对了嘛，一个办公室的，那就是一个战壕的战友，这有多好。"

"好什么好？"

"当然好，都是搞政工的，有共同语言。你爸也看了报纸，他挺满意的，说看上去这姑娘面善，估计是个贤惠的主。你爸看人不会错的。不过，照片不能完全说明问题，万一她化了妆，你再把照片给修一修啥的，这就不好判断了。他的意思，你最好把她带到家里来，当面瞧瞧……"

"哎呀，刘干事是结了婚的，她有丈夫！"

"啊?! 这、这我得赶紧给你爸说去，他还美滋滋地在那儿等着听喜讯呢。"母亲跑出去又折回来，"那你可千万注意，别破坏刘干事的婚姻啊，瞧这事闹的……"

台灯下，我把报纸铺开，拿剪刀把那幅图片新闻剪下来，贴在我准备好的一个本子上，留着当资料保存。我看着图片上的刘干，心想，也许这就是我爸认定儿媳妇的标准。可是，像刘干这种类型的女兵，会像邓丽君唱的那样给我"轻轻的一个吻"吗？不知道。我还从未被哪个女性吻过，也从没吻过哪个女性。上床之前我打开收录机，心脏合着阵阵气声唱法的歌声，胆怯而享受的跳跃：

"我的爱情，我的美梦，永远留在你的回忆中。昨天早已消失，明天将要来临，却难得和你相逢，只有风儿，送去我的深情……"

我暂时没有对谁可送的深情，而我的情爱，我的美梦，将会很有情况地出现在某个清晨，不，是出现在某个夜晚。在那个夜晚，我跟我的恋人会有轻轻的一个吻，还有……还有……还有我不想让别人知道的许多个还有。只有风儿送来的玫瑰花知道，或者只有我家院子里盛开的君子兰知道。

我起身关掉收录机，站在窗前仰望满天的星斗，想象"昨天早已消逝，明天将要来临"的情景，却迎来一股阴冷的风与我相逢。

简直讨厌。

5

讨厌的事总是莫名其妙地接踵而来，把人搞得心烦意乱。

我的头脑还算冷静，决定给郭技师拍张照，郭技师是男的，这样无论如何跟女朋友扯不上任何关系。我拿着照相机，连着好几天在医疗器械修理所的机床前徘徊，焦急等候郭技师研制的新式担架成功的时刻。郭技师专心致志地工作，忙得不亦乐乎，总是对我客气地说"快了快了"，但我总是见不着这"快了"的成果。不过，我无意中发现了一个摄影素材——修理车间的一角坐着一个小女兵，她的桌上放了一摞书和作业本，只见她拿着笔在一本英语书上勾勾画画，嘴里念念有词，可爱的神态醉于一道圣洁的光轮。她是谁？郭技师向我介绍说："她是刚从军医学校毕业分配来的，叫杜平，是苗族人。"

"呀，苗族人？太好了，少数民族学员，很有特点嘛。"我赶紧举起相机，"杜平，你继续学习啊，自然点，对对，就这样，好！别起身，再来几张，好好……"

这张照片没过几天就见报了，但我没有料到母亲再次从照片上发现了她以为的那种情况——我的女朋友。母亲又像上次那样把报纸铺展在我的跟前，脸上掠过不可捉摸的笑影："儿子，跟妈好好说说，这个女兵是谁呀？"

"从军医学校刚分到我们'850'的。"

"哦，刚毕业的，我说怎么看她年纪这么小。还没转正提干吧？"

"没有。学员要实习一年以后才能转正，但享受干部待遇。"

"这我知道。嗯，这照片拍得不错，还是个苗族对吧？"

"图片说明上不都写着嘛，她是苗族，怎么啦？"

"苗族倒没什么，你爸说了，咱们尊重少数民族，我们党一贯重视培养少数民族干部，你也要注意培养她。不管她是啥民族的，只要进了咱家的门，咱们都不会亏待她。只是……只是这姑娘的年纪太小，你觉得合适吗？"

"什么乱七八糟的，我都被你们给搅糊涂了。这是我的工作，工作！你们还要不要我在'850'干了？"

"嗨嗨，你急啥呀？我们又没说不同意。你看，年龄也不是多大的问题，你爸还比我大十多岁呢。来，儿子，坐下坐下，听我给你讲讲过去的那些事儿。"

我一笑："妈，你又是想讲当年你跟我爸结婚的事吧？"

母亲也笑："妈的意思是说，你们'850'的这个姑娘，叫杜平是吧，她年纪再小，总不会小你十多岁吧？你要觉得可以，妈给你爸做工作。在这个家里，妈就是组织，算是组织给你介绍的。咋样？"

不咋样。但我一言不发，因为实在不想跟母亲讨论这事。母亲的恋爱经历只属于她，并不能引领我的恋爱小舟朝前航行。我看看照片上的杜平，感觉有一盏闪烁不定的灯行将熄灭。必须熄灭。杜平啊杜平，我今后再不会为你拍照，不会再为任何一个女兵拍照，你们这些女兵真是太给我招麻烦了。

"九九那个艳阳天来哟，十八岁的哥哥……"

母亲走到院子里小声哼唱，歌声满怀着她对她丈夫的感情，那感情是真挚而热烈的，如同河水泛滥在她体内恣意奔腾。毋庸置疑，在她的心目中，她的丈夫永远都是十八岁的哥哥。我知道，她正急切盼望她的儿子也成为哪位姑娘心目中的十八岁的哥哥。

然而，这反倒让我烦躁不安，真想立刻远离这个家，搬到外面单独住。因为我即便真的有了女朋友，也不想在这个家里进行"轻轻的一个吻"之类的甜蜜行为。可是，父亲专门对我交代过，不准向"850"的领导提住房的要求。父亲很严厉，说的话相当难听："如果你去要住房，那就是要特权，那就是狗仗人势。"

我的天，一切听天由命吧，何必要成为狗呢？

第二天早饭后，我骑着自行车去上班，一路想着周主任要我今天参加"850"党委会的事。此时正值交通高峰期，如潮的车来人往中，我边骑车边琢磨，这是我第一次参加党委会，会上我该做些什么？该不会让我作汇报发言吧？如果要我发言，我该讲些什么？就讲……

"解放军同志，请下车！"

一个交警拦住我，给我敬了一个礼。我一看，这里是本市最大广场的正中央，除了我和交警，竟然无人也无车。我确认自己违反交通规则了，但并不想解释什么，估计我说我急着要去参加中共中央会议也没多大用处，于是说："对不起，我有急事，下午来处理吧。"

不待交警回话，我扔下自行车，跑步离开。由于我在野战部队的那几年，经常参加全副武装五公里和十公里越野跑步训练，跑步属于我的强项之一。我计算了一下，以我的速度，从广场跑到"850"，最多应该二十分钟足够了。行人们看着一个解放军在街道上迅跑，纷纷投来好奇和肃然起敬的目光。我且笑且跑，无端的喜悦在心里开花："这是一个小小的祸事，难道今天会有因祸得福的情况出现？"

跑到"850"，第一件事是去办公室给我母亲打电话，简单说了一下情况，让她帮我去交警队取自行车。她是公安局干部处长，这点小事应该不成问题。当我跑进会议室，党委会已经开始一会儿了。周主任小声埋怨："井（怎）么搞的，现在才到？昨天就通鸡（知）你了。"

刘干俯在我耳边说："没事儿，前面讲的我都帮你记了，你待会儿看看记录本就行了。"

我感激地看看刘干，觉得她的一阕热情很容易招人想要破坏她的婚姻。当然，我不会干这种事，我母亲提醒过我，放心吧刘干。嗯，挺善良挺贤惠的女兵，把记录本给我吧。

会上的议题主要是所属各部门下一步的工作，没想到最后一个议题格外出人意料。"850"的张主任，也就是真正的"库头"，提出一个关于女兵改军装的问题："现在，满大街流行喇叭裤，戴蛤蟆镜，那是地方上的事，我们管不了。但在我们'850'，不管是女干部还是女战士，有的人居然把军裤的裤腿改得细细的，军衣的腰部也改得紧绷绷的，这种风气不能助长，要坚决制止。有人说什么松炮兵，紧步兵，吊儿郎当后勤兵。不错，我们是后勤单位，可再怎么吊儿郎当也不能改军装呀。我们是军人，军人总要讲究军容风纪吧？下去后，各单位领导要好好整顿一下。"

周主任和我同时上下打量刘干，笑了。刘干奇怪地问："笑啥？"

周主任表扬："我们尽（政）工干部就戏（是）不一样，没改军装，衣袖和裤腿都戏（是）扑拉扑拉的宽大，很好。这样给别人做工作才更有虚（说）服力，对吧？"

散会后，大家走到库区的篮球场上轻松交谈，突然出现一个很喜剧的情景——从大门口驶来一辆三轮摩托，上面坐着两个警察，坐在侧斗里的那个警察双手高举一辆自行车，俨然表演杂技的演员。篮球场上顿时一片哗然："警察在干什么？"

警察把自行车交给我，向我道声歉便走了。我不好意思跟大家说事情的真相，只说是我的自行车坏了，请警察朋友帮我修理了一下。张主任和万政委凑在一起商量几句，然后吩咐冯助理给我安排一间宿舍。冯助理为难地说现在库里没有空房间。我真希望在库里有间属于我的宿舍，但假装推辞："不用，我以后提前出门就行了。"

张主任说："你天天这样骑自行车上班可不行，逢到下雨天更麻烦，容易迟到。冯助理，你马上给薛干事腾间办公室，暂时当宿舍。"

冯助理答应着，一溜小跑去了。

我心中暗喜，这真是应了因祸得福这句话，得来全不费功夫。我正在斟酌如何感谢张主任和万政委的话语，这两个"裤头"的目光却同时被一个人吸引过去了。那个人是卫生所的李景沙医生，只见她轻盈的走路姿态透着一种娇贵的气质，不用细细剖析她的体型便可一眼发现她的重大疑点——全套军装都改过了。

张主任皱着眉头摇摇头，把李景沙叫住。可能鉴于李景沙是军区副司令员的儿媳，张主任的口气很温和："李医生，你这军装看上去有点问题啊，我们'850'好像从来没有发过这样的军装。"

李景沙发出一串清脆的笑声，这笑声立即使一些人在篮球场边驻足观望。李景沙的脸上闪着快活的红润，接着开始呼冤叫屈："张主任，我这军装不改不行。您不知道，我领的军装是最小号的，但裤裆还是太肥，吊得老长，我经常骑自行车都要被挂到，摔得惨极了。"

张主任说："哦，真的？"

李景沙一脸诚实，说："不信我骑自行车给您看。"

张主任说："好吧，那我得好好看看。"

李景沙抖擞精神，快步跑回卫生所换了军裤，骑着自行车来到张主任跟前表演下车，果然裤裆挂住了坐垫。随着全场"呀"的惊叫，她连人带车倒在地上。在一片哄笑声中，她从地上爬起来，做痛苦状揉揉膝盖，扶正自行车，说："张主任，我有时比这更狼狈，要不，我再骑一遍给您看看？"

张主任连连摆手："不用了不用了，大家散了吧。"

李景沙推着自行车，得胜而归。张主任对我说："看她把腰身也改得那么紧，那跟骑自行车有啥关系？难道腰部也会把自行车挂倒？如果是那样，只能说明腰部长的位置错了。这个任务交给你了，给她做做思想工作，军装还是坚决不能改。令行禁止啊。"

我点头答应，保证完成任务。这算是我对张主任给我安排宿舍的感谢。

给我分的宿舍不错，在办公楼一层的尽头，面积二十多平米。虽然室内光线稍显阴暗了点，但我上班很方便。我的办公室就在二层楼上，从宿舍旁边的过道门出去几步便是我的摄影暗房。当然，这些并不重要，重要的是我终于有了自己的私密空间，晚饭以后这里十分安静，整幢楼基本无人上班，这便于我随时迎接"轻轻的一个吻"的机会来临。

卫生所在我宿舍的斜对面，李景沙、韩医生和许护士三人叽叽喳喳的说话声不时传来。我该怎么跟李景沙讲改军装的事呢？这事有点棘手，需要一点策略，我可不想看她给我表演骑自行车。

走进卫生所，李景沙诧异地看着我："薛干，你生病了？"

"病了。"我故意有气无力地说。

"哪儿不舒服？"韩医生关切地问。

"好像哪儿都不舒服。"我坐下来说。

"来来，我先给你量量血压。"许护士热情地把血压计放到我面前的桌上。

"别别，其实我的病你们没法治。"我推开血压计。

"啥病？"李景沙紧张地问。

"精神方面的毛病，从小就有，基本无药可治。"我一副沮丧的模样。

"啊?!"她们三人的眼睛瞪得贼大，李景沙很聪明，率先明白过来："薛干跟我们玩儿幽默！咯咯咯咯……"

李景沙的笑声十分感染人，似乎可以把她身边的所有人都引入快乐的漩涡。我参与到她们三人的快乐中，别有意味地赞扬韩医生："你们看，韩医生特别注意军容风纪，她没有改军装，看上去完全飒爽英姿五尺枪，曙光初照演兵场，中华儿女多奇志，不爱红装爱武装感觉，真精神。不像你们两个，把军装改成这样，不大……"

"不大顺你的眼是吧？"李景沙不高兴了，"你没看我从自行车上摔成那样？"

"看见了。说实话，你的演技真还不错。"我笑了。

"呀，什么叫演技真还不错呀。"李景沙想争取韩医生和许护士的支持，"你们俩听见没有，薛干说我是故意要从自行车上摔倒的。"

许护士只笑不语。

韩医生说："我都是有孩子的人了，不用那么讲究，她们俩才刚结婚不久，年轻人打扮一下也是有必要的，爱美之心人皆有之嘛。"

许护士插嘴说："就是。其实李医生那不是在给谁表演骑车摔倒，我有时骑车也会摔倒，表演那干啥？除非真的是精神方面出了毛病。"

我不紧不慢地卷起裤腿，向她们展示我小腿上的一个疤痕，说：

"据我所知，凡是会骑车的人都有摔倒的经历，这就是证据。看见没有？这就跟会游泳的人一样，都有被水淹死的危险。"

"哎，好吧，就算我是故意表演给张主任看的，但我长得这么瘦，确实领不到合适的军装，你说咋办？"李景沙可怜巴巴地向我摊出两只纤细的手。

我打量着李景沙娇小玲珑的身材，尤其她的细腰被改过的军装那样紧裹，形容那是杨柳水蛇蜂腰也不过分，仿佛随时都会被强风轻易吹断，啧啧，这身材简直过于魔鬼了，不免让我心生一丝怜悯，便说："这样吧，我在干事培训班学习的时候，认识了军需二库政治处的一位干事，他们库是管服装的，可以定做军装，我给他打个电话，你去找他，绝对没问题。"

李景沙沉默片刻，点点头说："不用你打电话，我跟许护士一起去就行了。薛干，你是政工干部还管这个，真不愧是从野战部队出来的，对军容风纪一点不含糊，挺正规的。"

我说："你过奖了。其实是这样啊，这里没外人，我说正经的。关于女兵改军装的事，在库里的党委会上是专门当个议题提出来的。张主任很给你面子，当着那么多人的面，没有点名批评你，算是在大庭广众之下对你的袒护，真是难为他了。'850'的库头不好当啊。你们看，这屋里的我们四个人，全都是军队干部子女，我们不能搞特殊，处处要起表率作用。尤其是你，大军区副司令的儿媳……"

"嗳嗳，可别这么说。"李景沙紧张地跑去关上门，"薛干，前些天库里叫我们填写干部登记表，说是评级要用，在家庭情况那一栏里，我可是填写的工农家庭。你没看到？"

"嗨，"我把头一摆，"我全看了。你们好像事先串通好了似的，好家伙，全库几十个干部子女都是工农家庭出身。"我嘿嘿一笑，"当然，我差不多也是那样填写的。但我们档案里啥都有，库头可是清醒白醒地知道，你们以为填个工农家庭就敷衍过去了？"

李景沙焦急地差点要把手捂到我嘴上："库头是知道，但库里好多人可能不知道，你可不要到处乱宣传。"

"放心吧。不过，下回要填写得更明确一点，哪有什么工农家庭之说？工人家庭就是工人家庭，农民家庭就是农民家庭，这是军队的正规公文用语。不然的话，你们可以像我一样，填个贫下中农，既低调又准确。还有一点要注意，万一遇到上面领导找你谈话，你说你是出身农民家庭，那你就要知道农民种地的一些常识，至少应该知道蔬菜是怎么种出来的吧？我在野战军当兵的时候，营房里有些空地，连队给每个兵划了一块地，分配了给炊事班上交蔬菜的任务。我专门看了一本如何种蔬菜的册子，所以我种的蔬菜长势不是一般的好，特别是西红柿，让人看了直流口水。来我们部队参加军训的大学生们时常来偷，我不制止，就躲在宿舍窗户后面看，男男女女的大学生一个个贼贼地四下观望，装出没事的模样非常可爱，他们动作敏捷，会迅速窜到地里猛摘一阵，然后嘻嘻哈哈地一边啃咬西红柿一边向远处疯跑，这样我便很有成就感。你们想想看，什么样的东西能勾引纯洁的大学生们来实施偷窃？如果有人问我农民是如何种菜，怎样锄地、选种、间苗、施肥等等，我就可以对答如流。连长还把全连的兵集合起来参观我的菜地，要他们向我取经。那些真资格的农村兵全都看呆了，说，不管是近看远看还是正看斜看，我的菜地都像是床上的内务，整理得太规范了。他们虽然从小在农村生活，但从没见过把蔬菜当工艺品这样精雕细琢的情况。从此以后，他们对我刮目相看，所以进步较快。怎样？我说这些，就是想让你们今后多学学种地的常识，既然你们已经是工农子女了嘛。"

"要我们学种地的常识？还这么麻烦？"她们三人一起惊叹。

"不麻烦，很简单，这是需要的。比如你说你出身造船工人家庭，其实你对造船的工艺一窍不通，那好办，你就说你父母亲是某造船厂的油漆工，嗨，给船体表面刷油漆的动作你总该说得清楚吧？看你们仨平时怪聪明的，其实脑筋发木。"

屋里又响起"咯咯咯"的女声三重笑。真是三个女人一台戏，就连满屋的消毒水气息也充满了新鲜的味道。我想，不能让她们觉得我是专门为改军装的事来这里，应该找点什么事夸奖她们几句才对。我仔细观察四周的墙壁，说："必须表扬你们一下。我最近去看了'850'的好多办公室和宿舍，发现到处墙壁都贴满了英语单词纸条，乱七八糟的，只有你们卫生所的墙壁这么干净，墙上除了一张视力检测表，什么都没贴，库里应该组织大家来参观一下，予以表彰。"

李景沙扮个鬼脸叫道："千万别表彰！我们可不想得罪大家。别人学英语，库里应该大力支持才是。等大家学好了英语，墙上自然也就干净了。你说是不是？咯咯咯……"

"你说的也是。"我走到一张办公桌跟前，桌上的几本书让我眼前一亮，"你喜欢看世界名著？"

"从小就喜欢。我在上班时间可没看啊。"

"不是这个意思。这些书我都有，我在上班时间就要看，而且拼命看，遗憾过去怎么没有看。这都是些好书。"

《约翰·克里斯朵夫》《简爱》《红与黑》《红字》《罪与罚》《悲惨世界》……只看这些书的封面就有一种快感，沉迷于这种快感里面如同一次次与心爱的情人幽会，其美妙程度不亚于情人赠予的轻轻的一个吻。我高兴地对李景沙说："看来我们有共同爱好，以后可以多多交流。"

"当然可以。不过，我有个问题一直没想通，这么大个'850'，怎么连个图书室都没有？我以前在的那个医院就有图书室，政治、业务和文学方面的书，全都有。薛干，我这可不是提意见啊，咱们工农子女一般不给领导提意见。咯咯咯……"

"不算意见，算建议，很有意义的建议。'850'建个图书室，也是我求之不得的。我跟库头汇报一下，估计不成问题。"

建图书室的事一帆风顺，"库头"叫冯助理在摄影暗房旁边腾出一个房间作图书室，定做了几排书架，把采购书籍的任务交给我。

从那以后，几乎每个星期天我都要去书店购买新书。看书几乎成为我生活中最主要的事情，经常看到半夜才睡，上班时也在看。我一边看书一边写小说，是为我的那些牺牲战友而写的。但我不敢公开说在写小说，更不敢往文学杂志投稿，因为我的小说连我自己也看不下去，反反复复修改和重写之后仍然感觉不像小说，顶多只能算是中学生写的作文。我发疯似的阅读一本本世界名著，把许多经典情节和精彩对话以及优美词句分门别类记在读书卡片上，以期从中吸取文学营养，获取创作灵感。当我的读书卡片装满整整两个抽屉时，最终的结论令我懊恼不已："好小说全让那些大师写完啦！"

我快疯了。已经疯了。仍是着了魔似的看世界名著，仍是不辞辛劳地记读书卡片，并且经常回家在我父亲的书房里翻找新书。我父亲是爱书之人，藏书上千册，据说他在抗日战争的"反扫荡"期间也随身带着书。我想要席卷走的书都是尚未解禁的外国小说，比如《怎么办》《癌病房》之类，属"内部参考"的书。一天，父亲送给我一套二十卷精装本的《鲁迅全集》，然后对我说："不管是写小说还是写诗歌，你都要注意政治。多读读鲁迅，对你会大有帮助的。"

注意政治？难道我父亲偷看了我写的小说？简直要命。

我古怪地笑着回到卧室，把我写的那篇题为《战友》的"处女作"手稿撕得粉碎，然后捧着沉甸甸的《鲁迅全集》，逐字逐句地看下去，执着地在文学创作道路的迷津曲径上寻找突破口。也许前景并不光明，但我决意已定，早晚都要走出"850"，实现我的作家梦。的确，那段日子我心里无比难受焦急，想说却说不出，想写也写不出，犹如一位生命垂危的老人，想最后说几句告别世间的话语，却无论如何也想不起来该说些什么。

我承认自己是真的疯了。

无法不疯。

6

　　傍晚时分，"850"篮球场的照明灯全部燃亮了，却是只为一个人燃亮的。那个人叫马鲁川，是保管一股的保管员。由于工作需要，他的裤腰带上随时挂着一大串钥匙，走哪儿都能听到叮当哗啦的声音，所以他有个别号叫"红管家"。我看过他的档案，这个祖籍山东省、生于四川省、取名叫鲁川的人十五岁入伍，军龄已近十年了，是"850"的元老级人物。他小小年纪就穿上军装，自然跟我一样是"后门兵"，他父亲是某兵站部的参谋长。

　　我站在球场边上看着，耀眼的灯光使我感到幻惑——马鲁川打篮球的身姿让我想起几个牺牲的战友，过去每当我去打篮球的时候，他们都要争着为我抱衣服，并在场边给我呐喊助威。如今，那个平常而感人的场景不会有了，永远不会再有了……我多么希望那几个战友能从坟墓中走到"850"来，再为我抱一次衣服，就抱一次……哎，我孤独发呆地站在球场边上，耀眼的球场灯光把埋藏我内心深渊的沉沉感伤照得透亮，但这感伤无人知晓。马鲁川笑笑地把篮球传过来，喘着气说："薛干，你老是坐在办公室里不行，来，活动活动，有益身心健康。你要是不会打，投投篮总可以吧？"

　　其实我在野战军就是我们团篮球队的主力后卫，每年的野营拉练都要走一路打一路，如果遇上当地的篮球强队，便会从师球队借一两个球员帮着打。总之，只能赢，不能输。我们团的那个姓司的政委对篮球队高度重视，说篮球队是他的脸面。每当师里组织各团和师直属队的篮球比赛，司政委就要提前一个月把球员集中起来，给球员开小灶，请省篮球队的教练来帮助指导。印象最深的一次是我们444团跟442团的篮球比赛，激烈程度空前火爆，当我们的比分领先8分时，442团的毛团长冒火了，起身走到球场边端端站立，怒目圆瞪。师长和政委在后面劝他坐下，但他置之不理，也不搭话，雕塑般一动不动。442团的球员们见状，心领神会地立刻开始玩儿命拼了。我的嘴唇被对方球员的肘部磕破流血，我们的那个高大中锋队员周小平好几次被撞翻在地……全场一片血战到底、打死拉倒的惊险场景。眼看比分就要追平，我们团的司政委坐不住了，但他不像毛团长那样站在球场边上，而是直接站到球场一端的球框下面，一言不发地叉腰怒视。两个裁判不敢多言，怯怯地看着白师长。白师长并不表态，稳稳地坐在那里点燃一支烟，用眼神示意比赛照常进行。司政委的招数很管些用，比赛结果我们赢了。毛团长愤然离场，只听老远传来他的骂声："真没见过，还他妈有这么不要脸的政委！"

司政委仰天大笑："赢球有脸！输球没脸！"

在场边为我抱衣服的那几个战士拥上来，抱住我一阵狂欢乱喊。白师长走过来，递给我一支中华烟："看你个子不高，还真有股猛劲，打得不错！嘴唇磕成这样还轻伤不下火线，精神可嘉。来，奖励你一支烟，抽烟可是疗伤的好秘方，哈哈哈……"

当晚，司政委来篮球队指导总结会，他用夸张的声调说："同志们，篮球比赛是什么？是姑娘打扮需要往脸上擦的粉，脸面问题，有粉就要往脸上擦，不要往屁股上擦。如果输了球，就是把粉擦到了屁股上，那咱们就是真正的不要脸了，没脸了！咱们跟敌人打仗也是这个道理，是军中硬道理，要打就要打赢，要么就别给我上战场！……"

我接过马鲁川传来的篮球，上去跟他一起打球。马鲁川很惊讶，说他根本没想到我有如此的球技。我假装谦虚地说："鲁川，我刚才看你打了一会儿球，一不小心就有了点球技，完全属于偷经学艺，惭愧。"

马鲁川忠厚地笑道："薛干这是在笑话我了。说真的，我觉得我们库里应该组织一个篮球队，开展一下文体活动，不然感觉死气沉沉的。库里还有好些人都会打篮球，叶参谋、王助理、刘技师、张药师……哦，还有女的，有两个原先还是军区女子篮球队的呢，生了小孩以后才调来的，但球技一点不减当年。"

我觉得他的话很有道理，答应试一试，看看库里的人有没有这个兴趣。

很有兴趣。现实生活中，有时会瞬间出现人们正在谈论的话题的事情，并且印证你的想法是否准确——李景沙来了，她身边还有刘干、许护士等十多个女兵。她们的到来立刻激起我的表现欲，我无比兴奋地展示我所想到的各种篮球动作，尽量把姿势做得接近完美。比如三大步上篮，我必定不看篮框，只侧着头看女兵，故作潇洒地将身体呈飘带状腾空漂移，根本不管篮球是否入网，以此获得女兵们的赏识。我很看重她们的赏识，这关乎我的"粉"是否擦到了我脸上，而不是擦到了我身体的其他部位。

她们果然十分赏识。李景沙带头欢呼，女兵们集体响应，尖锐而欢乐的声音响彻"850"。有几个女兵干脆上场加入，很快引来更多的男兵女兵前来观战。几个"库头"和周主任也不知何时站到了场边，他们很赞赏这场男女混合的篮球比赛。

这时，马鲁川显得格外积极，真正的上蹿下跳，但他的唯一任务似乎只是为了争抢篮板球，卖力抢下篮球后只为把球传给我，这就很快让我浑身出汗了。我脱下军衣想去挂在篮球架上，一个女兵冲上来接过我的军衣，以极柔美的声音说："没事儿，我给你抱着，不会弄脏的。"

我吃惊地看着她：我原以为永远不会有人在球场边为我抱衣服了呢，竟然还有这么漂亮的女兵为我抱衣服。一股强烈的喜悦流遍我的全身。简直做梦般。

所有人都不知道，我把这个美妙时刻珍藏了很多年，并且珍藏了她的容貌和她的声音。她叫余小英，是药品检验所的药剂师，我从她的档案里知道她比我小三岁，未婚，父亲是某军分区的司令员。在球场边上整个女兵组成的临时"啦啦队"里，她是显得最安静的。

此刻，她怀抱着我的衣服，像抱一件圣物似的站在那里。我在心里恳求她就这么站着，一直站到我去取来照相机摄下这个镜头的时候。有些冲动的我很想对她说些什么，但又怕说出什么不得体的话。我想入非非：也许她将成为我的贴心恋人？

想入非非有时会给人带来生机蓬勃的生命活力，但有时却会给人带来糟糕透顶的狼狈事情。我接过马鲁川传过来的篮球，愈发想要表演我的球技。是的，是表演，只为余小英一个人表演，但愈想表演就愈是失态。我的四肢开始略显僵硬了，所有动作只能机械地做出来，球场灯光好像也失去了光彩，随着场边一阵集体的"哎呀"惊叫，一个趔趄重重跌倒的我还在场地上接连翻滚了几下。我想爬起来重新表演，必须的，我的"粉"岂能这样擦？已经不可能了，几个女兵跑来扶起我，马鲁川把篮球传过来，李景沙着急地大喊："快别打了！你没看他的胳膊肘都蹭破了。快，跟我到卫生所去！"

医生对伤病员是有绝对权威的，马鲁川泄气地说："不打就不打了吧，我这就去关球场的灯。"

我走过去拿我的衣服，发现余小英像受到了惊吓，她还站在原地一动不动，李景沙上前从她怀里取了我的衣服，她好像毫无知觉地在那儿发呆。李景沙催促我："快跟我走啊。"

我走了几步回头看，只见余小英还定定地站着，两只手紧紧攥住军衣的前襟，用异样的眼神目送我。顷刻，我心里竟荡漾起难舍难分的曲调。我无法坦然面对我的暗恋，忍了又忍没有往回走到她的身边……因为眼前有一道如火焰般的屏障——女兵们似乎有所觉察的各种复杂眼神。

到了卫生所，李景沙给我的胳膊肘上了药，贴上纱布，执意要我喝一小瓶葡萄糖针剂，在这以后的数月当中，她每天都要强迫我喝，说是给我补充营养。她说："你瞧，别人都说我这么瘦，你也不比我胖多少，所以你要经常喝点葡萄糖，打篮球才会有精神。"

"看你成天挺有精神的，经常喝葡萄糖？"

"我那儿敢呀，药品都是公家的，只能给病人用。"

"我看你也应该喝点。"

"我又不是病人。"

"你有病。"

"我没病，这不好好的吗？"

"没病你刚才那样吼马鲁川？别人又没招惹你。"

"哦，我没注意，没注意，咯咯咯咯……"

李景沙是个有口无心的人，她待人真诚，坚决否认自己是有意吼马鲁川的，她说其实她一直认为马鲁川是个很憨厚的好人。我纠正说："憨厚？用词不当吧。应该说他忠厚。"

"对对对，忠厚，是忠厚，咯咯咯咯……"李景沙猛地伏在桌上笑，"哎呀，看来医生跟干事的文字水平还是有差距的，"

我顺手拿起桌上放的一本《红与黑》，称赞她喜欢读这种书。因为在过去的一段时间里，《红与黑》还属于禁书，被禁的理由是"宣扬极端的资产阶级个人主义——出人头地的思想，还有色情"。李景沙说她早就读过这本书，因为她出生在北京的一个书香门第家庭，爷爷是中共地下党组织的高层人物，她从小耳濡目染，没觉得那世界名著里有什么色情之类，书中的情爱描写不过是给精神饥饿的读者解解馋而已。她像突然想起了什么，神秘地眨眨眼："嗳，薛干，我发现你挺勾引女孩的。"

"什么话，我勾引谁了？"

"那就算是女孩勾引你吧。说真的，我看余小英对你很有点那个意思，要不，我帮你去跟她说说？"

"跟她说什么？"

"你们男人怎么都这样，嘴里不敢说，心里嗞嗞叫。告诉你吧，据我所知，追余小英的人特多，至少有一个排。我觉得你跟她挺合适的，干脆点，你把她娶了得啦。"

"你倒挺干脆，干脆得让人心惊胆跳。"

"那好吧，慢慢来。恋爱总是有个过程的。我是过来人，这方面可能比你稍微多懂点。其实女孩子要真的爱上一个男人，那会爱到骨子里去的。"她把《红与黑》拿在手中翻了翻，"你瞧，这里面的主人公于连，他记恨德瑞那夫人并实施刺杀行动，打伤了德瑞那夫人，当于连被送上断头台时，德瑞那夫人仍然深深地爱着他。哎，女人就是这样，心甘情愿地当傻帽。"

"你丈夫真幸福，娶了你这么个傻帽。"

"别往我身上扯。"

"这有啥，你自称是过来人嘛。能不能给我讲讲你的恋爱经历？我学点实战经验。"

"才不跟你讲这些，自己实战去吧。薛干，你别是想找创作素材，可千万别把我写到小说里去啊！咯咯咯咯……"

窗口外忽然"咚"的一声响，接着传来一阵向远处跑的脚步声。我一惊："谁？"

李景沙沉了脸，胸部紧张地翕动："有人在偷听！我出去看看。"

不一会儿，李景沙气喘吁吁地跑回来，她的话让我汗毛倒立："大白肉、大白肉……"

"什么大白肉？"

"一堆大白肉，太可怕了。"

"在哪儿？"

"厕所旁边的水池那儿。"

我跑出去，果真看到了那堆在朦朦月光下明晃晃的大白肉——兰药师一丝不挂地在水池里冲凉，水龙头开得很大，哗哗的自来水冲刷着他白得扎眼的肌肤。他抬眼看看我，面带尴尬的笑，慌慌张张地说："刚才……刚才打篮球，一身汗，臭汗……"

我纳闷，刚才在篮球场好像并没有见他上场呀？尽管我凭着直觉猜到刚才卫生所窗口的声响从何而来，但我没有追问他。因为在不是忍无可忍的情况下，不当面揭人的短，也算是一种政工艺术。

看来在这方面我已经有了长足进步。

"850"组织起两支篮球队，男队和女队。我拍的一幅女子球队的图片见报了。自然，报社编辑对我拍的男子球队的图片并不感兴趣，这一点我心知肚明。对男子球队抱有极大兴趣和热情的是"850"的女兵们，每当我们球队跟兄弟部队或者跟地方单位打球时，女兵"啦啦队"在场边呼天喊地的尖叫声往往令对方生畏，很影响对方的正常发挥。那情景至今在我眼前时常浮现，尤其是在几十年后的今天，全国举办的CBA联赛，几乎每个赛场都有一群"篮球宝贝"，这属于"洋为中用"，从美国职业篮球联赛引进的"赛场看点"模式。"篮球宝贝"吸引观众眼球的看点明确，她们个个身着相当节约布头的衣服，随着节奏明快的音乐，手持彩球轮胳膊舞腿。令人眼花缭乱的表演大概既可鼓舞主队球员的士气，又可挫伤客队球员的斗志。但"850"的这群另类的"篮球宝贝"，则是球场真正意义上的"宝贝"，她们起的作用更为犀利实用，有时竟可以使对方球员彻底泄气。简直胡搅蛮缠不讲道理，宝贝得不能再宝贝。

一次，有个兄弟部队的篮球队来"850"，由于他们有个身体健硕的高大中锋，我们基本无法对付他，女兵"啦啦队"的尖叫声不仅没起作用，反而把他刺激得无比兴奋，他在球场上简直如入无人之境，无论是上篮还是争抢篮板球都频频得手，最讨厌的是他每次一得分，便会故作轻松潇洒状倒退着跑几步，然后得意万分地左顾右盼。女兵们怒目圆睁涨红了脸，嗓子也喊嘶哑了，差不多想要冲上场去打人了。李景沙气得暗暗咬牙，竟想出一个损招，带头高喊"橘子皮！橘子皮！"立刻，女兵们疯狂地集体高喊"橘子皮！"

最普遍的"啦啦词"一般都是"加油"或者"防守"之类，但"橘子皮"又是什么意思呢？女兵们喊得很有节奏，并且不时爆发出嘻嘻哈哈的声音，这就让人一时摸不着头脑。

中场休息时，一个小女兵不知是受了谁的指使，只见她猫着身迅速跑到对方球队的休息区，蹲在那个高大中锋队员的身后，做出一副很可爱很关心的样子"抱打不平",用手卷着嘴"揭发"说:"她们喊的'橘子皮'就是你。"说完便一溜烟跑掉了。

这个损招的效果显著,"橘子皮"难堪地用手捂住半边脸——他的脸的确粗糙,布着一些漫无秩序的小麻点。下半场开始了,但"橘子皮"无论谁叫他都坚决不上场,垂头丧气地独自走掉了。

终场哨音吹响后,"850"的女兵欢呼雀跃,笑得前仰后合。李景沙、韩医生和许护士捧来早准备好的葡萄糖针剂,分发给我们得胜的球员每人两支。李景沙悄悄给了我几块巧克力,我给了马鲁川两块。马鲁川露出他标志性的忠厚的笑:"我知道是谁给你的,我没这个待遇。"

余小英抱着我的衣服,像以往那样安静地站在那儿看着我,我自作多情地认为她的目光是含情脉脉的。当她把衣服交给我时,听见她小声地说:"我也喊了'橘子皮'的。"

我说:"不能这样,太羞辱人了。"

她说:"我没想羞辱谁,还不都是为了你。"

我看着她离去的背影,感觉她说话的声音还在我耳边嗡嗡作响,我的血管汹涌不已:"好姑娘,真的是好姑娘。"

我走了几步,忍不住又回头看了看她,就听一首民歌轻纱般飘来:"……人们走过她的帐房,都要回头留恋地张望……"

星期六这天,我刚回家就被父亲叫到书房,他的口气非常严肃,但他很讲究"政工艺术",谈的话题就是"850"篮球队。他是怎么知道"桔子皮"事件的?他告诉我,1964年春天,陈毅副总理陪同周恩来总理出访亚非拉十四国后,先后两次到成都休息、总结和为下次出国作准备工作。一天晚饭后,陈毅副总理提出想去看四川篮球队和八一篮球队的比赛,当他走进体育馆时,全场观众起立热烈鼓掌。比赛中,八一队一路领先,一些观众沉不住气了,想着陈毅副总理是四川人,四川队输了就是不给陈毅副总理面子。于是,观众开始给八一队喝倒彩,对裁判员起哄。陈毅副总理从座位上站起来高声说:"你们这是给四川人丢人,我这个四川人坐在这儿都不光彩,我们四川人应该讲风格嘛!你们这样做,人家会说你们四川人不讲风格。我们不是经常都在提倡'友谊第一,比赛第二'嘛,输球不能输理嘛!球输啦,要输得光明磊落,要站得住脚,不能球输了,道理上也输了,这就输光啦!同志们想一想,你们这种行为对不对?我们每一个人都应该尊重人嘛,尊重运动员,尊重裁判,这是起码的要求嘛!"

陈毅副总理一口气讲了这么多话,全场顿时鸦雀无声,比赛接着进行,直到终场,场内秩序一直良好。

父亲讲完这件事后,态度出奇的和善,居然问我要支烟抽。我说已经戒了。父亲说戒烟不能太急,要慢慢戒,比如原先每天要抽一盒烟,以后改成每天抽十支,再逐渐降到抽五支。他拧着眉头叹口气:"你看你妈,一下把烟全都收走了,把人弄得这么难受。典型的主观主义者。"

我很有自信地对父亲说:"不管我妈把烟藏在哪儿,我保证帮你找出来。"

父亲满意地笑了,一边咳嗽一边拉开抽屉,拿出一个精美盒装的法国剃须刀,说:"周总理和陈毅副总理出国访问期间,我还是保卫部长,负责带队提前到国外安排保卫工作。回国前,我用银圆买了这个剃须刀,当个纪念。来,送给你了。以后你在打篮球之前先用它刮刮胡子,想想陈老总的话,好好教教你们'850'的'啦啦队',凡事要讲政治。记住,政治第一啊。"

我捧着剃须刀回到我的房间,母亲闪身跟进来,急切地问:"儿子,你爸跟你谈些啥?"

"没啥。他就想问我要支烟抽。"

"抽支烟?没门儿。我跟他结婚几十年,他一直白天黑夜地抽烟,把我熏得晚上睡不好觉,我吸了他不少二手烟,是最大的受害者,看他老了还想来害我。"

"瞧你说的，我爸的心有这么黑？"

"不是心黑，是肺黑。前几天他去总医院体检，医生说他的肺部快成纤维肺了。他在西藏高原上工作那么久，身体早就搞垮了，最近他心情也不大好。"

"怎么啦？"

"哎，上面已经跟他谈了话，他很快就要离职当顾问了。"

"那你要多劝劝我爸，让他想开点，全军要当顾问的人又不是他一个。"

"我是劝了他，顾问就顾问吧，顾得上就问，顾不上就不问嘛，没事儿种种花，养养身子，逗逗小孙子玩儿，多好。儿子，你等会儿。"

母亲去拿了一条中华烟给我，叫我别猛地一下戒烟，但要省着点抽，别把肺弄得跟我父亲的肺一样黑。她关切地说："儿子，你父亲的身体一天不如一天，他现在一心就想着早点抱上孙子，你可得抓点紧啊。你别看他是军队的高级政工干部，可他是河南人，封建思想的残余可不少，什么孝字当先，无后为大，一套一套的，只是在外面一字不提这个，回到家关起门来才跟我提。哦，对了，你是抽烟的人，妈知道戒烟不容易，一旦抽上了瘾，那就跟狗改不了吃屎是一样一样的。干脆这样，如果你们'850'有哪个女兵不嫌抽烟的人，或者有哪个女兵会抽烟，你可以多注意她，将来两人生活在一起不容易闹架。你们'850'有没有会抽烟的女兵？跟妈说说看。"

"好象没有。"

"没有？"

"好像有。"

"有？"

"谁知道有还是没有。没注意过。"

"这孩子，说话怎么颠三倒四的，一点儿不像你爸。"

7

需要跟李景沙好好谈谈关于女兵"啦啦队"的事情，因为她在女兵中很有威信，她说话具有很强的煽动性，她的举动也往往引一些女兵加以效仿。比如改军装这件事便是一例，她一改，女兵都跟着改；她不改了，女兵就都不改了。她们是否有很健全的地下组织？但她自己其实并未察觉到这点，依然成天大大咧咧地宣称自己是工农子女，随时随地都在虚心向别人学习。

多年以后"850"的战友聚会，李景沙的角色已由"工农子女"成长为"工农奶奶"，但性格一点没变，口无遮拦地跟别人聊天，怀着一颗真诚的心和极大的热情，相信网络发布的各种广告词，上当之后的第一反应就是孩子般乐翻天的一阵"咯咯咯……"那次聚会她是携她丈夫一起来的，我对她丈夫说："李景沙的性格非常好，属于没心没肺可以活千年的那种人。"她丈夫很认同，并且老诚地评价说："主要是她的智商偏低。"

李景沙还清楚记得当年我跟她谈话的情景——为了谈话的效果，也为了显示平易近人的品质，我趁她值夜班的机会去找她，走进卫生所的门便亲热地喊："沙沙，你值班呀。"

"沙沙？只有我家里人才这么叫我。"

"我们'850'的兄弟姐妹都是一家人嘛。我可以进来吗？"

"你不是已经进来了吗？"

"我是从门口进来的，但我担心有人的耳朵也从你窗户上进来了。"

"是吗？"她走过去把脑袋伸到窗外看了看，"嘿嘿，没耳朵。"

有耳朵也没关系。我学着我父亲的口吻，跟李景沙讲了陈毅副总理看篮球比赛的事情。智商偏低程度不算太严重的她听明白了，她那入耳的笑声再次响起："咯咯咯……薛干，我知道你要说的意思了，你这是在变相地批评我们‘啦啦队’，很讲策略嘛。好好，我跟她们讲讲，以后多加注意。哎呀，你们这些搞政工的，就是讲政治。"

"那是当然，凡事都要讲政治，讲团结。在这方面，你我都要向刘干学习。"

"向她学什么？"

"你看啊，前天新调来一个干事，姓王，王干的烟瘾大得无比，好像不得肺癌就对不起自己似的，他的两根手指头被烟熏得焦黄，简直像刮屎棍。"

"什么刮屎棍？"

"你不知道，我入伍前回过我老家一趟，老家人都很贫穷，生活相当困难，解大便一概不用纸，擦屁股是用小木棍，简称刮屎棍……"

"呀——好恶心，快别说了！"

"你看，工农子女怎么能说恶心呢？要有同情心才对。我不是跟你说刮屎棍的问题，是说刘干根本不嫌王干抽烟，她自个儿买了烟盅，每天把烟盅洗得干干净净摆在王干的办公桌上，还叫我也抽烟，说这一点儿都不影响她。你想，两个抽烟的人成天在那儿抽烟，那刘干不知要吸多少二手烟，能不影响她？但她的举动就是讲政治，讲团结，难呀。结果王干被团结得很好，他会打篮球，刘干已经把他团结到我们篮球队来了。"

"你可真会侃，抽烟还可以团结人？你不是已经戒烟了吗？"

"戒烟是最容易的，其实我已经戒过好多次了。原以为这次戒得很彻底，谁知王干又把我的烟瘾勾起来了。"

"你等一下。"她从抽屉里拿出一盒烟，抽出一支递给我，"给，我也团结团结你。这儿有烟盅，刚洗过的。"

我吃惊地看着她一系列熟练的动作：用打火机点燃烟，深深吸一口，顽皮地噘着嘴吐着一串烟圈。我没想到她会抽烟，但她说是抽着玩儿的，从不吸到肺里去。我突然想起我母亲说过的话，于是脱口而出一句"看来你跟你爱人不会闹架。"

"什么意思？夫妻之间小吵小闹也是正常的嘛。我爱人老实巴交，连吵架都不会。"

"不吵架就不大正常了。俗话说，打是亲，骂是爱，不打不骂不亲爱嘛。"

"什么亲爱不亲爱的，夫妻间吵架倒没啥，只要不是动手打架。"

"打架？那还不如离婚算了。"

"可别这么说，这几天韩医生正跟她爱人闹离婚。她爱人最近老打她，你没注意到呀，她眼睛都哭红了。"

"还有这事儿？韩医生那么和善的人，她爱人太不应该了。沙沙，韩医生不会抽烟吧？"

"这跟会不会抽烟有啥关系？你这人是咋想的。"

我的智商也有所下降，问李景沙，女兵当中谁还会抽烟。她回答我，大多数女兵都会抽烟，当兵的嘛。再说，学抽烟比学英语容易得多，只不过女兵们没有烟瘾，有时偷着抽几口玩玩，只有在老兵退伍的欢送会上才公开抽，完全体现战友团结的自然举动。

我深深吸了一口烟，顿时，偏低的智商有所提高，别有意思地向李景沙打探余小英会不会抽烟。她一愣，警觉地看着我，笑了："我说帮你去跟她说说，你又不同意，面子观点还挺强的，这种事一般都是男的主动才行。要不，我先教余小英学学抽烟？咯咯咯……"

我没有笑，只是默默地一个劲抽烟。因为我在这一刻，随着缭绕的缕缕烟雾又走到了战场——给我送烟的那些战友再次齐聚在我身边，尽管他们的形象十分模糊，但他们手中捧的香烟却非常清晰，那一盒盒香烟渐渐凝结成一块块黄金。黄金迅速升温，如火红的烙铁落在我手上。不远处草丛里地雷一颗接一颗地爆炸了，惨叫声四起，血肉横飞的场面惊心动魄。我赶上去抱起倒下的一个战士，这个战士曾多次在球场边为我抱衣服，我想救他，但无能为力。能做的，只是把一支点燃的香烟插在他滴血的唇间。一束耀眼的红白光芒把我的眼睛刺得生痛，眼眶里便有了盈盈的泪水……

"你怎么啦?"李景沙小心地又递给我一支香烟。

我告诉她,我可能是真的病了。几个月以来,我脑中漂浮的都是些牺牲战友的形象,哪怕是在我最高兴的时候也会突然间走神,心里一阵难过,精神随之恍惚。我不知道如此的痛苦该怎样化解,也许永远不会化解,也不应该化解,因为这痛苦是可以洗涤灵魂的一股清泉,注定影响我的后半生。

"那你应该写一写,可能写出来你的心情就会好一些。"李景沙点燃一支烟。

我点点头,随后跟她一起陷入沉思,默默地一股劲抽烟。我的心被痛苦的巨大阴影笼罩着,香烟燃着煎熬我灵魂的火焰。我看着李景沙,感觉有些对不住她,让本来高高兴兴的她也跟着我一起难受。同时我也非常感谢她,让我感觉自己不那么孤独。我俩似乎会无穷尽地这么一支接一支地抽烟,直到……直到再次听见窗户外面发出异样的声响。

第二天上午,我迎来了意想不到而并非苛求的友谊。兰药师邀请我到他的宿舍,他的格外热情使我有种直觉,肯定跟卫生所窗户外面的声响有关。他的举动夸张而奇特,用电炉煮了两个荷包鸡蛋,放了好些白糖,一定要我吃。我是吃过早饭的,但推托不了,只好一边称赞他的厨艺一边吃下荷鸡蛋,然后对他说,拿了别人的手软,吃了别人的嘴软,现在你可以说事情了。他面带羞愧地说:"薛干,有件事说出来,你可别生气。"

"我没那么小气,尽管说。"

"我偷听了你跟李医生的谈话。"

"猜到了。"

"李医生知道吗?"

"她只知道一堆大白肉。"

"嘿嘿,我、我其实是想保护她。"

"保护她?"

"是保护她。我一直崇拜李医生，也可以说是暗恋她，当然，这是不可能的事，但我绝不让她受到任何人的伤害。"

"暗恋她？恐怕这也算一种伤害。亏你想得出来。"

"我想出来的主要是怕你伤害她，因为我发现女兵们都喜欢围着你转，感觉你是花花公子。我想，你跟'850'任何一个女兵做那种事都可以，唯独不能跟李医生。她思想单纯，心地善良，热心助人，容易动真感情，如果你跟她做那种事，我会跟你拼命的。但我偷听了你跟她的谈话，我简直佩服你，对你的看法有了一百八十度的大转弯。这是我掏心窝的话，你可别告诉李医生……"

兰药师的话使我又一次陷入恍惚的沉思中——那场持续一天一夜的濛濛春雨，洒落在我们全副武装的军人身上，杨副师长下达了"停止前进、原地待命"的命令。我听见耳机里传出急切的呼叫信号，于是立刻让电台人员架设电台，准备接受电报。为防止暴露目标，我命令他们将二十米长的梯形天线铺成地线，然后上机接收上级指挥部的紧急电报。机要股的宁股长快速把我抄的电文译好，跑去交给杨副师长。只见杨副师长的手在颤抖，脸色骤变，把电文递给团长看：

"命令部队，跑步前进！以最快速度抢占一号高地！"

冒雨在丛林中行进了一整夜的兵们疲惫不堪，但军令如山，那一刻，只见兵们在李副团长的带领下，蜂拥般朝前速跑。"时间就是胜利，时间就是生命"这句话在战场上显得尤为真实，身材显胖的杨副师长也在奋力朝前跑。

可是，有的战士由于体力不支，陆续昏倒在泥泞的山道上。各个路段上都有高喊卫生员的声音，卫生员对这种情况早有准备，拿银针猛扎昏倒战士的人中穴位。清醒过来的战士爬起来继续朝前跑，队伍里不断响起"打起精神！"和"快跟上！"的喊声。

空气中弥漫着腐尸的气息，也许兵们已经意识到了危险，他们鲜活的躯体也有可能在某个时刻散发这种气息，但没有一个人放慢自己的脚步，生怕一放慢脚步便会成为终身的耻辱，这是军人养成习惯的自然本能。兵们在雨中踉跄着奔跑，相互鼓励相互搀扶着奔跑，这个映入我眼帘的场景悲壮而震撼，我被感动得犯病了，不是病了，是疯了，彻底疯了——我跑到一个山坡上，放开嗓门唱现代京剧《智取威虎山》选段："穿林海，跨雪原，气冲霄汉……"

一个个从山坡下跑过的兵们抬起脸，朝我匆匆地一笑。那一笑，是惊奇，是鼓舞，是安慰，是接近胜利或者迎接死亡的满足的一笑。我的"气冲霄汉"在山野中扩散，跟进上来的坦克在路边停下，一个坦克兵好奇地伸长脖子，怔怔地看着我，那眼神似乎在问："什么情况？这是打仗还是慰问演出？"

的确，古往今来，全世界的战场上从来无人高唱京剧，今后大概也不会出现这种场景。

攻占一号高地的战斗打响后不久，求胜心切的杨副师长握着话筒喊："老李！老李！抓紧时间拿下来！你行不行？你行不行？"

李副团长很焦急，但并不正面回答，沙哑着嗓子喊："是的！是的！"

"妈的！"杨副师长怒不可遏，"老李！老李！你到底行不行？如果你不行，我换其他人上去！"

李副团长平日不善言谈，是服从命令听指挥的模范，他仍然沙哑着嗓子坚定地喊："是的！是的！……"

杨副师长更加生气，暴躁地喊："就他妈知道'是的'，没别的啦！老李！老李！……"

"正在组织第二次冲锋！第二次冲锋！"李副团长把他沙哑的声音拖长了好几倍，"是的——！是的——！……"

指挥部的人全都屏气凝息地听着，心里明白这"是的！"声音里包含了些什么——是的，一号高地上正在血战；是的，一号高地上正在厮杀；是的，密集的子弹正在射击；是的，密布的地雷正在爆炸；是的是的，鲜红的血正在浸染土地……

　　下午三点，话筒里终于传来李副团长报捷的声音：“报告首长，一号高地已经拿下！抓住三十个俘虏！”

　　“怎么才三十个？继续清理战场！”

　　“是的！是的！……报告首长，阵地上发现穿我们军服的敌军特工人员，我们正在交火！详情再报！详情再报！”

　　“好啊，现在是敌中有我，我中有敌。老李，迅速消灭残敌！”

　　“是的——！是的——！”

　　杨副师长的脸上绽出笑容，那模样很像个收到圣诞礼物的孩子，但他随即沉了脸，长出一口气，充满歉疚地说：“哎，这仗打得是不错，就是我把老李骂得太厉害了点。”

　　众人无语。唯有耐人寻味的“是的”仿佛还在硝烟未散的天空中回响，犹如向所有战死的和存活的人的致敬词。

　　陈参谋长怀着胜利的喜悦，大踏步走到我们电台的坑道，他一贯注重仪表，用手指梳理好头发，郑重其事地对我说：“你的表现相当带劲，京剧唱得字正腔圆，很鼓舞士气，回去给你请功！”

　　干部股的何股长走来了，他侧着身子贴住我，以从未有过的亲热口吻对我说：“通过这次战斗，我对你的看法有了一百八十度的大转弯。”

　　我感到有些茫然，我究竟做了什么让别人对我有看法？但我同时也感到何股长的话像一壶美酒，酒精含量超高，一百八十度。

　　如今，兰药师对我的看法也有了一百八十度的大转弯，虽然我感觉他这人有些精灵鬼怪的，但我毕竟吃了他煮的荷包鸡蛋，因此必须感谢他几句。可是，我话到嘴边却成了另外的意思：“兰药师，库里规定，私人不准用电炉，事情虽小，但库党委是把这事提到会上来讨论的。一旦发现，首先要追究管理股冯管理员的责任。这是库房重地，要严防电线短路失火，你想，冯管理员是多好的人，勤勤恳恳，革命老黄牛，你不能连累他挨批评吧？”

　　“好好，虚心接受，今后改正。”兰药师收起电炉，塞到床下。

"还有，"我友善地提醒说："卫生所的窗台上尽是灰尘，别拿你的衣袖当擦布。"

兰药师白净的脸刷的红了，却没说"今后改正"的话。

我的话并不是真理，我的脸面也不是处处都能闪金光的。比如，我对李景沙讲的陈毅副总理看篮球比赛的故事也算白讲了，女兵"啦啦队"的动静更加夸张，简直接近于张牙舞爪。这不能完全怪她们，主要原因可能在我身上。

那天，当双方球员已经在篮球场上热身练球的时候，我还在宿舍里换运动服和球鞋。冯管理员和一个兵抬着一件宝贝进来，安放在我宿舍的墙角。那是一个有些重量的老式梳妆台，我没弄明白，干吗要把如此精美古朴的东西放在我宿舍？冯管理员叫那个兵出去，然后充满醉意地悄声对我说："这是明清时期的老古董，库里只有这一个，我连张主任和万政委都没给，专门留着配发给你。我把镜子换了一下，怎样？你每天出门前收拾打扮一下，显得更精神。万一有哪个女兵来，你还可以让她也在这儿打扮一下，赢得她的芳心，是不是？"

我心怀感激地送走冯管理员，忍住没笑出声来。芳心？挺美的词，嘿嘿……

我从镜子里欣赏我穿着运动服的身姿，做了几个投篮动作。镜子里似乎有乱人心意的眼睛，把我瞧得脸红；似乎还有微微张开的嘴唇，露出整齐光亮的牙齿朝我微笑……这是哪个女兵的眼睛？那是哪个女兵的微笑？我明明知道，却又明明不知道。但愿这种神摇魂荡的梦幻天天都能出现。我使劲朝镜面哈口气，用手去擦了擦，盼望有哪个我心爱的女兵真的来这儿梳妆打扮，或者坐在这儿抽支烟，我将为她拍张照，留住她的芳影，当然，还留住她的芳心……

宿舍门没有关，半掩着的，余小英跑进来说："薛干，快点，大家都在等你一个人。"

我一阵吃惊："怎么是你来叫我？"

余小英说："她们叫我来的。"

"她们"是谁？肯定是李景沙和许护士。我让余小英过来看梳妆台，她像一条看见诱饵的鱼儿，毫无戒备地走到梳妆台跟前，说："你还用这个呀？"

"可以给你用。"我指着梳妆台前的凳子，"你坐下来看看。"

"给我用？"她顺从而新奇地坐下。

太美妙了，太可爱了。太……乖了。我激动到极点，突然间做出一个大胆举动，伸开双臂说："来，拥抱你一下。"

"你疯啦！"她惊叫一声跳起来，倒退两步，转身飞跑出门。

我呆若木鸡地站在那儿，根本没想到一个平日里说话轻轻柔柔的人儿，竟会喊出如此尖利而响亮的声音。"你疯啦"的那个喊叫声似乎还在房间里回荡，似乎还在楼房过道里回荡，似乎还在整个"850"的营区里回荡。会不会已经有人听见了呢？兰药师会不会在窗台外面偷听呢？大家对我的看法肯定又有了一百八十度的大转弯。怪谁呢？要怪只能怪冯管理员，干吗要给我配发这个梳妆台？简直坏事。

我拎着外衣，狼狈而郁闷地去了篮球场，余小英照例跑来接过我的外衣，我不敢与她对视。在整个打球的过程中，我根本无法集中精力，不想看余小英却偏偏不停地想偷偷看她，我的场上表现大大失常。但我愈是表现失常，"啦啦队"的助威喊叫愈是卖力。我再也没有上篮时做出"飘带"姿势的心思了，觉得满场都在回响"你疯啦"的尖叫。终于，李景沙不满意了，故技重施，不管对方球员的脸上有没有长麻点，她都带头高喊"橘子皮！"女兵们立刻响应，"橘子皮"和嘻嘻哈哈的讥笑声犹如一曲怪诞不堪的交响曲。可是效果并不明显，我们还是输了。

终场哨声响过以后，我看见余小英还抱着我的外衣，安安静静地站在那里。我像忘了她似的，故意不走过去。我往回走了几步，不知是谁在我后背推了一掌，从我身后把我的外衣递给我。我并不回身，小声说："谢谢。你以后别给我抱衣服了。"

"咯咯咯……"李景沙笑着拽我一把，"是我！薛干，你失恋了？我说你今儿怎么无精打采的。没事儿，一会儿我去跟她谈谈。哪能让你失恋呢？"

"失哪门子恋啊，告诉你一个秘密，我心里有人了。"我压低嗓音，故作骄傲地说。

"真的啊？是谁？"她也压低了嗓音，"告诉我，我去帮你说。"

"你又来了。"我心情忐忑地看看四周，"你小点声，注意影响。"

"瞧你这个紧张劲儿，恋爱自由，影响不了你。"她以不容我拒绝的口气说，"走，到我那儿再说。"

卫生所的一张办公桌上放着一个白色盘子，盘子里有三支葡萄糖针剂，这显然是李景沙早为我准备好的。我注意到，韩医生的情绪低沉，她靠在窗户边想心事，看来她跟他丈夫的紧张关系还没有得到缓和。哎，一个女人的幸与不幸，往往跟她的初恋有关。韩医生此刻肯定是在回想她的初恋，当初她爱人是如何甜言蜜语追求她的，而那追求过程又成为她如今追悔莫及和气愤不已的伤痛。我很想安慰她几句，但这方面我毫无经验，万一说出不合适的话，岂不给她的痛苦添加养料吗？能做的，似乎就只有陪着她，一起沉浸于心事重重的气氛中。

李景沙率先打破这个气氛，对韩医生和许护士说："你们该下班了，先走吧，我跟薛干聊点儿私事。"

真聪明。真懂事。我在心里表扬所谓智商偏低的李景沙，她的热心肠的热意让人感到很惬意。韩医生和许护士走了以后，李景沙拿起一把医用小钳子，熟练地把三支葡萄糖针剂小瓶敲开，说："喝了它。"

"沙沙，这、这也太多了点吧。"

"不多。我是医生，又不会害你。身体是革命的本钱。快喝呀，老看着我干吗？"

　　她的像是热烈抒情的语调让人不可抗拒，她耿直的性格也让人想跟她无话不说。我坦诚地告诉她，我的心上人是血浆所的检验员杜丽萍。她吃惊地说："是她？你的眼睛可真有毒。难怪余小英不高兴了。"

　　"别这么说，余小英还不知道呢。"

　　"你啥时候喜欢上杜丽萍的？"

　　"其实，第一次见她我就喜欢上了。可以叫一见钟情吧。但最后做出决定是在一小时之前。"

　　"这么说，你是一小时之前不喜欢余小英了？"

　　"差不多是这样吧。"

　　"为啥？"

　　"因为……因为我疯了。"

　　"什么疯了，没听明白。"

　　"余小英说我疯了。"

　　"咯咯咯……热恋哪能不疯呢？你们这些男人啊。敢情你是普遍撒网，重点培养呀。真是疯了。"

　　"女人热恋的时候不会疯？"

　　"女人热恋的时候都会犯傻，跟疯了的区别不大。嗳，我说，杜丽萍也不错，据我所知，追她的人可不少，至少一个连，比追余小英的人还多，你可得抓紧。她跟我关系不错，改天我去找她谈。我这不会是多此一举吧？你跟我说实话，你跟她的关系进展到哪一步了？"

　　我让李景沙等一会儿，然后跑到暗房取来两张照片。李景沙接过去一看："拍得不错嘛。瞧，杜丽萍还像模像样地捧本英语书看，是你专门给她摆的姿势？"

　　"对。我承认，我这是醉翁之意不在酒，真的是喜欢她。"

　　"这么漂亮的姑娘，值得喜欢。瞧瞧，这张是她在菜地里种菜，她啥时候也成了工农子女，我咋从不知道她还会种菜？你可真行，深藏不露，咯咯咯……"

"这两张照片就这几天要见报，你可别到处揭发我的热恋之举啊。"

"那是当然，我一字不提，等你俩生米煮成熟饭的时候我再揭发。"

"沙沙，你这人口无遮拦，我对你有点儿不放心。"

"怎么，后悔跟我讲了吧。没事儿，你跟我讲了，没准儿这事就百分之百地成功了呢。咯咯咯咯……"

几天后，我拍的杜丽萍的照片果然见报了。我母亲这回紧抓不放，说我父亲当顾问的命令已经宣布了，他表面上高兴，但内心失落，让我尽快把杜丽萍请到家里来，给他一个惊喜，使他心情舒畅。

母亲拿着报纸念图片说明："军区后勤部血浆所坚持抓好干部战士的文化学习，促进了'两个文明'建设，被评为精神文明先进单位。检验员杜丽萍的平均成绩在94分以上，被评为在职文化学习标兵。"

父亲不知何时悄声无息地站在过道上听，突然咳嗽两声说："什么平均成绩在94分以上，94分就是94分，100分就是100分，'以上'那两个字是模糊概念，完全多余。"

"这儿没你什么事！"母亲急忙朝门外喊了一声，转过头来对我说，"别听你爸瞎叨叨，他自己心里不痛快，只有拿家里人挑刺儿。其实你也知道，你爸他最喜欢爱学习的人了，再说这姑娘的相貌长得真不错，跟电影明星似的，应该去拍电影。你最好抓紧把她请到家里来，越快越好，你爸一看准高兴。"

不管我父亲高兴还是不高兴，我都决意要把杜丽萍带回家，只是还不知道她愿不愿意来。还好，我的担心完全多余，当我向她发出邀请时，她不好意思地抿着小嘴连连点头。很明确，她不是百分之九十四的愿意，完全是百分之百的愿意。

我打电话回家，让警卫员小邓上街帮我多买点肉和菜，准备星期六招待重要客人。小邓人小鬼机灵，说："大哥，那我再买几条鱼。"

"对对，无鱼不成席嘛。"

"嘿嘿，祝大哥如愿抱得美人归。"

"你、你再给我说一遍！"

小邓"叽"地挂了电话，但他祝愿我的话让我心荡神怡了好一阵。

世界怎么突然间变得如此美好？连小邓这么单纯的兵都忘形境界般地疯了。

8

梳妆台的镜面似乎被我的恋情浸透了，很抒情地反射温情的光影。我坐下来，用父亲送我的剃须刀刮了胡子，这是我在爱情的雾氛中想到的一个举动。我摸了摸脸颊，嗯，很光滑，不会有一根胡茬扎痛杜丽萍漂亮的脸蛋。是的，我想跟她贴脸，还想跟她接吻，还想跟她……

从未跟女孩子接过吻的我，此刻却急切地想要体验一下。因为就在刚才，跟我一起去前线的那个姓郑的无线排长来"850"看我，他说他已经取代了我原先的职务，当了通信连的副连长，并且有了女朋友。不知道他是否是凭空杜撰的，他向我描述跟女朋友接吻的细节无比甜蜜，让我的心田开满了热烈的情爱花朵。他的神情神秘而陶醉：

"不仅是嘴唇，主要是舌尖，舌尖搅舌尖……"

"呀！"我的心一紧，"好恐怖。"

"不是我，是她主动那么做的。不说了不说了，不就是接吻嘛，看把你吓成这样。"他误解了我的意思，其实我还想听他继续说。

我没从"舌尖"上受到多么清晰的启发，但我似乎从他身上发现了我爱上杜丽萍的一个原因。

现在，坐在梳妆台跟前的我似乎想起了什么，我愣神地编织荒谬的故事：有一天，杜丽萍转业了，脱了军装，我专门为她量身定做了一件大红色的旗袍，穿着旗袍的她向我投来柔情似水的眼波，而她身后的背景怎么那样熟悉？哦，是弥漫天空的战火硝烟。她款款地走过来，温顺地接受我滑稽的审问，"萍萍，你对我们之间的这场恋爱是什么看法？"

她听懂了，手掩着嘴笑："你的看法就是我的看法。"

我想把她揽在怀里，但她瞬间隐身在镜子里。我追上去，跟她一起融入荡涤尘怀的空旷中。然而，她已无踪影，我焦急地四处寻找，却被一股股浓烈的战火硝烟呛得狂咳不止……

哎呀，不是战火硝烟，分明是她在抽烟。

那是血浆所欢送退伍老兵，万政委派我代表库领导去参加欢送座谈会。会议室的桌上摆了一些花生、大枣、瓜子、糖，还有几盒"牡丹"牌香烟和火柴。对于老兵退伍离队，大家心里不免伤感，几个人发言之后，场面陷入沉默。有人提议抽烟，杜丽萍率先点燃一支"牡丹"。我注意到，她抽烟的姿势很优雅，面部表情掺和着对战友的依依不舍，自然得体，不是那种矫情作态。她大口吸一口，又大口吐出来，就像要将她自己点缀成一朵掩盖伤感的牡丹。在座的不管是男兵还是女兵，也不管会不会抽烟，纷纷点燃了"牡丹"。顿时，会议室里进入了欢乐高潮，说笑声和打闹声一片，人人都成为众香园里最鲜艳的那一朵。

我也跟他们一起说笑，猛然发现杜丽萍正侧着头看我，当我俩的目光相对时，她不好意思地笑了一下，把"牡丹"从嘴上拿开，放在烟盅里掐灭了。她身旁坐的刘检验员说她这样太浪费了，重新为她点燃一支"牡丹"，但她使劲摇头，整死不肯接。我笑着用眼神鼓励她接，她仍是不肯接。

哎，这个好姑娘，她哪里会知道，虽然她掐灭了"牡丹"，却点燃了我对她的暧昧的欲望。现在，无论如何也不能再拖延了，我要尽快把她带回家。必须的。

　　天公作美，这个星期六下午阳光明媚，杜丽萍如约来到我家里。母亲兴奋地跟保姆在厨房里忙活，父亲坐在花园里的藤椅上，我和杜丽萍也坐着陪他聊天。父亲的心情很好，始终笑眯眯地说话。但对于杜丽萍来说，则像是在接受一场政治教育。父亲说：

　　"检验员的工作十分重要，你们要给伤病员输血，检验员是第一道关，献血人的身体健康情况如何，血液里有没有传染病菌，制出来的血浆质量如何，你都要把好这道关，否则，我们伤病员的身体就会受到第二次伤害。这可不是小事，是政治责任心问题。懂吧？"

　　"懂。"杜丽萍小心地回答。

　　"你是'850'在职文化学习标兵，这很好，加强业务学习是有必要的。比如，你要给别人抽血检验，如果扎针技术不好，在人家胳臂上找不准血管，东扎西扎的，这就有点像拿人家当试验品了，说难听点，那是在残害别人嘛。要试验，就多在自己身上试验，对不对？"

　　"对。"杜丽萍更加小心地回答。

　　"当然，业务学习是一方面，关键是思想要端正，要有一颗全心全意为人民服务的心，把每个献血者，把每个伤病员，都当成自己的亲人，这样才能赢得别人的信任和尊重，做好自己的本职工作。在这方面，咱们都要向雷锋同志学习，是不是？"

　　"是。"杜丽萍的声音大了些，"我们单位经常组织学雷锋活动，为群众送医送药，还帮群众理发、打扫卫生……"

　　"哈哈，会打扫卫生好啊，最好还要学会做饭洗衣服，还要学会种花种树。你看，这院子里的花和树都是我亲手种的，好看吧？"

　　"好看。"杜丽萍起身走过去，很有兴致地转着圈，看了看满院的花和树，然后走回来重新坐到藤椅上。

　　我以眼神暗暗表扬杜丽萍，因为她很会咂摸老人的心思——人民公园每年要举办一次花卉比赛展览，我父亲总会把他种的花送去参展。一旦获奖，他就要打电话通知他的一些老战友到家里来观赏获了奖的花，那些老战友的赞美之辞使他心情舒畅，连空气都仿佛更加甜美了。

看来今天我父亲又遇到一个要赞美他种的花的人了，他来了精神，起身走到花园当中，开始如数家珍地向他的准儿媳妇介绍说："我这儿有樱桃树、枇杷树、李子树、石榴树，哦，这是葡萄，优良品种，叫马奶子葡萄，可甜可甜。那是兰草、含羞草、腊梅、昙花，这是月季、君子兰、牡丹、玫瑰，对了，人们都说玫瑰象征爱情，我倒觉得黄连才象征爱情，有苦才有甜，苦中有甜嘛。夫妻之间要同甘苦，共患难，天长地久不分离，那才是真正的夫妻。你有这个思想准备吗？"

"有准备。"杜丽萍的脸绯红。

"你们现在真幸福，可以自自在在地自由恋爱，不像我们那时候的战争年代，成天光顾着打仗，我都三十岁了还没对象，组织上把你阿姨介绍给我，结婚第二天我就打了离婚报告。为啥？你阿姨刚满十七岁，啥都不懂，跟傻子似的。上级首长不批准，还把我狠狠批评一顿，我只好认倒霉，让她跟着我，这一跟就跟了好几十年。你可得注意，别找个跟我一样的人，结婚第二天就闹离婚，后悔来不及啊。"

"咯咯咯……"杜丽萍终于笑了。

在一道绕满藤萝的篱笆墙下面放着浇水壶，杜丽萍做出了一个讨人喜欢的动作，她拎着水壶去接满水，然后在花园里给花浇水。我想阻止她，却被父亲暗中拉了一把："热爱劳动是好品性，考验考验也好嘛。"

杜丽萍一趟一趟地拎着水壶去接水，又一趟一趟地去浇花。我上前教她怎样浇，她不住地点着头，一副百依百顺的可爱模样。不料，这个"天仙配"似的勤劳情节被刚进门的警卫员小邓破坏了，这小子太不懂事，跑到厨房里向我母亲告状。只见我母亲急急忙忙跑过来，一边解身上的围裙一边大呼小叫地埋怨我："哎呀呀，看你咋这样，人家刚来咱家……"

"嗳嗳，你又来了，年轻人的事，瞎掺和什么?"我父亲向我母亲招招手，"过来，我有话跟你说。"

我看见我父亲和我母亲坐在藤椅上，脑袋凑得很近，嘀嘀咕咕地激烈说话。我听不清他俩说些什么，只能观察到他们的表情和动作：一个专横，一个愤慨；一个难堪，一个辩解。我由此判断，我跟杜丽萍的恋爱不会很顺利。

对此，杜丽萍会不会有所察觉?

晚饭的时间到了，杜丽萍却说什么都要走。她说了一个不可挽留的最好理由：她的母亲病了，打电话要她回家一趟。

她家住在郊区的一个科研单位里，距我家有段路程，我坚持要送送她。小邓说打电话给车队，把车派过来。我瞪了小邓一眼："你小子就会搅事儿。"

"大哥，那……那你走走路，锻炼一下身体也挺好的。"小邓喜喜地亮了一嗓子，"嫂子，你慢走，常回来啊!"

杜丽萍埋了头，斜眼看着我笑。我说："别理他，这小子疯啦。我们走。"

我俩走得很慢，被恋情控制好的步履频率。那十多里的路程似乎很长，又似乎很短。我专挑公路外的农田菜地走，在我俩穿过一条条田垄的时间里，我试探性地牵住她的手。她没有反抗，笑盈盈地朝我伸了一下舌头。什么意思?哦，我清楚地看见了她的舌尖，难道她这是把她埋在内心深处的爱情大胆而明确地吐露了出来?但我不敢造次，不敢做出我原先想过的那个动作——以我的舌尖去触动她的舌尖。我担心那样做会造成严重的后果：万一她气恼地甩开我的手，拔腿跑得很远，然后回过身，握着拳头站在那儿用一连串的脏话骂我，说不定还会捡起石子来砸我，引来一些见义勇为的人把我追得狼狈逃窜……

那么，就像现在这样牵着她的手，压制住欲望的冲动，愉快地朝前走吧。我的脑子里伴着邓丽君的歌声："甜蜜蜜，你笑得甜蜜蜜，好像花儿开在春风里……"

是春风。千古不变的可以唤起爱情的春风。尽管现在并不是春季。我明白了，凡是坠入爱河的人，尤其是手牵着手走在田野间的人，甭管遇到的是什么季节的风，哪怕遇到的是暴风，那也绝对是春风。我和她边走边彼此偷偷地瞧着，像顽童似地笑着，却并不说话，仿佛生怕泄露真情，只是凭借牵着的手，专心专意地培养自己的情欲。

前面不远处就是她的家，这意味着春风就此停止了。她说："你星期一还要讲课，早点回去备课吧。我走了。"

我后悔跟她说过万政委要我星期一给全库人员讲课的事，但我只好松开她的手。她转身走了十多步，知道我还站在原地目送她，她没有回身看我，而是把她那只被我牵了很长时间的手伸到背后，柔柔地向我连连招手。我一时无法判断，她这是要我跟她走？或者，她这是在向我道别？

我像一只突然失去知觉的飞鸟，被一阵不知从何而来的劲风吹来卷去，一直悬在空中，随后坠落在充满粪香气息的菜地间……

夜晚，我并不觉得疲倦，迷迷乎乎的幸福感使我加意吟味，精神十足。我在父亲的书房里翻阅资料，母亲进来问："怎么还不睡？"

"我在备课。"

"备课？我还以为我儿子在写情书呢。嗯，写情书也是备课，最好先打个草稿。"

"什么情书呀，我们政委要我讲政治教育课。哎，我从没讲过课，但这是任务，不讲又不行。"

"别唉声叹气的，讲政治教育课也不是啥难事儿。根据我的经验，最好是讲忆苦思甜。当初我们整编国民党的投城起义部队，就讲忆苦思甜，那些贫苦出身的国民党士兵听了，哭得稀里哗啦的，都愿意加入我们解放军。"

　　"我们'850'好像没有谁是贫苦出身。"

　　"那就更要讲。要让大家懂得今天的幸福生活来之不易，要加倍珍惜，努力工作嘛。听着，妈给你讲讲过去的那些事，都是妈亲身经历的，以前没跟你讲过……"

　　没办法，不能扫她的兴，只好听她讲。

　　母亲讲了很多，最后笑得合不拢嘴。我的神情可能有点古怪，心想，她给我讲了这么多，怎么连她自己都没有哭得稀里哗啦，反而会发出如此高兴的笑呢？我不想再听下去了，她讲的这些对我讲政治课并无任何帮助，何况讲政治课也不一定非要让听众哭得稀里哗啦。

　　在前些年，各部队请了不少苦大仇深的受苦人来作忆苦思甜报告，效果显著，于是这种政治教育形式几乎成为固定模式，风行军营。但时过境迁，这在现在许多年轻人的眼里看来未免可笑，他们关注和赞同的是那个时髦的词："向前看。"前面是什么？是美好。是甜蜜。是幸福。其中包含祖国的强大和民族的复兴，也包含家庭的富裕和个人的爱情。

　　当然，这个"前面"里也包含了我想入非非的爱情，我不能再迟疑，必须很现实地"向前看"，干脆直截了当地问母亲：

　　"今天杜丽萍来家里，我爸怎么说的？"

　　"你爸……你爸说，这姑娘长得太漂亮，他担心你以后管不住她。"

　　"这是啥逻辑？长得漂亮的姑娘就管不住？妈，你年轻时也长得很漂亮，有人说你是你们兵团的美人，我爸怎么就把你管住了？"

　　"那不一样。你爸也是为了你好，他说要你再考验杜丽萍一段时间。你爸的眼光看得很远……"

　　我愤愤地跑回我的房间，感到我整个儿被我爸高瞻远瞩的眼光深深刺伤了。考验？还、还考验一段时间，这时间有多久？怎样考验？考验的标准是什么？考验的方法是什么？简直毫无道理。但我不知道如何反抗，如何宣泄，只是从窗口呆呆地望着漆黑的夜空，远方似乎亮着一道潜在的折磨人的光。

哎，我爸"向前看"的眼光可真是太远太远了，无止境的远，竟把我爱情的远景看得面目全非。

我想喝酒，想借着醉意哭个稀里哗啦。然后……然后把杜丽萍抱在怀里，以我的抚爱，让她接受我的考验到永远……

<h2 style="text-align:center">9</h2>

智商偏低的我实在不知道政治课该讲些什么，怎么讲才能引人入胜。我花了星期天整整一天的时间，翻看我父亲的那些关于政治方面的许多本书，书中有我父亲红笔点来蓝笔圈的段落，还有我父亲在书页上面写的批注。我有意挑了几个有点晦涩的政治术语，参考我父亲的批注和辞海里的解释，根据我的理解在讲课时加以发挥。效果不错，既没有人对我说三道四，也没有人向我提出质疑，更没有人哭得稀里哗啦。

万政委把我叫到办公室，说他不敢相信我没讲过政治课，希望我以后继续讲。我听了这话，不由心里一阵紧张。但我的虚荣心促使我极力表现出"机智"——必须对自己讲课方面的薄弱环节加以掩饰，我大言不惭"承认"自己过去在野战部队是讲过政治课的。我的谎言实在太不靠谱了，我却并没有脸红，对自己很从容的掩饰感到满意。

好像有哪位名人说过："掩饰不过是策略或智谋中较弱的一种，因为要知道何时当说真话，何时当行事需要强壮的脑筋和心胸也。"我的脑筋和心胸并不强壮，我的掩饰立刻给我带来一个很棘手的麻烦任务。万政委说："我听了你的讲课，发现你的政治思想工作水平还不错，我想让你实际运用一下。是这样啊，韩医生两口子正在闹离婚，你去做做她爱人的思想工作。"

"呀，这方面我可不行，还是叫刘干事去吧。要不，叫李景沙去也行，她跟韩医生的关系好。"

"你说的这两个人我都考虑过，但派她们去，韩医生的爱人会感觉她们都是向着韩医生说话，心理上可能不好接受。你去比较合适，代表'850'的政治部门去，不偏不倚，公平处理。要注意，韩医生的爱人是地方单位的处长，听说最近要提局长了，不知道这是不是他喜新厌旧的主要原因，也许还有其他原因，但你不能说破，要有策略地跟她爱人谈。相信你能把这个工作做好。"

我硬着头皮去找韩医生的爱人。她爱人姓杨，对我的态度极好，又是让座又是请茶，但绝口不提他跟韩医生闹离婚的事情，好像没有这回事似的。怎样才能打开他壁垒森严的心胸呢？对了，初恋时的爱情故事。人们都说爱情的力量是无穷的，而初恋的回忆是甜蜜的。好吧，我想想办法，让他把初恋的动人情景在他的脑海里泛滥，让他回心转意跟韩医生言归于好。我说：

"杨处长，韩医生的父母都是南下老干部，对韩医生要求很严。据我了解，韩医生当初从军医学院毕业时，她的父母对她找对象有严格要求，要她不准找干部子弟，只能找工农子弟，要向工农子弟学习。韩医生像服从首长命令那样服从，找了你，她的父母非常满意。那时候，你和韩医生肯定是情投意合，花前月下，幸福万年长的那种情况。我想，韩医生怎么会单凭你是工农子弟就跟你好？工农子弟多了去了。你看你长得一表人才，年轻时肯定也是个风流人物……"

"不不，我可不风流。我是个地道老农民的孩子，老实巴交的要命，哪敢风流。"

"风流有啥敢不敢的？《警示通言》里有诗为证：'不会风流莫妄谈，单单情字费人参；若将情字能参透，换着风流也不惭。'杨处长，你看啊，我还没有结婚，你给我讲讲你当年的风流，让我也学点恋爱经验嘛。"

"哎呀，你这是在拿我开心了。我根本没这方面的经验，我跟韩医生谈恋爱那阵，正规极了，连手都没碰过，坐在一起都要保持距离。要说恋爱经验，那就是两个人干坐着，没话找点话说，然后晚上各自做点梦。没啥意思。"

没啥意思？看他说得有多么轻巧。为掩饰自己闹离婚的卑污的聪明？我不想跟他这样周旋下去，看来只能单刀直入地跟他说了，说破就说破吧。

"杨处长，听说你很快要提拔当局长了。"

"哦，只是上面跟我谈了话，任命还没下。"

"是啊，你年富力强，进步很快，仕途光明。但是……我是这么想的啊，说了你可别生气啊。我想，一个人要是当了局长，以后又当了厅长，再当了省长，当了部长，那他不知要离多少次婚，累不累呀……"

"嗳嗳嗳，我闹离婚跟这毫无关系啊，你把我想成什么人了。哎，这都是些家庭小事造成的，不是原则性问题。好好，这样跟薛大干事说吧，只要韩医生不闹，我保证不再闹了。"

"你保证？"

"我保证。这样，我可以给你们'850'写个保证书。"

"哈哈，那倒用不着。如果你真的要写，就给韩医生写吧，那是你俩的事儿……"

我受到的表扬不仅来自万政委，还有其他几个库头，李景沙和许护士更是对我称赞有加。周主任乐得朝我连连竖起大拇指，刘干把烟盅洗得无比干净，王干也慷慨地一支接一支地请我抽烟，好像我做了一件多么伟大的事情。

万政委交给我的任务算是圆满完成了，韩医生两口子已经重归于好，卫生所里又有了往日的那种欢笑声。但这没什么值得我炫耀和得意的，因为我自己的婚姻大事还没有着落，杜丽萍好多天没跟我联系了，连个电话也没有打，难道她的父母也叮嘱了她，要她再考验我一段时间？

哎哟，舌尖。我的干渴的舌尖，快要舔到梳妆台的镜子里了。终于，我没有耐性了，尽管这天我的头有点晕，可能是感冒了，但我还是从汽车班要车去了血浆所。那一路，我远远地听见了杜丽萍轻盈的脚步声……

脚步声如雾一般在空气里漂浮——这是我的脚步声，杜丽萍根本无法听见。她的宿舍门没有关，只见她身着衬衣，背对着门，正伏在桌前学英语。她是那样的专注，念英语的声音使屋里充满了颤抖的欢欣，仿佛要将这声音引入诗人的歌谣。我蹑手蹑脚地走进去，站在她身后，多美的精灵啊，我该怎样让她吃惊地回眸望着我呢？不过，我不能让她立刻就吃惊，因为……因为我还想多看几眼她裸露的细嫩的脖颈。当然，只是看还远远不够，如此近距离地欣赏姑娘的脖颈，心魂已被攫走了，感觉那是她送给我的一份恋爱请柬：

"来吧，来吧，快来吧……"

"好吧，我来了，这就来了……"

真的来了。尽管那不是她的嘴唇，但我还是忍不住吻了一下她的脖颈。这是我人生当中对姑娘的第一个吻，轻轻的一个吻。

她猛回头，愣了一下，随即垂下眼睑，用轻得不能再轻的声音说："不讲卫生。"

老天爷，我的紧张情绪压制了我差点要叫喊的声音，什么叫"不讲卫生"呀！难道我的嘴唇上有唾沫？或者，她的脖颈上有细菌？好在她没有大喊"你疯了！"也许，她说的"不讲卫生"算作情人间甜蜜的窃窃私语？

她抬起头来，羞怯地笑了笑，默不作声地起身给我让座，去给我冲了一杯麦乳精。我的心情放松下来，但我知道，我的嘴唇暂时还不便回到她的脖颈上，于是故作镇定地拿起桌上的一本英语书，问道：

"你很喜欢英语？"

"说不上很喜欢，业余学点。你呢？"

"我连汉语都没学好。"

"我不信。"她拿起笔，迅速在纸上写了一个英语单词"I LOVE YOU"，"来，你念念这个。"

其实我是学过一点英语的日常用语，知道她写的是"我爱你"，但我不能念出来，这很可能是她玩的小把戏，我必须想办法让她自己把这个词念出来，便说：

"我不会。"

"真不会？"

"绝对不会。你得教教我。"

"好吧，你跟着我念，I LOVE YOU。"

"不行，念不成，你再来一遍。"

"I LOVE YOU。你念啊。"

"还是不行，你再教教我，多念几遍，念慢点儿。"

她念得极认真，那声音如清泉般在我的心灵深深而鸣。我满意极了，有些恣意放纵，站起身来一边点头一边踱步，然后在她的床沿坐下，真想伸开四肢躺卧下来呀。她觉察到了我的得意，轻轻推搡我一把，撒娇似地说："我不念了，你念！快念！你真是只狡猾的狐狸。"

"嘿嘿，狐狸总比乌鸦好。"我用手拍拍床沿，"来，坐这儿，我给你讲个狐狸跟乌鸦的故事。"

"不听。"她一记粉拳砸在我的胸口上，"我才不挨着你坐，你这只狐狸不是一般的狡猾。"

"哎，狐狸再狡猾，也斗不过你这个好猎人啊。"我准备迎接她的第二记粉拳。

"你说什么？"她吃惊地瞪着眼睛，"我可没想过要跟你这只狐狸斗。我哪敢跟你斗。"

"当然啦，连好猎人都斗不过的狐狸，那就不是狐狸了。"

"那是什么？"

"是狐狸精。像我这样的狐狸精。"

她的眼睛瞪得更大了，伸手指着我，张着嘴半天说不出话，我趁机抓住她的手，把她拉到我身边坐下。她顺从地埋着头，一言不发地依偎在我怀里。哦，这位智商偏低的猎人，终于被狐狸精给俘获了。我想给予她爱情的抚摩，想把嘴唇贴住除了她脖颈以外的其他部位，"很讲卫生"地像亲吻花卉一样与她亲吻。我在心里暗暗提醒自己："嗯，别忘了舌尖，舌尖……"

她很快领会了我的意图，起身去把门关上。天哪，正是由于她的这个动作，把我所有的欲望瞬间关死掉了。她干吗要关门？我是政工干部，一切的一切都要讲政治。政治第一呀。万一有人来敲门，我该如何解释？就是浑身是嘴也说不清楚了。在这个年代，生活作风问题也是严重的政治问题，大家对我的看法就不仅是一百八十度大转弯那么简单了。

但我没有埋怨她，也没有马上起身去开门，那样做会伤害到她，我俩的恋情不能因为这么个小插曲而遭到丝毫破坏。我下意识地想在她面前重塑政工干部的正规稳重形象，于是装模作样地拿起她的英语书说：

"学习英语有很多好处，全世界使用人数最多的语言就是汉语和英语，而且语言之间的相互借用，会对各民族的文化和科技发展起促进作用，同时还会丰富有关语言的表达手段……"

"哎呀，你们政工干部就是不一样，说话都一套一套的，我学英语可没想那么多。"

"那你想什么？想出国？"

"出国？"

"就是移民国外，或者到国外深造学习？"

"从没想过。只要……"

"只要什么？"

"只要你不出国。"

"我已经出过一回国了，是去打仗。"

"嘿嘿，你挺会打岔。"

"不是打岔，是向你如实汇报。"

"向我汇报？你的嘴可真甜。那你给我汇报一下，你爸你妈对我是怎么说的？"

"哦，我爸说……也没说啥。我妈说，这不关我爸什么事儿。反正他们说你挺不错的。"

"什么挺不错的？"

"真的。咱俩属于郎才女貌，幸福生活万年长的那种。"

"你脸皮真够厚的。那我问你，以后你要当了大官，我也人老珠黄了，你会不会嫌弃我，跟我闹离婚，还让别人来帮着调解？"

"哪能呢？你也考虑得太过于长远了。告诉你实话吧，我这辈子都不想当官，只想当作家。看着吧，我不会在'850'长久待下去的，早晚要圆了我从小就有的作家梦。也许，我将来会是个穷得叮当响的作家，到时候可能没有哪个女人愿意陪伴我……"

"我愿意。"

我听得出，她轻柔的声音里透着坚定，这令我十分感动，而感动里还包含了对她的敬意，感觉我过去对人生的种种憧憬都不及这句"我愿意"。我把她重新拉到我身边，细看她发出"我愿意"这个声音的嘴唇。她慌忙低下头，我也慌忙低下头……简直太慌忙，我只匆匆吻到了她的额头。不行，得重新来，我急切的呼吸笼罩住她惊骇睫毛的诧异，用我的嘴唇，不，是用我的脸，无比慌忙地贴住了她的脸。不行，还得重新来，我战战兢兢地捧起她的脸，但她推开我，关切地说：

"你在发烧？"

"有点感冒。"

"咋不早说？"

"没事儿。"

她从抽屉里拿了两片感冒药，把杯子递给我，我伸手去接药片，她说："别动，把嘴张开。"

我像河马似的把嘴张到最大，她把药片放进我的嘴里，看着我把药片吞下去。我喝了水，不舍得立刻放下杯子，我爱这甜蜜如吻的玻璃杯子。的确爱。我记得是在很小的时候享受过这样的待遇，但这样喂我吃药的只有我母亲。

我以为我今后注定会永久享受这种待遇，跟如此温柔贤惠的女人一起生活真是我的幸运和福气。但她却解释说是因为我的手不干净，吃药也要讲卫生。也许所有检验员都有超强的洁癖症？这使我稍感失望。更使我感到失望的是驾驶员，他在外面院子里到处喊：

"薛干，薛干，你在哪儿？我们啥时候走？薛干……"

这讨厌的声音像雷霆般击中了我，糟糕，门还紧关着呢，我箭步冲过去打开门，边往外跑边恼怒地叫道：

"瞎喊什么？着火啦？我在这儿！"

这儿是"850"的灯光球场，也是"850"的卸货和装货的唯一场地。天黑时，只见一辆辆满载战备物资的军车驶进库区，空寂的灯光球场顿时充满了生气。管理股的冯管理员吹响了哨子，各部门的几十个男男女女穿着工作服，戴着工作手套，开始紧张的卸货任务。

那时候，"850"还没有配备任何现代化的机械装卸和搬运设备，所有物资的装货、卸货和码货工作一律靠人工。灯光球场上，就看一个个麻袋包、一件件药品箱和医疗器械从车上被卸下来，一群人像蚂蚁搬家似的往库房里搬运。马鲁川站在 1 号库房的大铁门跟前叫："嗳嗳，别弄错了，你这包是 2 号库的，你那箱是 5 号库的，往那边搬，这一件是我这儿的……"

李景沙跑来，站在车厢下面伸手接货物，周主任笑笑地说："你就算了吧，别把你的细腰给显（闪）断了。"

"你才把腰显（闪）断呢。"李景沙白了周主任一眼，"来，给我两包！"

我赶上前去说："沙沙，别逞能，周主任是为你好，你抱一包就是了。"

李景沙平日逮住机会就要表现自己是工农子女，每次吃完饭还要帮炊事班打扫食堂，卸货装货时也从不落下，好像她从小就是个热爱劳动的好孩子。但她毕竟力气太小，这不是喝多少瓶葡萄糖能解决的事情，她抱着两包药品没跑几步就差点摔倒。马鲁川眼疾手快，跑过去帮她："李医生，今天的货物特别多，又重，等会儿还有几辆车来，你搬不动就回去休息，本来这儿就没有你们卫生所的事。看到你这个样子，我都心疼。"

"咯咯咯……心疼我？你这家伙真是太憨厚了。"李景沙抱着药品边走边喘着气说，"哦，不是憨厚，是忠厚，薛干说的哈。快点儿干活呀你，傻样，咯咯咯……"

不到一个钟头，货物全部搬运完了，车辆逐一开走，大家在灯光球场上休息，等待下拨车辆的到来。女兵们在李景沙周围或蹲或坐，叽叽喳喳地谈论着什么，我凑上前去听。李景沙突然举起一根手指头，指着乌云渐涌的夜空，神秘兮兮地问："你们认为，谁是我们'850'的美女？"

这个问题错杂纷乱，不好评判。有的说是彭艳，有的说是张莉，有的说是杨洁，有的说是魏佳，有的说是李晓馨，有的说是……最后，在李景沙的提示下，大家一致认定白友梅是"850"的美女。于是大家集体欢呼雀跃。

灯光球场边是一座有着古典之美的堂馆建筑，身在其中，能品味美妙的诗情韵味，想象古代艺人曾在此弹琴歌舞的情景。逢年过节时，我们政治处会在这里举办全库的联欢晚会，所属各单位都要出节目，白友梅表演的"唐伯虎点秋香"惟妙惟肖，她的漂亮脸蛋露出的笑容绝不止"三笑"，千笑万笑魅无境，比秋香还秋香，给人留下春夏秋冬香不绝的美好印象。马鲁川私下向我坦言，他一直暗恋白友梅，但由于她还没有提干，他不敢向战士公开求爱。当然，我也从李景沙口中知道，暗恋白友梅的人不止一个。

站在不远处的马鲁川表情愠怒，也许他不能接受把他心中的恋人评为美女，因为一旦白友梅被评为美女，那他的竞争对手很可能将逐步增加到至少一个加强排。哎，马鲁川，你的胜算有多大？我可帮不了你。

我注意到，余小英正安安静静地坐在那座古建筑前面的石阶上，手撑着下巴做沉思状。为什么李景沙不提示大家，余小英才是"850"的美女呢？她孤零零的样子不免叫我也感到心痛。可是，谁让你那样凶巴巴地说我疯了呢？你在那一瞬间摆脱了我想要的拥抱，在那一瞬间把你本该得到的恋情推给了杜丽萍，这怪谁呢？对不起，我不能脚踏两只船，只能一百八十度大转弯。你不知道。你也不可能知道。哼哼，我不告诉你。我跟杜丽萍温柔缠绵的细节，此刻还在我的心头萦绕盘旋。药片，是的，白色的药片，不是一片，而是两片，是杜丽萍亲手喂到我嘴里的，那是她送给我的情爱礼物。这样的礼物你有吗？你没有。你不会。你不懂。你送给我的礼物就只有让我心惊肉跳的"你疯啦！"简直要命。

余小英还在那儿沉思，一幅愁肠结着愁肠的模样。我不能过去跟她说话，只能继续向她遥送我怨气未消的心声：你知道吗，杜丽萍还送给我一个十分有趣而很有意思的礼物，是英语，倾注感情呻吟般魅惑人心的英语，"I LOVE YOU"。

真正意义上的"麻麻之音"，简直堪比"轻轻的一个吻"。

哎，真想让李景沙具有权威性地重新向大家郑重宣布：杜丽萍是"850"真正的美女。

李景沙走到我身边悄声说："嗳，我问你，你认为谁是'850'的美女？"

"我咋知道？"

"这就不好办了。"

"怎么?"

"只要你喜欢谁,谁就是美女,我好重新宣布一下。怎样?"

"别逗了。"

"不开玩笑。你说清楚到底喜欢谁,我真的去帮你说。但我不能乱点鸳鸯谱呀,别一会儿是余小英,一会儿又是杜丽萍,把我都搞乱了,你说是不是?"

"我好像跟你说过我喜欢谁嘛。"

"那你就别老盯着余小英看。"

"我盯着她看了吗?"

"当然,好几个人都发现了。你注意点影响,别走神。"

"去去,工作时间咱不聊这个。后面的车队怎么还没来?天都要下雨了。"

"是啊,我肚子都有些饿了。嗳,你给库头提点建议,应该给我们发点夜餐才对。"

"你等着吧。"

乌云越来越浓,沉闷的空气挤压着灯光球场。一群大大小小的昆虫飞蛾纷纷扑向耀眼的射灯,疯狂而平静地不断栽落到球场的地面上。据说它们这是在交配,交配完成后,雄性便圆满自然地结束了生命。真没意思透了,那么短暂而惨烈的爱情。我作为雄性的人,下辈子投胎转世可千万不能成为昆虫飞蛾一类,还是要成为人,还是要成为一个雄性的人。

人。所有在"850"灯光球场上的这些人,不管是雌性还是雄性的人,也不管是美女还是丑女,全都在倾听库区大门口是否有汽车驶来的声音,焦急万分地等待着……

10

一万种等待有一万种心情，"850"的人在等待后续车队的到来，主要是想尽量不在滂沱大雨中搬运货物。可是，已经到了半夜一点，还是没有任何动静。有的人焦躁不安地小声埋怨，有些人疲倦地背靠背坐着。我避开大家，独自在库区里四处走动。

我没有埋怨，并不着急，因为我此生已经经历过了最难熬的一次等待。那是一次搜集了我和战友们种种情绪的等待，是那场战争赐予我的一件重要礼物——

那年的三月五日，我收到一份电报，机要股的宁股长和黄参谋把电文译好后，精神爽朗地告诉我："停战命令来了。"

夜间，团指挥所再次转移阵地，因为我又收到一份电报，电文是"敌方拒绝停战，各部回撤时提高警惕。"我们在黑暗中趟过冰冷清澈的溪流，跨过长满苔藓的一根根原木，爬上山坡，在乱石中穿行，向上级确定的位置前行。

我踏着枯木烂叶，看看脚下的崎岖山路，又望望山坡下的蜿蜒公路，心存疑窦，纳闷我们回撤怎么不走公路？难道这就是上级给我们规定的回撤路线？这太容易迷失方向了吧？

参谋长正从我身边经过，我忍不住问他这是怎么回事，他很清楚地对我说："你刚才收到的那份电报里有命令，我们现在担负掩护友邻部队回撤的任务。等我们回撤时，有其他部队掩护我们。这叫交叉掩护。你别紧张。"

这叫什么话？此时此地，"紧张"这个词意味着羞耻。为了表示我的不紧张，我要开个小玩笑，低声喊道："参谋长，别走太快，注意脚下的地雷。"

参谋长猛地停止脚步，愣了愣，慢慢转过身来笑着说："你小子，看《地雷战》看多了吧？"

团指挥所到达新阵地后，参谋长在作战图上标好各营把守的阵地位置，杨副师长在作战计划上签了字，然后说："通知各营，在没有接到回撤命令之前，要严守阵地，防止敌人偷袭。无线电联络暂时保持静默状态。"

一天过去了，三天过去了，五天过去了……周边的部队已经陆续回撤完毕，我们团成了真正的孤军坚守，但我仍然没有收到回撤的电报或信号。无论是白天还是夜晚，我的等待似乎比其他人更加迫切而焦急，因为从我耳机里传来的每一个信号，都关乎全团的整个行动。

没有任何信号传来。偶尔有零星的枪声传来。妈的，到底是怎么回事？我把我的烦躁倾泻到电键上，连续呼叫上级电台，仅得到一次回应："不准呼叫本台，每分每秒与你保持联络，不得中断。"

我把频道刻盘锁死，每分每秒都戴着耳机，连撒尿也戴着耳机，一连好几天不敢去解大便，好像我已经丧失了解大便的功能。而我全身上下起满的过敏性红色疙瘩正夜以继日地成熟，形成痒痛难忍的透亮水泡。卫生员背着药箱跑来，我身上的一串串奇异珍珠令他大开眼界，但他说这不好处理，消毒条件太差，容易感染，只有等回去（回国）再进行治疗。

回去？啥时候回去？只有等待。考验意志折磨神经的等待。唯一有效的办法就是抽烟，一支接一支地抽烟，让慢慢燃烧的烟来控制我的情绪。

这种并不漫长而又太过于漫长的等待，既可以使人陷入一时的焦虑不安，也可以使人顿时进入兴奋状态。我的脑子里浮出一个不应该有的偏激念头："上级会不会把我们团给忘了？"

没有忘。晚上十二点，耳机里传来盼望已久的呼叫信号，我快速抄好电报，派冯毅送到机要股住的坑道。很快，黄参谋拿着译好的电报跑过来，我看见他脸上露出时隐时现的笑容，匆忙对我说了一句"回撤命令来了！"说完便向指挥所跑去。他的身影简直像是在清爽黎明中欢跳的山雀。

我在黑暗中喊了一声："快撤收电台，准备出发！"

仿佛经过了多么漫长的等待，我能感觉到整个阵地上的那种无言的兴奋，收拾东西的窸窸窣窣的声音透露了每个人的心情。那声响包含的真正意思是："别了，战场。"

回撤的那一路，我不知怎么了，边走边想一些熟悉的面孔，而其中有的面孔已经离我远去，有的正在我眼前慢慢地融化消失……

万没想到，我熟悉的面孔还在减少——身后不远处突然枪声大作，报话机里传来急切的呼喊。原来，担负垫底掩护任务的五连阵地遭到敌军的猛烈围攻。面对突如其来的情况，杨副师长下达命令："三营立即返回增援，把五连的人全部给我带回来，一个人都不能少！其余部队继续回撤！"

五连的人还是少了，牺牲了二十多人，包括连长和三排长。据三营长战后报告，当他们冲上去时，五连三排的阵地已经被突破，眼睁睁看着几个战士跟敌人扭抱在一起，拉响了手榴弹……

这场战斗毙敌一百五十多名，《解放军报》以《一个漂亮的回马枪》为题给予了报道。

再有多么漂亮的"回马枪"都意味着流血、死亡，这是我们在战场上必须付出的代价。但在"850"上演的"回马枪"就大不一样了，根本不漂亮——后续车队迟迟才到，原因是有两辆车的驾驶员在岳府街附近迷路了，他们在八卦阵似的"三道拐"里东拐西拐无数拐，最终不知拐到了哪条街上。车队领导派出人员和车辆四处寻找又耽误了不少时间，然后才杀了个回马枪进入"850"库区，但这时候天已经下雨了。

战备药品不能淋雨受潮，就见灯光球场上一派忙碌景象，每个人都主动多搬快运货物，跑步如飞。李景沙抱着两包药品在雨中吃力地挪步，雨水打湿了她的头发，我听见一声清脆的"嘎叭"声响，简直太清脆了，李景沙手一松，两包药品掉在地上，她的面部表情痛苦地扭曲着，一边捂腰一边试图蹲下身去抱起药包，却像面团似地滑倒在地。马鲁川跑过去抱起地上的两包药品，怒气冲冲地喊道："李医生，你快回去，这儿有我们！你走，快走！不然我要生气了！"

李景沙无助地站在那里，把身体弯成虾米状，一手捂着腰，像个上了年纪的老太太，蹒蹒跚跚地走了。几滴雨水洒落在她脚步踩踏的湿地，那声响如吟呻般在灯光球场上长出一朵痛苦的灵魂。

她这一走就走了三个月，是应了周主任说过的那句话，她的腰真的断了，进了骨科医院。从此，她不能跳舞也不能搬运任何货物了，甚至也不能穿收紧腰翘的衣服了，再想风度翩翩地走路基本无望。这个"工农子女"的榜样式人物在多年后与我相见时，仍然要不时地捏捏她的腰。

怨谁呢？只能怨后续车队的那个很不漂亮的"回马枪"。

应该送一个怎样的礼物给躺在病床上的李景沙呢？我想起来了，那天晚上，她在搬运货物时想吃夜餐，这个要求并不过分，可能大家都有这个要求。可是，我怎么跟库头讲呢？我回家拿了一本《周恩来选集》，很有策略地把其中的一段念给万政委听：

努力注意改善士兵待遇与生活。必须承认，旧军队中士兵的待遇与生活是极不好的，如果不努力尽可能地改善，是不能把士兵的战斗积极性提高，消除官与兵的隔阂的。……如果政治机关的政治工作不能和改善士兵生活与待遇密切联系起来，政治工作就成为"卖狗皮膏药"。

"什么意思？"万政委摸不着头脑。

我讲了大家在加夜班时想吃点夜餐的要求，万政委说他跟张主任商量一下，尽快解决。他苦笑着说："这种事还用得着搬周总理的话？"

我向万政委致以享用夜餐的敬礼。

不仅仅是夜餐。库党委决定，今后凡是加夜班，除了吃夜餐，每人发一元五角钱加班费，外加苹果。而且不止一个苹果，是两个。

我把这个喜讯带给了李景沙，没想到她竟然捂着贴了狗皮膏药的伤腰，去血浆所找杜丽萍谈话，以此作为对我的回报。

杜丽萍没好气地来找我，一进宿舍劈头就问：

"我们俩自己的事，还需要别人来说媒提亲？你把'850'的人全部叫来跟我说得了。"

"嗳嗳，你说清楚，我找谁去说媒提亲了？"

"还有谁，李景沙呗。"

"毛保列宣（向毛主席保证，向列宁宣誓），我根本没叫她去。不过……她是个热心肠的人，这也不是啥坏事，我俩之间有这么个媒人，不也有那么点花好月更圆的意思嘛。你说是不是？"

她背过身去不让我看她的眼睛。

"好了好了，别生气了。你一生气，就不像美女了。坐下来吧，笑一笑，我喜欢看你笑的样子。"

她不笑，也不说话。我期望我们像上次那样拥抱，像上次那样小心翼翼地把药片放进我的嘴里，还以气声念法来念几句"I LOVE YOU"。但她始终沉默着，在我的书桌前坐下来，墙角上梳妆台的镜子里反射出一束淡淡的折光。

感谢邮票。她看见了书桌上放的几本集邮册，眼睛放亮地翻看着，说："我也喜欢集邮。"

我集邮的兴趣源自我母亲。我念小学时，母亲还在西藏工作，她每次回内地休假都要带我去邮局买纪念邮票，使我成为我们学校的学生集邮之冠，让我感到无比骄傲。我入伍后便不再集邮，重新激起我集邮兴趣的时间是"850"跟地方开展军民共建文明街活动，我据此写的几篇通讯在解放军报等报刊上相继发表，附近邮局邮票专柜的那位大姐成为我的朋友，每次来了新邮票都要通知我，有一次还原价八分钱一枚卖给我整整一版生肖"猴票"（后来"猴票"的价值惊人地翻了好多倍）。由于集邮，马鲁川的忠厚性格也有些变质了——他在一段时间里主动帮我集邮，不断送我新邮票，送我集邮册，热情非凡，但不久后就不给我送了，因为他自己也成了集邮爱好者。不知道他暗恋的白友梅是否也喜欢集邮。

邮票是个挺不错的恋情诱饵。瞧，杜丽萍那么有兴致地在翻看集邮册，我感觉一股股情爱的气浪，正为我送来她头发上的丝丝芳香。我悄悄走过去闩上门——不用担心，我去她的宿舍里，她不也是这样做的吗？我站到她的身后，真想轻轻触摸她的头发，真希望她把头靠在我的胸前，接受我饱满而热诚的全部渴望。我问她："喜欢这些邮票吗？"

"喜欢。"

"那好，这些都是你的了。"

我想看她妙不可言的满意微笑，但她并没有转过身来，只是连连摇头说：

"不不，我可不能夺人所爱。"

"你夺我的所爱，我喜欢。"

"那……好吧，我就要这两枚可以吗？"

"当然。"

她从一本集邮册里取出两枚外国油画邮票，一枚波提切利画的"维纳斯的诞生"和一枚达·芬奇画的"最后的晚餐"。

很好。我的维纳斯终于诞生了，我绝不能让这个幸福时刻成为我俩最后的晚餐。她的脸被我迫不及待地捧起来，我想以我的嘴唇，不，以我的舌尖——不管她情愿或者不情愿，都要攻破她的这道防线。但她奋力扭转头，搏击似地挡开我的嘴唇，让我顿时感到苍鹰的利爪在我眼前舞动。我强忍着气恼问她："你生气了？"

"没有。"她抬起头来，喘着气说，"我想问问你，对我俩的事，你爸你妈到底怎么说的？"

我选择了不该有的诚实："我爸要我再考验你一段时间。"

她吃惊地半张着嘴："嗯？……怎么考验？要考验多久？"

我默不作声地与她对视，然后傻傻地看着她去开门走了。她奔跑的脚步声仍然那么动听，像一曲诉说心中委屈的歌谣……

也许还有挽回的一线希望，因为她把那两枚邮票带走了。

我诅咒"考验"。

我母亲也讨厌"考验"，她祝福我找到了漂亮媳妇，拉住我不停叨叨她自己的恋爱经历。她是想把她自己的那段恋情，当作她幸福的遗产交给我。在她的心目中，她的丈夫永远都是十八岁的哥哥。

可是，我在杜丽萍的心目中，又是怎样的哥哥呢？我不是十八岁，而是二十五岁，跟杜丽萍同岁。但她并不在乎年龄，只在乎"考验"。我收到她的一封长信，乖乖，她竟然写了满满的十六页纸，像一部短篇小说，真是下足了功夫。信的内容是我俩就此分手，希望我重新寻找愿意接受马拉松式考验的姑娘。因为她想尽快结婚，潜入平静的家庭生活，结束不断有人向她求婚的混乱局面。

我能说什么呢？只能充分贤明地理解她，接受这一切，并且把甜美的"I LOVE YOU"念成荆棘编成的花冠，戴在我被深深刺伤的心头。

不说，跟谁都不说。

我愿意接受任何考验，但这世间再有多么痛苦的考验，也休想把我骨子里刻满的高傲折磨干净。

11

简直笑话。在我毫无准备的情况下，我的婚礼前奏曲由我父亲奏响了。

一天之内，我家客厅里原先摆的东西被基本腾空。父亲带着警卫员小邓去建材市场选购了木材和土漆，还挑选了做家具的图纸。我刚进家的院门便被母亲一把拽住：

"快去看，你爸叫人在给你做新家具呢。"

"给我做新家具？"

"当然啦，你爸急着要你娶媳妇呢。你叫杜丽萍也来家看看。"

"不是说要再考验她一段时间吗？"

"你爸想通了，说只要她同意马上结婚，那就是最好的考验。"

"哎，现在的问题不是马上结婚。"

"那是什么问题？"

"是……是谁考验谁的问题。嗨，我一时半会儿跟你们说不清楚。叫我爸赶紧打住吧，真是的。"

"打得住吗？你自个儿进去看看吧。"

父亲不胜温情的举动让我不好开口制止他，只见他拖着虚弱的身子，弓着背坐在椅子上，一边不断咳嗽一边指点木工师傅。看见我走进客厅，他摘下老花眼镜，把手里的一叠家具图纸递给我说："你拿去自己选一选，看哪种样式合适。最好征求一下杜丽萍的意见，省得她以后不满意。选好后交给这位师傅，要抓紧。哎，我这个顾问也只能顾你这些了，我剩下的时间不多了，明天要去住院，你自己盯着把家具做好。"父亲的这话令我十分伤感，尽管我感觉眼下的情况太乱套，但我不能跟父亲作任何解释。一切由他去吧，他想做啥就做啥，形式而已。对于我的婚姻大事，也许是父亲夜以继日想实现的最后一个心愿。在他生命的不朽不灭的光影里，始终闪耀着"政治第一"的光环，当他清楚自己"剩下的时间不多了"之际，终于将神圣的光环分散转移了一缕在儿子的身上。我接受这缕光如同接受神灵赐予的礼物，而这礼物已经斟满了父子深情之杯。

满园的树叶和花朵并没有枯萎的迹象，但我仍为父亲在花园里踯躅的身影感到心情沉重。他累了，走到院子里的藤椅上坐下，接过小邓递给他的氧气袋，抱在怀里吸氧，目光黯然地看着他亲手栽培的花木，像是在跟这些花木作最后的道别。也许，他的心里还苦行冥想着追忆他近半个世纪的战斗生涯，并且做好了归于尘土的思想准备。

晚上，母亲来到我的房间，问我喜不喜欢我父亲挑选的那些家具样式，我没好气地说："我爸喜欢就行，做好了他自己留着用吧，反正我不需要。"

"你，你这孩子怎么这样说话？你爸都病成什么样了你知道吗？医生说他的肺已经成了纤维肺，基本丧失呼吸功能了，你……"母亲的眼泪刷刷流淌。

我赶紧解释说："妈，你别这样。我是说，你们只见过杜丽萍一面，我都不着急，你们着什么急啊？"

"哦，你是这个意思啊。"母亲擦了眼泪，低声把她的婚恋经验送进我的耳朵，"告诉你吧，当初我跟你爸结婚之前就是只见了一面。那不照样很幸福吗？"

母亲出去后，我漫不经心地打开收录机，只听到邓丽君唱了两句便使我的心悸动不已，因为她好像是特意为我唱的：

> 我没忘记你忘记我
>
> 连名字你都说错
>
> 证明你一切都是在骗我
>
> 看今天你怎么说
>
> 你说过两天来看我
>
> 一等就是一年多
>
> 三百六十五个日子不好过
>
> 你心里根本没有我
>
> 把我的爱情还给我……

杜丽萍不可能忘记我的名字，就像我永远忘不了她的名字一样。但她心里不会再有我，她是千真万确地把爱情还给我了。不过，我还抱着一线希望，她会不会哪天给我写一封"过两天来看我"的信呢？也许那封信很长，不只十六页，而是二十六页，三十六页……我等着，但不能等太久，因为邓丽君已经唱过，等的那三百六十五个日子不好过……

客厅里的那些木料和土漆的气息，似乎在散发浓浓的嘲笑味道，令我的心情无比烦躁。而我期盼的那封三十六页的长信毫无踪影，这就更加促使我生出"三十六计走为上计"的急切念头。走。必须走。马上走。远离这里一段时间。可是，我现在该往哪儿走呢？

正当我一筹莫展之际，万政委给了我一个"走"的机会，他交代给我的任务是"落实政策"，去一个小山村给一个人平反。

那个人姓刘，原先是"850"管理股的战士，平时喜爱练习书法。几年前，他在库里的各种旧报纸上留下他的许多漂亮墨迹，受到"库头"的大加赞赏，准备把他提为干部。可就在这时候，有人精心研究了他的书法，并把他留下墨迹的报纸东拼西接成揭发材料，交给了上级保卫部门，这下他大祸从天而降：他写的一个个反动口号赫然在目，不该反对的他反对了，不该拥护的他拥护了。保卫部门立案侦查，他有口难辩，最终处理结果是把他定为"现行反革命分子"，开除军籍，押送原籍，由当地群众监视其劳动改造。

我带着管理股的陈助理一起出发，经过两天的乘车，到县城的民政部门讲了我们的来意，把平反文件交给民政干部，打听到了刘老兵的下落。我决定去刘老兵的家里看看，但陈助理却推说他家就在附近，想乘此机会回家看看。我只好独自去看望刘老兵。

我在乡间小道走了很长的一段路，沿路向老乡打听，终于在一簇簇竹林间找到了刘老兵的家。刘老兵受的打击太大，早已不练书法了，但他这些年一直在田间地头翘盼洗刷冤屈罪名的曙光闪现。当我把给他平反的通知告诉他时，他猛地捂住脸哽咽无声，泪水泉涌般从他粗糙的手指缝里流出来。我心里一阵难受，把补助他的钱和粮票交给他，拍着他的背说："别难过了，都过去了，你们民政部门很快会给你安排工作的。"

刘老兵哇地一声放声痛哭，竟哭来阵阵山风。竹林发出窸窸窣窣的声响，犹如遍体鳞伤的刘老兵在唱着一支流泪的山歌……

让我不解的是陈助理，他在跟我一起返回的那一路显得神情沉重，始终不说话，甚至不与我对视。我问他：

"你跟刘老兵是老乡？"

他点头。

"你跟他是一起长大的？"

他又点头。

"你跟他是一天入伍的？"

他再点头。

"你跟他都在'850'管理股？"

他紧锁眉头，深深叹口气，半睡半醒似的把头转向车窗外，向远处的乡村和稻田寻求他想表达的语言。

我不再追问，以为身边这位正宗的"贫下中农"的子弟，正在为刘老兵的遭遇而伤心难过，这种战友情、老乡情实在太难能可贵了。

我以为。

12

对于刘老兵，虽然那段疯狂而惨痛的政治游戏结束了，但历史的经验教训值得我们注意。我找到医疗器械修理所的雷教导员和保管一股的马鲁川，他俩是"850"最喜爱练习书法的人，我以极严肃的口吻提醒他俩，今后在旧报纸上练习书法，最好把报纸全部毁掉。他俩警觉地问我为什么，我没说原因，只告诉他俩："听我的没错。"

马鲁川好像猜到了什么，他为了表示感谢，送给我一只高压气枪和两盒铅弹，约我哪天去郊外打鸟玩，然后试探着问我：

"有人告我的状？"

"没有。我只是有点担心，想保护一下你们这些喜欢练书法的人。"

"喜欢练书法有啥罪过？"

"罪过还谈不上，但容易出问题。"

"出啥问题？"

"政治问题。你别问了，反正听我的没错。"

错了。是陈助理的错。

晚上，我在办公室加班，写一篇小说，这篇小说算是我的处女作，是写给跟我一起参战的战友们的。照理说，处女作一般应该先写写短篇，但我不知道怎么就越写越多。在整个写作过程中，我写了又改，改了又重写，感觉自己被关进了一座灵感喷涌的幸福牢笼，停不下笔了。这时，陈助理紧锁眉头走了进来，递给我一份转业报告。我挺纳闷：

"你不是干得好好的吗？没人要你转业呀？"

"我……我犯错了。大错特错了。"

陈助理不肯坐下，说他这次跟我一起出差后，想了很多，决定承认当年是他把刘老兵害了。因为当时"850"的提干指标只有一个，他为了自己能提干，把刘老兵练习书法的一摞旧报纸剪贴拼凑成一份"罪证"，寄给了上级的保卫部门，这件事像一块沉重的石头在他心头压了好几年。

"唉。老乡见老乡，背后捅一刀。你这一刀可真够狠的。"看着他几近崩溃的难受模样，我有些于心不忍，"你也别太自责，都过去了，放下思想包袱，照常工作就行了。你先把转业报告放这儿，我会跟库头汇报。放心，这事到此为止，我不会对任何人讲，你也别讲。回去吧。"

"回来吧！"母亲在电话里焦急地喊，"快点儿回来，跟我一起去军区总医院，你爸的情况不好，正在抢救！"

当我和母亲赶到军区总医院，父亲已经被抢救过来，医生们正跟请来的地方医院的肺心病专家在商讨治疗方案。

躺在病床上的父亲突然睁大了眼睛环顾四周，他的微笑像是吹响了他重生的号角："我没死啊？真好。扶我起来，把笔和纸给我……"

母亲坚决制止了他："好好躺着，这会儿不是写遗嘱的时候。你老家的人不都说你是什么文曲星吗？你的命大着呢。"

父亲费力地嘘了一口气："你这个主观主义者。"

"咱是乐观主义者。你别说话。"母亲看着他疲惫地闭上眼睛，向我招招手，示意我跟她到门外去。

我和母亲坐在过道上的长椅上，母亲刚想开口说话，却一下捂住脸抽泣出声。我轻拍她的背："妈，别这样，让我爸听见就不好了。医生正在想办法，我爸会好起来的。妈，你不是乐观主义者吗？"

母亲抬起头来，勉强一笑，擦擦脸，抬眼望着窗外的天空。月亮在犹如清澈水波的云彩里缓缓流动，萌生出潮动的情感为我父亲祝福。母亲轻轻抓住我的一只手，叹口气说：

"儿子，妈想正儿八经地跟你提个要求。"

"你说吧，不是正儿八经我也照办。"

"你自己答应的啊。是这样，你爸的病情你也看到了，妈对你只有一个要求，你要尽快跟杜丽萍完婚。"

"完婚？"

"对。让你爸高兴一下，他心情一好，对他的治疗大有好处。"

"可是……"

"可是什么？"

"哦，没什么。"

"那个木匠师傅挺能干，把他的徒弟也叫来一起干，速度真快，所有新家具都做好了，正在涂漆，漆一干就可以用了。你和杜丽萍的年纪也不算小了，趁年轻的黄金时间……"

我愣神地听着母亲讲的一套完婚理论和她对自己完婚时的回忆。

我知道，母亲给我讲这些，无非是想让我尽快完婚。果然，她强调说："你和杜丽萍在一个单位，结婚以后不会像我跟你爸那样，婚礼第二天一分手就是将近一年才见面，你俩可以天天见面，这多好。再说，杜丽萍是学医的，新婚之夜不会把你搞得像你爸那么狼狈……"

"新婚之夜"这个词令我心慌意乱，我该怎样向母亲解释？皎洁的月光像是撒下的一张充满慵倦困意的网，我感觉自己突然间变得老态龙钟，心累无比地对母亲说："等我爸的病情好转后再说吧。"

几天后，父亲的病情有所好转，母亲又开始喋喋不休地催我完婚，说她想跟杜丽萍谈谈。她以母亲的目光注满我的眼睛，像是在恳求我。还有什么可说的？作为儿子，是不是应该把自己当作祭品献给母亲？我说："好吧，我会把杜丽萍带来，你跟她谈吧。"

虽然我这样答应了母亲，但我心里并没有底。杜丽萍会不会来？她来了会不会同意跟我完婚？这样，跟杜丽萍讲清楚，让她先答应我母亲，以配合医生对我父亲的治疗。至于我俩以后的结局，一切顺其自然吧。

我很感激李景沙，她保持了热情助人的美德，自告奋勇再次帮我去找杜丽萍。但这次她扎扎实实地碰了一鼻子灰，我第一次看见她哭得那么伤心。她告诉我，杜丽萍已经有男朋友了，正在准备结婚的事情。我很大度地安慰她："杜丽萍有了男朋友也是好事，你用不着这么哭嘛。"

李景沙更加伤心，抹着眼泪嚷道："你倒说得轻巧，你知道她是怎样刺我的吗？她……她说，你这么喜欢薛干，那你嫁给他好了……"

"噢，怪我，这都怪我，你快别哭了，"我看着伏在桌上抽泣的李景沙，拍拍她的肩，"走，我请你去吃酸辣粉。"

"去你的酸辣粉吧。"她破涕为笑，抬眼看着我，"改天我请你这个失恋的可怜人。瞧，我这样怎么出门？你走吧，一会儿韩医生和许护士来，又该笑话我多事了。她俩知道我去找了杜丽萍。"

"她俩怎么知道的？"

"事前我们商量过的。"

韩医生和许护士真的来了，后面还跟着马鲁川。他们三人一进卫生所，像是早就知道是怎么回事，唉声叹气地坐着不说话。许护士把我拉到门外，生气地说："薛干，李景沙从没这么哭过，都是因为你。"

我气恼地一甩胳膊走掉了。一切变得没有意义，乱糟糟的初恋幕布已经落下，我愤愤地在过道里怒吼一声："我永远不结婚！"

回到办公室，我抓起靠在墙角的那支高压气枪，上好铅弹，端着枪瞄准，朝所有在我视线内的物体瞄准——烟盅、茶杯、报架……朝它们一一瞄准。

窗台上，悠地降落了两只麻雀，我熟悉它们，看上去像一对恩爱夫妻在叽叽喳喳地谈情说爱。我举枪瞄准了它们，是的，我嫉妒它们有自由飞翔的翅膀，可以每日追逐爱琴海的和风；我嫉妒它们竟有那么多说也说不完的情话，可以无拘无束地抒发爱情誓言。我取了角度精度瞄准，想要一箭双雕的效果。

"叭"的一声，一只麻雀栽下窗台，另一只则惊叫着俯冲下去。我伸着头往下看，只见一只麻雀在地上扑腾，它的一只翅膀断了。我清楚地听到了它扑腾的声响，那声音犹如爱琴海水溅泼在礁石上，激起惊心动魄的求救波涛。一个念头在我脑海里闪过：难道这将会是我的命运？

我后悔不该射杀这只麻雀——有人正向它走去，是一个认为自己有罪孽的人。他是陈助理。他弯腰拾起那只麻雀，将迟滞的目光举向天空，默默传递他想赎罪的一串悲哀……

他看到了窗口上的我，眼睛里散发出一股寒意。我在心里跟他打了个招呼：

"上来聊聊吧，如今咱俩一样，都是有罪孽的人。"

13

我能看见那只还活着的麻雀，它在我办公室对面的屋檐上来回迅跑，痴望瞬间失踪的情侣，悲怯得不再发出一点声音。它的情侣已经死在我的枪下，但它没有离开的意思，也许是在等待救援的最好时机，或是在期待情侣起死回生的奇迹发生。我想，如果它是一个人，那它一定会来找我寻仇。来吧。随便吧。反正我的灵魂已遭到了重创，坟墓的门正被一只有力的大手一掌推开……

兴冲冲推门进来的是马鲁川，我不得不赞美他凝聚善解人意的可爱忠厚，只见他施展魔法似地举起一个网兜，而网兜里竟然是一只黑色的小猫。我差点窒息，问他这是什么意思？他嘿嘿一笑："薛干，我知道你心里难受，送你一只小猫玩儿，希望你能开心一点。你别太看中她，她没啥了不起，好姑娘有的是……"

我知道马鲁川说的"她"是杜丽萍，但我不想谈这个话题："好了，不说了，我们不要在背后议论别人。来，看看这只小猫。它是什么品种？"

"野品种。不是家猫。"马鲁川认真地说，"那只老猫就住在食堂那边的水泥筒里面，你还没调来的时候就住在那儿，住了好几年了。前个月它生了一窝猫崽，我盯了好多天，好不容易才捉住这一只。"他过去把门窗关好，从网兜里放出小猫。

小猫野性十足，蹭地窜到文件柜顶上，发绿的眼睛瞪着我，毛骨悚然的样子，一点也不讨人喜欢。我想伸手去捉它，它惊慌地在文件柜和办公桌之间上下乱窜，撞翻了报架又扑向纱窗……我哈哈大笑："你给我送了个会飞的黑娃娃！"

马鲁川也笑："只要你高兴就好，我这段时间一直没见你笑过，老是心事重重的样子，把我弄得心里都难受。我还是那句话，她没啥了不起的……"

"嗳，你怎么又提她？"

"喔，我忘了，不提她了。"马鲁川递给我一双工作手套，指着小猫，"刚开始抓它要戴手套，它慢慢习惯就温顺了。"

"看上去怪可怜的，可能刚断奶不久，喂它吃什么？"

"喂饭，喂肉都可以。对了，喂鸟也可以。"

　　叩门声响。进来的是陈助理，只见他手捧一只死麻雀，轻轻放在桌上，有气无力地说："薛干，这是你的鸟。你喜欢吃鸟？"

　　我奇怪地看着死麻雀，又看看陈助理："我不喜欢吃鸟。你喜欢你就拿去吧。"

　　"那我拿走了。"陈助理小心翼翼地捧起死麻雀，"我想给它一个葬礼。"

　　"葬礼？"马鲁川吃了一惊。

　　"你找我有事？"我问陈助理。

　　"就是……"陈助理瞟了一眼马鲁川。

　　"没事儿，你讲。马鲁川不是外人。"

　　"就是我转业的事。"

　　"哦，我已经跟万政委汇报了，他会找你谈话的。你放心。"

　　"那……那谢谢了。我走了。"

　　陈助理紧锁眉头，捧着死麻雀走出门。我知道是什么把他额上的皱纹烙得那么深，但马鲁川对此并不知情，他说最近大家反映，陈助理像突然间换了一个人似的，面容憔悴，对所有人都客气又客气，不知他出了什么事。我含糊地解释："谁都有心情不好的时候，但一切都会过去的。"

　　马鲁川兴奋地说："对对，你说得对，一切都会过去的。薛干，我带你去玩个游戏，保证你喜欢，玩一下你肯定就把她忘了。哎呀，不提她，坚决不提她！我们走。"

　　小猫在急躁地抓挠纱窗，我生怕看到它的毛发染上鲜血，急忙把纱窗拉开，对马鲁川说："把它放了吧，养不家的，我可不想也给它一个葬礼。"

　　马鲁川提着高压气枪，招呼我跟他一起来到食堂的厨房。一群老鼠"呼啦啦"从灶台上出溜无踪影，片刻之后又贼贼地跑出来，探头探脑地东张西望。

　　"薛干，看见了吧。"马鲁川把气枪递给我，猫着腰小声说，

"其实这些老鼠有点傻乎乎的，你就藏在这儿打。注意，你一打，其他的跑了不要紧，我绕到后面去吓它们，等它们跑过来你又打。"

开始行动。我俩忙得不亦乐乎。我倚在大案板边上专心射击，马鲁川则蹲在下水道旁边卖力吆喝，吓得老鼠不敢进洞（老鼠进洞需经下水道）。如此进行了不多一会儿，我就打死了十五只老鼠。又等了一会儿，再无老鼠现身，只能听到老鼠在看不见的暗处气愤噬咬的动静。

马鲁川把死老鼠全部拎到食堂中间的地上，并按大小胖瘦的体型，将它们排列成整齐的横队。我欣赏着这一只只油光黑亮的死老鼠，问马鲁川怎么处理？他说："我去过你家，看见院子里栽了好多花草，这些老鼠是天然的高级肥料，你拿回去埋到地里，花和树都长得好。尤其是埋到葡萄架下面，那葡萄肯定……"

"那葡萄肯定就有死老鼠的味道了。你吃啊？"

马鲁川跟我一起大笑。

"你们在笑什么？"陈助理不知何时走了进来，当他看到排列得如此规整的死鼠队列，不禁倒退两步，"呀！这、这……罪过呀。"

马鲁川不高兴地讽刺道："说什么呢，你还想给它们一个葬礼呀？"

陈助理叹口气，默默地点点头："那我谢谢你们了。"说完便去厨房拿了围裙，把死老鼠一只一只地往围裙里放。

马鲁川瞪大了眼睛想上前制止，我拦住他，让陈助理抱着裹满死老鼠的围裙走了。陈助理走到门口回了一下头，他古怪的微笑使整个食堂显得一片阴沉。

马鲁川一指头点在自己的脑门上，忧心地说："薛干，陈助理的这儿好像出毛病了，是不是给李医生讲一下，送他去精神病院检查一下？"

"不用检查，肯定是精神出毛病了。"

"你也看出来了？"

"当然了。其实我和你的精神也出毛病了。"

"不会吧。"

"要不我们俩怎么会在这儿忘我地打老鼠？至少这是精神病的前兆。"我像一个哲人似的自言自语，"在有的时候，人的精神方面是需要出点毛病。"

我的精神方面出了大毛病。我失眠了，收敛起一切不愉快的事情，彻夜读书。无论怎样感谢书籍赞美书籍都不为过。一本本书籍便是我的一个个情人，我不知道今生今世还会与多少个这样的情人幽会，真是幸福极了。我已深深感到，每部书籍都有一副永不沉默的歌喉，所发出的音调就响在字里行间里，那里面有画面、有色彩、有味道、有音响、有动作……有比"我爱你"更值得永久珍藏的咏叹。

我需要这歌喉，我深爱这歌喉，我必须拥有并且融入这歌喉。那么，努力写作吧。我的处女作就是在这时候最终定稿的。与此同时，郭技师研制的折叠式轻便担架也成功了，几家报社发表了我写的新闻和图片，"850"给他记了一个三等功。但我怎么也没料到，第一个享受这个新式担架的人会是陈助理——他有一天突然神志不清说胡话，嘴里不停地念叨"罪过"，全身瘫软，被我们用新式担架抬上汽车，送进了医院。

看着陈助理躺在担架上的情形，我的喉咙哽得生痛。不是为陈助理，而是为我的那些牺牲的战友，他们被子弹和弹片洞穿的身体在我眼前晃动，鲜血从担架上滴落下来，滴落了很长时间。而我，没有办法抢救他们，甚至没有参加他们的葬礼……没有……

我很想把新式担架当作鲜花献在他们的墓前，很想为他们写一个简短的墓志铭，但我写不出一个字。我把我深埋在一大堆我深爱的书籍里，到底还是没能写出一个字。哦，我的长眠在广西崇左县同棉烈士陵园的战友们，我立志要为你们唱响一支颂歌，竭尽全力地唱，哪怕唱得歌尽而亡。不错，是用我的笔来唱，只可惜我的笔力不够，我的文学小舟才刚刚起航，风帆尚未完全展开，正在思考如何苦渡去往遥遥的彼岸……我亲爱的战友们，真是对不住啊……

"我最对不住的人就是你父亲。他在西藏长期没人照顾，没日没夜地拼命工作才把身体搞垮了。"

看着病情恶化的父亲，我母亲不断埋怨她自己，说她当年申请从西藏调回内地，主要是为了照顾我。当时我父亲没有同意，我母亲便气气地说："你这人太自私，就不管我们的孩子了？我可不想再失去一个孩子。"

我父亲哑言。因为在进军西藏的途中，我母亲怀的第一个孩子流产了，大出血差点要了她的命，她为失去这个三个月大的孩子悲伤不已。作为妻子，作为母亲，既要照顾丈夫，又要照顾孩子，她有双重的责任和义务，真是两头为难。但是眼下，我不得不告诉她一件已成定局的事情：军区来了一个通知，从后勤部队抽调一百名干部到西藏军区。我毫不迟疑地写了申请，并且得到了批准。

母亲听了并没有惊讶，说她和我父亲已经知道了："军区派人来征求了你爸的意见，是你爸的坚决支持你才被批准的。你呀，再怎么着也应该事先跟你爸商量一下嘛。快进去看看你爸，他的病情又恶化了。"

躺在病床上的父亲睁开眼睛，微微点点头，示意我坐下。他努力地吸着气，断断续续地对我说：

"你都想好了？"

"想好了。"

"西藏那地方很艰苦，你去……主要想干什么？"

"搞创作。本来军区要调我到宣传部的，我不想去。还是申请去西藏。"

"为啥？"

"我不想当官，想当作家。"

"好吧。不当官，当作家，想法不错。我一直……希望你们这些……军队高级干部的子弟，不要当官，要把我们党、政、军的重要位置……位置，交给那些祖辈三代……哦，或者祖辈八代……都没有当过官的……贫苦……贫苦人家的孩子，要让他们知道，共产党人不搞世袭制，不搞。使他们更加……更加热爱我们党，热爱我们祖国，热爱我们军队……只有这样，才能使……使我们的红色江山……永不变色……不变色。是不是？"

父亲理想化的美好愿望算是他的临终遗言，这遗言仿佛刻在了雪峰的眉头，凝固而不化。直到他的肉体已经成灰多年，他的灵魂仍然偃卧于高山峻岭，深切关注着红色江山是否变色。

我看到，父亲浑浊的眼睛里流露出对西藏的眷念之情。

我真切地感到了那茫茫雪域的清寒，久久地听到了青藏高原的召唤。

料理完父亲的后事，办理好进藏手续，已是九月。

儿子到父亲以毕生精力吟唱过的那片圣地去了。

清晨，我到了太平寺军用机场，准备乘飞机进藏，马鲁川突然出现在候机室门口，只见他手拎着几大提卫生卷纸急步跑过来，说："我去过西藏，那儿缺这个，你带上吧，我知道你讲究。"

"不行，我还有行李，这几十卷卫生纸不好拿。"

"没事儿，我帮你去办托运。"

马鲁川去办好托运，在我身边坐下。他说他是专门来给我送行的，昨天他给我家里打过电话，是我母亲说的我今天一早要去机场。他还告诉我，昨天晚饭时，李景沙一个人在卫生所里喝了很多酒，醉得很厉害，她走到办公楼的楼梯上就倒了，身子靠着楼梯扶手，哭得很伤心。万政委过来看见了，蹲下身子问她怎么了，她泪流满面地拍着万政委的肩膀说："小万，小万，小万啊……"万政委没有生气，把她扶到卫生所，叫来了韩医生和许护士。

马鲁川心情沉重地对我说："我也去了卫生所，把我吓了一大跳，李医生还在'小万小万'地一个劲念。其实我心里清楚，这都怪我，我不该告诉她你今天要走。李医生是为你走而难过，她想上楼去你的办公室看一看。你好多天都不露面，也不跟大家打个招呼，就这么一声不吭地走了……"

一股劲风从候机室的门口灌进来，但那不是春风，风中没有那种甜蜜蜜的笑声，我却分明听见李景沙"咯咯咯"的一串笑声，她用这笑声向我传递一个消息，一个其实我已经得知的消息——杜丽萍结婚了。余小英结婚了。彭艳结婚了。杨婕结婚了。白友梅退伍了，原因是她找到了心上人，也想很快结婚。

我祝福她们。因为……因为我爱她们。爱我曾经爱过而至今仍然爱着"850"所有智商偏低的她们。

飞机起飞了。我从舷窗望着一片片流云，金色朝阳把远处的云朵照耀得灿灿烂烂，整个天空迎来快乐的黎明。我感慨我们命运的无限神秘，感慨我们前行的每一步都充满挑战，而迎接挑战则是一种自然的服从。是必须的。是值得的。我的灵魂飞出一道彩虹：接受挑战的成功者与失败者，最终都将成为不朽。

我看见一片孑然的浮云，它出现的位置很不恰当，远离碧空万里中成堆成片的云朵，孤独得像一个被遗弃的流浪儿。那是不是我？我的眼睛有些湿润，感觉那片飘零的浮云抛给我加倍的孤独。这时，太阳给予了我另类的安慰，以耀眼的火焰点燃了那片浮云。浮云在燃烧，浮云在沸腾，浮云瞬间燃成炮火连天的战场——大炮在轰鸣，地雷在炸响，坦克在前行，重机枪在扫射，火焰喷射器在喷发，一个个我熟悉的身影跃出战壕，又一个个猝然倒下……这些身影渐渐化作片片彩云，融入宁静的无限天空。太阳不忍久看，将阳光缓缓移开，彩云褪色成白云，白云竟像一块块消毒棉花，不停地朝我受创的心里塞，越塞越紧，越塞越紧……就这么，我的眼泪流下来……

飞机在拉萨贡嘎机场停歇。四周饱经风雪的山刻满了波状皱褶，阳光把落雪的远山照耀得银光一片，这方人们生命的光泽仿佛就闪烁在这里。

我将我父亲的骨灰盒捧到珠峰脚下，看见珠峰上面的积雪在阳光下蒸腾起来，被高空气流冲击着伸展飞扬，宛如一条巨幅哈达在飘忽抖动。珠峰晃动着庞大的身躯，时而凌空飞起，时而缓缓逼来……我仿佛接受了一次神圣的洗礼，接受一种与珠峰共享的情绪。就在这一刻，我真切地看到我百倍负重的父辈们的铮铮生命超越了珠峰。我祝福我父亲走向他所属于的地方，走向他爱过而仍然爱的地方，走向他为之而死又为之而复活的地方……这地方，就是这地方——我父亲生命的璀璨星座。

拉萨河边薄薄地覆着九月的雪。不知有多少光阴岁月都随着这滔滔的拉萨河水逝去了。那些以毕生精力吟唱过这片土地的人，他们的青春，就融入了雪山、草地和江水里。我想加入他们吟唱的队伍，以我的笔，将我体内的全部血液泼洒在这里。

就是这里。我的命运之舟在此抛锚。

暴风雪中也有柔情的诗歌，伴着追随父辈足迹的声音。我深情地仰望冰山上的那片银亮的藏光，终于明白那便是我命运的星辰……

2018 年 3 月 8 日